GRADUATE SCHOOL OF
LITERATURE AND JOURNALISM,
SICHUAN UNIVERSITY

主编 ◎ 曹顺庆

四川大学文学与新闻学院研究生导师丛书

面向灵魂本身
——现代汉语宗教诗学

唐小林 ◎ 著

中国社会科学出版社

图书在版编目(CIP)数据

面向灵魂本身:现代汉语宗教诗学/唐小林著. —北京:中国社会科学出版社,2016.6

(四川大学文学与新闻学院研究生导师丛书)

ISBN 978-7-5161-8134-8

Ⅰ.①面… Ⅱ.①唐… Ⅲ.①诗学-诗歌研究-中国 Ⅳ.①I207.2

中国版本图书馆CIP数据核字(2016)第099829号

出 版 人	赵剑英
责任编辑	任 明
特约编辑	乔继堂
责任校对	闫 萃
责任印制	何 艳

出 版	中国社会科学出版社
社 址	北京鼓楼西大街甲158号
邮 编	100720
网 址	http://www.csspw.cn
发 行 部	010-84083685
门 市 部	010-84029450
经 销	新华书店及其他书店
印刷装订	北京市兴怀印刷厂
版 次	2016年6月第1版
印 次	2016年6月第1次印刷
开 本	710×1000 1/16
印 张	16.75
插 页	2
字 数	275千字
定 价	65.00元

凡购买中国社会科学出版社图书,如有质量问题请与本社营销中心联系调换
电话:010-84083683
版权所有 侵权必究

自　　序

"现代汉语宗教诗学"，是我在2003年"首次中国现代诗学研讨会"上第一次提出的。① 在那个会上，我还就现代汉语宗教诗学的概念及其建立这门学科的事实基础、学理依据、方法论立意等进行阐释。距今已快15年了。②

而关于它的起意，更早。大致是在1982年或是1983年，我从县城新华书店的旧书库淘到一套新书——上下册的《郁达夫小说集》③，回家读到痴迷的程度，那时我正好十七八岁，郁达夫式的苦恼于我的青春无助，

---

① 参见《首次中国现代诗学研讨会在成都举行》，《四川师范大学学报》2003年第6期。

② 其间，有了一些可喜的变化。吴光正先生近年来着力推进"重绘中国文学地图，建构中国宗教诗学"和撰写"中国宗教文学史"的事业，发表了一系列文章［《宗教文学史：宗教徒创作的文学的历史》，《武汉大学学报》（人文科学版）2012年第2期；《扩大中国文学版图　建构中国佛教诗学——〈中国佛教文学史〉编撰刍议》，《哈尔滨工业大学学报》（社会科学版）2012年第3期；《佛教实践、佛教语言与佛教文学创作》，《学术交流》2013年第2期；《民族本位、宗教本位、文体本位与历史本位——〈中国道教文学史〉导论》，《贵州社会科学》2014年第5期等］，并发起相关的学术讨论［"中国宗教文学史研究专题讨论"，《哈尔滨工业大学学报》（社会科学版）2012年第3期］，开辟相关的学术专栏（"宗教实践与文学创作"专栏，《贵州社会科学》2013年第6期）。有学者正在从事《中国宗教文学史·现当代汉语基督教文学史》这项颇具学术意义的研究工作。当然，其中的"现当代汉语""基督教""宗教"等概念与我所使用的有所不同。考察的对象和研究的目标也很不一样。比如，《现当代汉语基督教文学史》"专门关注中国现当代的基督徒作家的创作，考察他们的信仰经验在具体历史语境中的文学言说之形态"。"关注中国现代知识分子的信仰寻求历程，关注在现代历史语境中作家在信仰与历史、文学中的困境，关注20世纪中国文学在知识分子寻求真理的历程中所呈现的丰富形态。"［荣光启：《现当代汉语基督教文学史漫谈》，《武汉大学学报》（人文科学版）2012年第2期］它的重点是"基督教徒"、"信仰"和"文学"的关系。正是这样的"不同"，才是值得欢迎的，它达成了"中国宗教文学"研究的多元格局和繁荣态势。

③ 《郁达夫小说集》上下卷，浙江人民出版社1982年版。

恰相呼应。不久又读到许子东的《郁达夫新论》①，新鲜的思想、清新的笔调、论辩的欢畅、奔涌的才情，让我欲罢不能。我决定以郁达夫小说研究为题目，撰写我的大学毕业论文。于是开始"上穷碧落下黄泉"式的资料搜索，甚至不惜自费驻扎西师图书馆查阅和抄录资料，半个月下来，就抄了厚厚三本，自己顾不过来，还请朋友帮忙。

两年时间，我几乎读完有关郁达夫的全部资料。郁达夫真正打动我的其实是他的精神、情绪和思想，但临末我做的却是关于他小说形式的文章——《论郁达夫小说的结构艺术》。尽管这篇小文章被收进首届文科电大优秀毕业论文选集内部出版，把我义无反顾地带上中国现当代文学研究的学术之途，却无法释怀我的遗憾。我被一个问题，也是我没有想清楚，不敢作为毕业论文题目的问题所困扰：为何一个既具人文精神，又有宗教情愫，还不乏士大夫趣味，打通中西古今的作家，却无法安顿自己的灵魂？他的自卑自怜苦苦哀告后面，到底隐藏着什么？难道"五四"的"德先生""赛先生""爱先生"，还不能从根本上解决人的精神问题？那时，我还分不清真实作者和隐含作者。

20世纪80年代末，我问学海上。此一问题仍然纠缠着我。这时，我偶然读到了宗白华的《流云》，冰心的《繁星》《春水》，梁宗岱的《晚祷》。四本"小诗"集，不少诗只有几行、几十粒文字，唤出的却是广阔深邃的意境、澄明的世界、温暖的人心。这些与郁达夫迥然有别的文字，既让我震撼，又让我豁然开朗：我似乎找到了解决"郁达夫问题"的入口。兴奋之余，我再次决定把郁达夫作为我硕士论文的选题。深受"体验论"和"经验论"的影响，我专程去富阳，瞻仰郁达夫的故居，问访郁达夫的故人，沿富春江而下，拜谒郁达夫拜谒过的严子陵钓台，拍摄大量照片。痴傻得尤其可以的是，选择秋天，到北京体味已然变得面目全非的"故都的秋"。只是没有机会去郁达夫最后遇难的苏门答腊岛，因为那在印度尼西亚的地盘上。后来连郁达夫流落过的香港、新加坡、马来西亚我都去过，而第一冲动竟然可笑到是寻找郁达夫的踪迹。关于郁达夫的"结局"，传说种种后面似乎早有"定论"，但我的心仍未落地。如果没有记错的话，大约是2003年，我还向赵毅衡先生请教过此事。赵老师为我联系了美国当代著名文化人类学家鲁思·本尼迪克特的后人，因为据说，本

---

① 许子东：《郁达夫新论》，浙江文艺出版社1984年版。

尼迪克特在1948年去世前的一两年，曾到过苏门答腊岛，对郁达夫的死因做过专门调查，其结论与定论似有不同。本尼迪克特的后人，在通信中并没有明确否定"据说"中的事实，但由于本尼迪克特没有留下相关文字，无法提供确凿证据，此事最终不了了之。

扯远了，还是回到先前的叙述。就在我作出决定的两年后，我写下了6万余字的硕士论文——《论郁达夫的文化心态》。但刚一写完，就很不满意，我发现我并未实现我的初衷，很好地解决"郁达夫问题"。

接下来，我离开了学术，浪迹于江湖。为打发晚上的孤寂，突发其想，我开始阅读在无神论教育下十分反感的宗教典籍。一读就是十年。另一扇窗户就这样被打开，有些事情开始明白。

21世纪初年，去川大攻博，起意做有关"超越性"的博士论文。在审理现代汉语诗学与基督教的关系时，"郁达夫问题"扩展为：为何我们在特定的历史阶段会"集体失语"？在重大的历史灾难后又会"集体失忆"？甚至还会在莫名其妙中"集体狂欢""集体麻木""集体撒谎"？文化权力与世俗权力之间，道统、学统、政统之间，有没有黄金铁律？如此等等。而这些问题与汉语思想现代性的根基有何关系？表现在现代汉语文学和诗学上又是何种景象？

"现代汉语宗教诗学"就这样在2003年被我提出。但我至今还不能从"总体"上建立一个"完整的体系"。那些弥漫着浓厚"弥赛亚主义"气息的问题，只能经由一些作家、一些作品、一些文学现象，甚至是一些生动的细节、具体的词汇，才能进入我的冥思，而这本小册子只不过是这些思考绵延的痕迹。

既然是痕迹，就可能被擦抹。或许只有那份沉思的清高，会长存。但，这已属于人类。

目 录

第一章 基督教进入现代汉语文学的方式 …………………………… (1)
    一 1915—1949：伦理话语 ………………………………………… (3)
    二 1949—1979：政治话语 ………………………………………… (18)
    三 1979—2009：宗教话语 ………………………………………… (30)

第二章 作为现代汉语诗学的宗教质素 …………………………… (48)
    一 周作人：人的文学与普世观念 ………………………………… (49)
    二 史铁生：从审美向宗教的跳跃 ………………………………… (58)
    三 于坚：诗是经由存在通达神圣 ………………………………… (105)
    四 北村：写作是与真理达成和解 ………………………………… (117)

第三章 作为现代汉语文学的宗教想象 …………………………… (128)
    一 禅境：《流云》小诗的小与大 ………………………………… (128)
    二 《阿难》：人如何站出自身 …………………………………… (137)
    三 《锁沙》：人性、神性的诗意构筑 …………………………… (143)
    四 从延河到施洗的河：《青春之歌》与《施洗的河》对读 …… (155)

第四章 作为现代汉语作家的或一限度：以郁达夫为例 ………… (171)
    一 卢梭：精神父亲与人文导师 …………………………………… (172)
    二 黑色的光辉：欲望、沉沦与救赎 ……………………………… (184)
    三 超越性亏空：汉语思想的现代性缺损 ………………………… (196)

第五章 现代汉语诗学的现代性与可能性 ………………………… (206)
    一 现代汉语诗学的现代性与基督教 ……………………………… (206)
    二 建立现代汉语宗教诗学导论 …………………………………… (222)
    三 新启蒙视野下的现代汉语灵性文学 …………………………… (239)

参考文献 ………………………………………………………………… (250)

后记 ……………………………………………………………………… (259)

第一章

基督教进入现代汉语文学的方式

为使概念明晰，不至卷入过多争辩，本书中的"基督宗教"，是天主教、东正教和耶稣教为主的教派合称。

一种异质文化，要进入另一种文化，并非易事，必须克服水土不服。有唐一代，雍容大度，文化多元，基督教尚且徘徊于华夏文化边缘。进入现代，民族矛盾尖锐，"反帝"与"反封建"同属"革命"核心要义。而基督教又与"帝国主义"难脱干系，在民族情绪普遍高涨，反帝声浪不绝于耳的历史处境中，基督教文化进入现代汉语文化和文学的境遇可想而知。其进入的方式，就不仅十分有趣，而且异常重要，它甚至对第三世界国家和后发现代化国家，也不无借鉴意义，不得不事先考察。

基督教文化进入现代汉语文学的方式，可以有多种考察途径。本书对具体史实的考证，保持足够的尊重与谦卑。因此不想纠缠于某年某月某日某个传道士、某所教会学校、某位神学家或某个教会刊物、教徒作家的某项具体的历史活动，这些颇具学术意义的工作，我想交还给历史学家和文化史家去做。因为我深知，我实际要做的是：在现代性视野下，考察基督教文化与中国现代汉语文学意义生成之间的关系。即基督教文化如何参与了中国现代汉语文学的意义建构？在其中扮演了何种角色？按照马克斯·舍勒关于知识类型的划分，基督教属于获救型知识，它涉及个体的福乐、悲苦、希望、安慰，指向超越世界。[①] 文学在审美主义论述那里，也常常被赋予获救型知识的某些特征，但它毕竟关注的是世俗世界。于是，有趣的问题就产生了：作为获救型知识的基督宗教文化，历经何种转换，才被

---

① 刘小枫：《现代性社会理论绪论》，上海三联书店1998年版，第246—256页。

现代汉语文学所接纳？或者问，基督教文化是如何为现代汉语文学的现代性建构提供正当性资源的？是如何被"文学化"的？基督教文化被现代汉语文学"文学化"的这种而不是那种方式又有着怎样的文化后果？我以为，这些问题才直逼汉语文学现代性的核心症结。

为何是"现代汉语文学"？20世纪初叶至今的文学，在中国语境中，因政权的更迭和政治的原因，命名混乱。"新文学""现代文学""新民主主义文学""现代中国文学""民国文学""新中国文学""当代文学""社会主义文学""新时期文学""后新时期文学""新世纪文学"等等，不一而足，含义错综。其中唯一不变的，是新文化运动提倡白话文以后所形成的"现代汉语"。用"现代汉语文学"命名，不仅可以统摄"现代"伊始到如今的文学，而且也划定了本书的研究对象：既然是"现代汉语"，就暂且悬置此一时期在此一地理空间出现的"文言文"和其他语种的文学；既然是"现代汉语"，就显然超出"政治国家"，一有可能，即将其他地区和国家的"现代汉语写作"纳入考察视野。更为重要的是，"现代汉语文学"这一概念，内在地呼唤出哲学的"语言学转向""现代性""汉语性"等学术背景与问题视阈，简明不简单。

意义的建构方式问题，是一种"话语"实践。因此，本书中的"话语"，就其实质是一种意义建构的方式。它不同于叙事学叙述分层中与"故事（story histoire）"二分的"话语"。那个"话语"（discourse disours），常常意指"表达"，"是内容被传达所经由的方式"。[①] 我认为，基督教文化进入现代汉语文学的这100年间，大致经历了从伦理话语到政治话语，再到宗教话语的过程。这一过程，如果换双眼睛，就是一种"演进"：是基督教文化进入现代汉语文学的特殊方式，也是基督教文化在现代汉语文学语境中的一种"本土化"实践，一种隐匿不见的策略。

1915—1949年，1949—1979年，1979—2009年，跨越三个30年，形成锁链结构，分别指代基督教文化在现代汉语文学中的三种话语形态。如此分期，特别刺眼。尤其是"1949"、"1979"两次重复，显得不合"逻辑"。其实，历史并非按逻辑次第展开，逻辑更多是后设的结果。福柯的知识考古学一再提醒我们，历史并非会在某一个瞬间突然断裂、截然

---

① [美]西摩·查特曼：《故事与话语——小说和电影的叙事结构》，徐强译，中国人民大学出版社2013年版，第5—6页。

分开，非连续性、非断裂性皆有可能。这样，有意重复两个年份不仅可以理解，还是一种必须。

一 1915—1949：伦理话语

1915—1949 年，大陆文学史通常指"中国现代文学三十年"。基督教文化在此期间，主要以伦理话语的方式参与汉语文学的现代性建构。由于特殊的历史机遇，基督宗教伦理在这里部分地转化为世俗化的文学伦理、诗学伦理，从而使现代汉语文学具有了不同于以往的特殊质态，其文化后果异常复杂，直接关系到汉语文学现代性的诸多核心问题。

（一）

基督教文化进入中国现代文学，基于汉语思想界伦理资源的巨大亏空。

1916 年 2 月出版的《新青年》第 1 卷第 6 期发表陈独秀的文章《吾人最后之觉悟》，把伦理的觉悟称为"吾人最后觉悟之最后觉悟"。这一指称，将伦理问题推进到汉语文化界、思想界的首要问题。之前洋务派的技术革新，改良派和革命派的制度维新，都没有从根本上解决中国文化、思想、政治、经济、社会的现代转型。救亡图存，摆脱世界格局中被奴役身份，复兴华夏的任务不仅远未完成，而且似乎越走越远。在此一历史语境下，伦理革命成为汉语文化、思想的最后利剑，也成为华夏社会现代化的最后方案。至少当时的情形下是这样的。

基督教文化就是在这样的历史时刻进入现代汉语文学的，这使它首先以伦理话语的身份出场。

其实，基督教传入华夏的历史源远流长，但此前它始终没有进入汉语文学的腹心地带，而是孤寂地浪游于华夏思想文化的边缘。这并非是它没有得到权力话语的支持。其进入华夏之初，唐太宗就诏令天下："译其教旨，玄妙无为。观其元宗，生成立要。词无繁说，理有忘筌。济物利人，宜行天下。"[①] 也并非是它没有得到体制化的推动。唐太宗为基督教聂斯托利派传教士阿罗本在长安义宁坊赐建寺一座；元世祖忽必烈委派官员在

---

① （宋）王溥：《唐会要》卷49。

其辖区推广景教，兴建教寺。也并非是它没有介入汉语思想文化的要求与举措。罗明坚、利玛窦可谓为之倾尽心力。但事实是，它仍然作为"他者"文化而存在。难道真如茅盾所言，"外来的思想好比一粒种子，必须落在'适宜的土壤'上，才能够生根发芽？"① 权力话语的支持，体制化的推动，介入某种文化的努力都还不是这"适宜的土壤"？那这"土壤"究竟是什么？是否是文化的某种真空状态？抑或是由这种真空状态引发的内在需求？

随着1915年新文化运动序幕的开启，基督教才开始其真正进入汉语文化的历程。换言之，是新文化运动为基督教涉入汉语思想提供了千载难逢的契机。进而言之，如果新文化运动开始了中国大规模的现代化社会运动的话，那么基督教在这时进入汉语文化，也参与了这场声势浩大的运动，从而成为汉语思想文化的现代性因素之一。

不妨问一句：新文化运动做了什么，才撕开了坚如磐石的汉语文化，为基督教的介入开辟了道路？从整体上看，是提倡科学与民主，从实质上看，林纾对新文化运动的攻击反倒来得明快："覆孔孟，铲伦常。"② 新文化运动的历史诱因当然不止一个，但这之前的尊孔声浪之甚嚣尘上，以至于儒生们大肆活动力图定孔教为"国教"，不能说不是一个重要的历史动因。陈独秀在《新青年》的发刊词中倡导赛先生、德先生，提出"人权、平等、自由"，其目标就是针对孔孟之道而来的，"要拥护那德先生，便不得不反对孔教、礼法、贞节、旧伦理、旧政治；要拥护那赛先生，便不得不反对旧艺术、旧宗教；要拥护德先生又要拥护赛先生，便不得不反对国粹和旧文学"。③ 显然，新文化运动斗争的一个焦点在于"反对封建纲常伦理"。④

这个众所周知的事实引发的问题则是：提倡科学、民主没有错，反对孔孟之道也有其历史的正当性，但如其所知，科学不能解决人生的意义问题，民主属政治的范畴，而以孔孟为代表的儒家文化除了是一种王者之术外，更是一种伦理文化。铲除儒家文化，就意味着瓦解了几千年来支撑华

---

① 茅盾：《冰心论》，《文学》1934年第2期。
② 林纾：《致蔡元培书》，见张若英《中国新文学运动史料》，上海书店出版社1982年版，第101页。
③ 陈独秀：《〈新青年〉罪案之答辩书》，见《独秀文存》，安徽人民出版社1987年版，第242—243页。
④ 钱理群等：《中国现代文学三十年》，北京大学出版社1998年版，第6页。

夏伦理的价值支柱，代之而起的科学、民主，不能说在伦理范畴内完全无能为力，但以此为基建构新的伦理文化即使可能，亦尚需时日。汉语思想文化伦理资源的巨大亏空就在这时出现了。这很快被文学改良的先驱们意识到。在由新文化运动带出的1917年的文学革命，其标志性的两篇文章——《文学改良刍议》和《文学革命论》中，这一问题就被尖锐地提出。其重要性和紧迫性也被反复言及。1919年12月1日发表的《新青年宣言》就又一次强调："我们因为要创造新时代新社会生活进步所需要的文学道德，便不得不抛弃因袭的文学道德中不适用的部分。"① 这里的文学道德已经触及文学伦理问题。

胡适在《文学改良刍议》中认为，文学改良须从八事入手，而那"八事"实际上是从三个层面指出：古代汉语文学走到近世已经失去其存在的正当性，亦即存在之伦理基础。具体表现为三个方面。一是思与文的分离。思，指思想，"盖兼见地、识力、理想三者而言之"，"思想之在文学，犹脑筋之在人身"。而近世文人沾沾于声调字句之间，无视思想的表达，以至于"言之无物"。二是情与文的分离。"情感者，文学之灵魂。文学而无情感，如人之无魂，木偶而已，行尸走肉而已。"而近世文学不仅没有高远之思想，也没有真挚之情感，徒有空洞的文辞。三是言与文的分离。近世文学模仿古人、讲求用典、对仗等，陈词滥调充斥字里行间，使文学语言严重脱离个性、生活、时代，成为一种无病呻吟。②

显然，胡适对现代性文学伦理有一种预设：它应该是思文合一、情文合一、言文合一的。既然近世汉语文学，已经失去了这一规范的文学伦理，就已经丧失了存在的合法性，也不能够为建设现代性汉语文学提供新的伦理资源。尽管胡适也认为，古代的白话文学可以成为现代性汉语文学的资源，但就整个文学伦理的亏空而言，是不足为道的。

如果说胡适的论述重点在古代汉语文学，特别是近世文学的文本伦理亏空的话，那么，陈独秀的《文学革命论》则进一步言述了这种文学在诉求伦理和创作主体伦理上的亏空："其内容则目光不越帝王权贵、神仙鬼怪，及其个人之穷通利达。所谓宇宙，所谓人生，所谓社会，举非其构思所及。"③ 这样的内容，使"吾人不张目以观世界社会文学之趋势及时

---

① 陈独秀：《新青年宣言》，见《独秀文存》，安徽人民出版社1987年版，第245页。
② 胡适：《文学改良刍议》，《新青年》第2卷第5号。
③ 陈独秀：《文学革命论》，《新青年》第2卷第6号。

代之精神",是不具现代性的。此等文学"盖与吾阿谀夸张、虚伪迂阔之国民性,互为因果"。这就说到了人,说到了文学创作的主体——作者。作者如何呢？在陈独秀看来,是"既非创造才,胸中又无物,其伎俩惟在仿古欺人,直无一字有存在之价值"。① 既如是,此等作者也就失去了在当下存在的正当性,也不能成为现代性意义上的作者。

这样,上述两篇"文学革命"的檄文,涉及现代汉语文学伦理问题的三个范畴:(1)文本伦理。词与义的矛盾,语言与文学意义建构的悖谬,即文学形式的意义负载之轻的问题,一句话:怎样的话语方式才是文学所应当的？(2)诉求伦理。文学是一种对象性存在,它是在与接受者的交互中而在的。为其合法之在,它对接受者怎样诉求和诉求什么才是正当的？(3)创作主体伦理。文学是创造物。什么样的创作主体才是文学所要求的？前述两文在陈述古代汉语文学发展到近世伦理资源已经亏空的时候,所做的实际是"否定"和"清除"的工作,这就在事实上使上述三个方面的伦理位格成为"真空"。

如此"真空"由谁来填充？关于第一个方面,有接踵而至的白话文运动,有鲁迅格式特别的新小说,有胡适、郭沫若、李金发等的自由体新诗,有丁西林等由西方舶来的话剧,有语丝体的、幽默的、闲适的等散文。第二个方面,有各种各样的主义,诸如鲁迅之尼采式的个人主义、周作人之人道主义、李大钊之马克思主义、梁实秋之新人文主义等等。至于第三个方面,有启蒙者、革命者、无产者、小资产阶级知识分子……这些都一度成为现代汉语文学的伦理资源,在不同的历史时期获得其正当性。基督教文化是作为这众多伦理资源的一支,进入现代汉语文学的。

当时宗教的伦理化倾向在吴宓那里有明确表述:"今人之谈宗教者,每多误解。盖宗教之归固足救世。然其本意则为人之自救。故人当为己而信教,决不为人而信教也。宗教固重博爱,然博爱决不足尽宗教。宗教之主旨,为谦卑自牧。"② 将宗教之主旨锁定在"谦卑自牧"上,显然是一种伦理化的解读。

如舍勒所言,基督教就其本质是一种信仰,属得救型知识。或许它在许地山、冰心、苏雪林等的个体心性里是作为信仰而存在,但当它"应

---

① 陈独秀:《文学革命论》,《新青年》第2卷第6号。
② 吴宓:《我之人生观》,《学衡》1923年第16期。

邀"进入现代汉语文学的时候,却以伦理的身份登场,因为它接到来自历史的、来自汉语文化的"邀请函"是伦理的。当然,基督教也有自己的伦理,即宗教伦理,但它是超越性的,它在进入现代汉语文学的过程中,需要并实现着自己的世俗性转换,那就是由宗教伦理话语向世俗伦理话语的转换。

(二)

由神格向人格的转换,是基督教文化进入现代汉语文学,由宗教伦理话语向世俗伦理话语转换的主导方面。

一位神学家说:"上帝的目的就是人的人格的创造与发展,耶稣本人就是上帝希望的人格典型。"[1] 基督教作为伦理话语进入现代汉语文学,首先就是以伦理话语,具体地说是以作家人格话语出场的:上帝的神格参与了汉语作家的现代人格建构。

文学是作家的创造物,没有作家的现代性,文学的现代性何以可能?那么,是什么使基督教资源能够成为现代汉语作家的人格话语呢?我认为,一个关键性的因素是当时作家的身份认同:启蒙者认同。

为什么恰恰是启蒙者身份认同呢?这与华夏源远流长的士人文化传统有关。即是说,现代汉语作家的启蒙者身份认同,不仅是西方文化冲击的产物,同时也是士人角色的现代转换。在以儒家文化为轴心的汉语文化系统内,尤其是自独尊儒术的汉代以降,为官的角色期待和救世心态,在士人的身份认同上表现为"师":可以是教人读书识字的"蒙师",可以是教人章句训诂之学以解读经义的"经师",更可以是教人以修身齐家治国平天下的"传道之师""士人之师""帝王之师",并自觉肩负"为天地立心,为生民立命,为往圣继绝学,为万世开太平"的历史使命。士人传统中"导师"身份的自觉认同,在新的历史语境下向启蒙者转换是顺理成章的。启蒙者,不过是用另一种文化命名的"师"者而已。

现代汉语作家的启蒙者身份认同与基督教有何关联?启蒙者是相对于被启蒙者而言的,在两者的互动中,前者往往以拯救者的身份出现,后者则在有意无意中成为被拯救者或得救者。这样一种关系的存在,与上帝、耶稣基督对人的拯救在形式上有什么不同?西方之启蒙时代的到来,实际

---

[1] [英]詹姆士·里德:《基督的人生观》,生活·读书·新知三联书店1989年版,第91页。

上就是人代替神施行对人的自我拯救。因此，启蒙者角色的担当，也就有可能使现代汉语作家对上帝、耶稣产生一种角色期望或偶像认同。当然，这也不是绝对的，他完全有可能以儒之"圣贤"，或佛之"佛陀"、道之"天师"为偶像。但问题是，在全盘否定传统，重估一切价值成为巨大冲动的历史现场，这样一些偶像至少在绝大多数汉语作家的心中坍塌了。上帝、耶稣就在此一历史罅隙，侧身进入现代汉语作家的人格话语。许地山，似乎就是这样的典型象征，在他身上基督徒、启蒙者实现了较好的结合，张祝龄说："许地山先生是一个基督徒，也是一个学者，他站在民众前面为时代的导师，又是社会改进的负责者。"①

另一方面，耶稣基督作为拯救者，在"前文化"的规约和解读下，很容易成为现代汉语作家的人格楷模。他降临人间，为人赎罪，承担苦难，最后被钉死在十字架上的神迹，很容易被现代儒生们误读为儒家舍身成仁的至高境界，而被效法和追随。海因利希·奥特认为，基督形象是"三点的合而为一"：告知上帝临在于人们身边的宣告者；十字架受难者；死而复活者。② 一位学者说得对，耶稣被现代思想者和现代汉语文学阐释和认同的，主要还是他的受难人格和牺牲精神，其他都是次要的。③

陈独秀在打倒一切偶像的时代之初，对所有宗教都持否定态度。后来他对新文化运动进行了反思，认为"现代主张新文化运动的人，既不注意美术、音乐，又要反对宗教……这是一桩大错"。④ 认错后的陈独秀，从人格角度肯定了基督教的现代价值："我们不用请教什么神学，也不用依赖什么教仪，也不用藉重什么宗派；我们直接去敲耶稣自己的门，要求他崇高的，伟大的人格和热烈的，深厚的情感与我合而为一。""培养在我们的血里，将我们从堕落在冷酷，黑暗，污浊坑中救起。"⑤ 耶稣的神格转化为一种伟大、崇高的人格范型，成为现代汉语知识分子人格自救和救赎人格的资源。

陈独秀这样做，的确源于对汉语思想文化伦理亏空的清醒体认。他在同一篇文章中指出："支配中国人心底最高文化，是唐、虞三代以来伦理

---

① 张祝龄：《对于许地山教授的一个回忆》，见周俟松《许地山研究集》，南京大学出版社 1989 年版，第 376 页。
② ［瑞士］海因利希·奥特：《上帝》，辽宁教育出版社 1997 年版，第 73 页。
③ 王本朝：《20 世纪中国文学与基督教文化》，安徽教育出版社 2000 年版，第 317 页。
④ 陈独秀：《新文化运动是什么?》，《新青年》第 7 卷第 5 号。
⑤ 陈独秀：《基督教与中国人》，《新青年》第 7 卷第 3 号。

的道义。支配西洋人心底最高文化,是希腊以来美的情感和基督教信与爱的情感。"但华夏伦理文化是有缺损的:"中国底文化源泉里,缺少美的,宗教的纯情感……不但伦理的意义离开了情感,就是以表现情感为主的文学,也大部分离开了情感加上伦理的(尊圣、载道),物质的(记功、怨穷、诲淫)色彩;这正是中国人堕落底根由。"[①] 文化、文学里缺乏宗教伦理,导致世俗伦理对文学的进入与泛滥,在陈独秀那里居然成了国人堕落的终极原因。

胡适对基督教未必真有好感,尽管在留美期间对此产生过强烈兴趣,并于1911年6月虔诚地宣布自愿成为基督教徒。[②] 但他不仅最终没有成为基督信徒,终其一生观之,其所信仰的还是汉语人文宗教的"三不朽"。[③] 他对基督教文化资源所择取的依然是道德伦理、人格伦理部分。他在《基督教与中国》一文中,把宗教的内部结构划分为伦理教训、神学体系和迷信行为,认为在基督教里,后两者都应该摒弃,唯有作为社会革命者和先知的耶稣之道德学说和人格完善之预设与追求才是一直有用的。

周作人注意到基督教在汉语文化现代转型过程中建构新型个体心性的重要作用。这种作用是任何社会科学理性、审美主义以及具体的社会活动所不能替代的:"要一新中国的人心,基督教实在是很适宜的。极少数人能够以科学艺术或社会的运动去替代宗教的要求,但在大多数是不可能的。"[④] 并曾公开宣称:"我不是基督教徒,却是崇拜基督的一个人。"[⑤] 这或许就是田汉说的:"你们虽不必在甚么 Church 的中间去礼拜甚么 God,你心神中间,岂不可不虔奉一个 God。"[⑥] 这个 God 当然就成为伦理化的了。

西方的基督信仰转换为现代汉语文学的基督崇拜,成为一种伦理意义上的人格话语,在别的现代汉语作家那里也多有表现。冰心以为,"因为宣传'爱人如己',而被残酷地钉在十字架上"的耶稣基督"这个形象是可敬的"[⑦],"主义救不了世界/学说救不了世界",只有上帝"那纯洁高尚

[①] 陈独秀:《基督教与中国人》,《新青年》第7卷第3号。
[②] 《胡适留学日记》,海南出版社1994年版,第24页。
[③] 高力克:《五四的思想世界》,学林出版社2003年版,第102—108页。
[④] 周作人:《山中杂信·六》,见《周作人书信》,河北教育出版社2002年版,第15页。
[⑤] 周作人:《抱犊谷通信》,见《周作人文选》,群众出版社1999年版,第125页。
[⑥] 田汉语,参见《少年中国》第2卷第8期。
[⑦] 冰心:《我入了贝满中斋》,《冰心近作选》,作家出版社1991年版,第82页。

的人格",才能"造成我们高尚独立的人格"。① 即便到了20世纪40年代中期,经历了内战和民族战争的汉语思想界已经发生了很大的变化,冰心依然在新的意义上阐释耶稣的人格:"耶稣基督便是一切伟大爱心的结晶,他憎恶税吏、憎恶文士,和一切假冒伪善的人。他憎恶一切以人民为对象的暴力,但对于自己所身受的凌虐毒害,却以最宽容伟大的话语祷告着说:'愿天父赦免他们,因为他们所做的,他们自己不知道。'多么伟大的一个爱的人格!"② 耶稣的这种人格作为永恒的精神力量,值得一代代地传接下去:"我要告诉我的孩子们说,我决不灰心,决不失望,只要世界上,有个伟大的爱的人格,哪怕这人格被暴力钉在十字架上,而这爱的伟大的力量,会每年在这时期爆发出来,充满了全世界。"③ 庐隐也说,"耶稣伟大的人格,博爱的精神,很够得上人们的崇拜",她自己就是以之为人生模范的。④

皈依基督教的作家许地山,最为关注的还是耶稣基督"高超的品格"和"道德能力"。据晚年好友回忆,在许地山眼光中的历史基督"不必由'童生'、'奇事'、'复活'、'预言应验'等说,而发生信仰,乃在其高超的品格和一切道德的能力所表现的神格,更使人兴起无限的景仰崇拜,信服皈依"。⑤ 林语堂之最终走向基督教,关键在对耶稣形象和人格的认同:"上帝已不再是虚幻的,它已从耶稣基督身上具体地表现了出来。这就是宗教,完整而纯粹,绝不是一种假设。"⑥ 曾经是基督徒的老舍,真正崇尚的是"基督与人为善和救世的精神"。⑦ 最初反对基督教的巴金,对基督人格满怀崇仰。深谙《圣经》的曹禺,在泪光中赞美耶稣基督和其他的救世者"怀着悲哀,驮负人间的酸辛",为不肖子孙开辟大路的"伟大的孤独的心灵"。⑧ 16岁上曾有"皈依基督教一年"人生经历的萧乾,对"耶稣这一富于革新精神的历史人物""深深景仰":"我尊敬耶稣

---

① 冰心:《人格》,《生命》第2卷第2号。
② 冰心:《从去年到今年的圣诞节》,见《冰心全集》第3卷,海峡文艺出版社1994年版。
③ 同上。
④ 庐隐:《其他·我的宗教》,见《庐隐散文全集》,中原农民出版社1996年版,第523页。
⑤ 张祝龄:《对于许地山教授的一个回忆》,见周俟松《许地山研究集》,南京大学出版社1989年版,第376页。
⑥ 林语堂:《林语堂自传》,河北人民出版社1991年版,第172页。
⑦ 赵大年:《老舍的一家人》,《花城》1986年第4期。
⑧ 《曹禺论戏剧》,四川文艺出版社1985年版,第449页。

这位被压迫民族的领袖。"① 对他者文化持"拿来主义"的鲁迅，耶稣之神格成为其人格的隐喻，在散文诗《复仇》（其二）中，鲁迅把耶稣之救世人格及其悲剧性处境，作为自身人格及其启蒙者之生存困境的象喻。

基督教作为人格话语，在一位已经不太为今人所知的创造社成员洪为法那里，直接和包括现代汉语作家在内的艺术家的人格建构联系在一起。1925年，他在《真的艺术家》一文中指出："我以为真的艺术家必有他伟大的性格，在不自知之中做成他的伟大；即用以永远立在人类的前面。他有慈祥而又带着悲痛的双眼，注视着群众；他有深沉而又带着怜悯的呼声，指引着群众。他反抗一切的权威，他反抗一切的传习，他能赴汤，他也能蹈火。他只忠于他的良心，因为他知道：良心之所指示，才是世界上最高的道德律；舍此，便无所用其顾忌，无所用其踌躇了。"② 洪为法把真的艺术家叙述成了耶稣基督式的救赎者：有着慈祥而悲痛的双眼，有着深沉而怜悯的呼声，有着反抗世俗、担当苦难，并为此牺牲的精神品格，他注视着、指引着群众。在他看来，"真的艺术家，他必是良心的战士，良心的拥护者；他的艺术便是他良心的呼声"。③

值得注意的是，洪为法把"良心"视为最高的道德律。这是什么样的"良心"呢？洪为法接着说："我们人类自从在伊甸园中吃过了智慧之果（其实是罪恶之果），便一步一步的向下堕落。披上树叶，躲在草里，生恐赤裸裸的见到上帝，这便是堕落的初步。几千万年堕落的结果，便是良心的埋没。"④ 洪为法把人类良心的堕落追溯到始祖对上帝的背离，以及随后的越来越远离。显然，他之所谓良心，不仅指世俗道德之良心，更是指具有基督宗教伦理意味的良心。沿此理路，洪为法继续推演，忠于自己的良心"是一种圣者的态度"，真的艺术家的楷模是基督耶稣："耶稣钉在十字架的时候，他只悲悯下面的群众，何尝怪倒他自己拥护良心的不是？这是圣者！这是艺术家！这是真的艺术家！"⑤ 耶稣即使被钉十字架，也没有放弃良心，也没有为曾经拥有的良心而后悔，有的只是对庸众的悲悯，这与鲁迅在《复仇》（其二）中对耶稣受难心态的阐释何其相似？良

---

① 萧乾：《在十字架的阴影下》，《新文学史料》1991年第1期。
② 为法：《真的艺术家》，《洪水》半月刊第1卷第2期。
③ 同上。
④ 同上。
⑤ 同上。

心是最高的道德律,是判断真的艺术家的尺度,耶稣的人格成了现代作家人格的标杆。最后洪为法总结道:"所谓真正的艺术家:他须有他伟大的性格,他须是良心的战士;他的作品,又须是他良心的呼声。非是者,我才不知道谁是艺术家!"①

显然,崇尚耶稣形象和基督人格,在20世纪上半叶成了不少现代汉语作家的文学现实,甚至成了辨别真假艺术家的标志。

(三)

进一步的问题是,当基督教作为伦理话语,尤其是人格话语进入现代汉语文学,参与现代汉语作家人格建构时,它给予了现代汉语作家什么?我认为:一是创造精神;二是承担意识;三是爱的理念;四是忏悔意识。在这里我重点谈谈创造精神和承担意识。

先谈创世精神向创造精神的转换。

创造精神,在20世纪前20年,尤其是在新文学社团蜂起之初,表现得尤为鲜明,是现代汉语作家群体亮相的人格风貌。1919年发表的《新青年宣言》,千余字短文中三处用到"创造"。除将"创造政治上道德上经济上的新观念,树立新时代的精神,适应新社会的环境"和"创造新时代新社会生活进步所需要的文学道德"作为《新青年》同人的共同旨趣外,还把"创造"写进了现代性社会方案:"我们理想的新时代新社会,是诚实的,进步的,积极的,自由的,平等的,创造的,美的,善的,和平的,相爱互助的,劳动而愉快的,全社会幸福的。"②1921年,最大的新文学社团文学研究会成立"简章"中,"创造新文学"是其重要宗旨之一。③在《〈小说月报〉的改革宣言》中,"创造精神"作为旗帜同样被高高举起:"同人深信文艺之进步全赖有不囿于传统思想之创造的精神";"同人以为今日谈革新文学非徒事模仿西洋而已,实将创造中国之新文艺,对世界尽贡献之责任";"然同人固皆极尊重自由的创造精神者也,虽力愿提倡批评主义,而不愿为主义之奴隶;并不愿国人皆奉西洋之批评主义为天经地义,而稍杀自由创造之精神"。④

---

① 为法:《真的艺术家》,《洪水》半月刊第1卷第2期。
② 陈独秀:《新青年宣言》,见《独秀文存》,安徽人民出版社1987年版,第245页。
③ 《文学研究会简章》,《小说月报》第12卷第1号。
④ 《〈小说月报〉的改革宣言》,《小说月报》第12卷第1号。

这样的例子还有很多。不过，最为突出的还是表现在创造社诸君身上。创造，作为一种人格精神，可资借鉴的资源很多，但基督教中上帝的创世精神，是其中的要素之一。换言之，当时汉语作家的创造人格，一部分是上帝创世精神的世俗转换。胡愈之的一段话道明了其中的道理："上帝是创造者，艺术家是上帝的弟子，所以也是创造者；上帝创造自然，艺术家却是创造艺术。"① 这就将上帝的创世精神与作家、艺术家的创造精神有机地联系起来。

创造社之"创造"，就是取上帝"创世"之意。创造社成立不久，郭沫若在《创造季刊》发刊词中写道："吹，吹，秋风！/挥，挥，我的笔锋！/我知道神会到了，/我要努力创造！"于是，诗人唤起周代的雅伯、楚国的骚豪、唐世的诗宗、元室的词曹和古印度的诗人，唤起饱含基督教精神作《神曲》的但丁，作《失乐园》的弥尔顿和作《浮士德》的歌德，一同来创造。"你们知道创造者的孤高，/你们知道创造者的苦恼，/你们知道创造者的狂欢，/你们知道创造者的光耀，/昆仑的积雪北海的冰涛，/火山之将喷裂宇宙之将狂飙；/如醉梦如醉陶，/神在太极之先飘摇。……我幻想着首出的人神，我幻想开辟天地的盘古，/他是创造的精神，/他是产生的痛苦。……本体就是他，上帝就是他，/他在无极之先，/他在感官之外，/他从他的自身，/创造个光明的世界。"郭沫若借礼赞创世者来抒发创造社同人的创造激情，以歌颂造物主创造了光明的世界，来传达创造社先驱开辟新文学天地的豪情壮志。②

如果这里的造物主是否是基督教的上帝还有些模糊的话，那么郭沫若在随后为《创造周报》写作的发刊词——《创世工程之第七日》中就非常明确了："上帝，你最初的创造者哟！/我至今呼你的名，不是想来礼赞你。/古代的诗人说：你创造世界的工程只费了七天的劳力。"接着诗人按照《圣经》创世纪的记载，完整地复述了上帝六天的劳作，以及第七天的安息。然后诗人问道："你在第七天上为甚便那么早早收工，/不把你最后的草稿重加一番精造呢？/上帝，我们是不甘于这样缺陷充满的人生/我们是要重新创造我们的自我。/我们自我创造的工程/便从你贪懒好闲的第

---

① 愈之：《新文学与创作》，《小说月报》第12卷第2号。
② 郭沫若：《创造者》，《创造季刊》第1卷第1期。

七天上做起。"① 诗歌尽管洋溢着"五四"时代特有的人文精神，但将上帝的创世精神人格化，则是显而易见的。还可佐以郭沫若为《创造周报》创刊写作的广告诗："我们在这犹太人的安息日上只有努力创造。/朋友哟，我们只有努力创造。/请看我们造出的这个新的创世纪。"②

创造社诸君显然把自己比作了创世纪的上帝，不同的只是他们要立在现实的土地上，创造一个现代汉语文学的新世纪而已。1923年7月，《创造日》创刊，由郁达夫执笔的宣言对此有着更为自觉的表述："山川草木，鸟兽虫鱼和世界万物，都是由无而有，由黑暗而光明，渐渐地被创造者创造出来的。""我们不要把伊甸园内天帝吩咐我们的话忘了。我们要用汗水去换生命的日粮，以眼泪来和葡萄的美酒。我们要存谦虚的心，任艰难之事。我们正在拭目待后来的替民众以圣灵施洗的人，我们正预备着为他缚鞋洗足。""现在我们的创造工程开始了。我们打算接受些与天帝一样的新创造者，来继续我们的工作。"③ 这再次证明了创造社诸君是自我命名为上帝一样的"创造者"或"创造家"的。它的另一位元老成仿吾就曾直称上帝为"创造家中的第一人"④，当然，话语以外的另一种声音是：他们也是这个创造家族中的成员。

1924年，创造社的另一本刊物问世，命名"洪水"，依然出自《圣经》，寓意是再一次创造前的破坏。众所周知，上帝对造人曾有过后悔："耶和华见人在地上罪恶很大，终日所思想的尽都是恶，耶和华就后悔造人在地上，心中忧伤。"⑤ 后使洪水泛滥于地上，毁灭天下，除进挪亚方舟的，"凡地上有血肉、有气息的活物，无一不死"⑥。这是上帝对人类的毁灭与再造。并与再造的人们立约："凡有血肉的，不再被洪水灭绝，也不再有洪水毁坏地了。"⑦ 创造社将刊物继"创造"系列之后又取名"洪水"，也有创造之后再行破坏，涤荡人间罪恶再造新人的命意。

---

① 郭沫若：《创造工程之第七日》，见赵家璧《中国新文学大系》第10集，上海良友图书印刷公司1936年版，第99—100页。
② 成仿吾：《创造周报停刊宣言·一年的回顾》，见赵家璧《中国新文学大系》第10集，上海良友图书印刷公司1936年版，第102页。
③ 郁达夫：《创造日宣言》，见赵家璧《中国新文学大系》第10集，上海良友图书印刷公司1936年版，第105页。
④ 成仿吾：《曼衍录》，《创造季刊》第1卷第3期。
⑤ 《创世纪》6：5。
⑥ 《创世纪》6：17。
⑦ 《创世纪》9：11。

郭沫若后来在回忆《洪水》的命名时谈到了这一点："上帝要用洪水来洗荡人间的罪恶，《圣经》上有这种意思的话，这便是那心裁的母胎了。"① 事实上，早在《创造周报》创刊时，郭沫若就表达过对上帝所造之人的不满，并质问："上帝，你如果真是这样把世界创出了时，/至少你创造我们人类未免太粗滥了罢？/最后的制作，也就是你最劣等的制作/无穷永劫地只好与昆虫走兽同科。/人类的自私，自相斫杀，冥顽，偷惰/都是你粗滥贪懒的结果。"因此，在上帝造人之后，创造社诸君还要施以新文化的"洪水"，再造现代新人于地上。不过，再造前更为迫切的是破坏。发刊词《撒旦的工程》写道："美善的创造是难能的而且是必需的，因为他能从空虚浑沌的无物中，变幻出光明灿烂的世界；没有创造，便没有世界。真正的破坏也是难能的而且是必需的，因为他是在虚伪丑恶的世界上，扫除去一切顽劣的怪物；没有破坏，怪物便要大施猖獗。""技巧的匠师，不能在旧屋没有拆除的地基上筑造巍峨的巨厦。真正爱花的人们，也决不肯袖手让荆棘丛生在自己心爱的花园里，把心爱的花儿凌践致死。所以，破坏是比创造更为紧要。不先破坏，创造的工程是无效的。彻底的破坏，一切固有势力的破坏，一切丑恶的创造的破坏，恰是美善的创造的第一步工程。"② 创造社诸君以撒旦工程寓意的破坏工程，依然属于他们创世工程的一部分，只不过重心在拆除旧的地基。在创造中破坏，在破坏中创造，正是新的创世纪工程的全部内涵。有趣的是，《洪水》因故停刊，复刊时创造社诸君又以"洪水复活"为宣言，再一次彰显他们以上帝创世精神张其创造之意志的共同意愿。

再谈受难与承担意识。

承担意识，乃是一种背负十字架，自觉承担苦难的精神意向，即如耶稣一样，为沉陷深渊中的人们分担苦弱。用冰心的话说就是"要完全的抛掷自己在他们中间，分担他们的忧患，减少他们的疾苦，牵扯他们到快乐光明的地上来"。③

这种承担意识，在鲁迅那里表现为默然坚忍的献身行为和基督式倾空

---

① 郭沫若：《创造十年续编》，见《郭沫若全集》文学编，人民文学出版社 1992 年版，第 265 页。

② 《洪水复活宣言》，见赵家璧《中国新文学大系》第 10 集，上海良友图书印刷公司 1936 年版，第 110 页。

③ 谢婉莹：《〈燕大青年会赈灾专刊〉发刊词》，《冰心全集》第 1 卷，海峡文艺出版社 1994 年版，第 351 页。

自己的爱:"自己背着因袭的重担,肩住了黑暗的闸门,放他们到宽阔光明的地方去;此后幸福的度日,合理的做人。"① 在郁达夫那里呈现为啼泪的悲悯、祝福与呼告:"啊!农夫呀农夫,愿你与你的女人和好终身,愿你的小孩聪明强健,愿你的田谷丰多,愿你幸福!你们的灾殃,你们的不幸,全交给了我,凡地上一切的苦恼,悲哀,患难,索性由我一人负担了去吧!"② 在诗人徐志摩那里化为满蓄爱意的同情:"为了什么/我把每一个老年灾民/不问他是老人是老妇,/当作生身父母一样看,/每一个儿女当作自身/骨血,即使不能给他们/救度,至少也要吹几口/同情的热气到他们的/脸上,叫他们从我的手/感到一个完全在爱的/纯净中生活着的同类?"③ 在许地山那里既表现为具体入微的灵魂救赎:"只希望能为那环境幽暗者作明灯,为那觉根害病者求方药,为那心意烦闷者解苦恼"④,又表现为彻底的担当精神:"我们暂且把一切人类底羞耻负在背上罢!"⑤ 而在更多的现代汉语作家那里,是以直接背负十字架为其精神象征的。郭沫若在《孤鸿》中表示,愿意陪耶稣"再钉一次十字架",并呼吁:"在大众未得发展个性,未得享受自由之时,少数先觉者倒应该牺牲自己的个性,牺牲自己的自由,以为大众人请命,以争回大众人的个性与自由!"⑥ 冰心在诗里歌吟:"我只是一个弱者!/光明的十字架/容我背上罢,/我要抛弃了性天里/暗淡的星辰!"⑦

老舍入教后,改名"舍予",表现出舍身救世的担当精神。在后来的一次演讲中他说:"我愿将'双十'解释作两个十字架。为了民主政治、为了国民的共同福利,我们每个人须负起两个十字架——耶稣只负起一个,为破坏、铲除旧的恶习,积弊,与像大烟瘾那样有毒的文化,我们必须预备牺牲,负起一架十字架。同时,因为创造新的社会与文化,我们必须准备牺牲,再负起一架十字架。"⑧ 在《诗人》一文中他写道:"在别人

---

① 《鲁迅全集》第 1 卷,人民文学出版社 1989 年版,第 130 页。
② 《郁达夫散文全编》,浙江文艺出版社 1990 年版,第 18 页。
③ 徐志摩:《爱的灵感——奉适之》,见《徐志摩文集》诗集卷,商务印书馆香港分馆 1983 年版,第 424—425 页。
④ 许地山:《解放者·弁言》,《许地山散文全编》,浙江文艺出版社 1992 年版,第 213 页。
⑤ 许地山:《"五七"纪念与人类》,《燕京大学季刊》第 1 卷第 8 号。
⑥ 郭沫若:《〈文艺论集〉序》,见《郭沫若全集》第 15 卷,人民文学出版社 1990 年版,第 146 页。
⑦ 冰心:《春水·二六》,见《冰心文集》第 2 卷,上海文艺出版社 1983 年版,第 68 页。
⑧ 老舍:《双十》,《时事新报》1944 年 10 月 10 日。

正兴高采烈,歌舞升平的时节,他会极不得人心地来警告大家;大家笑得正欢,他会痛哭流涕,及至社会上真有了祸患,他会以身谏,他投水,他殉难。"① 在民族危难的20世纪40年代,老舍又倡议:"我们要做耶稣生前的约翰,把道路填平,以迎接新生者。""文学家应该誓死不变节,为转移风气努力。耶稣未出世前即有施洗的约翰,文艺家应拿出在今日文艺荒原上大声疾呼的精神,为后代子孙开一条大道。"② 潜伏在老舍心底多年的这种人格理想,在《四世同堂》的钱默吟身上得到形象体现。小说借瑞宣的眼光和灵魂自白,打量和评说钱默吟:"钱先生简直像钉在十字架上的耶稣。真的耶稣并没有怎么特别的关心国事与民族的解放,而关切着人们的灵魂。可是在敢负起十字架的勇敢上,钱先生却的确值得崇拜。"老舍称这位英勇刚毅,肯为和平与真理去牺牲的诗人为"自动的上十字架的战士"。

巴金自称是"人类苦难的歌人",立志把所有的力量用在给"同类争取幸福上面"。③ 诗人艾青反问:"我们岂不是/就在自己的年代里/被钉上了十字架么?而这十字架/决不比拿撒人所钉的/较少痛苦。"那么如何面对这样的现实?艾青回答说,要"最坚决地以自己的命运给万人担戴苦痛","代替万人受着整个时代所给予的绞刑"。④ 承担意识在这里已升华为一种崇高的殉道精神。

综上所述不难看出,伦理话语的确是基督教文化在中国现代文学30年中的基本质态。这并不排除它在一些信仰者比如冰心那里在一个时期表现为宗教话语,但就其主流而言这是毋庸置疑的。它构成中国现代文学卓越品质的一部分,对于汉语文学的现代性产生了积极意义。但是,当一种超越性的文化进入文学后被世俗化了,除了"幸"以外还有没有"不幸"?这会不会导致此种文学的现代性缺损?其文化后果究竟怎样?这是另一个更为复杂的问题,值得思考。

---

① 老舍:《诗人》,见《老舍文集》第14卷,人民文学出版社1993年版,第178页。
② 老舍:《作家的生命》,《新华日报》1944年4月17日。
③ [法] O. 白礼哀:《巴金:一位现代中国小说家》,转引自杨剑龙《中国现代作家与基督教文化》,上海教育出版社1998年版,第172页。
④ 艾青:《诗论》,人民文学出版社1956年版,第174页。

二　1949—1979：政治话语

1949—1979年，大陆文学史亦称"新中国文学三十年"。通常的看法是，1949年后，随着政治语境的变迁，基督教文化已经在中国大陆文学中销声匿迹。实际情形并非这样。自唐贞观九年基督教进入华夏，历经四次传教高潮，尤其是清末民初，基督教文化开始深入汉语文化腹地，参与现代汉语文学的现代性建构，其影响之巨之深，不是一个政权和社会制度更替就能消除的。事实上，基督教文化因素在新中国大陆文学中仍然存在，只不过基本质态发生了变化：从20世纪上半叶的伦理话语转向政治话语，再由政治话语演变为文学修辞，并在特定历史时期的文学想象中透露出独特的宗教意味。

（一）

前面谈到，伦理话语是基督教文化在中国现代文学30年中的基本质态。1949年后，基督教文化在大陆文学中，首先经历了由伦理话语向政治话语的转换。

20世纪50年代有两首歌开始唱红中国大地，响彻每次官方的正式会议，这一做法一直延续了几十年。一首歌唱道："从来就没有什么救世主"，另一首歌接着唱道："他是人民大救星。"似乎从来没有人听出过其中的不和谐音，或者暧昧、吊诡、滑稽与相互颠覆之处。[1] 在送走超验神迎来世俗神的运动中，基督教文化已开始由1915—1949年期间的伦理话语向政治话语演变。时间还可前溯。如果立足个案分析，曹禺戏剧《雷雨》"序幕"和"尾声"的命运，可以见出这种演变的踪迹。

《雷雨》"序幕"和"尾声"内容十分简单，不过弥漫浓厚的基督宗教气息。舞台的壁炉上钉着十字架的耶稣像，"尼姑"手上拿着《圣经》，幕后传来远处教堂合唱弥撒同大风琴的声音。在此一氛围中，一个在十年前发生，经历了30个春秋的人间悲剧得以成功演绎，一个罪恶与救赎的主题借机完成。观众由此"带着一种哀静的心情"回家，虽"念着这些

---

[1] 唐小林：《从延河到施洗的河——50、90知识分子想象灵魂得救的方式》，《人文杂志》2003年第3期。

在情热、在梦想、在计算里煎熬着的人们",而灵魂是安顿的。读过剧本的人,亦会因剧中人罪恶的救赎,内心获得一份安宁,并从此产生过一种正义生活的欲求。

巴金也许是《雷雨》的第一个正式读者,60多年后,他在回忆初读剧本的感受时说:"我被深深地震动了!就像从前看托尔斯泰的小说《复活》一样,剧本抓住了我的灵魂,我为它落了泪。我曾这样描述过我当时的心情:'不错,我流过泪,但是落泪之后我感到点一阵舒畅,而且我还感到一种渴望,一种力量在我身内产生了,我想做一件事情,一件帮助人的事情,我想找个机会不自私地献出我的精力。《雷雨》是这样地感动过我。'"① 托尔斯泰的《复活》是典型的基督宗教文学。它虽然不是叙述末日审判时已死义人的复活,也不是写耶稣基督钉死十字架后三天的复活,却描写了主人公聂赫留朵夫道德堕落与复活的精神历程。故事是人间的、世俗的,理念则是基督教的、超越的。巴金阅读《雷雨》时的心灵震动与阅读《复活》相似,这说明它的"序幕"与"尾声"并非可有可无,而是有着重要的艺术效能。

曹禺对"序幕"和"尾声"也钟爱有加。剧本1934年问世,1935年在日本演出,"序幕"和"尾声"就遭删去。年轻的曹禺十分惋惜和遗憾,出面解释:"在许多幻想不能叫实际的观众接受的时候,……我的方法乃不能不把这件事推溯,推,推到非常辽远的时候,叫观众如听神话似的,听故事似的,来看我这个剧,所以我不得已用了'序幕'和'尾声'。"② 1936年《雷雨》出单行本,曹禺又一次特别提到序幕和尾声给观众以审美距离,如果因剧本过长,他宁愿删去四幕正剧中的内容。曹禺的这些申明说明,序幕和尾声的设计,至少有一个关键因素:和解"幻想"与"实际"的对立。半个多世纪过去了,很少有人问:曹禺那时有怎样的"幻想"?何以这样的"幻想"实际的观众难以接受,非得要造成辽远的故事与神话的错觉?还要以审美距离为托词?

我想曹禺的这些"幻想"不可能是司马长风所说的,为多面投机,而在政治上表现出的花枝招展:为讨好观众和当道者而铺展温良人性,为迎合风头正健的左派势力去突出无情的阶级意识。③ 尽管这些因素在《雷

---

① 曹禺:《雷雨》,人民文学出版社2000年版,第2页。
② 田本相等:《曹禺年谱》,南京大学出版社1985年版,第29页。
③ 司马长风:《中国新文学史》中册,昭明出版社有限公司1978年版,第298—299页。

雨》中都可以找到，但难以构成曹禺当时的"幻想"，至少关于阶级意识一说，曹禺自己就作过否定："要说稍稍得一些阶级和阶级斗争与无产阶级专政的道理，还是在读了列宁的《国家与革命》以及其他的马列的书之后，不过，这是全国解放之后的事了。"① 那么，这些"幻想"究竟是什么呢？曹禺自己没有说，但1935年完成的《日出》的题词中透露出若干消息。

曹禺专门对《日出》的题词有过说明："那引文编排的次序都很费些思考，不容颠倒，偏爱的读者如肯多读两遍，略略体会里面的含义，也可以发现多少欲说不能的话藏蓄在那几段引文里。"② 对此，我感兴趣的有两点：一是，那"多少欲说不能的话"是什么？是否就是《雷雨》里"叫实际的观众"不能接受的幻想？二是，那"多少欲说不能的话"只能严格按引文编排的次序，费些思考才能体会得出，既如是，引文是怎样的？又要表现什么？

《日出》最初发表时的引文，除第一条出自《老子·道德经》第七十七章外，其余七条全部引自《圣经》，编排次序如下：

> 上帝就任凭他们存邪僻之心，行那些不合理的事。装满了各样不义，邪恶，贪婪，恶毒。满心是嫉妒，凶杀，竞争，诡诈，毒恨。……行这样事的人是当死的。然而他们不但自己去行，还喜欢别人去行。
> ——《新约·罗马书》第二章
>
> ……我的肺腑啊，我的肺腑啊！我的心疼痛，我心在我里面烦躁不安，我不能静默不言。因为我已经听见角声和打仗的喊声。毁坏的信息连络不绝。因为全地荒废。我观看地，不料地是空虚混沌；我观看天，天也无光；我观看大山，不料，尽都震动，小山也都摇来摇去；我观看，不料，无人；空中的飞鸟也都躲避。我观看，不料，肥田变为荒地。一切城邑……都被拆毁。
> ——《旧约·耶利米书》第五章
>
> ……弟兄们……凡有弟兄不按规矩而行，不遵守从我们所受的教训，就当远离他。……我们在你们中间未尝不按规矩而行，未尝白吃

---

① 《曹禺论戏剧》，四川文艺出版社1985年版，第445页。
② 田本相：《曹禺文集》，中国戏剧出版社1990年版，第456页。

人的饭。倒是辛苦劳碌，昼夜做工。……我们在你们那里的时候，曾吩咐你们说，若有人不肯工作，就不可吃饭。

——《新约·贴撒罗尼迦后书》第三章

……弟兄们，我……劝你们都说一样的话，你们中间也不可分党。是要一心一意，彼此相合。

——《新约·哥林多前书》第一章

……我是世界的光，跟从我的，就不在黑暗里走，必要得着生命的光。

——《约翰福音》第八章

……复活在我，生命也在我，信我的人虽然死，也必复活……

——《约翰福音书》第十一章

我又看见一片新天新地，因为先前的天地已经过去了！

——《启示录》第二十一章①

按上面的顺序进行阐释，其基督教含义应为：部分人违背上帝旨意，行不义之事，犯下滔天罪行，世界出现毁灭前的征兆，田地荒芜，城邑倾圮，天地空虚混沌，漆黑无光。造物主忧心如焚，召叫人们虔诚信仰，彼此互爱，跟随光的引领，死了的可以复活，黑暗的可以光明，毁坏的世界必得新生。这才是曹禺的幻想。也是曹禺在《雷雨》面对不义的家庭，在《日出》面对不义的社会所蕴含的救心与救世理想。在此意义上观之，《雷雨》中不义之人，哪怕是周朴园、周萍都有忏悔之心，只有繁漪如作者所说，"她不悔改，她如一匹执拗的马，毫不犹豫地踏着艰难的老道，……想重拾起一堆破碎的梦，救出自己，但这条路也引到死亡"，不仅将自己，也将别人。所以，她"是个最动人怜悯的女人"。② 这个怜悯，不是世俗意义上的，而是宗教意义的，她行了罪而不自知，更不知悔，欲以罪赎罪，继续滑向深渊，带来周家无可挽回的现实灾难。她才是《雷雨》悲剧的真正之源。基督宗教伦理，对罪人只有怜悯，不应有恨。曹禺

---

① 许正林考证：据《新旧约全书》，以上第一段应在《新约·罗马书》第一章，第二段应在《旧约·耶利米书》第四章，剧本原题词所注出版有错。参见许正林《中国现代文学与基督教》，上海大学出版社 2003 年版，第 143 页。引文见《中国新文学大系（1927—1937）》第 16 集，上海文艺出版社 1985 年版，第 158—59 页。

② 曹禺：《〈雷雨〉序》，见《曹禺戏剧集·雷雨》，四川人民出版社 1984 年版，第 5 页。

用"最动人怜悯"待她,其把握基督教精义的火候,令人折服。《日出》亦可作如是观。《日出》之光,非世俗之光,而是救世主的救恩之光,是渴望拯救黑暗人间的象征符码。

曹禺有这样的救世理想,就像别人以主义救中国一样,不足为奇。这也是一个正直的知识分子应有的承担意识的表现。那个时节的曹禺,有一种感觉,"好像是东撞西撞,在寻找着生活的道路",在追寻着生活的意义:"人究竟该怎么活着?总不应该白白活着吧,应该活出一点道理来吧!为什么活的问题,我是想过的。我曾经找过民主,也就是资产阶级民主,譬如林肯,我就佩服过。甚至对基督教、天主教,我都想在里边找出一条路来。"[①] 在没有找到其他的路之前,基督救世思想就这样出现在《雷雨》《日出》中了。这也并非偶然。因为曹禺接触《圣经》比较早,小时候就常去教堂。据他回忆,当时就在思索生命的意义,人生的道路问题。佛教强烈的出世意愿,使他没能跟随父亲的信仰而亲近了基督教。清华大学期间,巴赫的基督宗教音乐,托尔斯泰的《复活》,教堂大弥撒仪式,复活节的活动,都一度坚固了他对基督教的信念。

正如曹禺所觉察,一个政治革命的时代早已来临。革命文化、革命文学取代文化革命、文学革命的运动已然展开。曹禺没有意识到,也说明司马长风的臆测是如此不准确,他所精心构制的《雷雨》"序幕"和"尾声"、《日出》的题词,已经显得不合时宜。题词可以不搬上舞台,能够轻松取掉,要对《雷雨》掐头去尾,却不太容易,会损伤剧本艺术的完整性,甚至关键的主题诉求。而以后关于其是否删除的争论或批判,恰恰回到了我的问题上去,显现了基督教在汉语文学中,从伦理话语向政治话语的转换。

后来成为左翼文艺掌门人的周扬,在1937年的《论〈雷雨〉和〈日出〉》中谈到,曹禺"用'序幕'和'尾声'把《雷雨》的时间搬到了十年以前。……与其把这件罪恶推到时间上非常辽远的处所,将观众的情绪引入一种宽畅的平静的境界,不如让观众被就在眼前的这种罪恶所惊吓,而不由自主地叫出:'来一次震撼一切的雷雨吧!'"[②] 周扬在这里已经是从现实政治的角度评说和要求着《雷雨》的序幕和尾声了。他希望

[①] 《曹禺论戏剧》,四川文艺出版社1985年版,第444页。
[②] 周扬:《论〈雷雨〉和〈日出〉》,《光明》第2卷第8期。

它们起到的作用不是个人灵魂的救赎和安顿，不是人类之爱，而是激起现实仇恨，煽动阶级斗争，使之成为动员社会革命的力量。曹禺要的是怜悯，周扬要的是仇恨，曹禺要的是爱，周扬要的是斗争，伦理的意愿怎能满足政治的要求？结局如何，已在预料之中。

7年以后，杨晦批评的政治意味就更浓，那已是抗战行将结束，政治斗争最为尖锐的时候。杨晦已少了周扬还较为温和的语气："在我们看，这个十年后的序幕和尾声，是一种累赘，是一种蛇足；而且，我们在感情上，在理智上，在事实上，都不愿意欣赏那种充满殖民地气氛的礼拜堂，那种颂主歌；都不相信在一个家庭的'雷雨'爆发以后，会只剩下一个疯、一个傻的两个老太婆住在医院里，领受姑奶奶的招呼；都不容许只留下一个官僚资本家的周朴园，在这种充满殖民地气氛的医院里进出。至于那两个小孩，来作这种凄凉的点缀，更是目不忍睹的了！"① 首先，注意这里的话语立场，是"我们"不是"我"。这说明杨晦自以为是代表一群人，一个阶级或者一个政党说话，是集体意志的表达。其次，基督教已经和殖民地政治挂上钩，而当时民主革命的性质，正是彻底地反帝反封建，从半殖民地半封建中解放出来。最后，杨晦从政治上而非伦理上、艺术上宣判了《雷雨》序幕和尾声的死刑："是一种累赘，是一种蛇足。"既如是，它们还有什么存在的必要？新中国成立后，1951年开明书店出版的《曹禺选集》已将其删去，直到80年代中期的《中国新文学大系1927—1937》（戏剧集一），才又恢复。不过那时，基督宗教作为话语资源，在现代汉语文学中的一个新阶段，正在悄悄来临。

无独有偶。与曹禺命运息息相关的巴金，也遭遇过类似的命运。他的《田惠世》是《火》三部曲中的第三部，写作的时间离杨晦批评《雷雨》的日子不到一年。写的是"一个宗教者的生与死"，企图展示"一个宗教者和一个非宗教者的思想和情感的交流"。②

小说塑造了一个什么样的人物形象？正如一位研究中国现代作家与基督教文化关系的专家所指出的那样，小说以巴金"熟识的人物和事件为素

---

① 杨晦：《曹禺论》，《青年文艺》新1卷。
② 巴金：《〈田惠世〉后记》，见《巴金全集》第7卷，人民文学出版社2000年版，第614页。

材,真切地写出一个具有爱国心的基督徒的爱与恨、生与死"。[①] 这个以林语堂的哥哥林憾庐为原型的田惠世,身上充满着博爱、承担和献身精神。他践行着基督宗教信仰,决心"用爱拯救世界"。他爱邻人如爱兄弟,爱穷人如爱自己,爱工作如爱生命,给儿子以温情。他置个人生命于不顾,为抗战而奔忙,决意"用牺牲代替谦卑、伪善的说教",奉"牺牲是最大的幸福",最后因办刊劳累过度而殉职。这样的人有什么不好?但在特定的政治视阈里,他的问题还不可小视。20世纪50年代末,一位论者愤怒地写道:"在当时民族矛盾极端尖锐的情况下,田惠世大谈特谈他的基督爱,而巴金又加以美化,这除了削弱人民大众火样的抗敌热情和削弱对敌斗争的意志之外,还能起到什么良好的作用呢?这种'爱'显然是反动的。"[②] 政治的火药味浓烈到令人窒息。问题是:谁告诉你《田惠世》削弱了人民大众火样的热情和人民对敌斗争的意志?到论者发表这篇宏论时,离《田惠世》问世整整15年了,何以不拿出确凿的历史证据来?凭空的政治激情和矫情下面已经说明,不需要理由,基督教文化在那时,无论作为怎样的文学资源、诗学资源,哪怕是有助于爱国和民族救亡,在政治上都是反动的了。

(二)

在这样的历史语境下,颠覆基督教信仰是人之成长必须翻过的门槛,如果有人曾经有过相关经历的话。因为纯洁信仰,是进入新中国的必修课。

1953年动笔,1956年定稿,1979年才得以出版的《青春万岁》,看作20世纪50年代的小说更为恰当。它是一部成长小说。相信读者对其中的人物形象大都是模糊的。李春从一个关心一己之学习成绩的个人主义者,成长为集体主义者;苏宁大义灭亲,检举奸商父亲,脱离黑暗家庭,投入集体温暖怀抱的叙述,也不会给人留下太深印象。唯有那个孤独悲伤的天主教徒呼玛丽,不会因岁月沧桑轻易褪色。她的成长经历构成小说最为出彩的一条线索。她的出场是因为一次考试。考题是:试述义和团斗争的始末。呼玛丽的答案除先生讲的,格外加进了自己的理解:"义和团是

---

① 杨剑龙:《旷野的呼声——中国现代作家与基督教文化》,上海教育出版社1998年版,第178页。

② 《论巴金的世界观与创作》,《武汉大学人文科学学报》1959年第2期。

中国最大的一次教难，魔鬼们焚烧教堂，杀戮主的信徒。许多教徒因而致命。圣母派遣自己的孩子惩治魔鬼，叫他们下地狱。"①

要意识到，作者之所以这样叙述，就说明这不是一次简单的考试，它极富象征意味。在新旧社会交替时期，许多人会因这样的考试不合格，而推迟进入一个新的社会。呼玛丽的答案惊动校方上层，很快被纳入政治斗争视阈。郭校长对呼玛丽的班主任严肃地说："不是个小事呀！瞧这个孩子中了多深的毒，这当然是教会中的帝国主义分子灌输给她的。这是教会当中的帝国主义分子向我们挑战，和我们争夺青年。"② 于是，一场挽救呼玛丽，关键是和帝国主义争夺青年的斗争在小说中开始了。

作者注意到了灵魂转变过程的复杂性。被作为红色先锋来塑造的郑波就曾经说过："我越来越尖锐地体会到，那个已经死了的旧世界，仍然留下许多尘屑，蒙蔽到我们这些孩子心上，譬如呼玛丽"，要对此进行清除是艰难的。要"把我们身上那些旧的残余，疤痕，统统去掉，我们得斗争，从小斗到大！这样，我们才会成为真正的、新的人，真正的、毛主席的孩子"。③ 重要的是，小说中的人物有新的信仰和坚定不移的信心。蔷云对痛苦中扬言要信天主教的苏宁满怀深情地说："现在是毛主席教育我们了，是毛主席保护我们了，毛主席的手，能够医治我们国家的创伤，也能医治你心里的创伤。"④

从神的孩子转变为毛主席的孩子，呼玛丽的内心波澜被作者叙述得有些触目惊心：从细微的生活温暖，到细小的伤痕抚慰，再到深度的灵魂煎熬，都得到见泪见血的细致铺展。其中有两件事起了至关重要的作用。

一是1953年的"五一"游行。裹挟在"狂热"人流中的呼玛丽，像"一颗隔年的枯折了的向日葵茎子"，隐藏在万紫千红花丛中的呼玛丽，只虔诚地呼唤过神的名字的呼玛丽，"在万道霞光照耀着的天安门"，被山呼海啸般的"毛主席万岁"，震撼和激动得"经受不住，几乎倒在地上"。⑤ 她被另一种世俗的宗教情绪唤回。她是否隐约地意识到另一个可以作为替代物的拯救灵魂的圣父已经出现？当她再次向"圣母呼救，跪伏

---

① 王蒙：《青春万岁》，人民文学出版社1979年版，第53页。
② 同上。
③ 同上书，第166页。
④ 同上书，第228页。
⑤ 同上书，第245—246页。

在圣母像前"时，"她忽然发现，圣母也是可怜的，孤独无靠的，一个人栖息在黑暗的空间，她的眼睛里充满了忧伤，她的头无力地低垂，她毫无作为地眼看着自己的女儿，自己的羔羊，在人世的无限痛苦中翻滚熬煎"。[①] 我没有理由不怀疑她信仰的动摇。呼玛丽无须再呼玛丽亚了。

二是她的监护人，有过救身和救心之恩的神甫李若瑟的被捕。这个在呼玛丽心目中，曾经是"天主的使者"、圣母洁德的化身、人间基督的神甫，竟是披着宗教外衣的特务，潜藏的反革命；是外面显出公义，里面装满假善，行不法之事的魔鬼。这对摧毁呼玛丽的信仰是致命的。这样的情节，也使你无法不重温《牛虻》中亚瑟与红衣主教蒙太尼里的故事。

神圣的、彼岸的神像倾圮了，现世的、身边的基督偶像轰毁了，而天安门却是如此的霞光万道，最后，小说是那样合乎情理地把呼玛丽推到了天安门前，她要毕业了，她旧的信仰已经抛弃，精神已经清洗，她进入新中国的考试已经合格，她一个阶段的成长也要以此宣告终结，"她拼命地抑制住自己的眼泪"，仰望着毛主席，悄悄地、发自肺腑地说："主席，谢谢您！"[②] 她终于成为毛主席的孩子。

在《青春万岁》中，阶级压迫的政治被转换成教会压迫的政治。呼玛丽所在的教会——仁慈堂，被作者用引号引上，是一个嗜血如命，血债累累，比地狱更加黑暗的地方。在鬼嚎般的念经声中，每天都有一具具的儿童尸体被抬出。这些天真无邪的生命就这样在仁慈的名义下被扼杀。毛乖乖就是有意设置的这样的典型。如此的叙述，与非基督教运动中对教会的血泪控诉是何其相似！它会不会就是作者的创作资源？而且，更为令人震惊的是：教会是帝国主义分子从事非法活动的据点，他们的矛头直指新生的民族国家和它的领导者。李若瑟曾经质问呼玛丽："同学们？都是谁？有没有党团员？"并进一步警告她："教难即将到来，圣教会在危险中。我们遇到了凶恶的仇敌——共产党！共产党是立意要消灭圣教会的。"[③] 教会的用心，是要颠覆新生的政权。政治的叙述后面是叙述的政治，是文学和诗学的政治。

因教会和神父政治上的反动，而清除包括基督宗教在内的信仰异端，还只是进入新中国的第一步，新人需要建立新的信仰，或者说新的灵魂需

[①] 王蒙：《青春万岁》，人民文学出版社1979年版，第251页。
[②] 同上书，第345页。
[③] 同上书，第240—241页。

要新的拯救。《青春万岁》写的是一群女中的学生,由于题材的限定,它没有完成这一任务。这一任务是在第二年由另一作家写就的《青春之歌》中得以完成的。

从《青春万岁》的呼玛丽,到《青春之歌》的林道静,信仰完成了向政治的转移。表现在生活世界,私人空间已被公共空间替代,个体信仰已被世俗政治置换。就基督教而言,乌托邦取代了天国,社会科学理性取代了基督神性,"卡里斯马"取代了上帝、取代了基督,斗争哲学取代了爱理念,血统论取代了原罪论……与此相伴随,一度成为现代汉语文学伦理资源的基督教,已被政治话语改造和收编。加上,"在一个宣布以无神论、唯物论为官定国家哲学基础并全权控制文学创作的时期"[①],很难想象在文学中能为我的论题提供多少与直接基督宗教相关的材料。但"空白"并不意味"无",而是另一种"有"。曾经喧哗于话语层面的,只是被打入潜意识的集体记忆;昔日活跃于历史现场的,不过退居历史幕后而已,但仍会乔装打扮、改头换面,以另一种方式悄悄登场,或者潜在地发挥作用。

(三)

20世纪50—70年代,文学中真的没有了基督教文化的因素?当然不是。黄子平对此一时期小说的研究表明,宗教文化片断性地进入小说创作,即便是"最正统的以讲述党史为中心题材的'革命历史小说'",也无法不从传统的宗教文化中攫取叙述的合法性资源,"而这种攫取,往往采取了'宗教修辞'的方式和途径",他将之命名为"小说中的宗教修辞":"宗教文化中的形象、仪式、神话情节、命题,被抽离了与其原始教义上下文的具体联系,灵活而多变地纳入文学作品自成一体的叙述世界之中,以服从小说所希望达到的叙述效果。……'革命历史小说'中,只有这种'纳入'方式,在其当代文化环境中才是合法的、可行的和有效的。"[②] 这是极富洞见的。有趣的是,在这一时期,即便只是作为修辞的基督教文化资源,也是政治话语质态,期待的也是政治的功能。

黄子平对革命历史小说挪用基督教、伊斯兰教"圣地"一词的论析,

---

① 黄子平:《"灰阑"中的叙述》,上海文艺出版社2001年版,第87页。
② 同上书,第89页。

就颇具说服力。他指出,"圣地"一词的修辞运用,鲜明地显示出"政治权威的凝聚、集中和确立的过程",也隐含基督教和伊斯兰教才具有的一神教的排他性对建构和巩固独尊的意识形态的效用。他从《保卫延安》卷首的一幅"陕甘宁边区地图",解读出一个"圣地失而复得"的情节模式,"这幅地图不单可读成政治—军事地图,也可读成一幅经过宗教修辞的寓意图"。对于小说作者而言,或许并非自觉追求,但"这似乎更能说明宗教修辞的政治无意识效果"。① 那么,这种"小说中的宗教修辞"的政治效能究竟是怎样的呢?黄子平指出:"宗教修辞奠定了政治叙事的基础,政治上的'革命/反动'划分定性,必须从宗教的'正/邪'、'善/恶'那里获得一种转喻的力量。仿佛不是政治叙事从宗教文化资源里悄悄挪用了圣洁空间的谴责威力,而是必须从宗教文化资源中直接派生出政治叙事的有效性。"②

"小说中的宗教修辞"是如此,1958—1959年大量涌现的"红色歌谣中的宗教修辞"更是如此。现代性的过程,既是神的去魅过程,又是人的成魅过程。人的成魅,借助宗教修辞。其中当然也挪用基督宗教修辞,但在总体上是含混的,尽管在实质上它是另一种"赞美诗"。有关内容不拟在此展开。

宗教性修辞在这里转化为政治性修辞,在文学层面表现为修辞的政治:宗教语词因人为的政治目的被强暴,被强迫地抽离、挪用、改写、涂抹,其原有语义遭篡改或删除。红色歌谣是集体创作,是当时的社会总体想象物,在"破四旧"和"扫除一切牛鬼蛇神"的历史语境中,出现这种情况,是可以想见的。那么在作家的私人写作中呢?

我读到的唯一一首可以算得上是私人写作的,又是基督教题材的诗歌,是1970年绿原写于牛棚的《重读〈圣经〉——"牛棚"诗抄第n篇》。这是以后被史家称为"潜在写作"或"地下写作"的诗歌。它的写作目的不是为了发表,而主要是个人抒怀,具有纯粹私性。

开篇,诗人首先追溯与《圣经》"源远流长"的历史,还在儿时,基督教徒就送给他一本福音,劝勉他阅读此书可以树立信仰,"可以望见天堂的门"。青年时期,一位诗人又告诉他,《圣经》虽不讲述科学道理,

---

① 黄子平:《"灰阑"中的叙述》,上海文艺出版社2001年版,第94—97页。
② 同上书,第93页。

却是文学艺术的重要资源。读到这里,阅读习惯使我认为,诗人对《圣经》、对基督教文化有着持久不衰的兴趣和热情,但很快我发现,这是诗人耍的一个"诡计",他的真实用心是欲抑先扬,追求的是让你一下落空的惊惧。

诗人马上急不可待地申明:"我一生不相信任何宗教",《圣经》连一遍都没读过。如今身陷囹圄,又常常是在夜深人静,倍感凄清,辗转反侧,好梦难成之时,才捧读《圣经》,"纯粹是为了排遣愁绪"。因此,他从中见不到什么灵光和奇迹,"只见到蠕动着一个个的活人"。尽管在以后的诗句中,诗人写到对为人民立法的摩西的敬重,对引领受难同胞出埃及的约瑟的钦佩,尤其是写到了对耶稣的"更爱":"但我更爱赤脚的拿撒勒人:/他忧郁,他悲伤,他有颗赤子之心;/他抚慰、他援助一切流泪者,/他宽恕、他拯救一切痛苦的灵魂。"甚至还写道:"读着读着,我再也读不下去,/再读便会进一步堕入迷津……"这迷津是什么,我们不得而知,但是并非没有对诗人固有信仰的某种游离或颠覆,而使诗人产生难以言述的忧惧。但就其整个诗篇而言,充满了对基督教信仰的调侃和反讽,即便是一些地方的正面咏颂,重心也在凸显诗人自身精神人格的清白高尚和对未来政治清明的确信。诗歌最后写道:"我始终信奉无神论:/对我开恩的上帝——只能是人民大众。"[①] 人民是上帝,这是对领袖话语的搬用。毛泽东在中共"七大"闭幕式上,在对《列子·愚公移山》神话的引申时强调指出:"我们也会感动上帝的,这个上帝不是别人,就是全中国的人民大众。"[②] 所以,《重读〈圣经〉》中的基督教资源,仍然是作为诗歌修辞存在,相比之下,这种修辞更具整体性而已,其目的还是在特定政治话语的建构上。

行文至此不难看出,基督教文化因素,并未在新中国 30 年的大陆文学中销声匿迹,只是其基本形态发生了"政治"转移,在特定时期和特定的个人心性中,还程度不一地发挥着信仰改塑、苦难担当、灵魂救赎和文化政治的功能,其存在方式也更为内在、更加隐蔽。它对新中国文学修辞和文学意义的丰富产生过积极的作用。

[①] 绿原:《重读〈圣经〉——"牛棚"诗抄第 n 篇》,见绿原、牛汉编《白色花·二十人集》,人民文学出版社 2000 年版,第 202—206 页。
[②] 毛泽东:《愚公移山》,见《毛泽东选集》第 3 卷,人民出版社 1991 年版,第 1102 页。

三 1979—2009：宗教话语

1979—2009年，大陆亦称为"新时期文学三十年"。借助宗教修辞，建构政治话语，有意无意地论证现存秩序的合法性，即使到新时期的最初几年，情况也未见多大变化。只是到了20世纪80年代中后期，基督教文化在现代汉语文学中，才由一种政治修辞向宗教话语转换。

（一）

在新时期开风气之先的早期朦胧诗中，舒婷是运用基督宗教修辞较多的诗人。她有的诗歌，对基督教资源的化用，承续了20世纪上半叶的伦理话语。比如，写于1980年的《在诗歌的十字架上——献给我的北方妈妈》，诗人就把自己想象成诗歌界的耶稣，她的存在不属于自己，她是天空、河流与山峦的选择，选择她为人间的痛苦与幸福承担她所不能胜任的牺牲。尽管在奔赴此一历史使命的途中，诗人被轻蔑、被亵渎、遭离弃，甚至承受"天遣似的神鹰/天天啄食我的五脏"般的无尽痛苦，且早已身心疲惫，但"为了完成一篇寓言/为了服从一个理想"，为了"那被我歌声/所祝福过的生命/将叩开一扇扇紧闭的百叶窗/茑萝花依然攀援/开放"，诗人仍乞求妈妈帮助她"立在阵线的最前方"。① 诗歌塑造的是新时期新启蒙者的形象。虽然那篇寓言、那个理想的内容对我们而言是如此的模糊不清。

不过，4年以后，诗人对此产生怀疑时，那篇寓言和那个理想的真实面目就露出水面，变得清晰起来，并且具有了政治色彩。在诗歌《复活》中，诗人似乎突然领悟到："或许存在只是不停地波动/把你整个儿铺成一川河流。"人生如蚕，蠕动着穿过一环又一环自身的陷阱，而最终不过"为了片刻羽化/飞行状地/死去"。人生哪有什么根据？"你身后只是沉沉的宇宙"，站在你身边的，也不过是与你"貌似神非"，从胚芽到老朽的树。一切皆流。既如此，何必痴痴于那篇寓言，那个理想呢？"上十字架的亚瑟/走下来已成为耶稣，但是/两千年只有一次。"② 亚瑟是爱尔兰女

---

① 舒婷：《在诗歌的十字架上——献给我的北方妈妈》，见《舒婷的诗》，人民文学出版社1994年版，第56—59页。
② 舒婷：《复活》，见《舒婷的诗》，人民文学出版社1994年版，第287—288页。

作家艾·丽·伏尼契的长篇小说《牛虻》中的主人公，是几代中国人的偶像，是众所周知抛弃了神，而最后牺牲了的革命者形象。诗人以"两千年只有一次"，表达了对这一偶像的根本性动摇，以及对于作为劳苦大众救世主的信念的质疑。因此，诗人以"复活"为题，寓意并非是先前信念的某种新生，而恰恰是对其颠覆。"复活"昭示的，是已然被遮蔽，而从来就存在着，今天才被诗人领悟到的某种"客观真理"的复活。这种"复活"，是对某种政治理想的否定。而这种否定本身又是一种政治，当然也是一种政治话语。不过，一种新的政治话语的建构，对诗人而言并不简单。在选择的迷茫中，舒婷追逐的脚步也在发生变化。在《最后的挽歌》中，就表现出对基督宗教话语的靠近。

"文化大革命"后期，以手抄本的形式在民间秘密流传，1981年才在《十月》第1期公开发表的中篇小说《晚霞消失的时候》，宗教就不只作为"修辞"而存在，爱情、"文化大革命"、宗教被紧密地纠缠在一起。这可能是宗教在新时期文学中的第一次公开亮相，在文坛引起轩然大波。

小说的故事很简单："文化大革命"前，李淮平与南珊偶然相识，心有所动；"文化大革命"初，李淮平率领红卫兵抄家，又与南珊在尴尬中偶然相遇，结下芥蒂。"文化大革命"后，再一次偶然相逢，南珊对李淮平已尽释前嫌，原因是其人生观的改变，而其中起重要作用的是宗教。

宗教的因素在小说中比较复杂。第一次使南珊从"文化大革命"的噩梦中走出来，不再痛苦、忧伤，变得宽容、宁静的是基督教。南珊说："我还应该感谢一个不可知的力量。是他在我完全可以变成另外一个样子的时候，使我变成了今天的样子。这使我非常感激。这力量是伟大而神秘的。有人说，那是一个神圣的意志，有人则说那是一个公正的老人。我更愿意相信后者。我相信他高踞在宇宙之上，知道人间的一切，也知道我的一切。我并不怀疑我的生命和命运都受到过他仁慈的扶助。"[①] 当她的爷爷问："我的孩子。你是在赞美耶和华吗？"南珊不假思索地说："是的，耶和华。我深深地爱着他。"是上帝救助了这个在政治的灾难中心灵已然千疮百孔的孩子，并使她确信："这个世界的希望，更多的是在人类自己的心灵中，而不是那些形形色色的立说者的头脑中。"

南珊接近基督教，在小说中是条暗线，我们不知道当初超越的神是如

[①] 礼平：《晚霞消失的时候》，《十月》1981年第1期。

何在她的灵魂中战胜世俗的神的。因为那时，"现代迷信和奴性的仪式"正登峰造极："早请示、晚汇报、忠字舞、语录操、越来越大的像章"，奇形怪状的顶礼膜拜，闹得乌烟瘴气。而南珊居然走上了另外一条灵魂救赎的路。

然而在12年以后，南珊似乎有所改变："在信仰问题上，我们中华民族自己有着更好的传统。十几个世纪以来，西方的各种宗教像浪潮一样冲刷过中国的国土。印度的，希腊的，犹太的，罗马的，还有阿拉伯的和拜占庭的，都始终未能征服我们这个民族的心。中国人那种知天达命的自信和对于生死浮沉的豁达态度，成了中国儒家风范中许多最优秀的传统之一。你可能以为我在外国找到了心灵的寄托，可是我的感情却一直更倾向于自己的祖先。"怎样理解南珊前后的转变？其实在我看来，南珊前后没有任何改变，她如此说，是特定身份和语境下的一种话语姿态。她当时是一个外国团的英语翻译，正处于与长老谈佛论道，与洋人谈战争、谈信仰的话语场中，民族文化身份的认同感就可能来得特别强烈，在这时，从文化的角度表现一点民族自豪感和爱国情怀，尽在情理之中，并不能由此断定她转信儒教。她没有否定李淮平"可能以为"她在外国找到了心灵寄托，也没有正面回答和肯定李淮平关于"我们的信仰是共同的了"的追问，而是含糊其辞和未置可否的微笑，而且，她也只是在"情感上"一直倾向于自己的祖先，在信仰上呢？

总之，《晚霞消失的时候》基督教因素不仅存在，而且就小说的意图而言，还起着至关重要的作用。南珊借助基督信仰，摆脱苦弱，安泊灵魂，置疑人为理性的合法性，否定仇恨哲学，反对暴力和战争，宣传爱与宽恕。小说中，基督教信理成为"文化大革命"政治的颠覆力量而存在。在政治与宗教、苦难与救赎的对立中，小说是新中国成立后第一次对后者的正面诉求。它似乎在预示一个新的时代的到来。我们不一定同意若水对这篇小说的某些指摘，但他作为理论家的敏锐是不得不让人折服的，他说，这篇小说的方向是："从人道走向神道。"[①]

但有趣的是，当一场论争无可避免地降临的时候，当有人指出这篇小说有着严重缺陷，特别是宣传了宗教的时候，我们发现，基督教在汉语文学中依然是作为政治话语而存在。连作者自己首先就否定了其在小说中正

[①] 若水：《南珊的哲学》，《文艺报》1983年9月27日。

面诉求的，基督教信仰对南珊个体心魂的拯救作用以及南珊事实上的坚守。作者开始解释说，南珊只是"在宗教的大门前徘徊了一阵"，后来就从"理论上战胜和抛弃了早年的宗教情绪"。进而辩解说，南珊的宗教倾向，是她的"一个精神上的悲剧"、"一个陷阱"、"一个深渊"，是人们"把南珊的宗教悲剧当成了她的出路"，而并非是作者她自己，因为"其实宗教并没有给她带来出路"。① 这些说辞在小说面前不仅显得苍白无力，而且显然是在政治压力下的"违心"之词，只是在保护自己的文化政治策略而已。

商榷的文章是如此的锋芒毕露，在马克思主义普世真理的宰制下，在"共产党人应该宣传无神论"的判词下，胜负双方在较量前已然确定。还是若水聪明："马克思主义不相信救世主，它相信人民的力量"，"晚霞在天际消失，太阳沉没了。它还会升起，它正在升起。但这是一个新的太阳，既不是天上的神也不是地上的神——它就是人，它就是人民"。② 让人困惑的是，就在此时和以后的一段时间里，这位守护着人道主义的马克思主义者，遭到比之《晚霞消失的时候》更为惨烈的"商榷"的时候，他是否在心底真正寻思过（而不是作为一种话语姿态）他曾经质问《晚霞消失的时候》的作者的"在地上的神还原为人以后，为什么又要去寻找天上的神呢？"是啊，在那样的政治高压下，在一不小心就会被"革命"的历史时刻，作者为何还要冒着如此的风险"去寻找天上的神"呢？这样的提问，触目惊心。难道真的是作者沉醉，唯若水独醒？是否把自己扮演成了人神辖制下的诸神之一了？而事实是，历史的发展不以"人"的意志为转移啊。

（二）

20世纪80年代中期以来，商品社会和消费时代渐次到来，全球化语境下的多元文化格局开始形成，基督教文化再次作为重要的思想资源，在置疑汉语精神传统既有的实用——历史理性，以及从西方舶来的科学理性、人文理性和非理性，寻找绝对真实的终极价值，回应虚无主义的思想诉求过程中，又一次深入汉语思想腹地，改变着汉语学术、文学及诗学的走

---

① 礼平：《谈谈南珊》，《文艺报》1985年6月24日。
② 若水：《南珊的哲学》，《文艺报》1983年9月28日。

向。这一过程至今仍未结束,且有方兴未艾之势。在这时,基督教在现代汉语文学中更多地呈现为一种宗教话语。

在政治话语向宗教话语的转换途中,不得不提到诗人海子。

1989年3月下旬的一天,诗人海子带着《新旧约全书》、《瓦尔登湖》、《孤筏重洋》和《康拉德小说选》,从容地走向山海关,在落日的夕照中卧轨自杀,结束了他年仅25岁的生命。这是一个重要的诗学事件。

有论者提醒我们注意海子自杀时的情形,以及蕴含的神学意义:

> 他精心选择了一段火车的慢车道,从容地将身体卧入,让火车把自己精确地裁成两段,海子的身体与铁轨交叉成十字架——一个通向诗的天国的十字架![1]

另一位著名的诗评家也说:"海子的死亡绝唱,乃是对耶稣的伟大艺术的现代模仿,所不同的是他独自完成了这一行动。"[2]

而海子殉诗,走向死地所带的四本书,更富象征意义:文学与《圣经》,文学与基督教,在此向死而生。这个在旁观者看来有些仪式化的事件,无意中宣告了现代汉语诗学与基督教的一个新的时代的到来——宗教话语时代。

现代汉语诗学与基督教的宗教话语时代,与其伦理话语和政治话语时代的不同点在于,基督教在汉语诗学中,不再主要是一种伦理资源和政治资源,不再主要作为伦理话题和政治话题被谈论,而是回到其信仰本身,是作为信仰话语而存在。在这个意义上,说它是一种汉语基督宗教诗学也并不为过。

海子是汉语诗学的自觉建构者。他要写作"伟大的诗歌",构建"伟大的诗学"。海子的这种自觉来源于对"现代世界艺术对精神的垄断和优势"的抵抗,以及对现代汉语诗学的绝望。同时,又出于"某种巨大的元素"对他的召唤。说穿了,他痛感现代世界艺术和汉语诗学意义根基的丧失,天命般地承负起代神立言的使命。

---

[1] [斯洛伐克]叶蓉、贝雅娜:《〈圣经〉对"文化大革命"后几位朦胧诗人的影响》,《基督教文化学刊》2003年第10辑。
[2] 朱大可:《先知的门——海子与骆一禾论纲》,见崔卫平编《不死的海子》,中国文联出版社1999年版,第139—140页。

在谈到长诗《土地》的写作时，他说："由于丧失了土地，这些现代的漂泊无依的灵魂必须寻找一种替代品——那就是欲望，肤浅的欲望。大地本身恢宏的生命力只能用欲望来代替和指称，可见我们已经丧失了多少东西。"土地或大地，在这里是价值地基的象征。因此，他在阐释诗中"玫瑰与羔羊的赤子、赤子之心和天堂的选民"的寓意时，才会说，他们是"救赎和感情的导师"。[①] 由于象征价值地基的大地的失去，诗人发出了泣血般的呼告：

何方有一位拯救大地的人？
……
大地啊，何日方在？
大地啊，伴随着你的毁灭
我们的酒杯举向哪里？
我们的脚举向哪里？[②]

除了现代世界的欲望化趋势使一个价值世界正在沉落，古典的理性主义也使"原生的生命涌动蜕化为文明形式和文明类型"，使我们处于内心的"失明状态"。"我们作为形式的文明是建立在这些砍伐生命者的语言之上的——从老子、孔子和苏格拉底开始"，这样，"天堂和地狱会越来越远。我们被排斥在天堂和地狱之外"。我们人类是如此，诗歌、诗学也是如此。于是，海子如此说："在上帝的七日里一定有原始力量的焦虑、和解、对话，他对我命令、指责和期望。/伟大的立法者……/'我从原始的王中涌起涌现。'"[③] 意思是说，他主动领承圣命，参与上帝立法的伟大事业，以原始王者的身份，出现在汉语诗学界。在这里值得注意的是，海子把上帝与原始力量相提并论。原始力量在海子诗学中至关重要，以至于成为解开其诗学精义的钥匙之一。

在另一处，海子甚至直接挑明自己作为地上的先知、天堂的神和大地

[①] 海子：《诗学：一份提纲》，见崔卫平编《不死的海子》，中国文联出版社1999年版，第284—285页。

[②] 海子：《土地》，见西川《海子诗全编》，上海三联书店1997年版。

[③] 海子：《诗学：一份提纲》，见崔卫平编《不死的海子》，中国文联出版社1999年版，第285页。

王者的身份:"那些坐在天堂的人必然感到并向大地承认,我是一个沙漠里的指路人,我在沙漠里指引着大家,我在天堂里指引着大家,天堂是众人的事业,是众人没有意识到的事业。而大地是王者的事业。"①

在海子,价值地基的沉陷,世界坠入深渊,意味着上帝的法的崩溃。重新立法,成为海子对上帝的倾听和奔赴。问题是:如何立法?

海子有自己的历史观、艺术观和诗学观:

> 在上帝的七日中,我看出第六日已是如此复杂与循环,所以历史始终在这两种互为材料(原始的养料)的主体中滑动:守教与行动;母本与父本;大地与教堂。在这种滑动中我们可以找到多种艺术的根源,如现代艺术根源中对元素的追挖和"变形"倾向即是父本瓦解的必然结果。②

质言之,历史的演进与艺术的发展是在圣俗、人神的二元对立与和解中得以进行的。圣俗、人神的冲突与对话,是多种艺术的根源,也是诗歌和诗学的根源。

海子认为,历史对此早已澄明。情形大抵有二。在亚当型巨匠米开朗琪罗、但丁、莎士比亚、歌德那里,原始力量成为主体力量,由此"产生了人格,产生了一次性行动的诗歌,产生了秩序的教堂、文明类型的万神殿和代表性诗歌——伟大的诗歌"。而凡·高、陀思妥耶夫斯基、荷尔德林等人,则因为活在原始力量中心或附近,他们无法像那些伟大的诗人有幸也有力量活在文明和诗歌类型的边缘,他们的诗歌为此成了和原始力量的战斗、和解、不间断的对话和同一,成了一种"抒发的舞"。他们诗歌中的天堂或地狱的力量无限伸展,以至于不能容纳他们自身,结果,"诗歌终于被原始力量压垮,并席卷而去"。海子把前一类诗人命名为亚当型,后一类诗人指称为夏娃型,前者是父本的、人本的,是海子的诗学所倾心的;后者是母本的、神本的,是海子诗学要拒斥的,指摘它"是一种疯狂与疲倦至极的泥土呻吟和抒情。是文明开端必然的流放和耻辱,是一种受难"。集体受难导致宗教、神。在海子看来,从亚当到夏娃也就是从

---

① 海子:《诗学:一份提纲》,见崔卫平编《不死的海子》,中国文联出版社1999年版,第297页。

② 同上书,第288页。

众神向一神的进程。

在这里,似乎蕴藏了海子反对神本,反对一神论的倾向。亚当代表人本、象征多神,因而,他赞美亚当的创造是"滚动着大地的花香"的,是"欲情和感性"的,是"极富战斗、挣扎和艰苦色彩"的,是"主体明朗"的。他尤其要汉语诗学界注意"从夏娃到亚当的转变与挣扎",也就是注意从神本到人本、从一神到多神的进路,认为那是"从心情和感性到意志,从抒发情感到力量的显示,无尽混沌中人类和神浑厚质朴、气魄巨大的姿势、飞腾和舞蹈"。①

对此如何理解?这里实际上有两个问题:一个是怎样看待海子的反对神本;一个是怎样解释海子的反对一神。

其实,在我看来,海子的反对神本,是不赞成诗歌单纯成为神学的附庸;海子的提倡人本,也不是让诗歌纯粹成为人类自恋的呓语。单纯成为神学的附庸,诗歌中天堂或地狱的力量就会无限扩张,导致主体人的消失和诗本身的"席卷而去"。而诗歌纯粹成为人类自恋的呓语,正是"本世纪世纪病"——自恋型人格的泛滥。在海子看来,"肉一经自恋之路软化,甚至'伟大'也无法通过'自然'或'文化'、'语言'化身为人"。② 缺乏"伟大"化身为人的时刻,或者说缺乏神性的人的时刻,是历史上苍茫的时刻、黑暗的时刻、盲目的时刻。因而,海子在这里执念的是诗歌中的神人共契。没有神性根基,人何以成为人?人本如何可能?神,只是人的信、望,并不取消人,替代人。

关于海子的反对一神,王本朝的说法似无不对:"海子徘徊在泛宗教的路途上,他诗歌的神性向度是开放的。"③ 这一点,下面的叙述似乎还可进一步证明。海子前面谈到了母本和父本的诗歌,但他所追求的,或者说他的诗学理想、诗学乌托邦,是超于其上的,"甚至是超出审美与创造之上"的更高一级的创造性诗歌,这是一种诗歌总集性质的东西,与其称之为伟大的诗歌,不如称之为伟大的人类精神,"他们作为一批宗教和精神的高峰而超于审美的艺术之上",是人类形象中迄今为止的最高成就,"是伟大诗歌的宇宙性背景"。它们是埃及的金字塔、《圣经·旧约》、印

---

① 海子:《诗学:一份提纲》,见崔卫平编《不死的海子》,中国文联出版社1999年版,第287—289页。
② 同上书,第298—299页。
③ 王本朝:《20世纪中国文学与基督教文化》,安徽教育出版社2000年版,第247页。

度史诗和奥义书、荷马史诗、《古兰经》，以及一些波斯长诗。只有这些伟大的诗歌才能为现代汉语诗学立法，才能作为其价值地基。① 海子如此的诗学陈述，的确给我们以泛宗教化的感觉。

但从总体、从主导而言，基督宗教理念的价值诉求在海子诗学中更为核心，也更为内在。他对一向被汉语思想界叙述为"反基督"的尼采的认识，可谓独具慧眼："他赞同旧约中上帝的复仇。他仅仅更改了上帝的名姓。并没有杀死上帝。而只杀死了一些懦弱的人类。"② 同样，海子诗学中也提到了别的宗教，别的神，但如同尼采一样，"他仅仅更改了上帝的名字"，就像在诗歌中，他的笔下也出现过无数神祇，诸如湿婆、菩萨、冥王，甚至酒神等一样，但他们都笼罩在上帝的光环下，或者说，都或多或少地涂抹上了基督教的色彩。

有论者颇富洞见地指出："海子在意念上扮演着诗的王国的'弥赛亚'。"③ 弥赛亚，是基督一词的希伯来语音译，也就是说，海子诗学和诗歌中，尽管以"太阳"和"太阳王"为主神形象，周围还簇拥着天上、人间众神，但它们或者是耶稣基督的别名，或者是上帝国中的诸神而已。海子在《耶稣》一诗中写道：

> 从罗马回到山中
> 铜嘴唇变成肉嘴唇
> 在我的身上　青铜的嘴唇飞走
> 在我的身上　羊羔的嘴唇苏醒④

诗人从基督教的经典中走出，自觉到神的使命的瞬间降临，那种感动仿佛是耶稣基督的复活，雕像上的铜嘴唇一下子化为诗人的肉嘴唇，他要为神而歌，为神而言，传诗的天国的道。于是"在幽暗中我写下我的教义，世界又变得明亮"。⑤ 于是，在诗中他歌唱天国的理想："麦浪——／

---

① 海子：《诗学：一份提纲》，见崔卫平编《不死的海子》，中国文联出版社1999年版，第293页。
② 同上书，第296页。
③ [斯洛伐克] 叶蓉、贝雅娜：《〈圣经〉对"文化大革命"后几位朦胧诗人的影响》，《基督教文化学刊》2003年第10辑。
④ 海子：《耶稣》，见西川《海子诗全编》，上海三联书店1997年版，第307页。
⑤ 海子：《七百年前》，见西川《海子诗全编》，上海三联书店1997年版，第413页。

天堂的桌子/摆在田野上/一块麦地"①;"全世界的兄弟们/要在麦地里拥抱/东方,南方,北方和西方/麦地里的四兄弟,好兄弟/回顾往昔/背诵各自的诗歌/要在麦地里拥抱"。②他甚至引用凡·高的话,像上帝一样言说:"那些不信仰太阳的人是背弃了神的人。"③

这样,海子的"殉诗"有仿耶稣十字架上受难的意味,他的诗歌也有仿《圣经》的迹象。骆一禾说,海子的生涯等于亚瑟王传奇中最辉煌的取圣杯的年轻骑士,这个年轻人专为获取圣杯而骤现,唯他青春的手可拿下圣杯,圣杯在手便骤然死去,一生便告完成。④他的死是另一种飞翔,是"摆脱漫长的黑夜、根深蒂固的灵魂之苦,呼应黎明中弥赛亚洪亮的召唤",他的创作道路"是从《新约》到《旧约》"。⑤

海子自己也说:"圣书上卷是我的翅膀,无比明亮/有时像一个阴沉沉的今天/圣书下卷肮脏而欢乐/当然也是我受伤的翅膀","我空荡荡的大地和天空/是上卷和下卷合成一本/的圣书,是我重又劈开的肢体/流着雨雪、泪水在二月"。⑥海子是把诗当作经文来写的。他为《太阳·弥赛亚》中的《原始史诗片断》加上这样的副标题:"作为此《太阳》这段经文的补充部分。"他的长诗《太阳》全书的结构设计"吸收了希伯来《圣经》的经验"。例如《弑》有《列王纪》的印迹;《弥赛亚》有《雅歌》与《耶利米哀歌》的印痕。而他围绕太阳主神创作的全部诗歌,在某种意义上,就是一部庞大的经书,并像《新旧约书全书》分为上下两部,上部为抒情纯诗,下部为"太阳·七部书"。就连诗中俯拾即是的"七"的意象,也与海子青睐的"上帝的七日"有着丰富的意义关联。

海子是一个"倾心死亡"的诗人,据统计,仅1983—1986年的117首短诗中,涉及死亡的意象93处,1987—1989年的短诗中一半以上的篇幅提到了死亡,总共125首诗中,死亡意象出现了167处。有论者指出,

---

① 海子:《麦地》,见西川《海子诗全编》,上海三联书店1997年版,第101页。
② 海子:《五月的麦地》,见西川《海子诗全编》,上海三联书店1997年版,第353页。
③ 西川:《海子诗全编》,上海三联书店1997年版,第4页。
④ 骆一禾:《海子生涯》,见崔卫平编《不死的海子》,中国文联出版社1999年版,第3—4页。
⑤ 西川:《怀念》,见崔卫平编《不死的海子》,中国文联出版社1999年版,第23页。
⑥ 海子:《黎明》(之二),见西川《海子诗全编》,上海三联书店1997年版,第440—441页。

海子之所以反复咏唱死亡，是"因为死乃是'弥赛亚'复活的前提"。①这是颇有见地的。一方面，在诗中海子深味耶稣受难，走向十字架的痛苦："作为国王我不能忍受/我在这遥远的路程上/我自己的牺牲。"②但另一面，诗人又多次预言弥赛亚的死与复活。由于海子在意念上，把自己扮成了诗界的弥赛亚，在诗歌中大量出现的是抒情主体或海子的受难、死亡与复活。"只有黑土承认/承认他有唯一的名字，/受难的名字"③；"春天的时刻上登天空/舔着十指上的鲜血"④。"春天，十个海子全部复活。"⑤他甚至预言了自己自杀的方式，以及复活的时间。"是时候了，我考虑真正的史诗/太阳之轮从头颅从躯体从肝脏上轰轰碾过"⑥；"大约在第三天……或者第二十个世纪/死去的山洞或村庄在我的深处开满了野花"⑦。三天以后复活的是耶稣，第二十个世纪复活的是诗人。

显然，在海子那里，基督教不仅仅是作为主题、题材等而存在，而是一种宗教话语，是作为其诗学的主要价值根基。虽然，这在海子的好友骆一禾、西川那里表现得相对弱一些，但其深厚的《圣经》情结和明显的基督教价值取向，还是触手可及的。他们不仅写下了与《圣经》相关的诗歌《上帝的村庄》、《天路》、《天然：耶利米哀歌和招魂的祭祀》等，而且在祭奠海子的文章中引用了大量的《圣经》话语。

（三）

汉语诗学的基督宗教话语最为集中的体现，还是在海子殉诗以后的诗学阐释中。有些与其说是对海子诗歌的解读，不如说是借此进行现代汉语的诗学建构。这其中，颇具代表性的是余虹的《神·语·诗……——读海子及其他》、朱大可的《先知之门：海子与骆一禾论纲》和张清华的《在幻象和流放中创造了伟大的诗歌》。

---

① ［斯洛伐克］叶蓉、贝雅娜：《〈圣经〉对"文化大革命"后几位朦胧诗人的影响》，《基督教文化学刊》2003年第10辑。
② 海子：《月全食》，见西川《海子诗全编》，上海三联书店1997年版，第469页。
③ 海子：《复活之二：黑色的复活》，见西川《海子诗全编》，上海三联书店1997年版，第227页。
④ 海子：《春天》，见西川《海子诗全编》，上海三联书店1997年版，第460页。
⑤ 海子：《春天，十个海子》，见西川《海子诗全编》，上海三联书店1997年版，第470页。
⑥ 海子：《太阳·断头篇》，见西川《海子诗全编》，上海三联书店1997年版，第536页。
⑦ 海子：《但是水，水》，见西川《海子诗全编》，上海三联书店1997年版，第245页。

张清华把海子的诗概括为神启、大地和死亡三个母题。简单地说，神启，象征存在向世界的敞开；大地，意指神的居所和与之对话的语境；死亡，意味着诗人走向其神话世界的必由之路与终极形式。这三位一体，构成了张清华关于海子的宗教诗学阐释。

神启，是这样一种直觉状态，它超越经验方式与思维过程，以先验的形式接通某种存在的真理，并在主体认知与判断事物之前形成先在的结论和语境。在神启状态下，人能够直视"生存的终极根源"。张清华认为，海子的有些诗就是在这种状态下写作的，它超越了我们的日常生活经验与正常的逻辑感知方式，比如《秋》《海子小夜曲》就是这样的作品。但更为重要的是：

> 神启还表现在一切事物在海子的诗中都闪烁着神灵之性，它们是神的无处不在的化身，是存在的灿烂之象，……神灵在海子这里并不是象喻，而是本体，是神祇世界的活的部分，他自己则是与它们共存共生互相交流对话的存在者之一。这使得海子笔下的每一事物都放射出不同凡响的灵性之光。①

不是象喻，而是本体，这正是宗教在现代汉语诗学中已不再是作为一种修辞而是作为一种价值本体而存在的恰当表述。也正因为神灵作为本体而存在，使海子的诗楔入了神话的语境，得以汲取神的意志和力量，诗歌的语词充盈着神性的色彩，变幻出神奇的魔力。

关于大地，张清华以为，在海子诗歌中具有表象、本体和源泉三位一体的意义。麦地是更为形象的大地的隐喻："它是借助于创造劳动的生存与生存者的统一，是事物与它价值的统一，是自然与人和神性（法则）的统一。"② 大地构成了海子言说的原始的辽阔的语境，构成了超越和融解世俗情感与社会经验的神性母体。它既闪现为海子诗中具体和个别的形象与事物，同时又是一个最终的整体；既为海子的诗歌提供了无尽的源泉，又为海子带来永恒的忧伤。因为作为神性母体的大地本身即在言说，更何况她的言说是如此的壮丽与美好。因此，海子的死亡与沉默，是对神

---

① 张清华：《在幻象和流放中创造了伟大的诗歌》，见崔卫平编《不死的海子》，中国文联出版社1999年版，第178页。

② 同上书，第181页。

言的终极性倾听。

朱大可的海子诗学阐释，存在这样一个内在逻辑：他借用海德格尔"世界之夜"的隐喻，来指称海子与骆一禾诗学的诞生背景。这个背景的特征是"终极价值及其相关伦理体系的沦丧"；是"言说者从真理陈述转入一个庞大的谎言制度，以维系一个摇摇欲坠的价值体系"。然而并非所有的诗人都能洞察世界午夜这一事实，"他必须拥有一种内在的智慧光线，以便在极度的黑暗中获悉世界景象的各个细节。他既在暗中，又在暗外；既遭到目击，又从事目击；既是午夜的囚徒，又是它的征服者。在消解人的深渊里，只有极少数人才能获得如此非凡的能力，以便为未来的伟大学说开辟道路"。一句话，他必须是先知。但未必能目击，是先知，就会言说，或者言说黑夜之真相。有的具备了洞悉黑暗和自我拯救的智慧，却拒绝公布那些非人的发现；有的却从赞美的角度进入目击的言说，赋予了世界之夜以灿烂的品质，成为罪恶的午夜黑暗的歌手。可是，在希伯来先知的谱系上，只"怒放着阿摩司、何西阿、弥迦、以赛亚、耶利米和但以理的话语花朵，它们被供养在《旧约》的神学花园里，为后世的目击者提供了不朽的样本"。① 海子、骆一禾正是从这些先知身上汲取精神源泉，不过他们更邻近而亲切的先知是游走于犹太—基督边缘的但丁、莎士比亚、弥尔顿和歌德。在朱大可看来，这些诗歌先知在上帝和人间、天堂与尘世、神性与凡品、圣乐与俗音之间，也就是从精神的两个源泉获得缅怀、批判、抨击、呼吁、预言、警告、赞美、祈求和作出承诺的伟大权能，如果希伯来先知是神的旨意信使，那么上述欧洲诗人就是真正的话语英雄，凭借人的内在智慧光线、神谕的启示和说出真理的非凡勇气，宣布了对世界之夜的激烈审判。②

海子、骆一禾当属这类神人共契的先知。他们的诗歌写作，是现代汉语领域的一次"诗歌先知运动"；他们的所有写作成果，"都可以纳入诗歌神学的形而上框架"；他们有的诗歌，比如海子的《太阳》中的天堂大合唱《弥赛亚》，就是"新先知书"；甚至他们的死亡也蕴含着"神学消息"。海子的死亡绝唱，是"从文本话语到行动话语，从心灵之河到肉体之火"，是对耶稣的伟大艺术的现代模仿。

---

① 朱大可：《先知之门：海子与骆一禾论纲》，见崔卫平编《不死的海子》，中国文联出版社1999年版，第122—126页。

② 同上。

他是历史中最年轻的先知,沉浸于愈来愈强烈的弥赛亚精神之中,并且指望用那精神去处死一个腐朽到极点的时代。这已经包含了对于群众的内在拯救。①

这是海子殉诗的神学意义。

朱大可将海子诗歌的神学体系扼要地概括为王子心情、大师立场、神性痛苦、神话幻象、浪漫诗学及其写经计划等。并指出,这并不意味其对神明的屈从与跪拜,而是对人的生存根基所进行的终极追问。这种终极追问,表现在其"痛切地指涉了希腊诸神、基督教上帝以及所有至高者的不在场,同时又流露着一个现代知识分子对企及真相与真理的疑虑"。这个诗歌神学体系的实质,在我看来,其实是这样一种诗学境界,即"神人共契"。所谓神人共契,援用朱大可的说法,就是"他既在人里面,又在人的上面;他自身就同时拥有人与神两种精神维度,它们统一于简约而铿锵的诗句,像大地上的雷霆与闪电,结束着神性缺席的黯淡年代"。②

(四)

迄今为止,余虹经由海子诗歌的阐释建构的基督宗教诗学是最为深刻,最为彻底,也是最为完整的。真正的言述对象与其说是海子,不如说是余虹自己的诗学理念。这篇并未引起诗学界足够重视的文论,选取八个关键词——人性、神性、神、神话、语言、诗、思和居——建立起自己的宗教诗学体系。余虹认为,海子诗学的逻辑起点在于对"人"或"我自己"的失望或绝望。

这一绝望使海子对"人性"的自我拯救表示坚决的怀疑而在人性的边缘与神性照面。此刻,海子面临痛苦的深渊:回首大地,这里是一座座无神的村庄,无神启示着无神性、无神话、无语、无诗、无思、无居……虚无因而黑暗。③

---

① 朱大可:《先知之门:海子与骆一禾论纲》,见崔卫平编《不死的海子》,中国文联出版社 1999 年版,第 140 页。
② 同上书,第 128—129 页。
③ 余虹:《神·语·诗……——读海子及其他》,见崔卫平编《不死的海子》,中国文联出版社 1999 年版,第 111—112 页。

为拯救这座虚无而寒冷的村庄，引领人走出人性的肉体的谷仓，迎候归来的神性和太阳，海子被迫歌唱。其歌声深深地进入黑暗的真理。

在余虹看来，人性，即人的自然本性，是囚禁人自己的谷仓，在这个意义上，"人是人自己的地狱"。神性即灵魂，是人的自我超越本质。这决定了人且只有人能站出自身之外，进入我与他者之间的敞开。但这种站出或超越需要牵引和命令。这个牵引不能是人自己，这道命令也不来自人自身。它们来自人之外，来自神，来自天命。"人是能聆听应和天命的神性存在者，人被许以有灵（神性）而能聆听应和神圣的天命，拒绝来自人性谷仓的命令，战胜自己而进入神圣的澄明。"余虹援引基督神学家马丁·布伯的话说："由上帝到人即是使命，命令，由人到上帝即是仰望，聆听，两者之间玉立着知与爱。"那么，神呢？神是太阳，是光，是意义之源，是尺度，是秩序，是天律，是天命，是降临于人的心灵，"神许万有以敞开"。有福的人被许以有灵而得以走向神，进入神的光，得神之尺度，度量人生。但是，无论在海子，还是在余虹，神不知何时已离开大地："城头撤离的诸神只留下风和豆架/掌灯人来到山谷/豆架如秋风吹凉的尸首"；"诸神隐匿，太阳沉落，大地归于黑暗"。

余虹说，神的天命进入言辞即成神话。神话是神的话语，是太初之词，是原初的、神圣的话语系统，是神的居处，是真正的神殿。没有神话之所在便没有神。

> 宗教与诗以及思想等人类的神圣行为都是以独特的方式进入神话，在默默聆听祈祷吟颂中应和神的话语，为神的出场准备场所，为人走向神铺平道路。①

惜乎，中国是一座没有神殿的村庄："神祇从四方而来，往八方而去/经过这座村庄后杳无音信"；"上帝本人开始流浪/众神死去，上帝浪迹天涯"。神话是语言之语言。语言不过是"神话"向"人话"的转换，"是人神共同参与相互占用的事件"。没有神话地方，人话失去来源，成为无神的话语，无法敞开一个"天地人神"的四重世界使人得以栖居。余虹

---

① 余虹：《神·语·诗……——读海子及其他》，见崔卫平编《不死的海子》，中国文联出版社1999年版，第114页。

指出:"汉语世界是一个'天地人'的三维世界,在此,没有神的容身之地。在此,'神'只是彼可取而代之的'人',所有的神庙只是人庙,所有的神话都是人话。"①

最先使神话成为人话的是诗。神话即原诗,第一位创诗者是神。诗是神的。传唱诗的人叫诗人,他们是聆听者和应和者,也是神的使者,帮助神创诗。为此,在余虹看来,真正的诗是神的歌唱而非人的歌唱,人只是传唱者。在中国这座没有神话的村庄,没有伟大的神性诗篇,没有神的歌唱而只有人的歌唱。真正的大诗必源于神话,而神话又是太初之词,诗必是原初的语言。诗是原发性的、一次性的。诗导致过去、现在、未来,诗成为历史的基础,它是语言之语言。诗人被抛在人神之间,被天命所驱去寻找原初的词,去搜求神的踪迹,为建筑人的本真家园而探险。克尔凯郭尔因此自问自答:"诗人是什么?一个不幸者。"海德格尔亦说:"诗便是最危险的工作。"原因犹如荷尔德林所言:"神近而难得。"

沿此理路,余虹进一步澄清"思"与"居"。思不是智慧。"思本于神性的聆听与应和,思即默默的祈祷和对天命的承纳,思是诗性的,思回乐园深处与神同在。"余虹认为:"伟大的东方智慧不思。"不思的民族离神遥远,不思的民族命运悲惨。

> 没有聆听的所在,歌声如风归土;没有歌声的所在,语言成为喧哗;没有语言的所在,栖居成为漂泊。②

经由诗与思,我们居于语言。由于人们拒斥诗和思,从而无语无居。到此,可以说余虹借助存在主义哲学和基督神学的理论资源,建立起自己的宗教诗学。

在余虹看来,海子的悲剧、悲壮与意义正在于:痛感无神的悲惨还无畏地探入黑暗的深渊;面对无语的村庄偏要绝望地歌唱;甚至为了歌唱,自铸神话,试图首创神圣的能指系统。然而,永远的困难和悲剧就在这里了:"作为人的诗人如何能成神而首创神话?"他只好以人的牺牲为代价,来从事这神圣而超人的事业,最后,血成言辞,语言返回神话。

---

① 余虹:《神·语·诗……——读海子及其他》,见崔卫平编《不死的海子》,中国文联出版社 1999 年版,第 115 页。

② 同上书,第 117 页。

从张清华、朱大可到余虹，从对海子诗歌的神启、大地和死亡母题的神学阐释到对海子是世界午夜先知的神学定位，及至神性、神、神话在现代汉诗内在生成中之意义终极地位的诗学建构，基督教的价值理念，已然被叙述为现代汉语诗学的根基。尤其在余虹，神性成为诗性的绝对尺度。我的问题意向不在于这些论述是否真理，而在于基督教资源在现代汉语诗学中已经成为宗教话语这一历史事实本身。

海子无疑成为现代汉语诗学与基督教之话语逻辑的分界线。这之前，基督宗教在现代汉语诗学中主要作为政治话语而存在，这之中和之后，特别是进入20世纪90年代以后，基督教在现代汉语诗学中则更主要呈现为宗教话语。

在诗坛上，如前所述，舒婷在20世纪90年代的长诗《最后的挽歌》中，已表现出对基督教话语的靠近。诗歌引用《圣经》话语为题注：

> 人非有信，就不能得神的喜悦；因为到神面前来的人，必须信有神，且信他赏赐那寻找他的人。——希伯来书第十一章第六节

诗中写道："蚌无法吐露痛苦/等死亡完整地赎出"，"忘记祈祷/是否终止了/对上帝的敬畏"，"每天经历肉体和词汇的双重死亡/灵魂如何避过这些滚石/节节翘望"。[①] 正如论者正确指出的那样："诗人痛苦的哲思与对灵魂救赎的渴望在诗行中表现出来。"[②]

另一位在朦胧诗运动中大红大紫的诗人顾城，到20世纪90年代，诗歌中也表现出较强的宗教感。遗作《英儿》受到《圣经》的巨大影响，在其中他宣称"在灵魂上我信上帝"，因为"人是不公平的。上帝是公平的。有多少不幸我都不想埋怨上帝"。并且相信"上帝在我一边"[③]。一位著名的汉学家指出："《圣经》是他杀妻自缢前读过的最后几本书之一。这对他的文学作品、哲学观和世界观自然不无（正面的或负面的）影响。"甚至指出，他"在意念上扮演着""耶稣基督"，这与海子有些相像。[④] 当然，

---

① 舒婷：《最后的挽歌》，见《舒婷文集》第1卷，江苏文艺出版社1997年版，第144页。
② ［斯洛伐克］叶蓉、贝雅娜：《〈圣经〉对"文化大革命"后几位朦胧诗人的影响》，《基督教文化学刊》2003年第10辑。
③ 顾城、雷米：《英儿》，华艺出版社1993年版，第23—24页。
④ ［斯洛伐克］高利克：《顾城的小说〈英儿〉与〈圣经〉》，见黄子平主编《中国小说与宗教》，香港中华书局1998年版，第345、353页。

顾城对基督教的信仰程度是值得进一步探究的。

对于20世纪90年代以降的汉语文学界，宗教已然形成一个势头较为强劲的话语场。张承志的《心灵史》，史铁生的《务虚笔记》和《病隙碎笔》，刘小枫的散文随笔《沉重的肉身》，高行健的现代禅剧系列，虹影的《阿难》，等等，伊斯兰教文化、佛教文化、基督教文化、禅宗文化等多种宗教文化在文学中并存。汉语文学进入宗教话语众声喧哗的时代。而其中的基督教文化，不再仅仅以"伦理话语"和"政治话语"的面貌出现，而更多地表现为一种"宗教话语"。北村的《施洗的河》、施玮主编的《灵性文学丛书》及其创作的《红墙白玉兰》等，简直就是对基督教义的文学演绎。

近一个世纪的历程过去，现代汉语诗学与基督教的话语关系，经历了伦理的、政治的，最后到达宗教的过程，这是一个颇值得思索与玩味的历史现象，其间还有过宗教神学有意无意的合法性论证与支撑，也有过无数的颠簸折腾和表面的聚散离合，但彼此介入的程度却越来越深，作为共享资源，共同参与了双方在汉语文化语境中的现代化进程，并获得了各自的现代性。

第二章

作为现代汉语诗学的宗教质素

现代汉语文学诞生伊始,其诗学话语就蕴含着丰富的宗教质素。鲁迅早期的文言论文可看作前奏。在《科学史教篇》《文化偏至论》《摩罗诗力说》《破恶声论》中,鲁迅在对科学理性深入反思的同时,不仅提出著名的"立人"说,更是断言"非信无以立"[①],此"信"关涉宗教信仰,这构成鲁迅启蒙诗学的重要特色。[②] 此后,在他的现代汉语写作中,除《野草》中的《复仇》(其二)再现了耶稣基督受难的情景外,再难见到"正面"言述宗教的文字,却从"反面"昭示了一条真理:像阿Q、祥林嫂、爱姑、闰土等无信之人,其命运是如何的悲惨与无奈。除鲁迅外,在冰心、周作人、史铁生、张晓风、海子、北村、于坚、施玮等众多作家的诗学话语中,无不充满各种宗教文化的质素。在这些现代汉语作家中,有的是"签名"或"匿名"的教徒,有着虔诚的信仰;有的仅是受到宗教文化的"浸润"和影响。所以,他们诗学话语中的宗教文化表现,程度不一,差别很大,有的甚至判若霄壤,在总体上用宗教"质素"去描述,或许更为恰当。本书选择的四个对象:周作人、史铁生、于坚和北村,其诗学话语中的宗教文人化因素,就有鲜明与隐匿之分。

[①] 鲁迅:《破恶声论》,见《鲁迅全集》第8卷,人民文学出版社1989年版,第27页。
[②] 唐小林:《看不见的签名:现代汉语诗学与基督教》,中国社会科学出版社2004年版,第148—195页。

一 周作人：人的文学与普世观念

  周作人"人的文学"中的"人"不主要指"个人"①，而是指"人类"，因而他的"人的文学"不是"个人本位主义"的文学，而是"人间本位主义"的文学；他的"平民文学"中的"平民"也不是"民粹主义"意义上的"平民"，而是泛指"人类"，因而"平民文学"不是有关底层民众的文学，而是关于人类的文学。由此，普世诗学构成周作人早期文论的基本质态，而不是人们早已习以为常的，所谓以个人主义为核心的人道主义文学观。

  文学革命以摧枯拉朽之势破坏着古代汉语文学，但破坏之后，谁为现代汉语文学立法？立法者主要有两位：一位是胡适，他以《文学改良刍议》、《历史的文学观念论》和《建设的革命文学论》等文章，论证了现代白话在汉语文学里的合法地位，确立了现代汉语文学的语言形式；一位是周作人，他以《人的文学》、《平民文学》和《新文学的要求》等文，给予汉语文学以全新的观念，赋予其全新的精神质态和知识样式。作为这段历史的创造者的胡适，后来在评价文学革命的时候，认为它有两个中心："一个是我们要建立一种'活的文学'，一个是我们要建立一种'人的文学'。前一个理论是文字工具的革新，后一种是文学内容的革新。中国新文学运动的一切理论都可以包括在这两个中心里面。"他对后一个中心，即"人的文学"评价甚高，称它是"最平实伟大的宣言"。② 近一个世纪过去了，一部严肃的学术史依然认为，周作人之"人的文学"，建构了"五四"新文学的理论基础。③ 这样的评价并不为过，哪怕历史继续推移。但就整体而言，我以为周作人的诗学建树，至少体现在两个基本命题上：除了"人的文学"，还包括"平民文学"（含后来的"人生的文学"）。关于这两个命题，对于前者的阐释远远多于后者，其原因往往是论者将其纳入启蒙文学的理论框架时，认为"人的文学"比"平民文学"

---

① 周作人（1885—1967），浙江绍兴人，中国现代作家、翻译家，中国民俗学开拓者，新文化运动的代表之一。
② 胡适：《中国新文学大系·建设理论集·导言》，良友图书印刷公司1935年版。
③ 杜书瀛等主编：《中国20世纪文艺学学术史》第2部下卷，上海文艺出版社2001年版，第20页。

更具创新意义，也更为重要，而忽视了对后者进行历史的现象学还原和深入的辨识。事实上，这两者是二而一、一而二的。"平民文学"绝不是下层民众的文学，也不是被启蒙者的文学，这里没有阶级的分野。"人的文学"和"平民文学"都立于相同的价值地基，指向一个实在的范畴："人类的文学"。它所体现的是周作人的一种普世诗学观。关于此，以前学界殊少注意，本书拟作一点探讨。

据刘小枫考证：普世一词的本来含义是指"凡有人居住的世界"。①我理解，就是指的整个人类世界。由此推论，所谓普世文学，就是人类的文学。具体而言，就是超越了民族、国家和其他一切人为界限，关切普天下人的文学。

何以见得周作人的"人的文学"和"平民文学"是普世文学呢？有必要先来审理"人的文学"中的"人"和"平民文学"中的"平民"所指何谁。

（一）

周作人在《人的文学》开篇即明确宣布："我们现在应该提倡的新文学，简单地说一句，是'人的文学'。应该排斥的，便是反对的非人的文学。"那么，弄清楚什么是"人的文学"，尤其是什么是"人"，对于知晓周作人之"新"文学，搞懂他的诗学观，就显得至关重要。

关于"人"，周作人有一个十分明确的界定：

> 我们要说人的文学，须得先将这个人字，略加说明。我们所说的人，不是世间所谓"天地之性最贵"，或"圆颅方趾"的人，乃是说，"从动物进化的人类"。②

显然，周作人之"人的文学"中的人指的是"人类"，而且是已经进化而来的人类，也就是步入文明社会的人类。这是再清楚不过的。但接下来，周作人从人类的角度，对人的概念进行周延，先谈人性，后论人道，最后落脚到人道主义时，"人"的意涵在不同的接受者那里就变得有些含

---

① 刘小枫：《走向十字架上的真》，上海三联书店1995年版，第328页。
② 周作人：《人的文学》，《新青年》第5卷第6号。

混。普遍认为，周作人的"人"是"个人本位主义"的人，或者说周作人关于"人"的话语是一种"个人主义话语"，是"五四时期主体的个性自由意识在理论上的表现"，并将它与胡适在《易卜生主义》中提出的"健全的个人主义"相参证。① 如果摆在20世纪强烈的启蒙情结纠缠着学人的心智，启蒙成为主流话语，"主义"论述成为时尚的情势下观之，这并无大错。但倘若引入知识学的视阈②，问题就会敞现：周作人之"人"究竟是"个人"还是"人类"？甚或是一物之两面？

先来看引起含混的这段话：

> 我所说的人道主义，并非世间所谓"悲天悯人"或"博施济众"的慈悲主义，乃是一种个人主义的人间本位主义。这理由是：第一，人在人类中，正如森林中的一株树木。森林盛了，各树也都茂盛。但森林要盛，却仍非靠各树各自茂盛不可；第二，个人爱人类，就只为人类中有了我，与我相关的缘故。墨子说："爱人不外己，己在所爱之中"，便是最透彻的话……所以我说的人道主义，是从个人做起。要讲人道，爱人类，便须先使自己有人的资格，占得人的位置。③

这段话是在人道主义的论域内阐述"个人"与"人类"的关系，解决的是"个人"在人道主义中的地位和权责，其中的"个人主义的人间本位主义"是引起含混的关键。关于此，有三个关节点需注意。第一，即便如论者所说，它指的是"个人本位主义"也是就人道主义而言，而非对"人"而论。人道主义与人分属两个不同的论旨。第二，即便是在"人道主义"的范畴内，"个人主义的人间本位主义"也不是"个人本位主义"。从语词来看，周作人已直接言明"人间本位主义"，而非"个人本位主义"；从语法结构上论，"个人主义的人间本位主义"是一个偏正结构，主词仍然是"人间本位主义"。第三，就整段话的主旨来说，周作人强调个人，是想说明人道主义要从个人做起，其出发点、关切点以及归宿仍然是为了"讲人道，爱人类"。个人自身的先期解放，即"先使自己

---

① 钱理群：《试论五四时期"人的觉醒"》，《文学评论》1989年第3期。
② 参见吴兴明《中国传统文论的知识谱系》之第一章"人文研究的知识学之路"，巴蜀书社2001年版。
③ 周作人：《人的文学》，《新青年》第5卷第6号。

有人的资格，占得人的位置"，当然重要，但在上下文中，它不过是达成人道主义的必要条件和途径。还有一点很好理解，有关"人道"或"人道主义"的言说，对于叙述者是一种对象性言说，是谈论如何对"他者"实施"人道"和"人道主义"，至于个人以什么身份、地位和姿态来对待"他者"，与"人"这个概念本身是有相当差异的。

如果认为我的读解还有点强词夺理的话，那么上述那段话周作人在另一处换了一种说法，却很能说明问题。

> 我是人类之一，我要幸福，须先得人类幸福了，才有我的分；若更进一层，那就是说我即是人类。所以这个人与人类的两重的特色，不特不相冲突，而且反是相成的。①

既是这样，我们怎么能有底气说周作人之人的实质是个人本位主义呢？

说周作人之"人的文学"的"人"指的是人类，还可佐以另一个材料。周作人在关于《新文学的要求》的讲演中说，"文学上人类的倾向"原是历史上的事实，中间经过几多变迁，发生过偏离，但现在又回到人类的文学上来了。其演变轨迹为："古代的人类的文学，变为阶级的文学；后来阶级的范围逐渐脱去，于是归结到个人的文学，也就是现代的人类的文学了。"②

为了突出现代的文学是人类的文学的特质，周作人还与古代的文学进行比较。他认为古代的文学是一种"种族国家文学"，在这种文学中，"个人消纳在族类的里面"。而到了现在，人们不仅知道，从前当作天经地义的种族国家那些区别，都不过是一种偶像，"所以现代觉醒的新人的主见，大抵是如此：'我只承认大的方面有人类，小的方面有我，是真实的。'"而且还知道，"人类原是利害相共的，并不限定一族一国，而且利己利人，原只是一件事情"。这样，种族国家文学就瓦解了，而代之以现代的人类文学。③

也许从上面已经注意到，周作人的个人是通人类的，甚至是硬币之两面，所以个人的文学也就是现代的人类的文学。"譬如怕死这一种心理，

---

① 周作人：《新文学的要求》，见杨扬编《周作人批评文集》，珠海出版社1998年版，第45页。

② 同上书，第44—45页。

③ 同上书，第45页。

本是人类共通的本性：写这种心情的歌诗，无论出于群众，出于个人，都可互相了解，互相代表，可以称为人类的文学了。"① 所以，后来周作人又对文学作出这番界定：

　　文艺以自己表现为主体，以感染他人为作用，是个人的而亦为人类的。②

　　文学是人生的或一形式的实现，……他以自己表现为本体，以感染他人为作用，他的效用以个人为本位，以人类为范围。③

　　这里出现了"以自己为表现主体"、"本体"，"以个人为本位"。但它同样不能动摇"人的文学"是人类的文学这一基本观点。原因是，表现自己是为了通达人类。这可以从相反的问题那里得到印证：如果不通达人类的个人的文学，也是人的文学吗？周作人在《平民文学》中间接地回答了这个问题。他说平民文学之所以"不必记英雄豪杰的事业，才子佳人的幸福"是因为它不具普遍性。④ 换言之，那些不具人类共通性的文学，哪怕是个人的文学，哪怕是以自己表现为主体、本体或本位，也不是人的文学，以新文学的眼光视之，不具合法性。非人的文学就更是如此了。周作人在《人的文学》列举的十大类非人的文学中不乏个人的文学。但是，由于它们"妨碍人性的生长，破坏人类的平和"，就只能是非人的。所以，个人的文学是否人的文学，是否新文学，标准不在"个人"，而在"人类"。质言之，"人的文学也应该是人间本位主义的"。⑤

　　基于个人是通达人类的，而非"个人本位主义"的，因此，周作人强调说，个人与人类不是对立的，个人主义和人道主义也不是"反动的名词"，"并不是两件东西"，"无非是一物的两面"，"文学的新观念也就是

---

　　① 周作人：《新文学的要求》，见杨扬编《周作人批评文集》，珠海出版社1998年版，第45页。
　　② 周作人：《文艺上的宽容》，见杨扬编《周作人批评文集》，珠海出版社1998年版，第50页。
　　③ 周作人：《女子与文学》，《晨报副刊》1922年6月3日。
　　④ 周作人：《平民文学》，《每周评论》第5号。
　　⑤ 周作人：《新文学的要求》，见杨扬编《周作人批评文集》，珠海出版社1998年版，第43页。

由此而发生的了"。①

　　无疑,周作人之"人的文学"中的人指的是:经由个人通达的人类。有了这样的认识,再来看周作人给"人的文学"下的定义:"用这人道主义为本,对于人生诸问题,加以记录研究的文字,便谓之人的文学。"②简言之,"人的文学"就是人道主义的文学。那么,这人道主义的文学又是什么文学呢?周作人回答:

> 这人道主义的文学,……就是个人以人类之一的资格,用艺术的方法表现个人的感情,代表人类的意志,有影响于人间生活幸福的文学。③

　　显然,在人道主义的文学中,个人只是人类的代言人。因为,在周作人看来,"大人类主义"才是"我们所要求的人道主义的文学的基调"。更明确的说法莫过于:"这新时代的文学家,是'偶像破坏者'。但他还有他的新宗教,人道主义的理想是他的信仰,人类的意志便是他的神。"④无论在何种宗教中,神不仅位于中心,而且是至高无上的。在周作人的人的文学中,人类便是这个神。

(二)

　　距1918年12月7日提出"人的文学"不到一个月,周作人又发表了《平民文学》。"平民文学"中的"平民"又是何意?其实还是人类的意思。

　　周作人对此有两点强调:一是"平民文学决不单是通俗文学",也不是专门做给平民看的,而是"研究平民生活——人的生活——的文学";二是"平民文学决不是慈善主义的文学"。对于前者,研究人的生活,"是在研究全体的人的生活",即是研究全人类的生活。⑤ 所以"平民文学",仍然是一种人类文学、普世文学。其诗学观与人的文学一脉相承。一本权威的文学史指出,周作人的"平民文学""实际上是'人的文学'

---

① 周作人:《女子与文学》,《晨报副刊》1922年6月3日。
② 周作人:《人的文学》,《新青年》第5卷第6号。
③ 周作人:《新文学的要求》,见杨扬编《周作人批评文集》,珠海出版社1998年版,第46页。
④ 同上。
⑤ 周作人:《平民文学》,《每周评论》第5号。

的具体化","强调文学是人性的,是人类的,也是个人的",可谓的论。①

周作人的"平民文学"是相对于贵族文学提出来的。但平民与贵族不是一个社会学、政治学上的阶级的分野,而是关涉精神域的概念。周作人自己就说过:"拿了社会阶级上的贵族与平民这两个称号,照着本义移用到文学上来,想划分两种阶级的作品,当然是不可能的事。"② 在这里,区分平民与贵族的标准是文学的、精神的。

> 我们说贵族的平民的,并非说这种文学是专做给贵族或平民看,专讲贵族或平民的生活,或是贵族或平民自己做的,不过说文学的精神的区别,指他普遍与否,真挚与否的区别。③

所以,普遍与真挚是平民文学必备的两个条件。

所谓普遍,就是"以普通的文体,记普遍的思想与事实"。平民文学"应记载世间普通男女的悲欢成败",而"不必记英雄豪杰的事业,才子佳人的幸福"。因为前者之事"更为普遍,也更为切己",既可以代表个人,又可以代表整个人类的普遍关切,具有人类性。而后者,"是世上不常见的人",不具普遍性。即以道德为例,前者的道德"一定普遍",是"人间交互"实行的道德,因而是"真的道德";后者的道德,则是畸形的、偏枯。在周作人看来,"世上既然只有一律平等的人类,自然也有一种一律平等的道德",一种普遍的道德。这种能够代表人类的、含有普世意义的道德,才是"平民文学"应该叙写的。就此而言,周作人的普世文学是建立在普世伦理的基础上的。在《人的文学》里边,周作人就强调"人的文学,当以人的道德为本",目标是"养成人的道德,实现人的生活"。在《平民文学》里边又进一步强调了这种道德的普世性。

所谓真挚,就是"以真挚的文体,记真挚的思想与事实"。哪些思想与事实才算是真挚的?周作人以为,就是那些既是切己的,又是人类的思想和事实。这些思想和事实,最能见出普遍意义上的"真"。而对于文学作品,"只须以真为主,美即在其中"了。

---

① 钱理群等:《现代文学三十年》,北京大学出版社 1998 年版。
② 周作人:《贵族的与平民的》,见杨扬编《周作人批评文集》,珠海出版社 1998 年版,第 47 页。
③ 周作人:《平民文学》,《每周评论》第 5 号。

由于大人类的观念，后来周作人甚至认为"用普遍与真挚两个条件，去做区分平民的贵族的文学的标准"，也"不很妥当"。因为"古代的贵族文学里并不缺乏真挚的作品，而真挚的作品，便自有普遍的可能性，不论思想与形式如何"。他"以为在文艺上可以假定有贵族的与平民的这两种精神，但只是对于人生的两样态度，是人类共通的，并不专属某一阶级，虽然他的分布最初与经济情况有关"。① 他也不想去区分平民的和贵族的这两种文学精神的优劣。

> 我想文艺当以平民的精神为基调，再加以贵族的洗礼，这才能够造成真正的人的文学。……从文艺上说来，最好的事是平民的贵族化。②

周作人持续几年的对"平民文学"的这番不厌其烦的划界，不仅解决了《平民文学》开篇的担忧——"平民文学这四个字，字面上极易误会"，而且与20世纪20年代中后期，号召文艺青年"到兵间去，民间去，工厂间去，革命的漩涡中去"，站在第四阶级的立场，"替被压迫阶级说话"，"表同情于无产阶级"的文学中的民粹主义划清了界限。③ 换言之，周作人之"平民文学"既不是民粹主义，也非它的源头。

政治论域内的民粹主义（populism）是一个相当复杂的概念。命名最初源于俄语，作为一种思潮，在18—20世纪曾激荡于世界不同的国家，其具体内涵各有不同，很难一言以蔽之。④ 不过，别尔嘉耶夫关于"把人民看作真理的支柱，这种信念一直是民粹主义的基础"的说法⑤，有助于我们对民粹主义的理解。另一位西方政治社会学家的观点对我们也不无帮助，他说："对民粹主义的崇拜产生了一种信念，即'相信普通民众（即受教育者和非知识分子）的创造力和巨大的道德价值'。"⑥

---

① 周作人：《贵族的与平民的》，见杨扬编《周作人批评文集》，珠海出版社1998年版，第47—48页。

② 同上书，第49页。

③ 郭沫若：《革命与文学》，《创造月刊》第1卷第3期。

④ 参见朱学勤《道德理想国的覆灭》第四章有关民粹主义内容，上海三联书店2003年版。

⑤ ［俄］别尔嘉耶夫：《俄罗斯思想》，雷永生等译，生活·读书·新知三联书店1995年版，第102页。

⑥ 顾昕：《民粹主义与五四激进思潮》，见孟繁华主编《九十年代文存》，中国社会科学出版社2001年版，第210—211页。

西方意义的民粹主义进入中国，应是近现代以来的事，1919年"五四"运动以后渐成热潮。蔡元培"劳工神圣"的口号，李大钊"劳工主义的胜利和庶民的胜利"的欢呼，20世纪20年代初《时事新报·学灯》到农村去、到工厂去、到民间去的讨论，以及后来的"卑贱者最聪明，高贵者最愚蠢"，知识分子当人民的学生而不是先生的启蒙者与被启蒙者之间的颠倒与置换所表现出的反智主义倾向，都是民粹主义的表现。正如顾昕指出："中国的民粹主义，同世界各国的民粹主义一样，具有显著的知识庞杂性的特征，内中含有许多相互矛盾的信条。其知识来源，既有无政府主义的劳动主义，又有卢梭人民主权论式的民主思想，还有俄国民粹主义运动的意识形态。"①

表现在现代汉语诗学中，20世纪20年代中后期革命文学倡导中的"农工大众"指向，30—40年代关于民族形式、大众化的讨论，为工农兵服务的文学方向，以及新中国成立后的文学工作者奔赴前线，深入火热的斗争生活，等等，都有民粹主义的倾向。新歌剧《白毛女》的创作成功；赵树理作为"具有新颖独创的大众风格的人民艺术家"地位的确立，则是文艺创作在民粹主义上的收获。②丁玲在第一次文代会上的讲话《从群众中来，到群众中去》是这种倾向的集中表达，那就是文艺工作者要"在现实生活中，在与广大群众生活中，在与群众一起战斗中，改造自己，洗刷一切过去属于个人的情绪，而富有群众的生活知识斗争知识，和集体主义精神的群众的感情，并且试图来表现那些已经体验到的东西"。③

民粹主义的文学，是竭力向下，进入草根阶层，以民众的思想和情感为崇高的道德取向或价值取向。周作人的"平民文学"显然与此大相径庭，"他的目的，并非想将人类的思想、趣味，竭力按下，同平民一样，乃是想将平民的生活提高，得到适当的一个地位"。在此前提下，"平民文学"即便是"田夫野老"还不能全部领会也无妨。④

总之，周作人"平民文学"之"平民"不是社会学、政治学上与阶级相涉、与民粹主义相关的概念，而是大人类主义的另一种表达。这还可

---

① 顾昕：《民粹主义与五四激进思潮》，见孟繁华主编《九十年代文存》，中国社会科学出版社2001年版，第210—220页。
② 杜书瀛等编：《中国20世纪文艺学学术史》第3部，上海文艺出版社2001年版，第43页。
③ 同上书，第44页。
④ 周作人：《平民文学》，《每周评论》第5号。

求证于美国政治社会学家 S. M. Lipset 的理论。他认为"民族主义的知识分子倾向于拥护民粹主义,因为他们既同现有的权利等级体系缺乏联系,又对之不满,他们唯一的力量源泉在于人民"。① 由上可知,周作人在诗学观上显然不是一个民族主义的知识分子。他的"人的文学"和"平民文学"都跨越了民族、国家的界限。在《新文学的要求》中,当周作人再一次对他的文学观进行说明的时候,特别指出:"这文学是人类的,也是个人的,却不是种族的,国家的,乡土及家族的。"② 在另一处,他还引用安特来夫的话说:"我之所以觉得文学可尊者,便因其最高上的功业是在拭去一切的界限与距离。"③ 既如是,他也很难成为民粹主义者。

通过以上的文本细读和分析表明,周作人的"人的文学"和"平民文学",指涉的都是人类的文学,体现的是一种普世的诗学观。这既汇入了当时的文学主潮,又是一个另类,尤其与当时的"民族国家的文学"的倡导者对汉语文学的现代化规划更是格格不入。有趣的是,它们却共同构造了现代汉语文学的现代性特征。

二 史铁生:从审美向宗教的跳跃

史铁生走过了这样一条非同凡响的、不断超越的道路④:从自身的残疾见出人的有限性,由人的有限性思入人的存在,再从存在走向与上帝相遇的途中;在此途中,实现了从残疾的现实世界的不可能,向圆满的、无限的可能世界的飞跃,完成了从审美向伦理、向哲学,最后向宗教的跳跃,建构起了只能以史铁生命名的可能性诗学。

(一)

史铁生无疑是我们这个时代最深刻的文学家。他的写作,进入了现代汉语文学和诗学未曾到达过的领域。那里隔着一条河,河的那边是一片人

---

① 顾昕:《民粹主义与五四激进思潮》,见孟繁华主编《九十年代文存》,中国社会科学出版社 2001 年版,第 210 页。
② 周作人:《新文学的要求》,见杨扬编《周作人批评文集》,珠海出版社 1998 年版,第 43 页。
③ 周作人:《女子与文学》,《晨报副刊》1922 年 6 月 3 日。
④ 史铁生(1951—2010),中国当代作家,著有《我与地坛》《务虚笔记》《病隙碎笔》《我的丁一之旅》等。

迹罕至的汉语思想飞地，史铁生从写作之夜出发，摇着轮椅，借助冥思和无与伦比的意志，越过肤浅的真理，到达那里。这是一个痛苦而温暖的过程。他记录这个过程写下的那些小说、随笔，是这个时代汉语思想界足以与帕斯卡尔、克尔凯郭尔、薇依等人媲美的沉思录。也许在汉语诗学史上，他结束并从此开辟了一个新的时代。

一位具有世界性眼光，在中西文化比较上卓有建树的学者，在谈到史铁生的长篇小说《务虚笔记》时指出，它是当代中国文化史、思想史上最重要的著作之一，在平庸之作、装腔作势的文学充斥的今天中国文坛，它不仅是振聋发聩，而且是里程碑——《务虚笔记》是中国文学中，第一部真正的宗教哲理小说，"如果放长时间尺度——例如半个世纪，一个世纪，甚至更长——来估量中国文化的发展，这部被人忽略的长篇小说，就会以其卓绝独特的品格，立在世纪之交的地平线上，成为一柱标尺：这个有着悠久文明的民族，可能已经开始新的艰苦寻求"。[1]

另一位学者，也是我们这个时代睿智而颇有深度的哲学家和文学批评家，在一本题为《灵魂之旅——九十年代文学的生存境界》的书中，激动地写下了这样一段话：

> 我们面前终于出现了一位作家，一位真正的创造者，一位颠覆者，他不再从眼前的现实中、从传说中、从过去中寻求某种现成的语言或理想，而是从自己的灵魂中本原地创造出一种语言、一种理想，并用它来衡量或"说"我们这个千古一贯的现实。在他那里，语言是神圣的、纯净的，我们还从未见过像史铁生的那么纯净的语言。只有这种语言，才配成为神圣的语言，才真正有力量完成世界的颠倒、名与实的颠倒、可能世界与现实世界的颠倒；因为，它已不是人间的语言，而是真正的"逻各斯"，是彼岸的语言，是衡量此岸世界的尺度。……它理智清明而洞察秋毫，它表达出最深沉、最激烈的情感而不陷入情感，它总是把情感引向高处、引向未来、引向纯粹精神和理想的可能世界！……使逻各斯的真理自由地展示在他心里，展示在读者面前。[2]

---

[1] 赵毅衡：《神性的证明：面对史铁生》，《开放时代》2001年7月号。
[2] 邓晓芒：《灵魂之旅——九十年代文学的生存境界》，湖北人民出版社1998年版，第151—152页。

还有什么样的评价比这更高？

的确，史铁生从自身的残疾，看到了人的残缺和人的有限性；从人的有限性思入了人的存在；又从对人的存在的追寻，抵达了对神在的仰望。他完成了从审美向伦理、向哲学，最后向宗教的跳跃。他为人的"不可能"的现实，敞开了一个无限的可能性世界。而这些非凡之"思"则是以"诗"的方式完成的。这为当下以致未来已经或将会被消费欲望引诱或刺激得失魂落魄的汉语文学与诗学，找回了一条高贵的超越之路。

我把史铁生的诗学命名为可能性诗学，但它却奠基在"存在"上。在这个意义上，说它是存在诗学也不无道理。一方面是，他确曾受到西方存在主义哲学的深刻影响。[①] 另一方面，我是在这样的意义上理解存在的：存在是"语言活动中发生的意义之在"。对存在的思考即对意义之在的思考。只有把握了意义之在，才有可能理解人的存在，即此在，因为人的存在，本质上即意义之在的历史性发生。[②] 当然，史铁生的存在诗学在思路和言路上可能与哲学不一样，它是倒过来的，他首先面临历史性的此在，并由此在出发去追问和追寻那个意义之在，再反过来让此在的意义得到澄明。他仿佛在黑暗的深渊中，用脚步打造攀升的天楼，以语言为仰望，行走在与上帝相遇的路上。

（二）

史铁生的诗学是以生命体验为逻辑起点的。他是从常人只有到死或者难以遭遇的困境中才能感受到的深渊体验出发，开始诗学之思的，这决定了他诗学的走向、样态、品质、高度和深度，不可不事先考察。

史铁生诗学的逻辑起点，或者说那个生命体验为何？简而言之：极限情景。极限情景是存在主义的关键性概念之一。始作俑者雅斯贝尔斯用以指称人类生存中这么一些情景：

> 我们从未选择过它们，而它们却使我们面对"在此世存在"之彻底开放性和疏远性。……这些情景中最重要的有偶然、过失以及死亡。它们是人生不可逃避的，但又无法改善的状况。它们向我们的生

[①] 参见林舟《生命的摆渡——中国当代作家访谈录》，海天出版社1998年版，第175页。
[②] 参见朱立元主编《当代西方文艺理论》余虹撰写之第七章，华东师范大学出版社1997年版，第143页。

活注入一种使人不舒服的对危险和不安全的感觉，使我们意识到自己的脆弱和无家可归。①

显然，极限情景是一些威胁生存，又无法逃避，把人直接抛入无家可归的、偶然或必然的深渊性事件。

史铁生在 21 岁上遭遇了这样的事件：高位截瘫。他在著名的《我与地坛》中说："我活到最狂妄的年龄上忽然地残废了双腿"，突然成了一个失魂落魄的人，"找不到工作，找不到去路，忽然间什么也找不到了"。② 请注意这个时间：21 岁，这是人生最美好的一切正在和就要展开的时候。如果是先天性残疾，或者是没有记忆之前已经这样了，也许史铁生不会如此剧烈地体会到命运的巨大偶然性和不公。不期而遇的苦难，从此把他残酷地锁定在轮椅上，将一个活蹦乱跳的生命囚禁于见方之地，绝望的高墙陡然间隔断了他的前程。灾难并未就此结束，50 岁左右他又患上尿毒症，双肾坏死，每三天去医院做一次透析。死神须臾不离地觊觎着他的生命。接踵而至的苦难，注定了史铁生——如果他要活下去——终生必须无休无止地撞墙。这是加缪《西绪福斯神话》里那堵"荒诞的墙"，是陀思妥耶夫斯基《死屋手记》面对的那堵"监狱的高墙"，是安德列夫象征世界中，"我和另外一个麻风病人"以胸膛撞击，用鲜血染红的那堵墙，也是史铁生笔下那堵神明般启示的墙、"伟大的墙"：墙永远地在他心里，构筑恐惧，也牵动思念。③

就这样，史铁生实际上成了萨特境遇剧的主人公。他面临一个致命的问题，这也是当年丹麦王子哈姆莱特曾经面临过的：是死还是活？也是存在主义哲学家认为真正严肃的哲学问题："判断人值得生存与否"的问题。④ 这意味着，史铁生必须在命运设定的极限境遇中作出"自由选择"——生与死的抉择。

---

① ［美］詹姆斯·C. 利文斯顿：《现代基督教思想》下卷，何光沪译，四川人民出版社 1999 年版，第 694 页。

② 史铁生：《我与地坛》，见《中华散文珍藏本·史铁生卷》，人民文学出版社 2000 年版，第 8—9 页。

③ 史铁生：《墙下短记》，见《中华散文珍藏本·史铁生卷》，人民文学出版社 2000 年版，第 104—107 页。

④ ［法］加缪：《西绪福斯神话》，见《加缪文集》精选本，郭宏安等译，译林出版社 1999 年版，第 624 页。

许多年以后，当他在回忆当年残疾的情景时这样写道："心里荒荒凉凉地祈祷：上帝如果你不收我回去，就把能走路的腿给我留下。"但是上帝没有应答，也没有给他留下能走路的腿，只是把无路可走的绝望，以及还要不要继续走路和走怎样的路的问题留给了他。为了解答这个问题，史铁生一思索就是好几年。有何必要思索这么长的时间？

从一般的意义而言，史铁生陷入了这样的悖论：对于他，生存下去就是受苦，而这种受苦如果没有意义，也就失去了生存下去的正当性，不如及早解脱；而要解脱，又必须找到去死的理由，寻求死亡的意义，否则就此放弃生命这一行为本身也就失去了根据。换言之，不解决死的意义，这样的死与无意义的活没有什么两样。可是，死的意义不是容易解决的，它关涉人生的根本问题。从存在主义的角度来说，人就是向死而生的存有。死是存在与非存在的边界。按照海德格尔的说法，死是毁灭性的虚无，是人面临的一种无可逃避的、非存在的威胁。死的意义是如此重大："对于死亡时虚无的预想，赋予了人的生存以其生存的特性。"当然，人受到非存在威胁的还不仅仅是死，另一位存在主义的大师萨特认为还有无意义之威胁。[①] 即是说，虽不死，但无意义地活着，依然是非生存。这样，史铁生事实上陷入了更大的悖论：选择死，就是选择非存在，选择活，倘若无意义，也是非存在。那么，剩下的就只有一条路了：活，而且必须活出意义？不过，这只是存在主义的理论推论，而史铁生面对的是残酷的生命事实。

据史铁生回忆，在那些思索的日子里，他一连几小时专心致志地想关于死的事，也以同样的耐心和方式想过他为什么要出生，"这样想了好几年，最后事情终于弄明白了：一个人，出生了，这就不再是一个可以辩论的问题，而只是上帝交给他的一个事实；上帝在交给我们这件事实的时候，已经顺便保证了它的结果，所以死是一件不必急于求成的事，死是一个必然会降临的节日。……剩下的就是怎样活的问题了"。[②]

后来，他在另一处也表达了与此相似的意思："剧本早都写好了，演

[①] [美] 蒂利希：《存在与上帝》，见刘小枫主编《20世纪西方宗教哲学文选》中卷，上海三联书店1996年版，第850页。

[②] 史铁生：《我与地坛》，见《中华散文珍藏本·史铁生卷》，人民文学出版社2000年版，第10页。

员的责任就很明确：把戏演好，别的没你什么事。"① 史铁生是怎样弄明白的，使他得出了这一达观得有些宿命色彩的结论，而将他从极限情景中拯救出来，决定活下去的？这要看逼迫史铁生思考生死问题的究竟是什么？说穿了，就是残疾。当他选择活下去的时候，实际上他确认了这样一个事实：残疾地活下去是值得的、有意义的。换言之，他为人的残疾找到了正当性根据。

人的残疾是正当的、有价值的、有意义的？是的。因为史铁生从一己肉体的残疾，看出了人、人类的残缺，即根本性局限——人的有限性。

史铁生认为："残疾，并非残疾人所独有。残疾即残缺、限制、阻障。名为人者，已经是一种限制。"② "人的残疾即是人的局限。"残疾人的残疾是肉体上的，整个人类的残疾却是与生俱来的残缺，"对某一铁生而言是这样，对所有的人来说也是这样，人所不能者，即是限制，即是残疾，它从来就没有离开过"。③ 从这个意义上说，每一个人都是残疾人。何以这样说？或者说史铁生的根据是什么？

在史铁生看来，人的出生是不可选择的、不可辩论的偶然性事件，人"只是一具偶然的肉身。所有的肉身都是偶然的肉身，……是那亘古不灭的消息使生命成为可能"。④

从生存论的角度看，"我们生存的空间有限，我们经历的时间有限"。而残疾的蓦然而至，更使人感受到命运的荒诞。史铁生对人之存在的这种完全的偶然性和尖锐的荒诞性体验，帕斯卡尔曾有过这样的描述：

> 当我思索我的生命历时之短暂，这生命被以前以后的永恒所吞没，又思索我所占据的空间之渺小……我被抛进了无限浩瀚的空间之中，我对之一无所知，它对我也十分陌生，这时候我会感到恐怖，我为自己生存于此地而不是彼地感到惊骇，因为没有任何理由是在此地而不是在彼地，是在此时而不是在彼时。是谁把我放在此地的？这个

---

① 史铁生：《病隙碎笔》，陕西师范大学出版社2003年版，第189页。
② 同上书，第72页。
③ 同上书，第69页。
④ 同上书，第168页。

地方和这段时间，是根据谁的命令和指示而分配给我的？①

从认识论的层面说，我们的知识永远不可能穷尽外部世界的奥秘，"我们其实永远在主观世界中徘徊。而一切知识都只是在不断地证明着自身的残缺，它们越是广博高妙越是证明这残缺的永恒与深重，它们一再地超越便是一再地证明着自身的无效"。② 这是人的"智力的绝境——你不可能把矛盾认识完"。③

从行为能力着眼，就像高位截瘫的人不能行走一样，健全的人也不能飞翔。概而言之，人是被抛到这个世界上来的才是实情。生而为人，终难免苦弱无助，即便是多么英勇无敌，多么厚学博闻，多么风流倜傥，世界还是要以其巨大的神秘置你于无知无能的地位。④

这样，史铁生实际上就从审视生理上的残疾，上升到了对人的有限性的形而上学的思考：人是有限性的存在。何谓有限性？当代著名的存在主义神学家蒂利希解释说："受到非存在所限制的存在，是有限性。"非存在又显现为存在之尚未，以及存在之不再。史铁生对人的有限性的上述思考，是颇富洞见的，暗合了蒂利希的理论。蒂利希认为，时间、空间、因果性和实体性都具有存在与非存在这双重性，其中的非存在性是人成为有限性存在的重要因素。时间是本体性质的，它吞噬着它的所造物，使其由盛而衰，归于消亡，人由此产生了"对于不得不死的焦虑"，正是在这种焦虑中，非存在被人从内部体验到了。人"占有空间，也就意味着受制于非存在"，意味着"不拥有任何确定的地位"，意味着"不得不最终丧失每一个地位，并随之而丧失存在本身"。因为人终有一死。因果性的非存在性，对人而言则表现为不拥有"自存性"，即人的存在不是自明的，人存在的原因不在自身，而在之外。"自存性只是上帝才有的特点"，作为

---

① [美] 詹姆斯·C. 利文斯顿：《现代基督教思想》下卷，何光沪译，四川人民出版社1999年版，第686页。在另一个版本中是这样翻译的："当我思索我一生短促的光阴浸没在以前的和以后的永恒之中，我所填塞的——并且甚至于是我所能看见的——狭小的空间沉没在既为我所不认识而且也并不认识我的无限广阔的空间之中；我就极为恐惧而又惊异地看到，我自己竟然是在此处而不是在彼处，因为根本没有任何理由为什么是在此处而不是在彼处，为什么是在此时而不是在彼时。是谁把我放置在其中的呢？是谁的命令和行动才给我指定了此时此地的呢？"参见 [法] 帕斯卡尔《思想录》，何兆武译，商务印书馆1997年版，第101页。

② 史铁生：《病隙碎笔》，陕西师范大学出版社2003年版，第95页。

③ 史铁生：《答自己问》，见《写作之夜》，春风文艺出版社2002年版，第24页。

④ 史铁生：《病隙碎笔》，陕西师范大学出版社2003年版，第10页。

有限的人，如海德格尔所言是被抛入存在的。因而"人的存在是偶然的；他自身没有任何必然性"，他是非存在的猎物，"把人抛入生存的那同一种偶然性，也可以把人推出生存"。这也决定了人是从属于偶然事件的实体，也可以说，"它在偶然事件中表现自己"。①

（三）

人的有限性，决定了人的根本困境。史铁生认为，人有三种根本困境：

> 第一，人生来注定只能是自己，人生来注定是活在无数他人中间并且无法与他人彻底沟通。这意味着孤独。第二，人生来有欲望，人实现欲望的能力永远赶不上他欲望的能力，这是一个永恒的距离。这意味着痛苦。第三，人生来不想死，可是人生来就是在走向死。这意味着恐惧。②

孤独、痛苦、恐惧是人生无法根除的苦难。这些苦难是在体性，它们塑造了人，成为人的存在本身，也构成了人的命运。这里的命运，不是一种无意义的宿命，"它是与意义结合在一起的必然性"。③在史铁生看来，自觉到人的有限性和苦难的在体性，是人寻找生命的意义的开端，也是包括文学在内的一切艺术的动力和源泉。换言之，人的残缺和苦难，对于人不仅不是无意义的，而且是意义之源。

从生命意义生成的动力结构观之，认识到人的有限性和苦难的在体性，首先使人关切生命的过程。既然人是有限时空内的存在，人生的过程就是从存在向非存在的过程，并最终走向死亡。无论人多么豁达，"还是忘不了一件事——人是要死的，对于必死的人（以及必归毁灭的这个宇宙）来说，一切目的都是空的"。生命的意义只能在生命的过程中产生和建构。意识到这一点，就可能从当初重视生命的目的转向重视生命的过

---

① ［美］蒂利希：《存在与上帝》，何光沪译，见刘小枫主编《20世纪西方宗教哲学文选》中卷，上海三联书店1996年版，第854—862页。
② 史铁生：《自言自语》，见《写作之夜》，春风文艺出版社2002年版，第51页。
③ ［美］蒂利希：《存在与上帝》，何光沪译，见刘小枫主编《20世纪西方宗教哲学文选》中卷，上海三联书店1996年版，第865页。

程："唯有过程才是实在"，何苦不在这必死的路上纵舞欢歌呢？坦然地"把上帝赐予的高山和深渊都接过来，'乘物以游心'，玩它一路，玩得醉心神迷不绊不羁创造不止灵感纷呈"①，在欢乐中承担苦难，在承担苦难中享受欢乐，在苦难和欢乐的过程中创造生命的意义。只有过程才是对付绝境的办法：

> 过程！对，生命的意义就在于你能创造这过程的美好与精彩，生命的价值就在于你能够镇静而又激动地欣赏这过程的美丽与悲壮。但是，除非你看到了目的的虚无你才能进入这审美的境地，除非你看到了目的的绝望你才能够找到这审美的救助。但这虚无与绝望难道不会使你痛苦吗？是的，除非你为此痛苦，除非这痛苦足够大，大得不可消灭大得不可动摇，除非这样你才能甘心从目的转向过程，从对目的的焦虑转向对过程的关注，除非这样的痛苦与你同在，永远与你同在，你才能够永远欣赏到人类的步伐与舞姿，赞美着生命的呼喊与歌唱，从不屈获得骄傲，从苦难提取幸福，从虚无中创造意义，直到死神和天使一起来接你回去，你依然没有玩够，但你却不惊慌，你知道过程怎么能有个完呢？过程在到处继续，在人间、在天堂、在地狱，过程都是上帝的巧妙设计。②

其次，迫近心魂的自由。外在肉体的残疾，存在时空的有限，好比是一场安排好的戏剧，人是这出剧中的演员。而"一个好演员，必是因其无比丰富的心魂被困于此一肉身，被困于此一境遇，被困于一个时代所有的束缚，所以他/她有着要走出这种种实际的强烈欲望，要在千变万化的角色与境遇中，实现其心魂的自由"。③ 如果说残疾是肉身折磨着精神，孤独、痛苦和恐惧是精神折磨着心魂，那么，受多重磨挫的心魂，必产生冲破肉身与精神囚禁的巨大驱动力，奔赴其自由的境界。

再次，探入艺术的根基。艺术的根基是什么？史铁生说，"是人类与生俱来的困境"。已有的文化是否成为艺术的根基，取决于它是否为人类

---

① 史铁生：《答自己问》，见《写作之夜》，春风文艺出版社2002年版，第24页。
② 史铁生：《好运设计》，见《中华散文珍藏本·史铁生卷》，人民文学出版社2000年版，第53页。
③ 史铁生：《病隙碎笔》，陕西师范大学出版社2003年版，第168页。

造出困境,"唯其造出困境,这才长出文学,长出艺术"。① 因为困境是这样一种东西,它让艺术家一来就"掉进了一个有限的皮囊",他的周围"是隔膜,是限制,是数不尽的墙壁和牢笼,灵魂不堪此重负,于是呼喊,于是求助于艺术,开辟出一处自由的时空以趋向那无限之在和终极意义",从而使艺术禀有了"美的恒久品质"。② 就纯文学而论,它所面对的就是"人本的困境","譬如对死亡的默想、对生命的沉思,譬如人的欲望和人实现欲望的能力之间的永恒差距,譬如宇宙终归要毁灭,那么人的挣扎奋斗的意义何在等等,这些都是与生俱来的问题,不依社会制度的异同而有无。因此它是超越着制度和阶级,在探索一条属于全人类的路"。③

最后,人的有限性和苦难在体性的澄明,使人不断寻求超越之路。史铁生说,"无缘无故的受苦,才是人的根本处境",也正是上帝的启示。但"这处境不是依靠革命、科学以及任何方法可以改变的,而是必然逼迫着你向神秘去寻求解释,向墙壁寻求回答,向无穷的过程寻求救助"。④ 我理解,他的意思是说,世俗生活世界的一切无力解救人的困境,人必须探寻一条世俗意义以上的路:超越之路。个人永远都是有限,都是局部,"局部之困苦,无不源于局部之有限,因而局部的欢愉必是朝向那无限之整体的皈依"。所以史铁生说:"只要你注意到了人性的种种丑恶,肉身的种种限制,你就是在谛听或仰望那更为高贵的消息了。"⑤ 所以史铁生又说:"人既看见了自身的残缺,也就看见了神的完美,有了对神的敬畏、感恩与赞叹。"⑥

从探寻生命意义的方向来看,认识到人的有限性和苦难的在体性,使人向个体自身和生命的内部要意义。史铁生引用刘小枫的话说,人的有限性以及受苦是私人形而上学意义上的,不是现世社会意义上的,所以根本不干正义的事。为私人的受苦寻求社会或人类的正义,不仅荒唐,而且会制造出更多的恶。个体的不幸及生命的意义只能靠个体自身来解决。正如俄罗斯思想家弗兰克在其《生命的意义》中所说,生命的意义不是给予的,而是被提出来的。

---

① 史铁生:《随想与反省》,见《写作之夜》,春风文艺出版社2002年版,第78—79页。
② 史铁生:《病隙碎笔》,陕西师范大学出版社2003年版,第172页。
③ 史铁生:《答自己问》,见《写作之夜》,春风文艺出版社2002年版,第30页。
④ 史铁生:《宿命的写作》,见《写作之夜》,春风文艺出版社2002年版,第11页。
⑤ 史铁生:《病隙碎笔》,陕西师范大学出版社2003年版,第166—167页。
⑥ 同上书,第147页。

> 生命的意义不在向外的寻取，而在向内的建立。那意义本非与生俱来，生理的人无缘与之相遇。那意义由精神所提出，也由精神去实现，那便是神性对人性的要求。这要求之下，曾消散于宇宙之无边的生命意义重又聚拢起来，迷失于命运无常的生命意义重又聪慧起来，受困于人之残缺的生命意义终于看见了路。①

所以，对探寻生命意义的个体心性而言，史铁生认为重要的不是外在的客观真理，而是克尔凯郭尔的主观性真理。

作为存在主义者的克尔凯郭尔不相信所谓的客观反映之说，对理性的客观性大张挞伐，指责其把主体变成了偶然随机的东西，把主体的生存改造成了某种非人格的东西，排除了人的切身体验，否定了人的自由选择与自我决定，从而也就否定了人自己造就自己的能力和事实。纯客观的真理不能认识人类生存的真理，"真理恰恰在于内在性"，"因为，每个人都是一个精神性的存在，对他来说，真理不存在于任何别的东西之中，而存在于亲自运用的自我活动之中"。② 真理的这种切己性是说，"我们只有从生存上去体验另一种生存方式，才能理解那种方式"，这就好比马丁·路德所说，"一个人成为神学家，靠的是生活、死亡、受罚，而不是靠理解、阅读、冥想"。③ 人的有限性和苦难的在体性，催迫人向生命的内部要意义，寻找主观性真理，其实质是"要找到一个对我来说是真实的真理，要找到我可以为之生为之死的观念"。④ 这样的主观性真理，虽然"不存在供人们建立其合法性以及使其合法的任何客观准则"，但则"是发扬生命的难以捉摸、微妙莫测和不肯定性的依据"。⑤

在长篇小说《务虚笔记》中，"我"对主观性真理有过一段生存现象学式的还原与阐释。有一天我知道了"哥德尔不无完全性定理"：一个试图知道全体的部分，不可能逃出自我指称的限制。由此，我获得了更多想象的自由，我的冥思也开始澄明。当我要回答"世界是从什么时候开始的"这样的问题，我发现，"一个不可逃脱的限制就是，我只能是我。事

---

① 史铁生：《病隙碎笔》，陕西师范大学出版社 2003 年版，第 96 页。
② [美] 詹姆斯·C. 利文斯顿：《现代基督教思想》下卷，何光沪译，四川人民出版社 1999 年版，第 638 页。
③ 同上书，第 690 页。
④ 同上书，第 634 页。
⑤ 史铁生：《病隙碎笔》，陕西师范大学出版社 2003 年版，第 95 页。

实上我只能回答,世界对我来说开始于何时"。比如,我生于1951年,但它对于我只是一个传说。因为它对我来说是一片空白,是零,是完全的虚无。只有到了1955年的某个周末之后,世界对我才开始存在,才渐渐有了意义。据说生"我"那天下着大雪,从未有过的大雪,可是,我总是用1956年的雪去想象1951年的雪,或者说1956年的雪,才使1951年的雪有了形象,有了印象,雪对于我也才开始存在。"因为我找不到非我的世界,永远都不可能找到。所以世界不可能不是对我来说的世界。"① 总之,我关于世界的真理,只能是我的,是主观性的。

自觉到人的存在的有限性和苦难的在体性,对于史铁生,不仅形成了关切生命过程、迫近心魂自由、探入艺术根基和寻求超越道路这样的生命意义生成的动力结构,确立了在生命内部探寻主观性真理的意义叩问方向,而且使史铁生具有了谦卑的伦理心态,具有了站出残疾观照残疾,站出人自身反观人的能力和处身位置,在主体内部产生了"我"与"史铁生"这一主客体交互的对话结构,从而对个体心性和人的存在的勘探,抵达了理性不能照亮的"黑夜"。

(四)

有必要再一次提到克尔凯郭尔,不只因为他是存在主义哲学家,而是因为他关于绝望与拯救的论述太过切合史铁生的心路历程。他认为绝望可以导致一种精神上的僵硬和死亡,也可以有助于唤醒一个人,使他明白自己永恒的正当性。他甚至断言,除了经历绝望之外,是不存在任何拯救的。

> 我劝告你要绝望……不是作为一种安慰,不是作为一种你要继续留在其中的状态,而是作为一种需要灵魂之全部力量、严肃和专注的行为……一个人倘若没有尝过绝望的痛苦,他也就错失了生命的意义。②

绝对地绝望,就是挣脱有限的观察角度对自己的束缚,因为,"当一

---

① 史铁生:《务虚笔记》,上海文艺出版社1996年版,第84—85页。
② [美]詹姆斯·C.利文斯顿:《现代基督教思想》下卷,何光沪译,四川人民出版社1999年版,第619页。

个人决意要（绝对地）绝望的时候，他也就选择了绝望所选择的东西，即处于永恒正当性之中的自身"。① 史铁生所处的极限境遇，曾经使他深陷绝望的深渊，思想情感无数次行走在自杀的边缘。但他终于从个体肉身的残疾，看到了人类的残缺和有限性，产生了寻求生命意义的内在动力，明确了意义寻求的方向、伦理态度，以及在个体内部展开主客体交互对话的意义询问方式。绝望的痛苦催他上路，去求索生命的永恒的正当性。

到此这样说一点也不为过：史铁生是从个体的生存体验，走向形上的存在之思，并从存在之思叩问超越之路。简言之，他是从经验的生存，走向先验的存在，并朝着超验的神在跳跃。

自觉到生命意义的重要固然关键，但意义不会自动呈现。从存在的此岸世界，到达神在的彼岸世界，需要过渡的桥梁，或者说中介。这个桥梁或中介，对于史铁生而言就是写作。

写作，是对史铁生的救赎。在《我与地坛》中，史铁生思考了三个要命的问题：要不要去死？为什么活？干吗要写作？在这里，写作问题是与生死问题并列的同等重要的问题。当死的问题被悬置（解决）以后，写作与活就是一而二、二而一的事了。那么，写作与活的关系又如何呢？史铁生否定了为了写作而活着的说法，认为，"只是因为我活着，我才不得不写作"。抑或是因为还想活着，所以才写作。写作是活下去的一条路："写，真是个办法，是条条绝路之后的一条路。"② 在另一处，史铁生在回答"人为什么写作"时，更是直白地说："为了不至于自杀。"③

换个提问的角度：为何写作拯救了史铁生？为何写作使他不至于自杀？一个直接的理由是，写作"油然地通向着安静"，通向灵魂的安宁。④ 在史铁生残疾不久的日子里，他被命运击昏了头，脾气坏到极点，经常像发了疯一样，这时，写作使他浮躁凌厉之心趋于平静。后来史铁生回忆说："我其实未必合适当作家，只不过命运把我弄到这一条（近似的）路上来了。左右苍茫时，总也得有条路走，这路又不能再用腿去蹚，便用笔去找。而这样的找，后来发现利于此一铁生，利于世间一颗最为躁动的心

---

① ［美］詹姆斯·C. 利文斯顿：《现代基督教思想》下卷，何光沪译，四川人民出版社1999年版，第619页。
② 史铁生：《宿命的写作》，见《写作之夜》，春风文艺出版社2002年版，第8页。
③ 史铁生：《答自己问》，见《写作之夜》，春风文艺出版社2002年版，第17页。
④ 参见史铁生《宿命的写作》和《答自己问》，见《写作之夜》，春风文艺出版社2002年版，第12、20页。

走向宁静。""写作救了史铁生和我。"在这个意义上说,"写作为生是一件被逼无奈的事"。① 当然,有一个推论也是可以成立的:我们知道,史铁生是因着生命的意义而活下去的,既然写作可以让他活下去,那说明写作于他而言,是可以产生意义的。对此,史铁生如此说:"写作便是要为活着找到可靠的理由,终于找不到就难免自杀或还不如自杀"②,"写作就是要为生存找一个至一万个精神上的理由,以便生活不只是一个生物过程,更是一个充实、旺盛、快乐和镇静的精神过程"。③ 写作在这里成了寻找,成了一个在寻找中精神不断攀升,生命的意义不断涌现的过程。

有趣的是,史铁生把此一过程命名为"写作之夜"。夜,当然是夜晚、是黑夜。写作怎么和夜晚、黑夜搭上了界?连稚童也明白,这里不是指作家的夜间写作习惯,而是一种象征:在确定无疑的能指下面,蕴含着丰富的所指。

夜晚或者黑夜,指的是史铁生写作的处身位置:黑夜时代。史铁生曾经这样描述这个时代,"神约"已然放弃,人性解放成魔性,而"魔性一经有了人性作招牌,靡菲斯特宏图大展正是一路势如破竹了";人虽然放逐了诸神,"可人造为神的现代迷信并不绝迹";新的神祇——"一切以商品、利润为号召的主义"——正在各处显身。④ 人们追求的只是对物质与权力的渴慕,从不问灵魂在暗夜里怎样号啕,从不知精神在太阳底下如何陷入迷途,从不见人类是同一支大军他们在广袤的大地上悲壮地行进被围困重重,从不想这颗人类居住的星球在荒凉的宇宙中应该闪耀怎样的光彩。⑤

史铁生描述的这个时代的特征,不正是海德格尔笔下的"世界黑夜的时代"?

> 夜晚到来。自从赫拉克勒斯(Herakles)、狄奥尼索斯(Dionysos)和耶稣基督(Christus)这个"三位一体"弃世而去,世界时代的夜晚便趋向于黑夜。世界黑夜弥漫着它的黑暗。上帝之离去,"上

---

① 史铁生:《病隙碎笔》,陕西师范大学出版社2003年版,第63页。
② 史铁生:《答自己问》,见《写作之夜》,春风文艺出版社2002年版,第17页。
③ 同上书,第18页。
④ 史铁生:《病隙碎笔》,陕西师范大学出版社2003年版,第96页。
⑤ 史铁生:《答自己问》,见《写作之夜》,春风文艺出版社2002年版,第29页。

帝之缺席",决定了世界时代。……上帝之缺席意味着,不再有上帝显明确实地把人和物聚集在它周围,并且由于这种聚集,把世界历史和人在其中的栖留嵌合为一体。但在上帝之缺席这回事情上还预示着更为恶劣的东西。不光诸神和上帝逃遁了,而且神性之光辉也已经在世界历史中黯然熄灭。世界黑夜的时代是贫困的时代,因为它一味地变得更加贫困。它已经变得如此贫困,以致于它不再能察觉到上帝之缺席本身了。①

由于上帝之缺席,世界便失去了它赖以建立的基础。当然,意义也就相应失去了它得以可能的基础。丧失了基础的世界时代悬于深渊之中。

史铁生"察觉到"了上帝的缺席,也就注定了经历并承受这样的世界之深渊:黑夜时代。史铁生的困难在于,他要在这个失去了意义根基的世界,通过写作找回意义。这如何可能?除非让上帝临在,让诸神返回?然而,这亦如海德格尔所问:"如若人没有事先为它准备好一个居留之所,上帝重降之际又该何所往呢?如若神性之光辉没有事先在万物中开始闪耀,上帝又如何能有一种合乎神之方式的居留呢?"这就是说,曾经在此的诸神唯在适当时代里才能返回,"唯当时代已经借助于人在正确的地点以正确的方式发生了转变,诸神才可能'返回'"。换言之,诸神的返回是以人的转变为前提的:"只要还没有伴随出现人的转向",世界时代之转变"便无所作为"。于是,问题又变为:人怎样实现转向?海德格尔认为,"人的转向是在他们探入本己的本质之际才发生的。这一本质在于,终有一死的人比天神之物更早地达乎深渊"。关键之点是,人在深渊中思入本质。

如前所述,史铁生已从个体的生命体验思入存在,但他是否能够和已经思入人的本质还是一个有待审理的问题。而按照海德格尔的理路,即使思入本质、思入存在,也未必真正抵达存在、抵达本质本身。"当我们思人的本质时,依然更接近于不在场(Abwesen),因为他们被在场(Anwesen)所关涉。"这样,史铁生在写作之夜,对生命意义的寻求,只是"吟唱着去摸索远逝诸神之踪迹","从而为其终有一死的同类追寻那通达

---

① [德] 海德格尔:《诗人何为?》,孙周兴译,见孙周兴选编《海德格尔选集》上卷,上海三联书店 1996 年版,第 407—408 页。

转向的道路"；只是在黑夜的时代里"道说神圣"①，是对上帝的重临和诸神的返回发出泣泪的呼告。因此，比照荷尔德林的说法，史铁生的写作之夜就是神圣之夜。

关于黑夜，记得黑格尔还有一段话：

  人就是这个黑夜，这个空洞的虚无，一切都保持着它的简单性，由无限多的表象组成的财富。……这就是那黑夜，那自然的内在性，这就是那在这里存在着的——纯粹的自己。如果你去注视人们的眼睛的话，你就瞥见这黑夜，进入这黑夜的里面，黑夜将成为可怕的东西。一个人的对面悬挂着世界的黑夜。②

引用这段话是想说明，史铁生的写作之夜所指的那个黑夜，还包括这样一个浩瀚无际的内在宇宙：人的理性无法照亮的那个诡秘幽深的心灵世界，"这就是那在这里存在着的——纯粹的自己"。并经由自己的黑夜进入他者的黑夜，即"一个人的对面悬挂着的世界的黑夜"，以探入人的本质和存在，敞开"那被隐藏起来的人之全部"。③

黑夜者何？史铁生说："难以捉摸、微妙莫测和不肯定性，这便是黑夜。但不是外部世界的黑夜，而是内在心流的黑夜。"④ 心流的黑夜不只在黑夜，也在白昼的狂欢之中，"在白昼插科打诨之际"，黑夜已然降临，"此刻心里正有着另一些事，另一些令心魂不知所从的事，不可捉摸的心流眺望着不可捉摸的前途，困顿与迷茫正与黑夜汇合"。⑤ 史铁生常常把这个黑夜所居留的世界命名为"心魂"、"心神"，或"绵绵心流"，"写作不过是为心魂寻一条活路，要在汪洋中找一条船"，写作和文学"都要皈依心魂"，因而，"写作一向都在这样的黑夜中"，它是鲜活的生命在眼前的黑夜中问路。

心魂是我们习以为常的创作意图与创作构思之外的另一种存在，是

---

 ① ［德］海德格尔：《诗人何为？》，孙周兴译，见孙周兴选编《海德格尔选集》上卷，上海三联书店1996年版，第408—410页。
 ② 转引自［德］吕迪格尔·萨弗兰斯基《海德格尔与战后的法国哲学》，靳希平译，《哲思杂志》第2卷第1、2期。
 ③ 史铁生：《病隙碎笔》，陕西师范大学出版社2003年版，第200页。
 ④ 同上书，第95页。
 ⑤ 同上书，第130页。

"一些深隐的、细弱的、易于破碎但又是绵绵不绝的心的彷徨",是在构思的缝隙中被遗漏、被删除的东西。①

心魂是一片更为"玄奥、辽阔、广大的存在",也是一个矛盾、冲突与纷争,聚会、呼喊与诉说的戏剧世界,有着不为理性把握的内在关联:"条条心流暗中汇合,以白昼所不能显明的方式和路径,汇合成另一种存在,汇合成夜的戏剧"。这场戏剧引领人走出"白昼之必要的规则"而进入人之"由衷的存在"。②

心魂不甘就范现实的陈规,"心魂的眺望一向都在实际之外",跟随心魂的写作,能够越出"实际之真",逼近"艺术之真":"心魂一旦感受到荒诞,感受到苦闷有如囚徒,便可能开辟另一种存在,寻觅另一种真",即存在的真,艺术的真。所以,"唯心神的黑夜,才开出生命的广阔,才通向精神的家园",③才通达"诗意地栖居"。不过,史铁生说,这种"诗意地栖居"不是独享的逍遥,而是永远地寻觅与投奔,并且总在黑夜中。心魂之域本无尽头。④黑夜的那边还有黑夜,黑夜的尽头仍是黑夜,心魂的黑夜。

黑夜还存有一双眼睛,是一双与白昼对立的眼睛,也是"最后的眼睛"。这双眼睛,彰显了史铁生黑夜诗学的另一特点。"当白昼的一切明智与迷障都消散了以后,黑夜要你用另一种眼睛看这世界。"史铁生之所谓白昼者为何?白昼是一个象征性符码,意指"明智""清晰""规则""时间""空间""历史""有限""确定性",指称被民族国家分割,高度组织化、制度化并受制于技术统治的外部世界,以及被意识形态和形而上学宰制的内在的理性世界。那双最后的眼睛,则是紧盯着生命意义不放,对"白昼表示怀疑而对黑夜秉有期盼的眼睛"。⑤"写作之夜"借助这双眼睛,追逐受造之中的那缕游魂,跟踪那缕游魂的种种可能的去向,倾听那缕游魂浪迹徘徊所携带的消息——有关生命终极意义的消息,由此澄明和敞开自身的存在,并揭穿、解构和批判一个非存在的世俗世界。

在文字的底部,史铁生有一个极为隐蔽的逻辑:人之为人的东西,不

---

① 史铁生:《病隙碎笔》,陕西师范大学出版社2003年版,第91页。
② 同上书,第94页。
③ 同上书,第109页。
④ 同上书,第114页。
⑤ 同上书,第92—93页。

都在理性世界中，更在绵绵心流里，而"绵绵心流并不都在白昼的确定性里，还在黑夜的可能性中，在那儿，网织成或开拓出你的存在，甚或你的现实"。① 那双眼睛正是对这种"现实"和"存在"的开拓与发现。有了黑夜中这双眼睛的存在，就使写作成为对生活的匡正，正如有位大诗人说诗是对生活的匡正一样。因为心魂是自由的起点和凭证，是对不自由的洞察与抗议。这种匡正，"不单是针对着社会，更是针对着人性。自由，也不仅是对强权的反抗，更是对人性的质疑"。② 匡正的可能性和动力就存在于心魂深处，而不在某种外在理念的演绎和驱使，原因是，"一个明确走在晴天朗照中的人，很可能正在心魂的黑暗和迷茫中挣扎"，这迷茫与挣扎，其实就是匡正的源初形态。生活和写作都不能失去匡正，就像白昼不能失去黑夜一样。如果失去了，史铁生问："什么假不能炒成真？什么阴暗不能标榜为圣洁？什么荒唐事不能煽得人落泪？"竟至于什么真都可能沦落为无言的沉默。③

黑夜需要照亮，白昼需要黑夜的匡正，但谁来照亮？又谁有资格来匡正呢？按照史铁生的陈述，当人们从"世界黑夜"走进"心魂黑夜"的时候，也就走进了照亮者和匡正者降临的所在，走进了仰望与照耀的所在，走进了忏悔、呼告与应答的所在。

夜深人静，是个人独对上帝的时候。其他时间也可以，但上帝总是在你心魂的黑夜中降临。忏悔，不单是忏悔白昼的已明之罪，更是看那暗中奔溢着的心流与神的要求有着怎样的背离。忏悔……是看上帝，仰望他，这仰望逼迫着你诚实。这诚实，不止于对白昼的揭露……但你不能不对自己坦白，不能不对黑夜坦白，不能不直视你的黑夜：迷茫、曲折、绝途、丑陋和恶念……一切你的心流你都不能回避。因为看不见神的人以为神看不见，但"看不见而信的人是有福的"，于是神使你看见——神以其完美、浩瀚使你看见自己的残缺与渺小，神以其无穷之动使你看见永恒的跟随，神以其宽容要你悔罪，神以其严厉为你布设无边的黑夜。因此，忏悔，除去低头还有仰望，

---

① 史铁生：《病隙碎笔》，陕西师范大学出版社 2003 年版，第 92—93 页。
② 同上书，第 106 页。
③ 同上书，第 115 页。

除知今是而昨非还要询问未来。①

史铁生继续说,"你要忏悔",这是神的话,不是人的话,倘由人说就是病句。忏悔,是个人独对上帝的时刻,是只关乎个体心性的事,就像梦,别人不得参与。谁参与,谁就可能为人带来祸害。"文化大革命"时的"表忠心"和"狠批私心一闪念",就是企图干预、篡改和管住每一个体的心性,结果造成史无前例的人性灾难。其根源"就因为人说了神的话"②,就因为人对说了神的话的人神的狂热膜拜。

这样,史铁生的写作之夜,就是处身于世界黑夜时代的诗人的世俗批判之夜、人性勘探之夜和神性呼告之夜,是史铁生经由生存体验和存在之思抵达神性之域的据点和津梁。

(五)

从写作之夜出发,史铁生走向哪里呢?走向了宗教。史铁生如此对文学命名:"文学就是宗教精神的文字体现。"③

文学是宗教精神的文字体现这一命名,与现代和后现代关于文学的界定大相径庭,不仅不同于马克思主义经典作家的文学是社会生活的反映,不同于新马克思主义者文学是意识形态话语的生产,不同于精神分析学派的文学是人类集体无意识原型的象征,不同于存在主义的文学(诗)是人之存在的栖居之地,也不同于解构主义大师的文学是能指的自由游戏,文学是某种权力话语。如果说,现代与后现代给文学的是某种深刻的革命,那么,史铁生似乎是要在这些革命渐入迷途的时候寻找新路。但无论怎么说,文学是人的文学,而不是别的什么的,宗教精神是人的精神,也不是其他什么存在的,因此,史铁生在提出这一命题后,一直在证明一个东西,即宗教精神不是虚妄,而是一种精神实在,不是外在给予,而是内在本有的,以此求证这一命题的合法性。

宗教精神具有实在性、内在性?倘若是,它存身何处?为了回答这个问题,史铁生按照自己的方式对人的在世之维进行了划分。

---

① 史铁生:《病隙碎笔》,陕西师范大学出版社 2003 年版,第 133 页。
② 同上书,第 134 页。
③ 史铁生:《自言自语》,见《中华散文珍藏本·史铁生卷》,人民文学出版社 2000 年版,第 174 页。

众所周知，自文艺复兴和笛卡尔时代以降，人们已经养成这样一种认识：人是自然世界的一部分；已经习惯于对人的二元划分：灵魂与肉体，主观与客观，心理与物理，而且，这种划分也是近代西方哲学的基本前提。到20世纪上半叶，俄罗斯新精神哲学家对此进行修正，认为人不是世界的一个微小的部分，相反，世界是人的一部分；人远远大于人自身，人不仅仅限于他的外部表现，而是另外一种大不可量的东西。这就是人的精神世界。由此，别尔嘉耶夫等人认为人不是两维，而是三维，人是"精神—灵魂—肉体的有机体"。① 这派哲学家还对人的内心世界作了进一步细分，即"精神"与"灵魂"的区别。"灵魂"是与肉体相对而言的，是人的自然方面的属性和机能，而"精神"则是超自然的，是人的超越性，是人的最高本质的表现。②

史铁生无疑受到过俄罗斯新精神哲学的影响③，也将人视为三维基础上的多维存在。但他从汉语特有的语义出发，对三维作出了调整，其秩序是：心（灵）魂—精神（思想）—肉体。肉体相对于感性，精神（思想）相对于理性，心魂相对于神性。肉体或肉身之存在，可谓是不证自明的，它可以仅指"没有精神活动的生理性存活"。④ 但精神和灵魂就要复杂得多。在史铁生看来，精神问题高于肉体问题⑤，而灵魂与精神不仅不同，而且既高于和大于肉身，又高于和大于精神，是对人施行全面督察的那个东西。

精神与思想在史铁生的词典里是通用的，就像心魂与灵魂之通用一样。思想是有限的，灵魂是无限的；思想是工具，灵魂是归宿。

  任何思想都是有限的，既是对着有限的事物而言，又是在有限的范围中有效。而灵魂则指向无限的存在，既是无限的追寻，又终归于无限的神秘，还有无限的相互干涉以及无限构成的可能。因此，思想可以依赖理性。灵魂呢，当然不能是无理性，但他超越着理性，而至

---

① ［俄］别尔嘉耶夫：《自由精神哲学》，转引自［俄］弗兰克《俄国知识人与精神偶像》，徐凤林译，学林出版社1999年版，第7页。
② ［俄］弗兰克：《俄国知识人与精神偶像》中译本前言，徐凤林译，学林出版社1999年版，第6—7页。
③ 史铁生：《病隙碎笔》，陕西师范大学出版社2003年版，第96页。
④ 同上书，第153页。
⑤ 史铁生：《自言自语》，见《写作之夜》，春风文艺出版社2002年版，第72页。

感悟、祈祷和信心。思想说到底只是工具，它使我们"知"和"知不知"。灵魂则是归宿，它要求着爱和信任爱。①

即是说，思想是有限之在，灵魂是无限之在。当思想仅限于个体生命时，便更像是生理的一种机能，肉身的附属，甚至累赘。但当其联通了那无限之在，追随那绝对价值，它"就会因自身的局限而谦逊，因人性的丑陋而忏悔，视固有的困苦为锤炼，看琳琅的美物为道具，既知不断地超越自身才是目的，又知这样的超越又是永远的过程。这样，他就不再是肉身的附属，而成为命运的引领"，而升华为灵魂，进入了不拘一己的关怀与祈祷。因此，思想有向灵魂升华的可能。

尼布尔就曾表示过相同的看法，作为思想的理性，"是有限社会的工具，是其生理需要的手段，是有限时间、有限地点的片面看法的奴隶。这样一来，它总是超越自身存在中那些意外的、不由自己所决定的现实去设想秩序、统一及和谐的可能性"。②这种可能性在史铁生那里主要表现在，"当自以为是的'知'终于走向'知不知'的谦恭与敬畏之时，思想则必须服从乃至化入灵魂和灵魂所要求的祈祷"，除非因为理性的狂妄而背离整体与爱的信任，自甘陷入价值的虚无。③在此一向度上也可以说，思想"只是一种能力。而灵魂，是指这能力或有或没有的一种方向，一种辽阔无边的牵挂，一种并不限于一己的由衷的祈祷"。精神或思想能力的有限，并不说明灵魂一定卑下，"他们迟滞的目光依然可以眺望无限的神秘，祈祷爱神的普照。事实上，所有的人，不都是因为能力有限才向那无边的神秘眺望和祈祷吗？"④

灵魂与精神的对立，必是无限与有限的对立，必是绝对与相对的差距。灵魂对精神的作用，必是无限之在试图对有限之在施加影响，必是绝对价值试图对相对价值施以匡正。那无限与绝对，其名何谓？史铁生回答说："在信仰的历史中他就叫作：神。他以其无限，而真。他以其绝对的善与美，而在。他是人之梦想的初始之据，是人之眺望的终极之点。他的

---

① 史铁生：《病隙碎笔》，陕西师范大学出版社2003年版，第203页。
② [美]尼布尔：《基督教的原罪概念》，关胜渝译，见刘小枫主编《20世纪西方宗教哲学文选》上卷，上海三联书店1996年版，第298页。
③ 史铁生：《病隙碎笔》，陕西师范大学出版社2003年版，第203页。
④ 同上书，第158页。

在先于他的名，而他的名，碰巧就是这个'神'字。"① 在此意义上的神，"乃有限此岸向无限彼岸的眺望，乃相对价值向着绝对之善的投奔，乃孤苦的个人对广博之爱的渴盼与祈祷"。② 既然，心魂是神的驻足之所，那么当然也就是宗教精神的存身之所，宗教精神的内在性、实在性也就在于兹。

问题是，从实证经验的角度，灵魂看不见摸不着，根本不存在，何言实在性？对此，史铁生执拗地反驳道："并非看得见摸得着的东西才存在，你能撞见谁的梦吗？或者摸一摸谁的幻想？"这恰如"神"一样，他只"在被猜想之时诞生，在被描画的时候存在，在两种相反的信奉中同样施展其影响"。③ 这样，史铁生就完成了关于人的灵魂、精神与肉身的三维划分，为神和神性找到了居所，为宗教精神留下了足够的地盘。

史铁生对人的三维划分，无意中对应了马克斯·舍勒关于知识的三种划分。在我看来，关于世界和人的经验认知，对应于舍勒之事功型知识；对人的精神世界的认识，对应于舍勒之素养型的形上知识；对人的心性与灵魂的询问，对应于舍勒之得救型知识。前者关涉科学，中者依赖哲学，后者凭附宗教。从另一个角度还可以说，前者提供知识，中者生产思想，后者探寻意义。

科学、哲学和宗教，知识、思想和意义，这是三个不同的领域。史铁生要经由写作追问和获得生命的意义，势必要将文学从知识、思想带入意义之域，势必要厘清科学、哲学与宗教（信仰）之区别与联系，以最终确立文学是宗教精神的文字体现。

事实正是这样。在科学、哲学与宗教的界定上，史铁生同意罗素的观点："一切确切的知识都属于科学。一切涉及超乎确切知识之外的教条都属于神学……介乎神学与科学之间的就是哲学。"④

在科学与信仰的关系上，史铁生认为，"科学并非我们唯一的依赖，甚至不是根本的依赖"。科学解决不了史铁生的高位截瘫，给他健康的腿；科学不能根治他正痛苦其中，三天一次透析的尿毒症；科学更不能解决在如此的生存绝境中史铁生活下去的意义，即正当性问题。科学在显示

---

① 史铁生：《病隙碎笔》，陕西师范大学出版社2003年版，第154页。
② 同上书，第157页。
③ 同上书，第24页。
④ 史铁生：《随想与反省》，见《写作之夜》，春风文艺出版社2002年版，第86页。

其最大程度的可能的时候,也将其根本性的无能暴露无遗。更为关键的是,"一个人,身患绝症,科学已无能给他任何期待",他的坚强与泰然,全靠信心。① 科学与信仰的边界是清晰的:

> 科学的要求是真实,信仰的要求是真诚。科学研究的是物,信仰面对的是神。科学把人当作肉身来剖析它的功能,信仰把人看作灵魂来追寻它的意义。科学在有限的成就面前沾沾自喜,信仰在无限的存在面前虚怀若谷。科学看见人的强大,指点江山,自视为世界的主宰,信仰则看见人的苦弱与丑陋,沉思自省,视人生为一次历练与皈依爱愿的旅程。自视为主宰的,很难控制住掠夺自然和强制他人的欲望,而爱愿,正是抵挡这类欲望的基础。但科学,如果终于,或者已经,看见了科学之外的无穷,那便是它也要走进信仰的时候了。而信仰,亘古至今都在等候浪子归来,等候春风化雨,狂妄归于谦卑,暂时的肉身凝成不朽的信爱,等候那迷恋于真实的眼睛闭上,向内里,求真诚。②

那么,哲学与宗教呢? 史铁生认为,哲学与宗教的区别恰似智性与悟性的区别。"哲学的末路通入宗教精神。"③ 哲学梦寐以求的是要把人的终极问题弄个水落石出,以期根除灵魂的迷茫。但凭形上之思和有限的理性,终于不能勘破上帝设下的谜面。而人——这个流浪在大地上的异乡客——又是那么的固执,在知识和学问捉襟见肘的领域和时刻,也依然不厌弃这个存在,不放弃对存在的追问,这样就只好走出哲学,踏进宗教的领地。④

如此观之,"宗教精神并不敌视智性、科学和哲学,而只是在此三者力竭神疲之际,代之以前行"。⑤

谈论科学、哲学和宗教这三者的落脚点是文学,文学与科学、哲学和宗教又是什么关系呢? 史铁生回答说:"智力的局限由悟性来补充。科学

---

① 史铁生:《病隙碎笔》,陕西师范大学出版社2003年版,第23—24页。
② 同上书,第173—174页。
③ 史铁生:《宿命的写作》,见《写作之夜》,春风文艺出版社2002年版,第2页。
④ 史铁生:《自言自语》,见《写作之夜》,春风文艺出版社2002年版,第59页。
⑤ 史铁生:《宿命的写作》,见《写作之夜》,春风文艺出版社2002年版,第4页。

和哲学的局限由宗教精神来补充。……文学就是宗教精神的文字体现。"①

确认了宗教精神的实在性和文学是宗教精神的文字体现以后，对于史铁生而言，"唯一的问题是：向着哪一位神，祈祷？"也就是说，信仰哪一位神呢？因为有各种各样的宗教，不同的作家可以有不同的宗教，其文学也就会有各自不同的宗教表达，处于特定境遇中的史铁生信仰何种宗教呢？又去体现怎样的宗教精神？

史铁生认为有三类神，一类是鼓吹万能的，一类是爱好偶然性的，一类是仁慈和完美的。第一类神自吹自擂好说瞎话，其实是扯淡，大水冲了龙王庙的事并不鲜见，当然不用理他。第二类神，既然喜欢偶然，就不能一味地指靠他。只有第三类神才是可以依赖的。因为他才是博大的仁慈与绝对的完美。仁慈在手，只要你往前走，他总是给路。在神的字典里，行与路共用一种解释。完美呢，则要靠人的残缺来证明，靠人的向美向善的心愿证明。在人的字典里，神与完美共用一种解释。……他把行与路作同一种解释，就是他保证了与你同在。路的没有尽头，便是他遥遥地总在前面，保佑着希望永不枯竭。②

这位神不像第一位神那样允诺实惠，也不像第二位神那样诡秘莫测，以至于玩弄取笑你，他是一位绝对超越的神，他"不在空间中，甚至也不在寻常的时间里，他只存在于你眺望他的一刻，在你体会了残缺去投奔完美、带着疑问但并不一定能够找到答案的那条路上"。他是谁？他是与人"有着永恒距离"的上帝。他之所以超越寻常时空，之所以不能亲临俗世，"在于他要在神界恪尽职守，以展开无限时空与无限的可能，在于他要把完美解释得不落俗套、无与伦比，不至于还俗成某位强人的名号"。因为"信仰之神一旦变成尘世的权杖，希望的解释权一旦落到哪位强徒手中"，人间就将灾难无穷。

如此这般，那位超越的神——上帝，在史铁生看来，就不仅应该是人所祈祷的，而且"也应该是文学的地址，诗神之所在，一切写作行为都应该仰望的方向"。史铁生说，奥斯维辛之后，人们对上帝和诗产生了怀疑，这是事实。但正是那样的怀疑使人们重新听见诗的消息，同时也证明了仰望上帝之必要。③

---

① 史铁生：《自言自语》，见《写作之夜》，春风文艺出版社 2002 年版，第 57 页。
② 史铁生：《病隙碎笔》，陕西师范大学出版社 2003 年版，第 11—12 页。
③ 同上。

我的疑问是：最早进入华夏的佛教的那位神，难道就不值得仰望？不应当信奉？在后殖民时代，在欧西话语霸权的威逼下民族情绪日渐膨胀，复兴东方文化的呼声见天嘹亮的现实境遇中，史铁生唯独东方的神不拜，唯独家门的神不理会，却去仰望西方的上帝，搞什么搞呀？

史铁生有史铁生的理由。他在谈到"尽可能避开认同佛教"时，直言不讳地表达了"对一些流行的佛说存有疑问"。其疑问的核心是：佛教以福乐为期许可不可能？如何可能？会有怎样的后果？大凡宗教都相信人生是一次苦旅，流行的佛说相信人生之苦出自人的欲望，倘能灭断这欲望，苦难就不复存在。这就预设了一种可能：生命中的苦难是可以消灭的。但史铁生问道："脱离一己之苦可由灭断一己之欲来达成，但是众生之苦犹在，一己就可以心安理得吗？"众生未度，一己便告无苦无忧，"其传达的精神意向，很难相信还是爱的弘扬，而明显接近着争的逻辑了"。争什么？争天堂。这争天堂与争高官厚禄，有什么不同？这不是世俗的逻辑？不是远离宗教信仰的证明？"大凡信仰，正当在竞争福乐的逻辑之外为人生指引前途，若仍以福乐为期许，岂不倒要助长了贪、嗔、痴？"岂不反倒助长了欲望？再说，苦难怎么可能灭掉？"这个人间的特点是不可能没有矛盾，不可能没有差别和距离，因而是不可能没有苦和忧的。"即便世间的苦难可以消除，那么，"诸多与生俱来的忧苦何以救赎？"再退一步，倘若真能以断灭人的欲望来断绝苦难，没有了欲望和苦难的人成了什么？不就成了植物或者冰冷的石头，那还需要什么信仰？可见，无苦无忧的许诺很成问题。不仅此也，以无苦无忧的世界为目标，还"会助长人们逃避苦难的心理，因而看不见人的真实处境，也看不见信仰的真意"。史铁生认为，只有"苦难呼唤着信仰"。换一个角度审视，以福乐为许诺的佛教，"在逻辑上太近拉拢。以拉拢来推销信仰，这'信仰'非但靠不住，且很容易变成推销者的福利与权柄"。在此福乐许诺之下的虔诚者，"他的终极期待能是什么？"那些"善行"下面的动机又能是什么？比如捐款的后面，很难说没有欲望很强的功利之心，这样的行为，在当下的商业社会消费时代又很难说不沾染上铜臭味，而使信仰在不知不觉中被纳入商业轨道。这难道还不是问题？

由此观之，"倘信仰不能给出一个非同凡响的标度，神就要在俗流中做成权贵或巨贾了"。另一方面，史铁生认为，"天堂若非一个信仰的过程，而被确认为一处福乐的终点，人们就会各显神通，多多开辟通往天堂的专线"。而善行是判断能否通往天堂的条件。关键是：善行由谁来判断？谁说了算？历史早已证明，最后还是由人说了算。"于是，造人为神的事就有了，其恶果不言自明。"归根到底的原因在于："许诺福乐原非神之所为，乃人之所愿，是人之贪婪酿造的幻景，人不出面谁出面？"到此，结论终于出来：流行的佛说显然还不是一条超越之路。①

你不一定赞同史铁生的分析、推论与结论，但有一点你不得不承认，正是这样的思想过程使他走向了"另一种信仰"——基督教。

何以基督教就是真正的信仰、真正的宗教？就是超越之路呢？因为在史铁生看来，它基于这样的信理："人是生而有罪的。"这不仅是说，人性先天就有恶习，因而忏悔是永远要保有的品质，还是说，人即残缺，因而苦难是永恒的。这不仅是事实，而更在于因此而信仰，就可能有了非同凡响的方向：

> 看见苦难的永恒，实在是神的垂怜——唯此才能真正断除迷执，相信爱才是人类唯一的救助。这爱，不单是友善、慈悲、助人为乐，它根本是你自己的福。这爱，非居高的施舍，乃谦恭地仰望，接受苦难，从而走向精神的超越。②

史铁生认为，这样的信仰才是众妙之门，人人可为，人人都可因爱的信念而有福；这样的信仰"不许诺实际的福乐，只给人以智慧、勇气和无形的爱的精神"，是每个人面对苍天的敬畏和祈祷；这样的信仰之天堂，"非一处终点，而是一条无终的皈依之路，这样，天堂之门不可能由一二强人来把守，而是每个人直接的谛听与领悟，因信称义，不要谁来做神的代办"。③ 每个人都可以行走在与上帝相遇的途中。

显然，史铁生倾向于信仰上帝，信仰基督教。问题是：文学怎样体现这种宗教精神呢？史铁生主张回归写作的零度。

史铁生之写作零度不同于罗兰·巴特意义上的，而是回到或眺望人的源初的存在，他将之命名为"原在"。原在"即是神在"，是人赖以塑造

---

① 史铁生：《病隙碎笔》，陕西师范大学出版社2003年版，第138—144页。
② 同上书，第144页。
③ 同上书，第146—147页。

和受造的最初之在。①

　　这就是"写作的零度"吧？当一个人刚刚来到世界上，就如亚当和夏娃刚刚走出伊甸园，这时他知道什么是国界吗？知道什么是民族吗？知道什么是东西文化吗？但他却已经感到了孤独，感到了恐惧，感到了善恶之果所造成的人间困境，因而有了一份独具的心绪渴望表达——不管他动没动笔，这应该就是、而且已经就是写作的开端了。写作，曾经就是从这儿出发的，现在仍当从这儿出发，而不是从政治、经济和传统出发，甚至也不是从文学出发。②

　　说到底，写作的零度即生命的起点，写作由之出发的地方即生命之固有的疑难，写作之终于的寻求，即灵魂最初的眺望。③ 写作的零度就是要在永不止息的、世界的"第一推动"和"绝对的开端"中找到心魂的位置，把在世俗世界中走失了的人、迷了路的人唤回来。

　　在史铁生看来，哪种文化，甚至哪种宗教都不是世界的"第一推动"和"绝对的开端"，都只是它们的后果，或闻天启而从神命，或视人性本善为其圭臬。"'第一推动'或'绝对的开端'，只能是你与生俱来的、躲不开也逃不脱的面对。"唯在此后，人和人类才有了生命的艰难，精神的迷惘，才有了文化和信仰，理性和启示，也才有了妄念与无明。只有从这永恒的处境、根本的处境出发，才能回到写作的零度，文学也才能是宗教精神的文字体现。如果"只从寺庙或教堂开始，料必听到的只是人传"，离真的文学就相去甚远了。

　　然而，无论是"第一推动"还是"绝对的开端"，都与人有着永恒的距离，写作如何才能回到零度？路在哪里？史铁生说，你的问，是你的路。你的问，是有限铺向无限的路，是神之无限对人之有限的召唤，是人之有限对神之无限的皈依。语言是人存在的家园。人以语言构筑存在。文学是人问与思，倾听存在的一种语言。文学是对存在的语言之问和语言建构。史铁生对此有一段十分睿智的叙述：

---

① 史铁生：《病隙碎笔》，陕西师范大学出版社2003年版，第98页。
② 同上书，第201页。
③ 史铁生：《宿命的写作》，《写作之夜》，春风文艺出版社2002年版，第8—9页。

人是以语言的探问为生长，以语言的构筑为存在的。从这样不息的询问之中才能听见神说，从这样代代流传的言说之中，才能时时提醒着人回首生命的初始之地，回望那天赋事实（第一推动或绝对开端）所给定的人智绝地。或者说，回到写作的零度。神说既是从那儿发出，必只能从那儿听到。①

（六）

文学是宗教精神的文字体现。文学是语言对存在的探问，对神在的仰望，那么史铁生问询了什么？听到了什么？又眺望到了什么呢？或者问，史铁生在作品中表现了怎样的宗教精神、宗教观念？这种表现又将汉语文学和诗学推向了何方？

在进入这个问题之前，我们可以先看一段史铁生的自述：

也闹不清是从哪天起他终于信了：地狱和天堂都在人间，即残疾与爱情，即原罪与拯救。②

这里的"他"，指史铁生自己，"信"是说信仰。这段话语实际隐藏着这样两个有趣的命题：残疾即原罪，爱情即拯救。在我看来，这两个命题，构成了史铁生宗教观念的基本内容和基本特点。

在另一处史铁生又将此表述为："上帝为人性写下的最本质的两条密码是：残疾与爱情。残疾即残缺、限制、阻障……是属物的，是现实。爱情属灵，是梦想，是对美满的祈盼，是无边无限的，尤其是冲破边与限的可能，是残缺的补救。"③ 当代著名神学家说，在传统基督教福音中，"充满爱的圣戒同原罪乃是一双孪生子"。④ 当史铁生把残疾残缺诠释为原罪的时候也说，上帝正是"以残疾的人来强调人的残疾，强调人的迷途和危境，强调爱的必须与神圣"。⑤

---

① 史铁生：《病隙碎笔》，陕西师范大学出版社2003年版，第238页。
② 同上书，第66页。
③ 同上书，第65页。
④ [美]尼布尔：《基督教的原罪概念》，关胜渝译，见刘小枫主编《20世纪西方宗教哲学文选》上卷，上海三联书店1996年版，第297页。
⑤ 史铁生：《病隙碎笔》，陕西师范大学出版社2003年版，第72页。

残缺即原罪。前面说过，残疾是史铁生的人生境遇，也是他的诗学的逻辑起点。他从残疾看到了人的残缺，又从残缺认识到了人的有限性，从而思入存在，并走上与上帝相遇的道路。而这条路的开端依然是残疾，只不过这次他是从残疾所呈现的残缺中，见出了人的原罪。

原罪，是基督教信义的核心理念之一，要旨是人背离了上帝。史铁生从基督教那里捕获了原罪观念，同时也敞开了一个宏大的宗教视野，获得了审视人的永恒背景和绝对尺度。但在这种审视下，现世的人的原罪，却带上了世俗的特征。换言之，史铁生笔下的原罪意涵已不仅是基督教意义上的，而且具有了具体的历史性——是人进入实在的时空中原罪的诸种形态。即便是居于时空之外的上帝，也有道成肉身，以独生子耶稣的名义进入特定历史，救赎人的时候，是人就只有历史中的人。而原罪在人的身上也就相应地会演变成多种的历史样态。这是其一。其二是，史铁生的文学和诗学，都是从一己之生存体验为逻辑起点的，这也是我把他纳入存在诗学的范畴来讨论的原因之一。因为存在主义者开始其形上之思的出发点，"是从他自己作为一个人的切身体验中产生的种种问题"，他之哲学反思，神学思索，乃是出于他之积极卷入这个世界，即从生存的角度思考人。套用费尔巴哈的说法是，他们"要在生存中思考"。[①] 这种从生存中思考、写作的方式，无疑会使史铁生将生存境遇中的时代特征，以及在此时代中长出来的具体问题，包括原罪问题带入他的作品中。

关于史铁生笔下的时代特征及作品中原罪的表现形式，赵毅衡的梳理和论析是独具慧眼的。什么是史铁生作品中几代人所经历的时代特征？赵毅衡通过对小说《关于詹牧师的报告文学》和《钟声》的分析，令人信服地指出，是一种"具有类神性的'时代精神'"。

> 那就是，我们曾长期拥有全能全知全善的，具有充分神性品格的道德化意识形态。我们的成长，一直在这个精神的呵护与威势之中。它具有充分的父性权威，压迫我们，但它的美好许诺，也让我们免除自己寻找人生目的之苦。……甚至今天，在潜意识中，我们还在怀念这个可以让生命小舟归岸停泊的乌托邦。我们的个体存在，曾骄傲地

[①] [美] 詹姆斯·C. 利文斯顿：《现代基督教思想》下卷，何光沪译，四川人民出版社1999年版，第689页。

沾有历史目的论的辉光,我们每日的实践,曾充满了神圣的未来性。①

当詹牧师们,用马克思主义对基督教进行话语颠覆的时候,上帝的各种神性品格就转移到了新的意识形态上。而当这种意识形态实际上全面取代生活世界的意义,成为一种绝对尺度以后,或者说当一种社会科学理性不仅赢得独尊的社会法权,而且事实上具有神权的时候,对人的全面审判也就在不知不觉中开始了,人的原罪也就自动或被动地呈现出来。

赵毅衡把史铁生作品中表现的原罪方式归纳为三种。一种是,以意识形态名义推翻亲情扫灭爱心;一种是,我们每个人都参与了拆毁神性的罪恶;再一种是,我们每个人都可以成为"叛徒",甚至必然"叛变"我们的良心或信仰,尤其是思想者最终都有可能背叛自己的天职:批判与救赎,而烙上"叛徒原罪"的印记。在史铁生的《钟声》、《奶奶的星星》、《文革记愧》、《中篇1或短篇4》、《毒药》、《黑黑》和《两个短》等作品中对此都有所表现。

当史铁生把目光暂时从道德形而上和意识形态神上面移开的时候,人的初始情境,或者说人从虚无进入历史,进入记忆,开始获得自我身份认同的当口所遭遇的身体残疾,心灵创伤,都会以原罪的方式跟随人的一生,并带来人的根本性困境。这一困境不仅是史铁生的形上之思和神性之问的起点,也成为长篇小说《务虚笔记》故事展开的逻辑起点和持久的动力,成为人物命运演绎的决定性因素。

每个人的童年都是一幢美丽的房子,这幢房子有许许多多的门,不同的门内有不同的风景。人都是从"童年之门"进入历史的。但是,正如小说中的人物O所说,在童年,"你推开了这个门而没有推开那个门,要是你推开的不是这个门而是那个门,走进去就会大不一样"。推开不同的门,会带来不同的伤痕,也就会终生背负不同的原罪。因为"从两个门会走到两个不同的世界中去,甚至这两个世界永远不会相交"。② 究竟推开哪个门,对于无穷的人来说具有无穷的偶然性、可能性,但对于你就只有一种可能,你推开了这个门,也就失去了推开那个门的可能性,接踵而至的就是那个门所敞现的命运。同时,每个人都面临推开任意一个门的无限

---

① 赵毅衡:《神性的证明:面对史铁生》,《开放时代》2001年7月号。
② 史铁生:《务虚笔记》,上海文艺出版社1996年版,第46—47页。

可能性，就像小说中的任何一个人都可以是 L、O、Z、N、C、WR 一样。但门一旦推开，这可能性就转变为你的现实，你的处境，你的残缺，你的有限，你就被赋予了一种独特的人生形式，给予了属己的人间角色。

画家 Z 推开的是一道人间不平等的门，并被其深深刺痛，心生怨恨，后通过艺术和肉体的占有来报复雪耻。女教师 O 很幸运，她推开的是美好的梦幻之门。可幸运给她带来的并不是幸运本身，而是灾难，梦幻的破灭把她送上了自杀的道路。后来成为诗人的 L，推开的是纯情的门，谁知他的纯情被出卖，结果成为既是忠诚的恋人，又是好色之徒。

从不同的门进入世界的那个偶然时刻，即人从虚无或无限中分离出来成为有限的个体，获得残缺，打上原罪烙印的瞬间，才是人的"生日"，才是人之存在的开端。这个瞬间，就好像是蛇引诱伊甸园的人类始祖夏娃偷吃禁果的那个瞬间，它以原罪的方式开启了人类的历史。当然，每个人推开这个门的时间并不完全一样，也就是说，不同的人获得人的初始情境的时间是不确定的，比如 C 就是在步入青年，美好的人生正在逐渐展开之际，突遭残疾，才赢得自己的"生日"和身份，由此开始"自己"的道路。还有，即便是仓促中推开了一道门，也还是有理由再选择，不过，在这时你的选择的方向和方式已经在那个门内了。Z 不就是这样？

不管是从外在于人的道德化的意识形态，还是从内在于人的初始情境，人都是从这个残疾，或者说带着这个残疾，即原罪上路的。

爱情即拯救。残缺是原罪，是在体性的，是人无法逃避的，但人是巨大的存在之消息的热情的载体，人的存在便是人的残缺永不止境地向着圆满仰望、迁徙，就是原罪的一次无休无止地救赎。谁来救赎？史铁生说爱情。

爱情在史铁生那里是爱的泛指，它至少包含着从永恒的消息处传来的圣爱，以及博爱、爱情、怜爱和性爱等若干层次。何谓爱？史铁生说，给爱下定义是要惹上帝发笑的。爱作为情感，可以是喜欢、爱护，也可以是尊敬，或者是某种难以控制的冲动。"除此之外还有最紧要的一项：敞开。互相敞开心魂，为爱所独具。"这种敞开，"是同性之间和异性之间都有的期待，是孤单的个人天定的倾向，是纷纭的人间贯穿始终的诱惑"。①

---

① 史铁生：《病隙碎笔》，陕西师范大学出版社 2003 年版，第 44 页。

但要真正理解这一点，或者要真正理解爱，必须首先知道如何有爱，因何而爱，爱为什么是合法的？或者问，爱的动力源自何处？史铁生认为，爱的能量就来自人的残缺，以及由残缺而来的孤独、隔膜。

> 爱之永恒的能量，在于人之间永恒的隔膜。爱之永远的激越，由于每一个"我"都是孤独。人不仅是被抛到这个世界上来的，而且是一个个分开着被抛来的。①

这又要回到创世纪，回到人类堕落那个神话。在上帝那儿，在灵魂被囚进肉体之前，那个存在本身，即"巨大的存在之消息"是浑然一体，不分彼此内外，扶摇漫展无所不在。后来，人受到撒旦的诱惑，背叛了上帝，人间就诞生了。"人间诞生了其实就是有限诞生了。"有限诞生了，人的孤独也就相伴而来了，爱的呼喊也就开始了。因为，从那时起，"巨大的存在之消息被分割进亿万个小小的肉体，小小的囚笼……那巨大的存在之消息，因分割而冲突，因冲突而防备，因防备而疏离，疏离而至孤独，孤独于是渴望着相互敞开——这便是爱之不断的根源"。这样，就可以为爱下定义了："爱，即分割之下的残缺向他者呼吁完整，或者竟是，向地狱要天堂。"②"爱情是站在现实的边缘向着神秘未知的呼唤与祈祷，它原本是一种理想或信仰。"③

爱情是本源性的，就像残缺一样，是人之所是的标识之一。因此，不能用人类之爱、民族之爱或祖国之爱一类的宏大话语，去湮灭它、遮蔽它。这并非是不敬仰人类之爱——博爱，而是这爱情已在其中，这爱情是通向它的。④ 博爱与爱情之间只存理想与现实、永恒性与可能性的区别。

> 博爱是理想，而爱情，是这理想可期实现的部分。因此，爱情便有了超出其本身的意义，它就像上帝为广博之爱保留的火种，像在现实的强大包围下一个谛听神谕的时机，上帝以此危险性最小的1对1在引导着心灵的敞开，暗示人们：如果这仍不能使你们卸去心灵的铠

---

① 史铁生：《病隙碎笔》，陕西师范大学出版社2003年版，第45—46页。
② 同上书，第46—50页。
③ 同上书，第183页。
④ 同上书，第78页。

甲，你们就只配永恒的惩罚。①

正是在爱上，史铁生从期待上帝的存在主义只身走向了上帝，践行着自己的超越。

也正是在爱上，史铁生突破了狭隘的民族、国家主义，甚至东方主义，直奔人类这个"类"之存在的心脏，使詹明信如此振振有词不容置疑的结论落空："第三世界的文本，甚至那些看起来好像是关于个人和利比多趋势的文本，总是以民族寓言的形式来投射一种政治：关于个人命运的故事包含着第三世界的大众文化和社会受到冲击的寓言。"② 史铁生的那些文本当然是"第三世界文本"，但是那些文本讲述的关于个人的故事，比如《务虚笔记》包含着的则是整个人类的故事。

也正是在爱上，史铁生越过了各种以性别为边界，以群、族乃至国度为范围构筑的爱的樊篱。比如女权主义者对性别的极端诉求和社会对同性恋的无端指责等。爱恋与爱愿，既然是心魂与心魂的相遇，既然是"因异而生"，性别就不是绝对的前提，重要的是他者，是异在。人与人之间是如此，群与群、族与族、国与国之间莫不如此，都在"呼唤沟通与爱恋"。③

再从存在主义来看，萨特认为"他人即地狱"，史铁生却要人"以孤胆去赌——他人即天堂，甚至以痛苦去偿你平生的凤愿"，即爱的凤愿。在现实世界中，他人即地狱或许并没有错。在他人那儿可能有心灵的伤疤结成的铠甲，有防御的目光铸成的刀剑，有语言排布的迷宫，有笑靥掩蔽的陷阱。在现代世俗主义那里，爱可能是不可理喻，甚至是荒诞的，爱是危险的，心魂的敞开是危险的。即便是这样，又有什么好奇怪的？这不就是我们面临的世界深渊的表征吗？这不恰恰说明是这个深渊世界需要光的照耀——爱的照耀吗？何况光的火种并未熄灭，在那"地狱"景观的后面，"仍有孤独的心在战栗，仍有未熄的对沟通的渴盼"④，仍有他人即天堂的永恒的可能性背景。那就应该去赌，而不应当是地狱面对地狱，荒诞

---

① 史铁生：《病隙碎笔》，陕西师范大学出版社2003年版，第79页。
② ［美］詹明信：《晚期资本主义的文化逻辑》，张旭东编，生活·读书·新知三联书店1997年版，第523页。
③ 史铁生：《病隙碎笔》，陕西师范大学出版社2003年版，第180页。
④ 同上书，第44页。

面对荒诞。

由此，还可以说，爱情之所以是救赎，是因为现实即残缺，现实即是心灵的隔离，爱情是对这种现实的承担。史铁生说，现实是人吃了善恶树上的果实，因而偏离了上帝之爱的角度，只看重人的社会价值、肉身功能和物质拥有的结果。

具体而言，史铁生大致同意毛姆的意见，认为爱至少可以划分为两种："一是指性爱，一是指仁爱。"后者在史铁生的解读里不同于儒家的仁爱，而是指博爱，是永恒，是绝对的善；前者会消失，会死亡，甚至会衍生成恨。①

性爱与爱情不是一码事，但又彼此联系。"单纯的性爱难免是限于肉身的"，只有当两颗不甘于肉身的灵魂，在"一同去承受人世的危难，一同去轻蔑现实的限定，一同眺望那无限与绝对"中，相互发现了对方的存在时，性爱才上升为爱情。②性是爱情的仪式，是爱情的语言。仪式带有狂欢的禀赋，语言是心魂的表达和祈告，其共同的走向是敞开。这符合爱是敞开的特点。所以，史铁生说，性，以其极端的遮蔽状态和极端的敞开形式，符合了爱的要求，而具有了爱的属性，走进了爱的领地。爱情所以看中性，正是要以心魂的敞开去敲碎心魂的遮蔽，这样，爱情找到了性就像艺术家终于找到了自己的艺术形式。

有趣的是，性也要向艺术发展，这种发展是人类的进步。性的艺术，更是以一种非凡的语言在倾诉，在表达，在祈祷心灵深处的美景。那美景就是心灵的团聚，这是上帝赐给人的财富。

你有限的身形，和你破形而出的爱愿。你颤抖着、试着用你赤裸的身形去表达吧，那是一个雕塑家最纯正的材料，是诗人最本质的语言，是哲学最终的真理，是神的期待。③

因此，史铁生说："性爱，原是上帝给人通向宏博之爱的一个暗示，一次启发，一种象征，就像给戏剧一台道具，给灵魂一具肉身，给爱愿一

---

① 史铁生：《病隙碎笔》，陕西师范大学出版社2003年版，第175页。
② 同上书，第176页。
③ 同上书，第77页。

种语言。"①

不管是性爱还是爱情都包含了怜爱。史铁生以为,"怜爱是高于性爱的",是通向仁爱或博爱的起点。②

仁爱或博爱不是伦理范畴里的善,而是宗教意义上的爱愿。一切善都是出自爱愿,但在爱愿之外不存在独立的善。伦理学视"正当"为善,在史铁生看来,这是一种危险,因为,现实可能把善制作成一副人的枷锁。③ 当耶稣说"我赐给你们一条新命令,乃是叫你们彼此相爱。我怎样爱你们,你们也要怎样相爱"的时候,他的声音正如林语堂所言,是温柔的,同时也是强迫的,是一种近两千年浮现在人了解力之上的命令的声音。以"正当"为圭臬的伦理,也会对人发出这样的强迫的命令,但它的声音不会是温柔的。因为前者的声音,"是无限与绝对的声音,是人不得不接受的声音,是人作为部分而存在其中的那个整体的声音,是你终于不反抗而愿皈依的声音。而后者,是近二千年来人间习惯了的声音,是人智制作的声音,是肉身限制灵魂、现实挟迫梦想的声音,是人强制人的声音"。④ 可见,史铁生是在宗教的意义上,在超越的意义上谈论我们习以为常的仁爱或博爱的。

史铁生认为,不是伦理的正当性要求产生爱愿,而是爱愿本身就是善,因而,"爱愿必博大而威赫地居于规则之上"。现实的伦理规范,法律条文,都是人定,就别指望它一定没有问题。宏博的爱愿不是人的自然本性,是人超越动物性而独具的智慧,是人见自然绝地而有的精神追求,是闻神命而有的觉醒,是人性升华的路径。⑤ 爱愿是听从神命的,而"神命高于人定",所以爱愿高于规则。虽然爱愿跟随神的引领,但爱愿不能是等待神迹的宠溺,"要紧的一条是对神命的爱戴,以人的尊严,以人的勤劳和勇气,以其向善向美的追求,供奉神约,沐浴神恩"。⑥

作为写作的文学,之所以是宗教精神的体现,因为它就是这种爱的敞开。在此一向度上说,写作不同于传统意义上的文学,"它从来就不是什么学问",本不该有什么规范,遵循什么学理,它是天地间最自由的一片

---

① 史铁生:《病隙碎笔》,陕西师范大学出版社2003年版,第179页。
② 同上书,第176页。
③ 同上。
④ 同上书,第176—179页。
⑤ 同上书,第217页。
⑥ 同上书,第217—218页。

思绪，是有限的时空中响彻的无限呼唤。它在追问中倾听，在倾听中倾诉，在倾诉中敞开与澄明。"人需要写作与人需要爱情是一回事"，因为归根结蒂，"人，都在一个孤独的位置上期待着别人，都在以一个孤独的音符而追随那浩瀚的音乐，以期生命不再孤独，不再恐惧，由爱的途径重归灵魂的伊甸园"。① 写作就是在这条爱的途径上，"提醒着人的孤独，呼唤着人的敞开，并以爱的祷告去承担人的全部"。② 所以，史铁生如此说，关于写作，"上帝也看重它，给它风采，给它浪漫，给它鬼魅与神奇，给它虚构的权力去敲碎现实的呆板，给它荒诞的逻辑以冲出这个既定的人间，总之给它一个机会，重归那巨大的存在之消息，浩浩荡荡万千心魂重新浑然一体，赢得上帝的游戏，破译上帝以斯芬克斯的名义设下的谜语"。这个谜语就是人的终极存在。③ 换言之，写作是"用笔、用思、用悟去寻找存在的真相"。④

巨大的存在之消息的重新聚合，就是重归天国或天堂，史铁生说那就是皈依。写作就是要使"分割的消息"重新联通，隔离的心魂重新聚合。因此，写作也是一种皈依，写作就是一种在黑夜中摸索通往天国的路。但史铁生说，"皈依无处"，这如何可能？关键是，皈依什么？"皈依并不存在一个处所，皈依是在路上。"如何上路？凭什么上路？"唯以爱的步伐"。通往天国只有一条路："永远是爱的步伐。"这样，皈依就是一种心情，一种行走姿势。写作，就是以爱的步伐行走在永恒的超越之路上的一种姿势。⑤ 之所以是这样一种姿势，是因为"人可以走向天堂，不可以走到天堂"。走向，意味着彼岸的成立，走到，却实际取消了彼岸。而彼岸的消失即信仰的终结、拯救的放弃，又回到残缺本身。爱，只是通向天国的精神恒途。天堂不能到达，正是爱成立与存在的证明，不能到达，也正是意义生成的可能性条件，也是写作的意义得以可能的理由："你若永远走向它，你便随时都在它的光照之中。"⑥

写作为何以爱的步伐，就能倾听存在、通向存在？写作与爱以什么为中介实现通约？

---

① 史铁生：《病隙碎笔》，陕西师范大学出版社2003年版，第198页。
② 同上书，第200页。
③ 同上书，第49页。
④ 同上书，第201页。
⑤ 同上书，第50页。
⑥ 同上书，第56页。

史铁生认为，写作是一种语言，其实爱也是一种语言。写作是一种书写，爱也是一种书写。至少，爱和语言意图一致——都是让"智者走向心魂深处，让深处的孤独与惶然相互沟通，让冷漠的宇宙充满热情，让无限的神秘暴露无限的意义"。《圣经·旧约》里面写到了巴别塔。巴别塔虽不成功，但巴别塔写满了人走向天国——上帝的国的愿望。这个愿望所凭靠的就是语言，共同的语言。修建巴别塔，就是人类的一次书写，一次写作，连上帝也不敢小视，也不敢嘲笑。因为，"人的处境是隔离，人的愿望是沟通，这两样都写在了上帝的剧本里"。① 而在这出戏里，上帝又为隔离与沟通启示了一条路：爱。爱就是神的话，神的语言，写作就是这神的话、神的语言的传达。所以，爱是在言说中呈现，是在话语中现身，是在叙述中赢回权利。

在坦诚的言说之中爱自会呈现，被剥夺的权利就会回来。爱情，并不在伸手可得或不可得的地方，是期盼使它诞生，是言说使它存在，是信心使它不死，它完全可能是现实但它根本是理想呵，它在前面，它是未来。所以，说吧，并且重视这个说吧，如果白昼的语言已经枯朽，就用黑夜的梦语，用诗的性灵。②

这样，在写作的意义上，爱就不仅是对现实的承担，"甚至具有反抗现实的意味"，而使之成为对现实、对生活的匡正。不过，这种匡正不止于对一群、一族、一国之现实的匡正，而是面对人的永恒处境，对人之存在的去蔽。"什么国界呀、民族呀、甲方乙方呀，那原是灵魂的阻碍，是伊甸园外的堕落，是爱愿和写作渴望冲开的牢壁。"③ 写作应该越壁而去，直奔黑夜时代人自身心魂的深处。

那么，在史铁生的写作实践中情况又如何呢？长篇小说《务虚笔记》的主题可以说就是"残疾与爱情"。但在这之前史铁生很少写到爱情。有人在论及他20世纪90年代以前的小说时，甚至指出因为残疾而来的"自卑情结"和"潜意识中的性嫉妒"，以及"他对性的描写，最后往往归结

---

① 史铁生：《病隙碎笔》，陕西师范大学出版社2003年版，第50页。
② 同上书，第80页。
③ 同上书，第202页。

于人生或者说命运的探讨",因而"他没有一部性爱主题的小说"。① 应该说,后半句话是正确的。既然爱情关涉拯救,它就是一个既重要且复杂的问题,所以史铁生说,"要想清楚或者理解清楚它需要的时间多一些",还主要不在逃避。②《务虚笔记》是史铁生倾尽心力之作,这之中的爱情又如何呢?是不是承担起了对残疾的拯救?

读完了,你也许会失望。除了 C 和 X 的爱情,其余的不仅没有承担起对残缺的拯救,反而显示出人更大的残缺。

Z 因从小的心灵创痛,对异性只有征服和占有;O 要以爱情拯救 Z,没有理由地离开前夫,既亲手摧毁了爱情,伤害了他人,又把自己送上了情感和生命的断头台。WR 青年时被放逐到另一个世界,当他重返生活世界的时候,意识到了权力的重要,可是,一旦他迷恋上现实的权力,无疑会最终放逐理想的爱情。L 够纯情、多情、痴情了吧,结局却是一个淫乱之徒。Z 的叔叔是一个革命者,他的爱情却被他信奉的革命毁灭,演绎成小说中最具悲剧力量的"葵林故事"——革命+爱情+叛徒的故事。HJ 与 T 已经是下一代了,他们的爱情呢?更是变种为利益交换。

史铁生怎么了?史铁生没有怎么。因为他说过:"人的本性倾向福音,但人的根本处境是苦难,或者是残疾"③;因为他说过,爱情根本是一种理想和信仰;因为他说过,人只有走向而不能走到天堂,走到即意味着彼岸的消失,信仰的放弃;还因为《务虚笔记》是史铁生那代人的成长史、青春史。你还能期望那个时代的现实世界给你多少美好?有了 C 和 X 的爱情就足够了。

也就是说爱情依然是拯救,因为《务虚笔记》中有 C 和 X 的爱情存在。这就说明爱情对残疾的拯救,并不全在可能世界中,也可以在现实世界中,只要你永远地仰望和等待,永不放弃信心,永远地冲击梦想。要知道"现实不能拯救现实"④,只有梦想才能,只有在梦想中握紧爱的权利,并为此不断地创造新的爱的语言才能。

C 的残疾,在世俗的眼光里已然失去爱的能力和权利,人们以沉默,或者以"爱"与"好人"的悖论式诘难——"你爱她,你就不应该爱

---

① 吴俊:《当代西绪福斯神话——史铁生小说的心理透视》,《文学评论》1989 年第 1 期。
② 林舟:《生命的摆渡》,海天出版社 1998 年版,第 169 页。
③ 史铁生:《务虚笔记》,上海文艺出版社 1996 年版,第 40 页。
④ 同上书,第 288 页。

她","她爱你,你就更不应该爱她"①,因为你是一个好人——来让他自动放弃实现爱的可能性。只有F医生没有,他对C的鼓励,坚定了C的不懈追求。奇迹发生了:C对X终于从爱走向了性,找到了表达爱情的语言和仪式。史铁生以如此激动人心的语言记录下那一刻:

> 这仪式使远去的梦想回来。使一个残疾的男人,像一个技穷的工匠忽然有了创造的灵感,使那近乎枯萎的现实猛地醒来,使伤残的花朵霎那间找回他昂然激荡的语言……也许生命就是为了等候这一场狂欢,也许原野和天空就是为了筹备这个盛典,昂耸和流淌的花朵是爱的最终语言、极端语言……感谢上帝,感谢他吧,感谢他给爱留下了这极端的语言……现在,世界借助这语言驱逐了恐惧只承认生命的自由,承认灵与肉的奇思异想千姿百态胡作非为……一切都化作飘弥游荡的旷野洪荒气息,成为风,成为光,成为颤栗不止的草木,寂静轰鸣的山林,优雅流淌的液体,成为荡然无存的灰烬……②

这不仅是奇迹,是跨越了医学、科学的神迹。是神性的证明。

除了C和X,在《务虚笔记》中,爱情几乎都没有成为对残疾的拯救,恰恰相反,成了残疾的证明。这如何解释?我想,在前述的理由之外还有一条,就是史铁生把爱情推拒到了人们只能仰望的可能世界中去了,而使之成为一种信靠,成为人的残缺或原罪可以得救的期盼和祈祷。在这时,人获得了站出自身的超越世界,而当以此世界反观自身的时候,就有了末世审判的眼光。事实上,在我看来,《务虚笔记》最具革命性意义的就是,它对人的各种可能性的残疾与爱情进行了末世意味上的审判。

小说第三节,O因爱自杀构成了全书的主要悬念。对O自杀谜团的破解,也是小说演进的主要动力之一。而这个破解又是通过小说中所有人物的残疾与爱情的具体演绎、思索与审理来进行的。到第二十一节,小说快临近尾声的时候,几乎所有的人物都出场对O的自杀原因进行猜测。这一过程就是一个象征性的末世审判。

众所周知,基督教的末世论内含两个层次的意涵:个人性的末世论和

---

① 史铁生:《务虚笔记》,上海文艺出版社1996年版,第416页。
② 同上书,第291—292页。

宇宙性末世论。前者关涉人生的终结，个人的死亡问题；后者则是宇宙的结局，所谓世界的末日。末日审判也相应在这两个层次上展开。《务虚笔记》应该属于前者。这样一种末世论或者说末日审判，我以为是史铁生宗教观念的另一个重要组成部分。

末世论或末日审判的关键问题是：灵魂是否不死或者说永生。对此，史铁生多有论述。前面谈到，史铁生对人进行了肉体、精神和灵魂的三维划分，并确认了灵魂的内在性、实在性，那时是要说明，史铁生为人的宗教精神的内在性、实在性找到合法性依据。而事实上，史铁生在找到这种依据的同时，也为末世论留下了地盘，为证明灵魂不死留下了空间。在史铁生处身的汉语思想界，只有神圣的末世图景，而没有关于灵魂不死接受审判的说法。如果有，那也是歪理邪说，封建迷信，当然谈不上宗教意义上的末世论了。

可以先问：灵魂不死，并将会接受审判，与人的现世生存有何关系？一言以答之，关系人是否能过正义的生活，关系人是否有对伦理的终极关切。人死的问题是人活着的时候就应当关注的事情。这正如存在主义哲学所认为，人作为"此在"是一种"先行到死"的存在者，正视了死亡之事实，"它会在我们面前确立起眼前时刻的充分价值，会要求我们在死亡夺去这最宝贵的天赋之前，就在此时此地赋予我们的生命以某种决定性和重要意义"。①

还可以问：凭什么能够使人这样做？或者是，因为人终有一死，就急着要意义来干什么？这本身有什么意义？我想，建基于基督教文化背景之上的存在主义哲学，很难排除末世论和末日审判的影响，即便它力求这样做。史铁生则是通过人死后灵魂是否有无上持不同观点的两类人的分析，来间接回答这个问题的。一类人宁信其有，一类人偏要宣布其无。信其有者，可算是有神论者，信其无者当然就获得了无神论者的桂冠，这在启蒙理想建制化以后，科学技术宰制的现代社会，是一项不低的荣誉。可是，试探其动机结构就会发现，这有无后面的文章还并不那么简单。"信其有者的推演是：于是会有地狱，会有天堂，会有末日审判，总之善恶终归要有个结论。"信其无者则逃过了末日审判这一劫。这有什么不一样？

---

① ［美］詹姆斯·C. 利文斯顿：《现代基督教思想》下卷，何光沪译，四川人民出版社1999年版，第695页。

信其有者，为人的行为找到了终极评判乃至奖惩的可能，因而为人性找到了法律之外的监督。……信其无者则为人的为所欲为铺开坦途，看上去像是渴盼已久的自由终于降临，但种种恶念也随之解放，有恃无恐。①

专制趁机猖獗，乱世英雄大权独握，神俗都踏在脚下。作恶者更倾向于灵魂的无，死便是一切的结束，恶行也随之得到彻底解脱。如果灵魂存在，还要接受审判，对他们而言就是一种无言的痛苦。在这个意义上，史铁生说，人死后灵魂是否存在的问题，它压根儿就不是一个科学问题，而是一个信仰问题。科学需要证实，信仰不需要。因为"实证必为有限之实，信仰乃无限之虚的呼唤"。②"人死后灵魂依然存在，是人类高贵的猜想，就像艺术，在科学无言以对的时候，在神秘难以洞穿的方向，以及在法律照顾不周的地方，为自己填写美的志愿，为自己提出善的要求，为自己许下诚的诺言。"③ 以永远过一种正当的生活。

这种正当生活，是在不断忏悔中得以可能的。因为，确认人死后灵魂存在，也就确信了神的存在，人也就能忏悔。忏悔的前提是：人必须有一个善恶标准。这个标准由谁给出？人能给自己给出吗？如果能，给出的依据谁说了算？倘若还是由人说了算，这个依据有多少可靠？显然，需要由一个超越于人之上的来给出这个标准。这超越于人之上的，在人的词典里就叫：神。人不是可以进行良心审判吗？但良心怎样审判？史铁生说："良心的审判，注定的，审判者和被审判者都只能是自己。这就难了，自我的审判以什么做标准呢？除非是信仰！"④ 在没有信仰的前提下，不仅人自己不能审判自己，就是人也不能审判人。这正如巴赫金在揭示列夫·托尔斯泰的长篇小说《复活》的基本思想主题时，颇富洞见地指出的那样，"不能允许人对人的任何审判"。而且，也"没有一个配做法官的人，也不可能有这样的人"。⑤ 人对人的审判，基于审判者对自身的无罪推论，对自己上帝身份的预设。⑥ 这是人对神的僭越，是人自做神明，为所欲为的表现。人对人的审判会导致神明与神明的战争，人的历史有多长，定罪

---

① 史铁生：《病隙碎笔》，陕西师范大学出版社2003年版，第24—26页。
② 同上书，第167页。
③ 同上书，第25页。
④ 同上书，第26页。
⑤ 《巴赫金全集》小说理论卷，白春仁等译，河北教育出版社1998年版，第23页。
⑥ 唐小林：《文学的人性与先锋以后》，《百花洲》2002年第5期。

与平反的活动就会有多久，善恶的结论就永远是个未知数，历史也就成了胡适之所谓任人打扮的小姑娘。

当人确立了信仰，灵魂就可以独立面对神进行倾诉、忏悔和讨教。其实信仰、神不是什么神秘莫测的东西，当然也不是理性推导出来的，"他是人的理性看见了理性的无能听见的启示"；是人的理性步入绝境后，在服从与祈祷中听见的神命①；是人"在思之所极的空茫处，自己选择一份正义，树立一份信心。这选择与树立的发生，便可视为神的显现"。这就是信仰了。这样的信仰与神何需证明，只要坚守就好了。但并不是人有能力进行这种选择和树立，人就可以是神。

> 神永远不是人，谁也别想冒充他。神拒绝"我们"，并不站在哪一家的战壕里。神，甚至是与所有的人都作对的——他从来都站在监督人性的位置上，逼人的目光永远看着你。在对人性恶的觉察中，在人的忏悔意识里，神显现。在人性去接近完美却发现永无终途的路上，才有神圣的朝拜。②

人不仅不是神，也不可代替神，否则人性有恃无恐，其残缺与丑陋难免胡作非为。

神虽然不是人，但史铁生认为，神确实是存在的。"一切威赫的存在，一切命运的肇因，一切生与死的劫难，一切旷野的呼告和信心，都已是神在的证明。"神在西奈山上显现为光，指引摩西。神就是这样的光，是人心灵的指引、警醒、监督和鼓励。除了这光，还有神迹的证明："这天之深远，地之辽阔，万物之生生不息，人之寻求不止的欲望和人之终于有限的智力，从中人看见了困境的永恒，听见了神命的绝对，领悟了：唯宏博的爱愿是人可以期求的拯救。"③

史铁生是在向生命要求着意义，是在追求正义的生活，所以，他相信灵魂是永生的。他打了一个有趣的比方。一棵树上落着一群鸟儿，把树砍了，并不意味着树上的鸟儿就没有了，他们只是到了别处。人的肉身即如这树，灵魂曾经栖息在这里，肉身死了，化作了尘埃，但只要人间的困苦

---

① 史铁生：《病隙碎笔》，陕西师范大学出版社2003年版，第229页。
② 同上书，第26—29页。
③ 同上书，第227页。

不消失，人间的消息不减损，人间的爱愿不放弃，灵魂就必定还在，就像活着的鸟儿还会飞回来，找到新的栖居一样，这灵魂也要栖居于新的肉身，寄寓在别样的尘世之名下。① 因为，人的生命只是永恒的消息赖以传扬的载体，人的心魂系于无限与绝对，肉体消失了，它还要继续飞扬，还要永存人间。它仍然以"我"而在，以"我"而问，以"我"而思，以"我"为角度去追寻那亘古之梦。这灵魂，恰如史铁生在《我与地坛》的末尾写到的那个太阳，"他每时每刻都是夕阳也都是旭日。当他熄灭着走下山去收尽苍凉残照之际，正是他在另一面燃烧着爬上山巅布散烈烈朝辉之时。……宇宙以其不息的欲望将一个歌舞炼为永恒。这欲望有怎样一个人间的姓名，大可忽略不计"。这宇宙的欲望，就是造物主的气息，也是人的灵魂。肉身是从无中来，还将回到无中去，唯有不灭的神魂永远流传，生命在这流传中得其形态。这就是说，"不见得是我们走过生命，而是生命走过我们；不见得是肉身承载着灵魂，而是灵魂订制了肉身。就比如，不是音符连接成音乐，而音乐要求音符的连接。那固有的天音，如同宇宙的呼吸，存在的浪动，或神的言说，它经过我们然后继续他的脚步，生命于是前赴后继永不止息"。② 这总使我想起列夫·舍斯托夫的一句话："死亡天使降临于人，为的是把人的灵魂和肉体分开，而使他全身长满眼睛。"③ 人由此看到另一个世界，一个超越了必然的自由存在的世界。

O 在《务虚笔记》开始不久就自杀了，但她的灵魂没有死，小说中几乎所有的人都在继续着她要勘破的秘密，关于爱的秘密。小说的读者，尤其是那些特殊的读者——评论家们，也在探寻着她至死也在求索的问题，爱的问题。这难道不是她灵魂存在的见证？这也反过来证明了写作的意义，它能使这种灵魂的存在得以敞开，生命的重量得以保存：

> 写作，就是为了生命的重量不被轻轻抹去。让过去和未来沉沉地存在，肩上和心里感到它们的重量，甚至压迫，甚至刺痛。现在才能存在。现在才能往来于过去和未来，成为梦想。④

---

① 史铁生：《病隙碎笔》，陕西师范大学出版社2003年版，第162页。
② 同上书，第184页。
③ [俄] 舍斯托夫：《在约伯的天平上》，董友等译，生活·读书·新知三联书店1989年版，第25页。
④ 史铁生：《务虚笔记》，上海文艺出版社1996年版，第462页。

但我的真正的问题是，既然你史铁生说人与上帝有着永恒的距离，人不能是神，那么，你有什么资格在小说中担当末日审判者？我们误会史铁生了，小说虽然运用了如上帝般的全知全能的视角，但作者并没有伪装人神，而是创造了一种特殊的叙述，一种特殊的诗学——可能性诗学，来完成了对人灵魂的考问，这一带末日审判式的考问。

可能性诗学是我的命名，但问题的提出则应归功于邓晓芒，他的研究《务虚笔记》的专章——《史铁生：可能世界的笔记》——对此有深刻的论述。有了神在的背景，就有了超越性世界，也就有了可能性诗学的根基。

可能性对于史铁生的写作之所以重要，是因为它可以为史铁生的灵魂审判，找到普遍价值，提供绝对尺度。在史铁生看来，除了上帝，除了神明，除了那个可能世界是单纯的、明澈的、通透的，一切现实的东西，一切人，包括作家自己都是悖论的。《务虚笔记》的开篇就写道："我是我的印象的一部分／而我的全部印象才是我"，那我是谁？这让靠印象而非靠记忆写作的作家如何写作？还有一个著名的悖论："下面这句话是对的／上面这句话是错的"[①]，那什么才是对错？这让以语言来逼近存在的作家又怎样言说？既然现实是悖论的，人是悖论的，连语言都会是悖论的，那么，人与人之间如何相通？语言如何通约？尺度如何有效？如果不能，灵魂的审判凭什么可能？

对此，邓晓芒指出：

> 只有在可能性中，一切悖论才迎刃而解。悖论总是现实的，就是说，导致现实的冲突的。在单纯现实中，悖论是不可解的，人与人，人与自己，现在与过去、与未来都不相通。然而在可能性中，一切都是通透的。正因为人是可能性，才会有共通的人性、人道，才会有共通的语言，才会"人同此心心同此理"。凡是想仅仅通过现实性来做到这一点的人，凡是想借助于回复到人的自然本性、回复到植物和婴儿或天然的赤诚本心来沟通人与他人的人，都必将消灭可能性，即消灭人，都必将导致不可解的悖论。[②]

[①] 史铁生：《务虚笔记》，上海文艺出版社1996年版，第9—10页。
[②] 邓晓芒：《灵魂之旅——九十年代文学的生存境界》，湖北人民出版社1998年版，第155页。

这样，可能性成为《务虚笔记》叙述的基点。小说也找到了一种普遍性的语言，逻各斯的语言，彼岸的语言，一种在写作之夜提到的眺望原在的语言。有了这种语言，也就有了衡量世界，考问灵魂的尺度。

可能性诗学，突破了现实反映论的文学观，扭断了那些所谓的有关现实必然性的链条，按照可能世界的要求来建构现世生活的文学图景。《务虚笔记》中的故事主要不是在现实的时空中发生，而是在"心魂"中发生的事件。"二者的不同在于：前者是泾渭分明的人物塑造或事件记述，后者却是时空、事件乃至诸人物在此一心魂中混淆的印象。"[①] 小说中的人物、对话、场景、情节等等，都是相通的，许多都是可以互换的。它不反映现实世界里的什么，而是展示可能世界里有什么，不过，由于文学和理解的需要，这种展示的手段却是现实的。这些故事，好像就在身边发生着，在历史中发生过，或就要发生。并不发生在任何的个人身上，但又在任何个人的身上都可能发生。

可能性诗学，扬弃了现实反映论的文学真实观。它没有现实世界的真实，只有心魂的真实。《务虚笔记》里的一个叙述者——"我"——说："真实并不在我的心灵之外，在我的心灵之外并没有一种叫作真实的东西原原本本地呆在那儿。真实，有时候是一个传说甚至一个谣言，有时候是一种猜测，有时候是一片梦想，它们在心灵里鬼斧神工地雕铸成我的印象。"[②] "我"不认为，"我"不能够塑造任何完整和丰满的人物。因为，"我不可能走进他们的心魂，是他们铺开了我的心路"。"我"不能塑造他们，而是被他们所塑造。他们变成印象住进了"我"的心灵，在那儿编织雕铸成了另一个无边无际的世界，"那才是我的真世界"。[③] "我"这样写他们，等于写了"我"自己的种种可能性。"我的心魂，我的欲望，要比我的实际行为大得多，那大出的部分存在于我的可能性中，并在他人的现实性中看到了它的开放——不管是恶之花，还是善之花。"[④] 他们对"我"虽以他者的身份存在，但对他们的理解、诉说、揣测、希望、梦想才构成了"我"。"我经由他们，正如我经由城市、村庄、旷野、山河，

---

　　① 史铁生：《关于〈务虚笔记〉的通信》，见《中华散文珍藏本·史铁生卷》，人民文学出版社 2000 年版，第 195 页。
　　② 史铁生：《务虚笔记》，上海文艺出版社 1996 年版，第 9 页。
　　③ 同上书，第 346—348 页。
　　④ 史铁生：《关于〈务虚笔记〉的通信》，见《中华散文珍藏本·史铁生卷》，人民文学出版社 2000 年版，第 203 页。

物是我的生理的岁月，人是我心魂的年轮。"① 所以，史铁生说，《务虚笔记》可名曰"心魂自传"。

因此，可能性诗学也放弃了历史理性的真实观。历史，或者往事，过去的生活，可以分为两种，一种是被意识到的，一种没有，只有被意识到的生活才是真正存在的，才被保存下来成为意义的载体。但"它们只是作为意义的载体才是真实的，而意义乃是现在的赋予"。② 这是史铁生写在《务虚笔记》里的一段话，其表述的历史观与克罗齐的任何历史都是当代史有什么两样？

在另一处小说还写道：

> 我曾相信历史是不存在的，一切所谓历史都不过是现在对过去（后人对前人）的猜度，根据的是我们自己的处境。我不打算放弃这种理解，我是想把另一种理解调和进来：历史又是存在的，如果我们生来就被规定了一种处境，……那就证明历史确凿存在。这两种针锋相对的理解互相不需要推翻。③

是不需要互相推翻，因为史铁生在这里谈论的是关于历史的两个不同的层面：一个是叙述的历史，或者说话语中的历史；另一个是曾经发生或正在发生、将要发生的历史事件，对当下的人来说，就是一种现实境遇。史铁生不相信的是前者，即通过历史理性建构起来的话语的历史。因为它不过是一种"猜度"，何真实之有？况乎不同人的猜度还会有不同的历史。就是关于昨天，两种不同的猜度就可能有两个不同的昨天，这两个昨天"甚至是不能互相讲述的，因为很可能，那是两种不能互译的语言"。④ 这些说法与新历史主义者海登·怀特的观点又有什么不同？在散文中，史铁生还直接引述一位诗人的诗句，来表明自己对历史的态度："历史仅记录少数人的丰功伟绩/其他人说话汇合为沉默。"⑤ 这就进一步说明，历史不仅是一种话语，而且仅仅是一种权力话语，其本性是断章取义。多数人

---

① 史铁生：《关于〈务虚笔记〉的通信》，见《中华散文珍藏本·史铁生卷》，人民文学出版社2000年版，第200页。
② 史铁生：《务虚笔记》，上海文艺出版社1996年版，第8页。
③ 同上书，第55页。
④ 同上书，第333页。
⑤ 史铁生：《病隙碎笔》，陕西师范大学出版社2003年版，第130页。

都保持沉默，这样的历史除了还原虚假，还能还原什么？这与解构主义大师福柯的理论不也同出一辙？而且，史铁生前面那些关于历史的说法，也暗合了福柯的一句箴言：关键不在于话语讲述的年代，而在于讲述话语的年代。这样，史铁生事实上消解了历史理性的真实性。

我的可能性，心魂的可能性，借助想象和语言化作他者的现实，呈现为一个具有实在性的可能世界。由于我的可能性是背靠神在、神性，仰望无限和绝对，追问人的终极存在而来，因此，由此而建构的可能世界，就不再是三维的，而是多维，无穷多维甚至是无极之维的世界。① 在这个先靠语言获得的世界中，人性的方方面面，包括那些被掩饰、被遮蔽，被红色的意识形态符号挪用、删改、强暴，被习以为常的伦理规范、世俗势力正当化、正义化的人性的残缺、丑陋、罪孽，那些深藏在黑夜的世俗污垢，都在无限的可能性想象中被现实化，被展现，都可能在这种展现中被晾晒到阳光底下，被客观到无情的目光所审视，所穿透，最终还人、还人的生活世界一个本相，还善恶一个清白。这难道还不带有末日审判的意味。不仅此也，史铁生的可能性诗学，沿着这条路走到了现象学那里。它抵达到现象学力图抵达的境界。

> 正如胡塞尔现象学通过"自由想象的变更"而达到对事态的"本质还原"一样，史铁生通过他的人物各自的内心独白和极富创造性的对话，而建立了一种新型的语言和语境。他证明了胡塞尔所要证明的同一件事："现实存在对于自然科学是独断地被设定的抽象存在，它被赋予了实存之物的意义却并无严格的根据，而只是一种超验的信念（信仰）；现象学的存在则是一切可想象之物的存在，是一切可能世界的存在，它本身并不实存于时空（虽然它有可能实存于时空，即实现为现实存在），但它比独断的超验存在更'具体'，是每个人可以直接体验到、直观到的，实际（rell）在手的。正因此才会有'理想'的真实、道德'应当'的真实、艺术的真实，有科学的幻想和成年人的童话，才会在有限的个人、甚至有限的动物物种身上体现出无限的价值，才会在瞬间中展示永恒的意义。"②

---

① 史铁生：《务虚笔记》，上海文艺出版社1996年版，第535页。
② 邓晓芒：《灵魂之旅——九十年代文学的生存境界》，湖北人民出版社1998年版，第197页。

所以，邓晓芒说，史铁生是当代作家中哲学素养最高的作家，是中国唯一的一个进入了现象学语境的作家，也是唯一的一个真正意识到"不是人说语言，而是语言说人"这一解释学的语言学原则的作家。因为，这条原则离开现象学还原的前提，是根本不能理解的，它首先要求承认可能世界高于现实世界，现实世界只不过是可能世界的"实例"，可能世界自身有它永恒的价值。是梦想，而不是自然天性，造成了现实的人的历史。当然，亦如邓晓芒所说，在《务虚笔记》里，现象学还原的最终结果不是抽象的观念、理念，而是无所不在的"情绪"，是每个人心灵中隐伏着的永恒的旋律和诗。哲学与诗的这种直接契合甚至等同，正是现代西方现象学运动所要达到的理想目标。史铁生所创造的文本与萨特的诸多作品（如《恶心》《脏手》等）相比毫不逊色，而且更加具有诗的气质。而就思想性的丰富度和深度来说，邓晓芒以为当代一切寻根文学的总和也抵不上一部《务虚笔记》。

终于，史铁生走过了这样一条非同凡响的、不断超越的道路：从自身的残疾见出人的有限性，由人的有限性思入人的存在，再从存在走向与上帝相遇的途中；在此途中，实现了从残疾的现实世界的不可能，向圆满的、无限的可能世界的飞跃，建构起了只能以史铁生命名的可能性诗学。这是对现代汉语诗学的重要贡献。

三 于坚：诗是经由存在通达神圣

世纪末的一场论争和站位，把于坚锚定在"民间诗人"群落。[①] 其实，无论是于坚的诗歌还是诗学，都很"精英"。在于坚看来，诗歌在20世纪被意识形态、知识和乌托邦等形上因素遮蔽，而越来越远离自身。真正诗歌乃是存在；诗的言说即是经由存在通达神圣的路径；其方式是回到大地、回到日常生活现场和当下体验。于坚民间诗学的背后明显有基督教神学背景。

于坚无疑是20世纪80年代以降中国诗坛最有成就的诗人之一，他的《0档案》《飞行》《尚义街六号》等诗篇广为流传，有的被选进大、中学生阅读教材。2000年12月，人民文学出版社有重要影响的《蓝星诗库》，

---

① 于坚（1954—），中国当代诗人，著有长诗《0档案》《飞行》等。

在继海子、西川、昌耀、舒婷之后，推出了《于坚的诗》，更进一步证明了于坚在当代诗坛的地位。于坚还是一位正在成长的诗人，关于他的诗作已有不少的批评和阐释，有关他的以诗论为核心的诗学，系统的研究尚未见到，而其中的基督教神学背景，更是言所未言。

作为文学的终极意义在哪里？于坚说，在于回到真理。作为文学的写作就成了回到真理的斗争。① 在汉语文学界，恐怕至今还没有人认为于坚是具有宗教情怀的作家。而较为一致的看法是，他是一个远离形而上的"民间诗人"，离所谓的"知识分子立场"也有相当的距离，他对那些自以为靠神性写作的诗人，还颇有微词，更谈何宗教意识？于坚本人如果知道将他纳入现代汉语宗教诗学这一话题进行谈论，想来也会大惑不解？其实，这有什么好奇怪的，于坚通过其天才的思考和诗意的言说，使他的诗论从最底层的民间，走向了仿佛遥不可及的"彼岸"。

（一）

于坚诗学要解决的核心问题是，什么是"真正的诗"？或者说，他的"思"是带着对"真正的诗"的追问和寻找上路的。

谈到"诗"，首先要对这里的"诗"划定范围。于坚是诗人，因此很容易被人误会，他说的诗或诗歌就是说的诗歌这类文体。但事实远非如此。引一段于坚的话为证：

> 其实那些具有伟大精神世界的诗歌，例如《红楼梦》、《尤利西斯》、《寻找失去的时间》、《在流放地》无不首先是日常生活的史诗，而不是思想的史诗。②

从这段话可以看出，于坚所说的诗歌，主要指整个文学作品，他关于诗的言说，就主要是关于文学的理论。

问"什么是真正的诗？"实际上就是在本体论的层次上对诗进行界定。维特根斯坦说：界定就是否定。要回答诗是什么，也就是要回答诗不是什么。于坚在关于诗的言述中，也采用了这样的策略："这个充满伪知

---

① 于坚：《棕皮手记·1997—1998》，见《棕皮手记·活页夹》，花城出版社2001年版，第240页。

② 于坚：《诗人及其命运》，见《棕皮手记·活页夹》，花城出版社2001年版，第274页。

识的世界把诗歌变成了知识、神学、修辞学、读后感。真正的诗歌只是诗歌。诗歌是第一性的,是最直接的智慧,它不需要知识、主义的阐释,它不是知识、主义的复述。"① 在别处,于坚还多次说过,诗歌不是意识形态,不是形而上学,也不是乌托邦。

问题是,历史的情形恰恰相反。进入 20 世纪,汉语思想界"被现代"的过程,在某种意义上说,就是被意识形态化的过程。意识形态的标准"空前的统一"。时至今日,汉语诗歌"依然是意识形态或知识系统的附庸体。诗歌不能自己证实自己,诗歌必须依附于某种时代的、意识形态的权力话语或西方的'语言资源'、大众的平庸趣味才能获得证实"。② 诗歌何以会陷入这种失去"自明"状态的深渊?于坚认为,一是源于某种坚不可摧的历史理性,即所谓"新世界的哲学基础"——达尔文主义:历史是一维向前推进的,越是现代的就越是进步的,反之则是反动的落后的。"革命"成为这个世纪的中心词,也成为这个世纪诗学最主要的特征。可是,在革命的途中,诗歌远离了自身,越来越成为时代脚步的纪录,最终堕落为意识形态的符号。

与此相关,是文学日益膨胀的、不断"上升"的欲望。文学如何"上升"?说到底就是与"意义"结缘,向"意义"攀升:

> 汉语的写作方向潜在着一种来自语言本质中的"升华"化、诗意化的倾向。作家往往在不知不觉中就把语言往美的有价值的方向去运用。或者通过故意丑化来摆脱。一种清醒的,不被语言左右的、拒绝升华的中性的写作非常困难。③

因为,"我们从小就被告知,要使自己的一生成为有意义的。语文老师布置作业,题目多半是:记有意义的一天。这种教育构成了我们的回忆的基本结构。文学也通常只为有意义的部分提供能指"。④

文学是有意义的,文学主动向意义升华,这本身没有错,关键是究竟

---

① 于坚:《诗人及其命运》,见《棕皮手记·活页夹》,花城出版社 2001 年版,第 282 页。
② 于坚:《棕皮手记·1997—1998》,见《棕皮手记·活页夹》,花城出版社 2001 年版,第 255 页。
③ 同上书,第 231 页。
④ 同上书,第 235 页。

什么才是"有意义的"？于坚回答说，有意义的"往往是意识形态所批准的部分"。这样，文学的写作就成了意识形态的写作。诗也就被意识形态所遮蔽。

为什么"有意义的"就一定是"意识形态的"呢？要厘清这个问题，首先要来看一看，关于意义，我们形成了怎样的"记忆的基本结构"？

> 二十世纪的记忆是集体的、时代的、革命的。这是一个中国人集体在焦虑中寻找生活之意义的世纪。革命使得所有的记忆都成为急功近利的历史的储藏库，失去的时间根据它的意义的深浅，仅仅留下那些"前进"的时刻。即便是那些号称个人写作的东西，我看到它们仍然是基于一种集体记忆的。①

质言之，在20世纪，我们关于意义的记忆结构是一维的，那就是"集体记忆"。"私人记忆"则失去了存在的空间。而"私人记忆"的丧失，"使人们往往丧失了对无意义的、私人生活的记忆，即使人们要寻找这些失去的时间，现成的话语系统也不为他们提供能指"。② 那么，"集体记忆"又记住了什么样的意义呢？"集体记忆"记住的，只是历史学家关于历史的分析、判断和"空洞的结论"，只是那些构成了我们的意识形态和知识结构，被"去粗取精"的所谓"本质的部分"。而一当历史学家被主流意识形态的权力话语所左右，意义所剩下的就只有权力意识形态本身了。那些被判定和权力意识形态无关的、属己的、而与个人的存在息息相关的部分，被视为"无意义"的东西，排除在了历史之外。

当"私人记忆"被唯我独尊的"集体记忆"取代以后，"我"也被"我们"所取代，成了"一种叙述集体记忆的代名词"，而与个人的肉体和生命攸关的"日常生活被视为反动的意识形态"：

> 日常生活在这个国家声名狼藉。人必须完全地依附于国家的意识形态，而不是他的肉体，他才会获得安全感，或者他必须依附相反的

---

① 于坚：《棕皮手记·1997—1998》，见《棕皮手记·活页夹》，花城出版社2001年版，第235页。

② 同上。

意识形态，成为一个潜在的反社会分子，他才有存在感。①

由此，诗人对日常生活产生了恐惧感，以至于对它麻木不仁、视而不见。藐视日常生活"成为我们时代的生活和文化方式、话语方式、教育方式、写作界限"。

远离了日常生活，"诗歌漂浮在生活的形而上部分。诗歌变成思想、智慧的载体，一种有着优雅包装的工具，集装箱，容器，花瓶等等。诗歌被意识形态异化"。

> 诗歌以为只要和意识形态结盟，就具有了身份、权力、地位。②

显然，集体记忆或者历史记忆以意识形态遮蔽了存在，也遮蔽了诗歌。诗歌向此种意义的攀升，实际上是一种拙劣的降低："把诗歌降低到意识形态工具的水平。"③

诗歌向意义"升华"的第二种表象，是"把诗歌降到知识的水平"。在于坚看来，20世纪末，由诗人首先提出来的"知识分子写作"的出现，是诗歌被意识形态、知识代表的正统文化秩序所异化的标志。而其中最可怕的是其鼓吹的"汉语诗人应该在西方获得语言资源。应该以西方诗歌为标准"。于坚斥责道：

> 在这个人民普遍与意识形态达成共识，把西方生活作为现代化唯一标准的时代，这种知识尤其容易妖言惑众，尤其媚俗。这是一种通向死亡的知识。这是我们时代最可耻的殖民地知识。它毁掉了许多人的写作，把他们的写作变成了可怕的"世界图画"的写作，变成了"知识的诗"。④

这是继20世纪50年代兴起的"普通话写作"，对汉语的道德式净化、

---

① 于坚：《诗人及其命运》，见《棕皮手记·活页夹》，花城出版社2001年版，第274页。
② 同上书，第275页。
③ 于坚：《棕皮手记·1997—1998》，见《棕皮手记·活页夹》，花城出版社2001年版，第263页。
④ 于坚：《诗人写作》，见《棕皮手记·活页夹》，花城出版社2001年版，第286页。

意识形态化之后，对诗歌的又一异化行动。这一异化行动还表现在一些诗人对某些"先验"的理论或知识——关于美的、经典的、先锋派的——按图索骥式的写作。而这些先验的理论或知识往往又是"西方"的，按图索骥其实就是复制，隐藏其后的是整个汉语艺术界的殖民文化心态和投机意识。以绘画为例：

> 艺术已经成了如此简单的东西，艺术不再是关于如何画的创造活动，而是画什么的圈地运动，只要艺术家在中国生活中找到某个"什么"，某个意识形态有关的"图画"或图式的变体，只要这个图式能够符合西方人关于中国生活的意识形态偏见，那么这位艺术家就成功了。他剩下了的工作只是复制这一图式，直到它的意识形态差价被掏空。①

可悲的是，这种"不需要智力、没有创造力、无比媚俗的活动被称为中国的'先锋艺术'"。那些被总结出来的西方"图式"往往以知识的名义存在，并获得话语权力。先锋小说、先锋诗歌的情形并无大的不同。

知识遮蔽了诗歌。而"在诗歌中，知识永远是次要的"。②

诗歌向意义提升，最迷惑人的莫过于乌托邦写作。何谓乌托邦写作？"升华与遮蔽，这就是乌托邦写作。"这里再一次显示了于坚目光的锐利：

> 我一向对中国当代先锋诗歌中那种虚幻的乌托邦写作、神话写作深恶痛绝。住在条件优越的大城市里，喝着咖啡，想象着自己的名字与什么茨基、什么尔克或赫斯的名字接轨。却在诗歌里玩通灵术，动不动神啊灵啊的。无比渺小卑劣无比地市侩，整日钻营的是打通地狱的关节，却把他们的有毒的玫瑰献在众神的脚下。③

这种乌托邦写作的实质"乃是在大都会的诗歌沙龙中怀着文化优越感

---

① 于坚：《为人生的艺术——序陈恒、马云〈滇南花月〉画展》，见《棕皮手记·活页夹》，花城出版社 2001 年版，第 340 页。
② 于坚：《棕皮手记·1997—1998》，见《棕皮手记·活页夹》，花城出版社 2001 年版，第 266 页。
③ 于坚：《众神的歌者——读〈藏族当代诗人诗选〉》，见《棕皮手记·活页夹》，花城出版社 2001 年版，第 335—336 页。

的才子们虚构出来的精神幻象,自我戏剧化,自我神化,自以为怀有拯救芸芸众生的义务"。诗人以"生活在别处"自居,在人群中处于"比你较为神圣"的地位,具有某种沾沾自喜的优越感。

乌托邦话语,是20世纪的话语霸权。这里的"霸权",不是葛兰西原本意义的运用,而是指的一种霸道。这种霸权的哲学基础,是庸俗社会进化论的一维时间观,认为历史是单向度地向着"美好的未来"前进的,尽管可能会出现许多曲折。在此时间观的支配下,乌托邦话语就获得了合法性和优位性。

不过,在20世纪乌托邦话语的内容是不断转换的,不同的时代有不同的蕴含。于坚指出,今天的诗歌中的乌托邦话语与20世纪60年代不同之处是,"生活在别处"中的这个别处在20世纪60年代指的是时间上的别处(将来、总有一天),在20世纪90年代这个别处现在转移到了空间上(与西方的接轨、语言资源、玫瑰的嫁接、欧洲的诗歌节)。

这样,乌托邦话语遮蔽了诗歌。

"二十世纪是一个崇尚升华的时代。"[①] 与诗歌向意识形态、知识和乌托邦话语"升华"相适应,诗人的位置也自以为是地不断地"上升":

> 诗人从歌咏者、大地的寓公上升为引领者、发现者和记忆者。诗人开始在人群中凤毛麟角,具有天赋的发言权。[②]

只要他是诗人,他似乎就获得了"巫师的资格"。尤其是"今日的诗人高蹈在形而上的精神高处,他们成了神的隐喻,而不是神自己"。他们已不再是日常生活的栖居者。

诗人企图通过抬高自己的位置,来抬高诗歌的地位,其结果是"诗人遮蔽了诗歌"。[③]

如此众多地层层遮蔽,使"今天的诗歌的存在具有非常现实的目的。诗歌扮演的是殉道者,它反抗的是秩序对语言的统一。诗歌成了文明价值贵贱高低的一种尺度,区别价值是非的游戏,诗人成为语言的过滤器……

[①] 于坚:《棕皮手记·1997—1998》,见《棕皮手记·活页夹》,花城出版社2001年版,第259页。

[②] 于坚:《诗人及其命运》,见《棕皮手记·活页夹》,花城出版社2001年版,第271页。

[③] 同上书,第272页。

成了语言的守护者，维修工"。诗人从话语的创造者，变成了某部已经完成词典的管理者。诗歌勉为其难地成为真理的同谋者，"成为秩序最为凶恶的敌人"，成为某种秩序的象征。①

如此，诗歌焉在？诗歌何以能"自明"？于坚发出了与维特根斯坦相同的感叹：要看见正在眼前的事物是多么难啊！何况我们的眼镜还蒙着一块意义的或所指的麻布。

（二）

以上的言述，是于坚在为诗歌"祛魅"。他要揭去蒙在诗歌上的意识形态、知识和乌托邦等"形而上之布"，从而"看见那孤零零高踞在黑暗山冈上的诸神"——真正的诗歌之神。

那么，究竟什么是真正的诗歌呢？界定即否定，但否定之后应该是肯定的澄明。

于坚认为："真正的诗歌本身就像光辉熠熠的钻石那样，那光辉是自在的，不必依附于另外的东西，不必借光，它不是反光板，这光辉自有力量。能够穿透那些已经完成的东西对存在的遮蔽。"② 一言以蔽之，"诗歌就是存在，存在就是诗歌"。③

> 诗歌的价值在于，它总是通过自由的、独立的、天马行空的、自在的、原创性的品质复苏着人们在秩序化的精神生活中日益僵硬的想象力，重新领悟到存在的本真。④

那些腐朽的美学、知识和意识形态、乌托邦话语，正是通过对"存在的真相"的遮蔽而使诗歌隐而不见的。

看来，弄清于坚之所谓"存在"的源初意义，对于理解于坚诗歌的本义至为关键。这有必要联系其对诗人的论述来分析。作为以诗歌的方式澄明"存在"的诗人是谁？它应该具有何种身份呢？

---

① 于坚：《诗人及其命运》，见《棕皮手记·活页夹》，花城出版社2001年版，第275页。
② 于坚：《棕皮手记·1997—1998》，见《棕皮手记·活页夹》，花城出版社2001年版，第255页。
③ 于坚：《诗人及其命运》，见《棕皮手记·活页夹》，花城出版社2001年版，第270页。
④ 于坚：《棕皮手记·1997—1998》，见《棕皮手记·活页夹》，花城出版社2001年版，第254页。

于坚说:"诗人是人群中唯一可以称为神祇的一群。他们代替被放逐的诸神继续行使着神的职责。"诗人是神的一支笔。①"诗人的写作是神性的写作。"诗人坚守着自古以来滋润着历史的神性,固执站在那些对"诗性"麻木不仁的人们中间。诗人通过对"存在"的再次澄明,将"永恒"昭示于他的时代,将"原在"彰显出来,让那些在时代之夜中迷失的人们有所依托。诗人还是那种敢于在时间中"原在"的人。

显然,在这里,"存在"与"诗性"、"原在"、"神性"达成某种意义的同构,成为于坚界定"真正的诗歌"和"真正的诗人"的重要边界。这明显受到了海德格尔诗学的影响。于坚的诗学言述中贯穿了海德格尔关于时代的特征、人的存在方式、诗意化的大地意识、语言的本质以及诗性抵抗技术性的诸多诗学观念。

于坚运用海德格尔的"时代之夜"的概念来指称这个时代,来阐明诗人的职责:"在此时代之夜中,夜,我指的是海德格尔所谓的'世界的图画时代'",即世界被纳入全球一体化的世界图式的时代,"诗人应当深入到这时代之夜中,成为黑暗的一部分,成为更真实的黑暗,使那黑暗由于诗人的加入成为具有灵性的。诗人决不可以妄言拯救,他不可以倨傲自持,他应当知道,他并不是神,他只是替天行道,他只是神的一支笔"。②

海德格尔"诗意地栖居在大地上"的存在方式,也是于坚诗歌要抵达的存在的境界。他不仅以此为尺度来打量当下的世界,而且不止一次地赞美云南的诗人,尤其是西藏的诗人,他们离神最近,他们"只到神所在的地方去",人生的终点就在神的周围。"神对于他们,不需要寻找,更不能炫耀,众神从他们诞生的时刻就住在他们家中,住在他们故乡世界的山冈树林河流以及家具之中。他们不拯救,他们只是呼吸着,在众神的空气中。"③ 他们从对故乡世界的倾听中,接近了诗歌之神,是真正诗意地栖居在大地上的人。

于坚也认为"语言是存在的家园",并由此展开了对家园的反思:"在汉语中,家园实际上恰恰不是存在本身,而是某种远离存在的乌托邦,正像这个词所隐喻的世外桃源一样。"那么,家园何在?"我以为它

---

① 于坚:《诗人写作》,见《棕皮手记·活页夹》,花城出版社 2001 年版,第 284 页。
② 同上。
③ 于坚:《众神的歌者——读〈藏族当代诗人诗选〉》,见《棕皮手记·活页夹》,花城出版社 2001 年版,第 336 页。

就是栖居在中国人日常的现代汉语之中。它是能指那些我们的存在真相的话语。"①

海德格尔所谓的"人民几百年来未曾变化的生活那种不可替代的大地的根基",也是于坚诗学的立脚点。他引用海德格尔的话,谴责那些以"解放者""拯救者"的身份自居,居高临下地看待大地,以抽象的"终极关怀"否定具体的存在,否定"日常关怀"的诗人们,同"今天许多城里人……在村子里,在农民家里,行事往往就跟他们在城市娱乐区'找乐子'一样。这种行为一夜之间所破坏的东西比几百年来关于民俗民风的博学炫耀所能破坏的还要多"。②

既然于坚是在海德格尔的意义上使用"存在"一词的,那么,海德格尔的"存在"与我们谈论的于坚诗学与基督教有何相干?

刘小枫把海德格尔的哲学概括为"期待上帝的思"是极富洞见的。尽管海德格尔在哲学上推拒神学,严格区分存在的真理与十字架上的真理、存在之维与神圣之维,但是,在其哲学的背后和前方,却矗立着无法超越的神学传统。何况,海氏是带着时代问题进入哲学问题的。他所面临的是一个虚无主义的、绝望的时代。在此时代,正如阿多诺所言:"唯一可以尽责履行的哲学就是,站在救赎的立场上,按照它们自己将来会呈现的那种样子去沉思一切事物。"③ 海德格尔的哲学就是在存在之思中期待救赎的。因此,他毫不讳言地说:"我的哲学是期待上帝",其思想也是出于某种神学:"没有这一神学之源,我也许根本不会走向这条思路。我的神学之源将一直持续到将来。"他甚至声称:"我是基督神学家。"④

这样,作为海德格尔哲学之思的核心问题——存在,无疑就与基督教有着密不可分的关联。可是,海德格尔又坚持哲学问题与信仰问题毫不相干,将上帝作为形而上学的最高存在者来思,这本身就是对神性的上帝的否定,是对存在和上帝的双重遗忘。因而,海德格尔之存在与神学的关联又处身于无关联的状态中。按照海德格尔的思路,这种关联仅仅在于:不首先解决存在之遗忘,就不能根本解决上帝之被遗忘:

---

① 于坚:《棕皮手记·1997—1998》,见《棕皮手记·活页夹》,花城出版社2001年版,第230页。
② 同上书,第261页。
③ 刘小枫:《期待上帝的思》,见《走向十字架上的真》,上海三联书店1995年版,第255页。
④ 同上书,第257—258页。

> 神圣者的本质只有从存在的真理才思得到。神性的本质只有从神圣者的本质才可以思。在神性的本质的照耀下才能思能说"上帝"这个词要指称什么。……如果人偏不首先思入那个问题只有在其中才能被追问的此一度中去的话，究竟当今世界历史的人要怎样才能够哪怕只是严肃而严格地问一下上帝是临近了还是离去了呢？但此一度就是神圣者的度，而如果存在的敞开的东西没有被照亮而且在存在的澄明中临近人的话，那么此一神圣者的度甚至只作为度就还是封闭着的。①

换言之，存在之思是走向神圣之思的前提，是通向神圣之思之路。当于坚在海德格尔哲学的意义上使用存在一词，并认为诗歌就是存在，存在就是诗歌，诗就是为存在去蔽，就是澄明存在的真相的时候，他实际上隐含这样的诗学之思：诗性是抵达神性之途。或者，反过来说，诗性是神性的朗现。正是在这个意义上，于坚认为诗人是人群中唯一可以称得上神祇的一群，诗人是神的一支笔。

当然，于坚的此种说法并非他的独创，他依然是跟着海德格尔的诗学理论说的。在海德格尔看来，上帝和诸神都居于神圣之维，而人离上帝太过遥远，需要诗人为媒。恰如刘小枫明澈的阐释："诗人——真正的诗人——吟咏的是歌之歌——存在之歌唱，存在离人近，而上帝的露面又与存在之光相关，那么，诗的言说或许就是存在指向上帝的路径。"② 作诗的不过是被召唤并聆听和跟随上帝的源初之言而说，诗人是"将上帝为躲避疯狂的追逐而藏身于其中的发光的景象显示出来"，"让至高无上者在语言中显露"。诗人乃神的一支笔。

进一步的问题是，于坚被称为"民间诗人"，他的写作被称为"民间写作"。他特别重视"日常生活"、当下体验，强调诗歌的大地性。他甚至宣称："诗歌是大地上的粮食。"③ 因为"大地是永恒之象，世界只是大地的表面、痕迹"。而日常生活最靠近大地。他呼吁"重建日常生活的尊严，就是重建大地的尊严，让被遮蔽的大地重新具象，露面。这是诗人的

---

① 刘小枫：《期待上帝的思》，见《走向十字架上的真》，上海三联书店1995年版，第271页。
② 同上书，第282页。
③ 于坚：《诗人及其命运》，见《棕皮手记·活页夹》，花城出版社2001年版，第271页。

工作。这是诗人这一古老行当之所以有存在之必要的根本"。① 于是，问题就这样呈现出来了：于坚的民间立场与他的神性诗学之间究竟是什么关系？其内在有何必然的逻辑关联？

"大地"一词，同样是海德格尔诗学中的关键词汇。海德格尔曾经把其阐释荷尔德林诗歌的诗论直接命名为"荷尔德林的大地与天空"。那么，海氏诗论中的"大地"与其哲学中的"存在"有何关联呢？

如前所述，海德格尔哲学的核心问题一直是存在的意义问题，即追问存在本身的意义。但存在本身是不可定义、不可言说的。如何破解存在的意义？海德格尔走的是一条现象学的道路，也就是乃师胡塞尔所倡导的"回到实事本身"。那么海德格尔回到哪里呢？海德格尔回到了"此在"。"此在"也就成为海德格尔破解存在之谜的突破口。换一种说法，存在就在此在之中，破译此在，就能敞现存在。何谓此在，在海德格尔哲学中也是一个不易言清的问题。但说此在就是存在者，是大抵不错的。而存在者作为大千世界的"现象学"呈现，以象征性的"大地"或"日常生活"命名，也是可以理解的。因此，于坚要求诗人写作回到大地，回到日常生活现场，回到当下体验，实际上就是回到"此在"，将"现象"呈现出来，也就是将"存在"朗现出来，而"存在"是通向"神圣"之途。这样，于坚就从最"民间"的走向最"神圣"的，而建构起自己的"神性诗学"。

有趣的是，于坚受到海德格尔哲学和诗学影响太深。就像海德格尔晚年对东方的世界观和老庄智慧有所倾慕一样，于坚也认为诗性存在于中国的远古，存在于老庄时代，存在于"天人合一"的古代先贤的诗意栖居当中。只可惜这些在现代化的途中被抛弃了。寻找诗性、神性，还应该把眼光"朝向过去"，并力求"复兴伟大的中国文明"。② 在文化全球化的时代，尤其是面临西方文化霸权的威胁，此种文化民族主义情绪是可以理解的。问题是，正像海德格尔是借助传统的汉语思想复兴东方之"道"，还是借助汉语之"道"以复兴上帝之"言"是值得特别研究的一样，于坚的此种言说的真理性同样值得审理。

但无论如何，于坚建立起了自己的"神性诗学"，并以此来抵抗"形

---

① 于坚：《诗人及其命运》，见《棕皮手记·活页夹》，花城出版社2001年版，第278页。
② 于坚：《棕皮手记·1997—1998》，见《棕皮手记·活页夹》，花城出版社2001年版，第256—257页。

上诗学"，即当下将诗歌意识形态化、知识化、乌托邦化等的诗学倾向。而这种抵抗，就诗人写作而言，就是回到真理的斗争。

四 北村：写作是与真理达成和解

20世纪90年代以降的汉语文学界，进入了宗教话语喧哗的时代，80年代中后期一度成为汉语小说形式实验先锋的北村[①]，在此一时期发表的一组文论文章，通过对20世纪西方哲学思潮及新时期文学的反思，吁求一种良知、良心与爱的写作，并经由神格的获得、终极价值和终极操作的获取，建构起属己的基督宗教诗学，不仅给现代汉语诗学史注入了新的因素，也给在消费主义泥淖里挣扎的当下文学指示了某种超越之途。

（一）

北村自述："1992年3月10日晚上8时，我蒙神的带领，进入了厦门一个破旧的小阁楼，在那个地方，我见到了一些人，一些活在上界的人。神拣选了我。我在听了不到二十分钟福音后就归入主耶稣基督。"三年以后，当他谈到这段神圣的经历时还说，我可以见证耶稣基督"是宇宙间唯一真活的神，他就是道路、真理和生命"。[②] 可见，北村对基督教的虔诚。

作为虔诚的基督徒作家之前的北村，曾经受到福克纳、海明威、川端康成、乔伊斯和卡夫卡等文学大师的影响，他从他们那里深刻地感受到了来自深渊的黑暗，看到了人性的颓败，也第一次发现了新的小说写法，再加上接踵而至的法国新小说的启迪，北村一度成为那个时代中国小说形式实验的先锋。更致命的是，他在这些文学大师那里接受了这样的教训：人类无法改变现状，绝望是可以接受的。后来，他又对加谬的《西绪弗斯神话》发生兴趣，结果又不得不承认存在是荒谬的。从那时开始，北村的道德水准"开始崩溃"。不久，尼采这个"疯子"又告诉他："这个世界没有神"。尽管北村对这个谎言有所怀疑，甚至还在一篇很长的理论文字中得出结论："有一个比三度空间和四度空间更超越的五度空间"。但据北

[①] 北村（1965—），中国当代作家，著有《施洗的河》《武则天》《玛卓的爱情》《孙权的故事》等。

[②] 北村：《我与文学的冲突》，《当代作家评论》1995年第4期。

村说，他当时还不明白这就是神，还不明白在人的体和魂之上还有灵这个唯一与神交通的器官，以至于他的道德没有任何改良，直至正式告别妻子，小家庭解体。成为基督徒作家以后的北村，他的文学创作和诗学观念发生了跳跃式的变化，因为他已确信"人活着是有意义的，没有神人活着就没有意义"。他创作了《施洗的河》《张生的婚姻》《伤逝》等一批基督宗教小说。他"用一个基督徒的目光打量这个堕落的世界"，开始他关于现代汉语诗学的宗教言述。① 但在这之前的两三年，也就是在北村走向基督教的认信途中，他的诗学思想已经饱含基督神性色彩，构成其基督宗教诗学的重要组成部分。

北村诗学的问题意识是：为何整个汉语小说创作普遍存在精神疲软现象？为何重归本体的小说创作在经历各种各样技术探索和形式试验后最终停留在一片精神的空谷之中？为何名噪一时的"第三代小说"老是在一个精神的大限中茫然无措？为何汉语小说的发展会形成精神与信仰均不在场的荒原？这些问题，使北村"从来没有像今天一样对文学的价值感到怀疑和困惑"。②

北村的思索是从这里上路的：汉语文学发展到今天究竟缺失了什么？北村认为是作家的能力和信心。能力和信心的丧失直接导致作家意志的消沉，生命力的萎缩和枯竭，尤其是人文精神的内在危机。在北村看来，这一危机不是汉语文学独有，而是人类性的。根源在于将知识、理性和人的认识能力作为"终极和信心的基础"，作为人的存在的根基。事实上，"当工具理性吞噬价值理性时，人类理性的神话已经破产"。原因恰恰在于，人的认识能力不是信心的基础，而是建立在信心之上。何以这样说？因为：

> 人认识世界的方法是命名，只有通过命名才能把人从对象中区别出来从而把握对象，进而使人获得真实的主体地位。这种命名使人有信心，但命名需要的是权柄，这权柄就是神。神把权柄交给人，人成了神的代表权柄，人代表神管理万物，这就是人的本位。如果离开了一个有位格、无限的神，人没有权柄，只有思想，人就通过自己的认

---

① 北村：《我与文学的冲突》，《当代作家评论》1995 年第 4 期。
② 北村：《神格的获得与终极价值》，《文学自由谈》1990 年第 2 期。

识能力制造一个庞大的思想系统和游戏规则。问题的严重性在于,无论这些思想系统和游戏规则如何丰富,它却缺乏中心,缺乏能力和信心……这就是人类理性的失败……①

正是在这里,即人的能力和信心靠什么获得上,基督教信仰进入了北村的诗学。

理性神话的破产,开始了人类对非理性领域的探索,但是在北村看来,人类的非理性步入了"一个人否认自己之后又拒绝神圣启示的荒谬境遇"。尽管海德格尔已然洞悉人失去命名和自我命名能力以后的焦虑,但仍然认为其使人有存在的肯定,催逼人去作出抉择。北村要问的是,既然没有了神,人如何选择?因此,海德格尔的"思"只是对神的期待。福柯与其宣称的是"人类已经死亡",不如说他宣布了传统哲学关于"人"的概念的彻底瓦解,说出的是人的绝望而不是自有永有的神。德里达解构的逻各斯中心论,解构的是来自希腊哲学的理性逻各斯,而不是源于耶路撒冷的神的话语的逻各斯。神的话语的逻各斯"不是理性,而是生命,它是人类相信的对象,以启示为出发点"。德里达宛若福柯,宣告的是人的神话的破产,是人自动交出人的话语权,自动放弃人的意志和人的立场。而哈贝马斯力求通过交往理性重建一套普遍主义原则的企图和努力,在德里达和福柯的上述死刑宣判面前,又是显得何等的空洞和苍白。西方现代哲学到如今,建构的是一套"自毁原则"。

理性神话的破产,非理性探索的荒谬,重建普遍主义的虚妄,哲学的"自毁原则",是北村对人类现代精神走向,以及20世纪中叶以来西方哲学所作的神学诠释,在此基础上,北村得出结论:"人失语了。"失语的原因不在于人类认识能力的衰竭,乃在于失信。

> 实际上今天人类的认识能力超过以往任何一个时代,但人类的精神却萎缩到一个地步,丧失了全部的价值立场。人一旦失去信心,就失去了超越现实的能力,人只能情绪颓废意志消沉,以至降低精神品格,生活得如虫一般,这是精神虚无的一般特征。于是一些景观出现了:实有空间膨胀,心灵空间萎缩,感动下降为感觉,神圣与卑微同

---

① 北村:《神圣启示与良知的写作》,《钟山》1995年第4期。

等，从敬虔走向背德，热情变作冷漠，爱成了性。①

这样的描述，实际上已经触及当下汉语文化与文学现象。但北村对整个人类精神危机的言述还意犹未尽，当他完成了对哲学"自毁原则"的揭示后，又开始了他对神学和宗教的批判。他认为，神学是一门用哲学的方式证明神存在的学说，它只思想神，却不能接受神，更不能发现神。而宗教更不过是在繁复仪式中满足人的自然崇拜，建立人的虚假信心而已。永恒的是生命。生命才是人的源泉和根基。问题是，什么是生命呢？北村回答说：是神。这样，北村就把人类的全部价值基础挪到了神上，落脚在了基督教信理上，最后达成于信仰中："神作为生命，与人类只能建立信靠关系，而不是认识和理解的关系。"为了信靠，人类必须闭抑所有的理性和认知："人类的认识能力是人的魂的功能，魂的功能（如悟性）是可用的，但魂的生命（指人向神独立的生命）必须杀死，只有灵能认识神，魂里有人的心思、情感和意志，灵里有良心、直觉和交通。后者是认识神的唯一器官。"②

（二）

北村清理完并奠定了自己的价值地基以后，才开始了他真正的汉语诗学言述。易言之，他的整个诗学言述都力求立足于他的基督教信仰上。因为，北村诗学还有一个至关重要的出发点，那就是在他看来，"作为一个作家，他的写作作为他的言说方式总是先和真理达成和解，然后才找到他的言说对象"。而这个真理，在北村那里就是十字架上的真理。在这个真理确认以后，他的诗学言述就得以可能了。

北村"呼吁一个良心的立场，一种良知的写作"。他认为，无论在中国乃至世界，只有这种写作在末世是有意义的。这种呼吁，我们似乎在20世纪初就已经听到过？是的，创造社的洪为法不是曾经断言"真的艺术家，他必是良心的战士，良心的拥护者；他的艺术便是他良心的呼声"吗？③ 时间进入世纪末，而世纪之初的呐喊在这里得到有力的回应。历史是否也在固守着某种自以为是的永恒？

---

① 北村：《神圣启示与良知的写作》，《钟山》1995年第4期。
② 同上。
③ 为法：《真的艺术家》，《洪水》半月刊第1卷第2期。

"良心"作为北村诗学的关键词，到底是何意思？它与北村宗教诗学之间究竟有何关系？何以一当作家站在超越立场说话就往往离不开"良心"诉求？这就要看何为"良心"。

　　其实，良心不仅仅是日常生活空间的伦理话语，它有着更为深广的内涵。费尔巴哈认为："良心是从知识导源而来的，或者说与知识有密切的关系，但它不意味一般的知识，而意味特种的特殊部类的知识，即那种与我们的道德行为、与我们的善或恶的心情和行为有关的知识。"① 在这里，良心属于伦理知识、伦理话语的范畴。问题是良心在伦理话语的哪一个范围内有效呢？佩斯塔那说："良心的命令仅仅针对一个人自己的行为：良心不涉及对其他人行为的道德评价。"② 即是说，良心只关涉人的个体心性。

　　那么，良心又关涉人的个体心性的哪些方面呢？约瑟夫·富切斯疏解了良心概念的双重含义，其中狭义的良心，"特别在天主教的道德理论中，是指在具体的场合决定某种行为是否善和应当的权威"。③ 显然，良心在终极意义上关涉人的信仰，"良心从本质上具有宗教层面"，而且是基督宗教性质的："对于奥古斯丁来说，良心是天主和人进行爱的交谈的地方，是天主的声音。"良心是人的神性中心，在此中心内，天主对人讲话，人能感觉到天主的临在和灵魂的存在。在中世纪的神秘主义者那里，良心的内在基础是灵魂的火花，人在火花闪耀的灵魂中与天主相遇。④ 当代神学家奥吾尔也认为，良心"是人类存有的最深底蕴，是人的最深层次的核心，靠天主的指导和维护"。⑤

　　可见，良心在基督教视阈内是人的一种本能，"这种本能基本上不是伦理价值及伦理善恶的理论化或科学性知识；它向人显示了他的终极召叫是什么及天主所给予他的个人责任有哪些，这种本能也帮助人意识到这些

---

　　① ［德］费尔巴哈：《费尔巴哈哲学著作选集》上卷，荣震华等译，生活·读书·新知三联书店1959年版，第584页。
　　② John K. Roth：*International Encyclopedia of Ethics*，Printed by Braun – Brumfield Inc U. C.，1995，pp. 187–188. 转引自王海明《伦理学原理》，北京大学出版社2001年版，第316页。
　　③ Gerhard Zecha and Paul Weingartner：*Conscience*：*An Interdisciplinary*，by D. Reidel Publishing Company, Dordrecht, Holland, 1987, p. 29. 转引自王海明《伦理学原理》，北京大学出版社2001年版，第316页。
　　④ 参见［德］卡尔·白舍客《基督宗教伦理学》第1卷，静也等译，上海三联书店2002年版，第226页。
　　⑤ 同上书，第227页。

责任及召叫的绝对性与约束力"。①

正是在基督宗教的意义上，北村将良心引入了他的诗学，作为判定艺术真理的依据和尺度。② 在北村看来，"良心的声音是最权威的声音，良心在人的灵而不在人的魂里，灵是与神接触的唯一途径"。良心所根据的是祈祷以后神那边的启示回应。听从良心的声音，即是听从神的声音，即是领承启示的光芒的照耀。北村坚信，在这种光芒里，"我们能够看见当今时代作为末世的种种真实特征"。并不是每位作家都能得到这种启示，沐浴这种光辉，关键在他是否有信心。陀思妥耶夫斯基渴想神又带着怀疑的立场，使他的精神始终处于分裂边缘；卡夫卡试图在基督教中找到避难所，但缺乏足够的信心；鲁迅以恶抗恶，因而无法担当正义；等等。在北村看来，"一个作家，对人自身最坚决、深刻、彻底的批判和否定，只能来自于信仰"，以及由此而生的良心的立场，而不是人性。人性在奥斯威辛已经宣告破产，"当人性杀害犹太人时，人性就杀害了自己"。文学是一种语言，"语言是一种刀"，良心告诉我们，良心让我们发现，刀握在谁的手里，刀要砍向何处。因此，"作家首先要成为这个时代良心的代表"，写作则应当是对神圣启示的倾听与应答。③

爱，就是一种良心的声音，也是写作应倾听和应答的声音。北村如是说："恢复起初的爱，再启动这支笔。"④ 这爱不是本能的爱，"本能不是爱"，只是一点感觉或残缺的情感，而爱是一种感动。

---

① ［德］卡尔·白舍客：《基督宗教伦理学》第1卷，静也等译，上海三联书店2002年版，第228页。
② 其实，在洪为法那里也是一样的。洪为法在同一篇文章中指出："我们人类自从在伊甸园中吃过了智慧之果（其实是罪恶之果），便一步一步地向下堕落。披上树叶，躲在草里，生恐赤裸裸地见到上帝，这便是堕落的初步。几千万年堕落的结果，便是良心的埋没。"洪为法把人类良心的堕落追溯到始祖对上帝的背离，以及随后的越来越远离。因此，他之所谓良心，不仅指世俗道德之良心，更是指具有基督宗教伦理意味的。正是沿此理路，洪为法继续推演，忠于自己的良心，"是一种圣者的态度"，真的艺术家的楷模是基督耶稣："耶稣钉在十字架的时候，他只悲悯下面的群众，何尝怪倒他自己拥有良心的不是？这是圣者！这是艺术家！这是真的艺术家！"耶稣即使被钉十字架，也没有放弃良心，也没有为曾经拥有的良心而后悔，有的只是对庸众的悲悯，这与鲁迅在《复仇》（其二）中对基督受难心态的阐释相似。同样，在洪为法看来，良心也是最高的道德律，是判断真的艺术家的尺度，耶稣的人格是现代作家人格的标杆："所谓真正的艺术家：他须有他伟大的性格，他须是良心的战士；他的作品，又须是他良心的呼声。非是者，我才不知道谁是艺术家！"（参见洪为法《真的艺术家》，《洪水》半月刊第1卷第2期）
③ 北村：《神圣启示与良知的写作》，《钟山》1995年第4期。
④ 北村：《爱能遮掩许多的罪》，《钟山》1993年第6期。

写作是依靠感动而不是感觉的，感动里有真知，感觉却是没有原则的，在感觉里，语言可以成为游戏，颓废的情绪可以歌颂，自渎可以接受。因为感觉的要求与真知无关，它只要求新奇和怪异。文学一旦从感动沦陷到感觉里，人类所有不健康的体验都会随之涌出并且成为时尚，从而被当作价值接受。作家的写作从感动下降到感觉，实际上就是放弃对真理追求的立场所导致的。①

何以这样说？因为依靠感动写作，实际上就是依靠爱写作。而"爱是具有神圣感和终极性的"。

显然，"爱"亦如"良心"，也是构成北村诗学的核心概念。那么，什么是爱？在北村那里，就像在所有虔诚的基督徒那里一样，"神就是爱。爱是神的专利和基本的性情"。在爱里，作家达到了人所能达到的最高境界，即马克斯·舍勒所说的"尽一切可能仿如上帝爱事物般地爱事物，并且在爱的行动中体悟神与人的行动正好交汇在价值世界的同一点上"。② 这个同一点也许就是北村之所谓真理。而且，进入爱，进入爱的秩序，也就进入了上帝的秩序，进入了世界秩序的核心，也就随之进入或者接近了真知。问题或许还不全在这里，问题还在于，"人弃绝了神的爱，起首走上了一条悖逆的路"，今天，悖逆的路已经到了尽头，到了该结束的地方。圣交者要在地上恢复他的道路。在北村看来，这时对于作家而言，"你不是做神的抄写员，就是当魔鬼的秘书，没有第三个地位"。《彼得前书》早已忠告："万物的结局近了；所以你们要谨慎自守，儆醒祷告，最要紧的是彼此切实相爱；因为爱能遮掩许多的罪。"爱是神的声音，也是良心的声音，作家应当倾听，应当应答。③

(三)

神格的获得、终极价值与终极操作的获取，是北村诗学所要抵达的最高境界。

北村粗略地反思过中国传统知识分子，也反思过"五四"的精神财

---

① 北村：《神圣启示与良知的写作》，《钟山》1995 年第 4 期。
② [德] 舍勒：《爱的秩序》，林克译，见刘小枫选编《舍勒选集》上卷，上海三联书店 1999 年版，第 740 页。
③ 北村：《爱能遮掩许多的罪》，《钟山》1993 年第 6 期。

富,以及20世纪80年代以后的汉语文学,其基本结论是:缺少超验的价值和终极关怀。他指出:"中国知识分子几乎从来没有'神'的观念,他们的'绝对'和'天道'是以人对受造物(自然)的认识关系达成的,它的本质是智慧。因此,生命的体验沦落为对自然的体验,人就成了体验的出发点,于是终极关怀自然下降为道德关怀。"进入近现代,中国文化中一直存在的这种道德关怀,甚至实践为"道德救国论",以至于对民族存亡危机的思考代替人类关怀成为最高精神事务。"'五四'的成果只拿来了'德先生'和'赛先生'";"五四"留给中国知识分子的使命感和正义感,也只存在于人的思想和感觉里,而不在人的信心里,"它缺乏与现实对抗的能力",一遭嘲弄和诋毁就很容易被知识分子放弃。① 具体到当代汉语小说,1985年之前"几乎不关注与人存在有关的任何问题",之后虽然从知性上触及过一些人类的原命题,但无论是"寻根文学"、"先锋文学",还是个别所谓切入人性深处的女性作家的作品,除了"相当浓厚的技术性色彩"和"完成了人性的一次必要的宣泄"外,"我们无法看见作家对终极命题的态度",能够看见的是"无主的精神世界的混乱",是抽空了价值系统的叙事游戏。② 这实际上进入了前述的北村问题意识的腹心。

北村提出三个概念用以搭建自己的理想诗学:神格、终极价值和终极操作。神格针对创作主体而言;终极价值指涉文本的意义;终极操作面向文本的形式和技术层面。北村的真正问题是:汉语文学终极价值的缺失如何解决?在搞清这个问题之前,我感兴趣的是,北村所说的终极价值是什么。从北村的叙述来看,是与"人类精神的原命题相契合"的价值系统。

> 终极价值所有命题几乎是简约和唯一的,那就是获得被我们确认的那个世界的真实,并让我们的精神与之发生联系。从而形成我们与世界相持的基本格局。……一旦我们建立了我们对世界的关于真实的观念,也就形成了我们关于历史的观念,从而确立一整套小说的价值观和时空观。③

---

① 北村:《神圣启示与良知的写作》,《钟山》1995年第4期。
② 北村:《神格的获得与终极价值》,《文学自由谈》1990年第2期。
③ 同上。

终极价值似乎就是关于人类精神的所有原命题，这些原命题的破译是对世界终极真实——"世界真实的本质"——的获得，这种获得是形成我们的精神世界和历史观的基础，是我们与世界相持的依据，同时也是包括小说在内的文学的价值地基。北村认为，"小说创作的其他一切问题皆与这个中心问题相关"。终极价值包含了一套关于世界秩序的观念，这些观念是如此吸引我们，使我们形成了"终极信念"。终极信念与我们通常持守的政治与社会的乌托邦完全两样，它"不是某种主义的化身，某种政治倾向，而是一种纯粹地看待世界的方式，它是一种视线，在它的视野中，世界的新秩序展现在我们面前"。文学大师与职业写手的区别就在于其是否具有终极信念。对于作家而言，终极信念是一切意义之源，存在与写作的根本问题都因此而得到解决。因为作家的"文本是他与这个世界相持的基本方式"，随着终极价值与终极信念的解决，"写什么以及怎么写等技术层面"的问题都随之得到解决。北村的现实焦虑在于："在目前中国大多数作家的创作中，我们看不到这种一以贯之的终极之光，我们也许能看到一种道德感，一种政治态度，一种民族忧患意识等等，就是难以看到他对存在的特殊敏感、对人类生存原痛苦的敏感和对生命的终极体验。"[①]

回到北村的问题上来：汉语文学终极价值的缺失如何解决？北村说，核心在于神格的获得。何谓神格？北村语焉不详，结合他的基督教徒身份和以下的叙述，似乎又不难理解。总之，在北村看来，神格的获得，"这是文学作品超越人文层次进入它的核心——对人类精神原痛苦的感悟——的基本手段，亦是优秀作品获得永恒魅力的根本动因"。一方面，神格的获得，可以实现彻底的非人格化。所谓非人格化，并非背离文学是人学这一总的倾向，它意指通神，"即超越已无法揭示人生存本质的有关真实的观念，达到新的形而上的认识层次"；是指以神性的目光注视一切，消解一切关于道德、社会、政治等人性内涵和意识形态内容，其主要特征，是将痛苦抽象到智慧的高度。另一方面，神格的获得标志着新英雄主义的诞生。

理由是：

首先，神格的获得即终极信念的获得，它与反英雄的平民主义或

[①] 北村：《神格的获得与终极价值》，《文学自由谈》1990年第2期。

市民主义倾向相对立。神格的痛苦之所以称为原痛苦，是指它超越了社会与民族、人文与道德、人性与文化的程式，成为一种抽象的痛苦体验的范式。原痛苦是关注人类存在的本质的，它是一个新的深度模式。而原痛苦是新英雄主义基本的情感特征。其次，神格的获得与模仿英雄的旧的英雄模式相对立。它不开出任何济世良方，它不是醒世者。它对世界的基本态度不是改良，而是聒噪。获得神格的文本就是一种在聒噪中建立新的时空秩序，从而改变整个关于历史的观念和价值系统。这个行为艺术的意义将使小说从社会、道德、文化甚至美学的功利价值系统中解脱出来，回到它的本体。这个本体就是目的，……它直指信念。①

正是在这个意义上，"终极价值就是神格的获得"。职此之故，北村坚信，神格作为一种光，照亮我们走向终极之路。

在北村的诗学里，人格与文格既是相对应而出现的范畴，又是协调一致的。非道德意义的人格，即作家注视世界的方式，带出了作品的艺术形式。这就意味着神格的获得，亦即终极价值与终极信念的获得决定了作品的终极操作。北村说，"小说中获得神格必经由一个独立的形式"，一种终极价值观必带来一种终极操作的形式。这种形式不具独立存在的意义，不进入任何普遍的美学范畴，不能从小说中单独抽离，否则，终极价值将荡然无存。易言之，在北村看来，"在一种终极价值到实践文本之间，不存在美学的层次"。这样，作为小说的写作过程就是这样一种终极操作的过程，作家的情感抽象到智慧的高度，达至形而上境界。这个抽象过程由形式得以完成，因其独在和唯一的性质，使其操作充满了终极性。这种终极性"改变的不是作品的主题，而是一个时空，使作家和他的文本实现对旧有时空的逃亡"，在另一时空达成和解。意指由此岸世界向彼岸世界的奔赴。②

就这样，北村经由神格、终极价值和终极操作建立了自己诗学的乌托邦。并坚信："神格作为一种光，照亮了我们的终极之路"；坚信在终极信念和终极操作两方面的彻底革命，将是汉语小说的"一种出路"。

---

① 北村：《神格的获得与终极价值》，《文学自由谈》1990年第2期。
② 同上。

我们不一定赞同北村充满布道意味的诗学观，但到了北村这里，现代汉语诗学中的基督宗教话语跃升为现代汉语基督宗教诗学却是不争的事实。他把现代汉语诗学与基督教的话语关系几乎推到一个极致。而这一"推到"或"推进"，不仅为现代汉语诗学提供了新的东西，而且是否也给在消费主义泥淖里挣扎的当下文学指示了某种超越之途呢？

第三章

作为现代汉语文学的宗教想象

现代汉语文学中关于宗教的想象，可谓俯拾即是，顺手拈来。从宗白华和冰心的小诗，到徐志摩和艾青等人的浪漫歌吟，再到梁宗岱、穆旦、舒婷、海子、王家新、西川等人充满现代迷思的诗歌文字，以及曹禺和高行健等人的戏剧、废名和北村等人的小说、张晓风和施玮等人的散文、史铁生和刘小枫等人的随笔，各个时期、不同体裁，甚至迥然相异的现代汉语文学地理空间，宗教文化成为文学想象的不竭源泉，汇聚成文字的滔滔长河。本书择取的几个文本，几乎跨越一个世纪，有些关于宗教的想象，并非那么自觉，却无法"逃避"，其背后的文化意味，更值得追思。

一 禅境：《流云》小诗的小与大

宗白华[①]、冰心、梁宗岱等人的小诗，给我的共同感觉是：小诗不小。不论是《流云》[②]、《春水》、《繁星》，还是《晚祷》，几行诗，几十粒字，意境阔大深邃，慰藉灵魂，道尽"小"与"大"的辩证。它们都是充实而空灵的宇宙诗。个中奥秘，与宗教文化想象不离。

当我回首20世纪20年代前后，那批剪掉长辫脱去长衫，衣着西装革履，沐浴过欧风美雨的翩翩青年，怀着尝试的情热和创造的欲望，在革新后的新诗坛上旬旬耕耘，艰苦拓荒，辛勤播种时，我内心充满了感佩和仰慕之情。郭沫若的《女神》、冰心的《春水》、宗白华的《流云》使我深

[①] 宗白华（1897—1986），中国现代哲学家、美学家、诗人，著有《流云》《美学散步》《艺境》等。

[②] 《流云》1923年由亚东出版社出版。

味到那浮载万世的时光之流难以磨灭的诗的情致和美的韵味。将《女神》与《春水》、《流云》相提并论，只是想说，在我看来它与后二者在新诗萌芽期分别代表了三种独特的诗歌风格和阅读效应。《女神》宏伟磅礴、雄而不丽，燃烧着如火如荼的生命情热。读之，热血奔涌，满怀叛逆破坏、涅槃再生、个性喷张的冲动。《春水》"满蕴着温柔，微带着忧愁"，①使人沉醉于母爱的温情，迷恋于童贞的晶莹，渴望于微躯之中生出硕大无朋的爱心而广被人间。而《流云》却淡远飘逸，超旷空灵、一朵流云、一片紫霞、一滴清露、一弯皎月，都在那里表现着一段诗魂。那"高超莹洁而具有壮阔幽深的宇宙意识生命情调"的艺境②，则使人脱尽尘滓，超凡入圣，直探生命的本源。情感得到净化，"迷途苦恼的人生获得清明的自觉"。③ 这或许正是在儒、佛、道杂糅交汇的文化背景中成长起来的中国现代知识分子反抗黑暗现实，逃离痛苦人生的三种基本途径和生存方式。通过这样一番简单的比较，《流云》在"五四"新诗草创期的特殊意义就很显然了。

（一）

1920年元月初，宗白华先生致信郭沫若君："因我已从哲学中觉得宇宙的真相最好用艺术表现，不是纯粹的名言所能写出的，所以我认为将来最真（正）确的哲学就是一首'宇宙诗'，我将来的事业也就是尽力加入做这首诗的一部分罢了。"④ 这种对宇宙意识的自觉追求和歌德艺术化了的泛神论以及老庄、禅宗思想的杂糅交汇，使《流云》的艺境呈现出异常复杂的状态，使之成为层次丰富深邃的复合体。

《流云》集中的一首首短小精粹、意味隽永的小诗，最令人心迷目眩的是那蓝天星光、清泉碧水、秋风落叶、碧夜流云、浓雨长虹、青山碧树、远峰近海织成的自然画境。我认为诗人在俯仰之间信手拾来的这些片景孤境所组成的美不胜收的自然画境——宇宙的直观感相，构成了《流云》艺境的第一个层面：画境。

---

① 冰心：《诗的女神》，见冰心女士《繁星》、《春水》，人民文学出版社1998年版，第121页。
② 宗白华：《中国艺术意境之诞生》，《时与潮文艺》创刊号。
③ 宗白华：《歌德之人生启示》，见《艺境》，北京大学出版社1987年版，第49页。
④ 宗白华：《艺境》，北京大学出版社1987年版，第14页。

是"境界闲和静穆，态度天真自然，寓秾丽于冲淡之中"的"王、孟、韦、柳"的山水诗，赋予了宗白华一双观赏自然的眼睛①，点燃了他对大自然的一腔热情，是歌德艺术化的泛神论激发了他探寻宇宙本体和自然奥妙的浓厚兴趣；是小时候对山水风景的天然酷爱和精细观察、潜心感悟，成就了他终于成为一名一往情深地吟唱自然的诗人。

童稚时期，这位自然之子成天在大自然的摇篮里沉醉。天空的白云和桥畔的垂柳，是他孩心最亲密的伴侣。湖山清景，在他的"童心里有着莫大的势力"，仿佛"一种罗曼蒂克的遥远的情思"牵引着他"在森林里，落日的晚霞里，远寺的钟声里有所追寻"。②尤其是能幻出"海岛沙洲，峰峦湖泊"的流云，更是他孩心里独自把玩的对象。凝视着白云飘动的天空，他心里浮动着幼稚的幻想。是青岛的海风吹醒了他心灵的成年。当他步入青年的时候，他又那样深情地爱上了大海："我喜欢月夜的海，星夜的海，狂风怒涛的海，清晨晓雾的海，落照里几点遥远的白帆掩映着一望无尽的金碧的海。"③这些早年的情感经验和美感积淀，形成了他"自然无往而不美"，"自然始终是一切美的源泉，是一切艺术的范本"④的审美观念。因此，他认为，诗人必须直接观察自然现象的过程，感觉自然的呼吸，窥测自然的神秘，听自然的音调，观自然的图画。并进而认为"风声、水声、松声、潮声都是诗歌的乐谱。花草的精神，水月的颜色，都是诗意、诗境的范本"。⑤于是当认为"天地有大美"的庄子和视人间万物为神的歌德相继在他心灵的天空出现的时候；当缪斯在他心中不断地歌唱的时候，他伴着月下的凝思，黄昏的遐想，唱道：

啊，诗从何处寻？
在细雨下，点碎落花声！
在微风里，飘来流水音！
在蓝空天末，摇摇欲坠的
孤星！⑥

---

① 宗白华：《我和诗》，见《美学散步》，上海人民出版社1981年版，第239页。
② 同上书，第237页。
③ 同上书，第238页。
④ 宗白华：《看了罗丹雕刻以后》，《少年中国》第2卷第9期。
⑤ 宗白华：《新诗略谈》，《少年中国》第1卷第8期。
⑥ 宗白华：《诗》，见《艺境》，北京大学出版社1987年版，第394页。

表明了他歌唱大自然的一往情深。于是《夜》《晨》《绿阴》《世界的花》《彩虹》《月夜海上》《东海滨》《月夜》《孤舟的地球》等一批以自然物象命名的诗，弹奏出了纯真刻骨的爱和自然深静的美在他生命情绪中结成的微渺的节奏。而在这些歌咏的自然物象中，他童年时期酷爱的流云，青年时代热爱的大海，就自然而然地成为他的诗神：

    我筑室在海滨上
    紫霞作帘幕，
    红日为孤灯。
    白云与我语，
    碧月照我行。
    黄昏倚坐青石下，
    蓝空卷来海潮音！①

  这里有海滨、有蓝空、有紫霞、有红日、有碧月……组成了一个内在自足而又相对独立的艺术化的自然世界，诗人却在这天地穹庐中与白云对话，伴孤月同行，听海浪涛声，独自领略自然、生命、宇宙的美。这个诗化的天地穹庐既是诗人情感的依归之所、美感的激活之源，又是《流云》艺境第一个层面的典型表征。

（二）

  "一切美的光来自心灵的源泉：没有心灵的映射，是无所谓美的。"②宗白华先生如是说。因此，他认为"艺术家要模仿自然，并不是真去刻画那自然的表面形式，乃是直接去体会自然的精神，感觉那自然凭借物质以表现万象的过程，然后以自己的精神，理想情绪，感觉意志，贯注到物质里面制作万形，使物质而精神化"。③诗人以天地为穹庐，以自然为画境，只是以心灵映射万象，代山川而立言，所表现的是主观的生命情调与客观自然景象交融互渗，以成就一个鸢飞鱼跃，渊然而深的灵境。这个心物交融的灵境构成了《流云》艺境的第二个层面：诗境。

---

  ① 宗白华：《筑室》，见《艺境》，北京大学出版社1987年版，第376页。
  ② 宗白华：《中国艺术意境之诞生》，《时与潮文艺》创刊号。
  ③ 宗白华：《看了罗丹雕刻以后》，《少年中国》第2卷第9期。

《流云》歌咏自然的诗表现了诗人对物的抚摩、与物的对话和对物的热爱。诗人以浓郁的情感去滋润万物，万物又在诗中流露出诗人的浓情。因此，《流云》诗中的客观景物都成了诗人主观情思的象征。在《夜》、《生命的流》里，诗人以明快轻盈的笔调，表现了诗人一颗鲜洁晶莹的诗心和宇宙万物拥抱交会在一起，而其微躯化作一颗小星随着万星奔流的意象，又使人领悟到宇宙万物与人类在同一旋律里踏着相同的生命节奏于短暂的生命运动中共同实现着宇宙的无限。诗人的人生的悲凉的情感、孤寂的情怀、缱绻难解的愁绪，往往在优美的自然物象面前得到净化和解脱。而诗人又将这种净化和解脱借自然物象表现出来，在艺术的境界中咀嚼和体味其中悲凉、悠长的滋味及解脱的轻松愉悦。《月的悲吟》就是诗人的悲吟；歌咏我的诗人，离我而去；颂扬我的弦音，早已消失；沉寂的林中携手的双影，明窗的楼上负手的沉吟也已不辞而别；就连都城也寥廓苍茫，空余那石壁森森。只有我独自在中天踽踽而行。这人间是何等的冷清，这情调是何等的孤寂！然而不要忧虑，那墙上的藤花、湖上的碧水、池边的水莲，罩满愁云的青山乃至向东奔流的泉水，不是都以各自的方式在理解、怜悯和同情着我吗？尽管诗人在终篇仍在叹息可爱的人间还不见人影，但显然诗前半部分的浓愁已化作淡淡的轻烟，在晓云中渐渐散去。《眼波》《恋爱》《别后》《交往》等诗中，诗人精细地捕捉爱情在心中引起的刹那间的感觉：它有时只是心灵"悄悄的微颤"；有时却是"无声的音乐"；有时又在启开了的心扉"看见她的纤影亭亭"。诗人对祖国一往情深，面对黑暗的现实他悲愤地问：

> 祖国！祖国！
> 你这样灿烂明丽的河山
> 怎蒙了漫天无际的黑雾？
> 你这样聪慧多才的民族
> 怎堕入长梦不醒的迷途？
> 你沉雾几时消？
> 你长梦几时寤？
> 我在此独立苍茫，

你对我默然无语！①

全诗表现了诗人渴望祖国再生的拳拳赤子之心。此外，诗人还在《无题》里对那些深夜流落街头，面色灰白，蕴藏着无限悲哀，以卖身苟且为命的苦难女子们寄寓了深切的同情。在《飞蛾》中又对献身光明者进行了礼赞。

"艺术家赋予的诗心，映射着天地的诗心。"② 山川大地的景象，传达着诗人活跃的生命。如此天人合一，心物交融使《流云》的艺境进入更深境界。

（三）

20世纪20年代初，一个雪花飞舞的冬天，宗白华先生在一位景慕东方文明的外国教授家里，度过了一个罗曼蒂克的夜晚。在舞阑人散，踏着雪里的蓝光走回的时候，因着一种柔情的萦绕，他开始了写诗的冲动。从那以后约一年的时光里，他常常被一种创造的情调占有着。"黄昏的微步，星夜的默坐，大庭广众中的孤寂，时常仿佛听见耳边有一些无名的音调，把捉不住而呼之欲出。往往是夜里躺在床上熄了灯，大都会千万人声归于休息的时候，一颗战栗不寐的心兴奋着，静寂中感觉到窗外横躺着的大城在喘息，在一种停匀的节奏中喘息，仿佛一座平波微动的大海，一轮冷月俯临这动极而静的世界，不禁有许多遥远的思想来袭我的心，似惆怅，又似喜悦，似觉悟，又似恍惚。无限凄凉之感里，夹着无限热爱之感。似乎这微渺的心和那遥远的自然，和那茫茫的广大的人类，打通了一道地下的深沉的神秘的暗道，在绝对的静寂里获得自然人生最亲密的接触。我的《流云小诗》，多半是在这样的心情中写出的。"③（着重点系引者所加）从诗人对《流云》创作情景和创作心理的这段自白可以看出，诗人是在一种动而极静，静而极动，寂而常照，照而常寂，动静不二，直探生命本源的禅境状态中进行创作的。万籁俱寂的星夜，使经过一天精神和情感折腾的诗人慢慢进入一种极静状态。战栗不寐的诗魂在飘飘欲仙的氛围中开始离开诗人有形有量的躯体进入无边无际的宇宙空间逍遥神游。

---

① 宗白华：《问祖国》，见《艺境》，北京大学出版社1987年版，第415页。
② 宗白华：《看了罗丹雕刻以后》，《少年中国》第2卷第9期。
③ 宗白华：《我和诗》，见《美学散步》，上海人民出版社1981年版，第242页。

随之幻觉迭出：先是觉得自己置身的大城在横躺中停匀地喘息，继而仿佛看到了平波微动的大海和整个动极而静的世界。在这种幻觉的情景中，一缕缕思想的游丝犹如仙乐从天边飘来轻柔地撩拨诗人易感的诗心，一种恍惚飘逸、迷幻朦胧的情绪使诗人把捉不住。这种幻梦的状态后来渐渐澄明，最后诗人那颗微渺的心终于和悠远的自然、茫茫广大的人类息息相通而进入一种最佳境界：禅境。显然，《流云》的创作心理经过了"寂静→幻觉（内照）→顿悟"的过程。在这个过程中静穆的观照和飞跃的生命达到了和谐统一，而在这种和谐统一中，诗人灵感的触角探入了生命的本体、自然的本相、宇宙的本源，使《流云》在天地穹庐的画境和物我交融的诗境中，获得一种"最高灵境的启示"。①

《流云》集里三首以《夜》为题的小诗，形象地记录了诗人创作的禅境心态。

> 伟大的夜
> 我起来颂扬你：
> 你消灭了世间的一切界限，
> 你点灼了人间无数心灯。②

这是诗人临创作前兴奋激动心态的写照。

> 黑夜深
> 万籁息
> 远寺的钟声俱寂。
> 寂静——寂静——
> 微渺的寸心
> 流入时间的无尽！③

在绝对的寂静状态中，诗人的灵魂已进入无限的宇宙空间和无尽的时间海洋遨游。

---

① 宗白华：《中国艺术意境之诞生》，《时与潮文艺》创刊号。
② 宗白华：《夜》，见《艺境》，北京大学出版社1987年版，第405页。
③ 同上书，第385页。

>一时间
>觉得我的微躯
>是一颗小星,
>莹然万星里
>随着星流。
>一会儿
>又觉着我的心
>是一张明镜,
>宇宙的万星
>在里面灿着。①

这里是诗人神游宇宙时出现的幻觉,以及幻觉澄明后,"我"与"万星"同流,"万星"与"我"互相辉映,浑然一体的顿悟。

《流云》创作所追求的这种禅境把儒、佛、道各家仰慕的"神""空""道"的最高境界与歌德视"一切皆神"的艺术化泛神论在最深最后的层次上沟通起来,而锻铸为"虚"的美学追求和在有限的诗的本体中追求无限的审美哲学情趣。在具体创作中则要求:化实相为虚灵,谛听人生、自然、宇宙的永恒深秘的节奏,"清寂的神明体会宇宙静寂的和声"。②这时的诗是:

>虚阁悬琴
>天风吹过时
>流出超世的音乐。
>蓝空云散
>春禽飞去后
>长留嘹呖的歌声。③

这时,诗人的境/仿佛是镜中的花,/镜花披载了玻璃的清影/诗境涵

---

① 宗白华:《夜》,见《艺境》,北京大学出版社1987年版,第375页。
② 宗白华:《我和诗》,见《美学散步》,上海人民出版社1981年版,第242页。
③ 宗白华:《雪莱的诗》,见《艺境》,北京大学出版社1987年版,第384页。

映了诗人的灵心。① 这是何等的超旷空灵！

《流云》集中的许多诗往往给人以某种神秘的启示。如《我们》：

> 我们并立天河下。
> 人间已落沉睡里。
> 天上的双星
> 映在我们两心里。
> 我们握着手，看着天，不语。
> 一个神秘的微颤
> 经过我们两心深处。②

这"神秘的微颤"是什么呢？"欲辨已忘言"。又如《听琴》：

> 我低了头
> 听着琴海的音波。
> 无限的世界
> 无限的人生
> 从我心头流过了，
> 我只是悠然听着。
> 忽然一曲清歌
> 惊堕我手中的花，
> 我的心杳然去了
> 泪下如雨。③

再如《生命的河》：

> 生命的河
> 是深蓝色的夜流

---

① 宗白华：《春至》，见《艺境》，北京大学出版社1987年版，第433页。
② 宗白华：《我们》，见《艺境》，北京大学出版社1987年版，第378页。
③ 宗白华：《听琴》，见《艺境》，北京大学出版社1987年版，第419页。

映带着几点金色的星光。①

　　这显然是对生命的宗白华式的理解。此外,《人生》《宇宙的灵魂》《断句》《月夜海上》《感谢》《宇宙》《孤舟的地球》等诗都在对人生、自然、宇宙的深刻思索中传达出生命的奥秘。就是诸如:"我羽衣飘飘／原乘着你浮入／无尽空间的海"② 和 "窗内的人心／遥领着世界深秘的回音"③ 等诗句也使人参悟出几缕难以言传的仙音,达到了于一朵花中窥见天国,一滴露水参悟生命的艺术境界。

　　行文至此,我们可以看出:从"画境→诗境→禅境"由表入里,由外向内,由浅入深地构成了《流云》艺境的三个层次。这三个层次互相渗透,彼此交融,浑然一体,完成了《流云》艺境系统的建构,实现了《流云》诗"景""情""理"的和谐统一。第一、第二个层次,使《流云》艺境显得充实丰厚,意义丰满;第三个层次又使《流云》艺境空灵生动,旷邈幽深;而三个层次的交互作用,却最终使《流云》成为一部充实而空灵的宇宙诗,体制小,容量大。

二　《阿难》：人如何站出自身

　　《阿难》是虹影新世纪初年的长篇。④ 现代汉语文学在经历一个世纪的轮回后,一个尖锐的问题被提出,启蒙理性以后,人性成为人自身的铁笼,绝对价值之域是否耗尽出现"真空"? 在这时,人如何反思自己? 人如何站出自身,实现精神突围?《阿难》的文学想象⑤,正是在这里显出意义。

　　阿难是释迦牟尼佛最木讷的弟子,却是日后传经最多的弟子。在敦煌彩塑中,站在菩萨旁边风流偶傥的阿难,在虹影的同名小说中同样风流偶傥。他不是佛界的阿难,他是一场教派之战中幸存的孤儿。他在历经人生的劫难与痛苦、光荣与梦想后,在变为黄亚连,远离佛祖多年以后,又带

---

① 宗白华:《生命的河》,见《艺境》,北京大学出版社1987年版,第429页。
② 宗白华:《春至》,见《艺境》,北京大学出版社1987年版,第433页。
③ 宗白华:《生命之窗的内外》,见《艺境》,北京大学出版社1987年版,第436页。
④ 虹影(1962—),当代英籍华人女作家、诗人,著有《天堂鸟》《饥饿的女儿》《K》《阿难》等。
⑤ 长篇小说《阿难》,湖南文艺出版社2002年2月版。

着有罪之身，重新潜回佛国，企图在举世涤罪的狂欢背影中，蹚过恒河，回到母亲曾经虔信，后来因为世俗生活的诱惑而放逐了的路——回家的路。

离去与回归，对父亲的背叛抑或对母亲的拥抱？半个多世纪的烟云与沧桑，中西文化的交融与碰撞，诗性、哲性与神性的迷思，价值体系溃败的奇异景观，众多悖论的缠绕，多种文本的相互生发……《阿难》在饶有兴味的叙述中，腾出了太多太多的思索空间。

《阿难》是浊世开出的一朵莲花。它的出现，是21世纪初年引人注目的文学事件：其对人的精神空间的深度开掘，对小说的后先锋实验，都切中了这个工具理性时代某些病入膏肓的脉象，似在象征着未来中国文学及文化的某种走向。

（一）

20世纪中国文学最大的神话是人性的神话。

众所周知，中国古代文学是半截子人性的文学，是上半身的人性挤压下半身的文学，从"发乎情，止乎礼仪"到"存天理，灭人欲"，尽管中间有"魏晋风度"、"童心说"等边缘话语的冲击，这一传统本身并未受到根本性的动摇。这就内在地决定了，中国文学在走向现代化伊始，将解放人性作为最重要的目标，把扫除人性的障碍作为一项根本性的文学任务。于是，有了鲁迅的"幻灯片"事件，对人性麻木的尖锐痛觉，有了他的"立人"，他对国民性的祛魅；有了周作人的《人的文学》；有了郁达夫、丁玲、沈从文等人的文学的人性实践。在特定时代的人性沉默后，又有了短暂的百花时代，人学是文学的呼声再次变得响亮，《达吉和他的父亲》《红豆》都怯生生地靠近人性。在一场更大的灾难以后，人性像一头久困笼中的猛兽呼啸于文坛，《爱，是不能忘记的》《人啊人》等作品，随着伤痕、反思与接踵而至的主体性哲学，掀起了20世纪颇为壮观的人性解放狂澜。其实，以启蒙或新启蒙命名的文学、文化思潮背后，涌动的是人性的潮汐；集中在20世纪绝大多数时间里，文学意识形态领域的争斗，是人性与反人性的争夺。人们坚定地相信：人性的解放是中国文学、文化现代化的必经之途，人性解放是未来社会最为绚丽的图像。

这似无可非议，而且究其实质，这时的人性解放还是主要集中在上半身，只是较之以往更为彻底了些。真正看似较为全面的解放，是随着经济与文化的全球化，随着市场与消费时代的到来，伴随启蒙主义的终结一同降临的90年代。有形政治的松绑，工具理性的到场，价值理性的撤退，各种经济、生活空间的敞开，人性第一次获得了无限扩张的场域：角逐官场、沉浮商场、游戏情场；告别革命、放逐启蒙、淡化主流、回归个体。与之相应，欲望化写作、身体写作、私人化写作……文学成为下半身人性自由往还、繁衍增殖的所在。好一个人性的盛宴。

统观20世纪，人性无疑取得了辉煌的胜利。在当下，人性的无边化，越来越成为触目惊心的事实。问题是，人性解放以后怎样？

80年代中后期出现的先锋小说，成为人性解放后世界图景的另一预言。它表面上是一次逃离人性、消解主体的事件，而在最深刻的意义上恰恰落入人性的窠臼之中，它试图抽空历史、现实与意识形态，直面人性的恶，将人性的深渊景象，近乎冷酷地呈现出来，并不容置疑地说，这是现实一种：与生俱来的暴力、病态的性爱、浸入肌理的罪恶、连绵不绝的灾难、挥之不去的死亡阴影以及无法根除的绝望感和荒诞感，成为先锋小说的主题话语。余华、格非、苏童、马原、潘军们都在此显示了惊人的才华。先锋小说家的敏锐在于，他们触摸到了人性的边缘，看到了人性的限度。无边的人性解放不仅会带出善，还会带出人性恶，带出一个灾难深重的世界。这些在那时还像一个预言，到90年代，到世纪之交，才以现实的面目残酷地显露出来：体制性的腐败像瘟疫一样蔓延，价值溃败，邪教盛行，道德沦丧，正义处处受挫。人性恶的黑色之花分外娇艳。

人性神话的坍塌，从或一意义上说，来自人性解放自身。

先锋作家不是没有进行人性的突围。比如余华，但正如青年评论家谢有顺所指出，在《现实一种》《河边的错误》《一九八六》等作品对人性的暴力、生存的灾难极尽渲染之后，余华在《细雨与呼喊》《活着》《许三观卖血》中，开出的救赎之路则是回忆、忍耐和幽默。[①] 北村、张承志皈依基督教和伊斯兰教，通过《施洗的河》、《心灵史》塑造了一个神意的世界来拯救沉沦的人意世界。还有史铁生，也以一颗极富神性的心灵，小心翼翼地探寻着精神最后的家园。他们都为这个时代的价值重建在努力着。可是，他们的努力，大都站在历史的视角。或许出于某种生存策略和

[①] 谢有顺：《余华：活着及其待解的问题》，见《话语的德性》，海南出版社2002年版，第3—33页。

叙事策略的考虑，他们对当下现实往往缄默不言。

《阿难》正是从他们缄默不言处开始言说，它的崭新意义正是从这里得到显现。它讲述的是一个关涉历史、触及现实、指向未来的故事，又仿佛是一个真实的故事。抹去阿难含混不清、诡异难辨的前世历史，他今生今世的故事，就是我们身边近半个世纪以来，始终立在时代风潮的浪尖之上，或一人群的故事，是一个人性不断展开、飞翔，最后泛滥成灾的故事。幼年时因历史不清命运多舛，在沉默中积聚着仇恨，后来有了火烧英国代办处的惊人之举；青年时落户边疆，在自卑中积蓄内力，现实一旦提供契机，他又是红遍大江南北的摇滚乐圣手。虽然他重金属般狂躁的声音，只是"文化大革命"之声的某种回响，却切中了那个时代的胃口。商品大潮席卷而至，他又改名黄亚连，迅速用"以钱养艺"的名义纵身商海，传奇般地一夜暴富，最后涉嫌一桩走私、谋杀的重大国际案件。阿难的人生之旅就是人性与欲望之旅。虹影还怕如此表现不够充分，专门设计一个巧妙的细节，让他用一个精致的盒子，收集众多与之交欢的女性的阴毛；还设置一个独身的苏菲，让他享尽人间的欲望之乐。从阿难到黄亚连，虹影展示了中国大陆或一群体，从人性的压制、萎缩—复苏、扩张—沉沦、堕落以至毁灭的整个历程。透过这个历程，我们看到的是历史与现实的狰狞面目。而此一面目，是对历史理性的无情嘲弄与内在颠覆，是对现存社会关系的原则性批判。

门并未就此关上。黄亚连还要变回阿难，他躲过国际刑警鹰犬式的眼睛，跟随全世界几千万信徒，赶赴昆巴美拉节。他踏上艰难的恒河之路，显然没必要花如此大的成本去畏罪自杀，他要洗涤罪恶，救赎自身，通过毁灭肉体、毁灭灵魂的极端方式。在此，《阿难》的意义，就向未来豁然洞开：人性之后，人如何生存？人如何站出自身？

（二）

人性的神话，是20世纪中国文学的主题，也是中国现代化之必需。进入21世纪，现代化之途继续向前延伸的时候，人如何站出自身，或许就成为中国文化、文学绕不开的话题。它不是一个纯粹的学理推论和文学虚构，它是阿难和黄亚连们的现实生存处境逼出来的问题。《阿难》提出了这个问题，但是，它没有也不可能一下子就解决这个问题，它的意义在于开始了此一问题的追问与求索。

站出人自身，是人对自身进行反思与完善的前提。陷入人性之仓的人，是不可能真正审视自身的。巴赫金是深刻的，他指出《复活》揭示出了托尔斯泰小说的基本主题思想："不能允许人对人的任何审判。"事实上，不能站出自身的人，对人的任何审判，都是意识形态和权力的某种运作，哪怕是法律。这正如《复活》所描写，而被巴赫金演绎的那样："没有一个配做法官的人，也不可能有这样的人。"《复活》对审判的书写，其实是对审判本身的审判。① 人对人的审判，基于审判者对自身的无罪推定，对自己上帝身份的预设，这显然是虚假的。这样，就不难理解，接受法律的公正审判，心甘情愿地认罪伏法，也是黄亚连洗涤罪孽的方式之一，可是他却拒绝了，而是走向了恒河。

现在，关键是人如何站出自身？李洁非先生对《阿难》的解读是颇富洞见的。他不仅准确地指出，《阿难》"是对中国和中华民族精神危机的一次长镜头式铺览，是对精神上'家'的概念的追问"，而且更在于，他对造成这种精神危机和精神家园失落的历史、文化原因的精到分析。他的结论是："中国人的精神危机，并非其文化上先天匮乏宗教所致，更非走向恒河、耶路撒冷、麦加所能替代地解决。"这似无多大争论的余地，但最后他认为："中国人的希望在于，能够回到自己固有的精神家园，简单地说，就是重新认同、肯定自己的历史、伦理和价值观念：舍此别无他途"②，却是可以商榷的。这种在本民族文化内部寻找精神归途，寻觅人站出自身的方式不是不可以，关键是可不可能？如何可能？且不置疑先秦以来至近代的中国文化，是否"自适、自足、有效、运转良好"，是否"足以支撑中国人的精神，供给情感与理智之所需，解决疑问或危机"。即便是如此，它也是在相对封闭与超稳定的社会结构中生长出来的，是欲望、人性这只猛兽被强制圈养起来，并以强大的极权政治为其保障的。进入 20 世纪，这一文化体系已经被摧毁，如何重建？更何况，我们置身在一个人性的樊篱已渐被拆除，而从文化的角度，国家与国家、民族与民族，甚至自我与他者的界限也开始模糊的处境中，中国人的精神维度、精神需求早已发生转换，其魂灵岂是传统中国文化可以安泊得下的？其实，关于传统中国文化的神力奇效，在我看来，只是当代人后乌托邦式的描

---

① ［俄］巴赫金：《列夫·托尔斯泰〈复活〉序言》，见《巴赫金全集》小说理论卷，白春仁等译，河北教育出版社 1998 年版，第 22 页。

② 李洁非：《为何去印度——对虹影〈阿难〉的感思》，《二十一世纪》2002 年第 8 期。

述，它是在西方强势文化的挤压下，在民族文化身份认同的焦虑中，向精神溃败的现实转身离去，求索精神归途的一种心理幻象。中国传统文化不可能引渡当下人站出自身。

赵毅衡先生对此一问题的思考是饶有兴味的。他认为《阿难》不是一本宗教小说，它只是借自我主体的自我完美来暗示，中国人面对的价值缺失，或许有个补救之途。阿难之最后走向恒河，不是要印证马克斯·韦伯的理论，走向某一种宗教，而是体现了人对超越自身，即站出自身的追求。"寻求超越，本身就是超越。"① 至于是谁引领人走出自身，走向何处并不重要。实际上，赵毅衡先生关注的，不是中国人有没有宗教，而是中国人有没有神性的问题。这就触及了中国文化的病根：神性的缺席。神性的不在，是导致黄亚连们人性沉沦，是导致现实混浊黑暗，是导致当下人生存失据的根由。神性并不等于宗教，它是对与其相关的"信仰、希望、公义、圣洁和爱等神圣素质"的追求。②

《阿难》通过细雨式的恬静叙述，是对神性到场的尖锐呼喊，是对在现有中国文化的天、地、人三维结构中，再建神性文化维度的渴望。

（三）

上面对小说《阿难》的不同阐释，已经说明其意蕴的复杂性。此一复杂性是由文本的后先锋实验冲动带出的。

20世纪80年代中后期，莫言、残雪、马原、余华、格非、苏童、孙甘露、洪峰等人发动的新潮小说或曰先锋小说实验，是20世纪中国文学最壮丽的风景之一。他们在叙事策略、叙事结构、叙事风格以及叙述语言方面的实验，为未来中国文学开辟了无限可能性。在这个意义上，虽然先锋小说作为一个思潮已经结束，但其影响远未终结。这并不是说，它没有局限。它的局限在我看来，大都以冥想的方式说话，面对过往的历史言说，站在边缘处叙述，越过一层厚厚的屏障关涉现实。他们大都没有伸出强有力的臂膀，担当起文学应承担的那份现实关怀和人文道义。而且，过分迷信技术理性，也拒绝了相当一部分读者，比如迷宫情景的极端化追求，语言能指与所指的过度游戏。

---

① 赵毅衡：《如何走出"双重真空"？——跟着李洁非读〈阿难〉》，《二十一世纪》2002年第8期。

② 谢有顺：《北村：写作能回家吗？》，《话语的德性》，海南出版社2002年版，第89页。

尽管如此，先锋的精神不应放弃，实验仍需进行。虹影的《阿难》就试图在先锋小说的路上再往前走。在意义的层面上，有对现存社会关系的原则性批判，而同时又在新的精神向度，即宗教精神向度上开掘。在文本上，努力走向一种新的融合：将现代性叙事与后现代性叙事统摄起来。比如，跨文化的叙事背景设置，阿难是中印血统，他的情人苏菲是中英后裔；大众的网络文化与神秘的宗教文化的交错。再如，"俗"与"雅"会通的叙事追求：《阿难》在叙事结构与叙述情调上，是对侦探小说与言情小说的戏仿，在叙述的内容上，又有着严肃而高雅的反腐小说与宗教小说的特征。在叙述语式上，还有着游记小说的新奇与美丽，有时又渗进些许淡远幽邃的哲理玄思。《阿难》的文本本身就是当下多元文化社会的某种隐喻。

《阿难》的某些实验还相当尖锐，似目睹当年先锋小说的风采。故事开始前的那份遗书，结束后拼贴上去的那部分《小说容不下的内容》，似有"元小说"的意味，又不唯是，它进一步为小说敞开了更加广阔的阐释空间。而让我最感兴趣的是，小说的互文性特征。读到苏菲，你无法不想到《苏菲的世界》，读到辛格上校，你又不得不想到第二次世界大战后美国的犹太作家辛格，而阿难更会将你带到佛祖身边……还有那个毕业于20世纪40年代的西南联大的年轻诗人黄慎之，他参加中国远征军的经历，使我想起了另一位中国诗人，他大概就是在那场自杀性的滇缅之战中，在失踪五个月以后，从死亡之林里爬出的，然后去了印度，去了美国，最后再回到中国的时候，他的诗里流淌着基督教话语，苦难在神性中化作一抹轻烟淡去。

他当然不是黄慎之，也不是阿难，他是充满神性的诗人穆旦，是20世纪中国最优秀的诗人之一。虹影没有穿越那座死亡之林的经历，却有从《饥饿的女儿》向如今跋涉的艰苦历程，有过多年海外漂泊、精神无根的切身之痛。在她无异于穿过了另一座死亡之林以后，却在人性的另一端与神性相接。

三 《锁沙》：人性、神性的诗意构筑

沙漠化，沙尘暴，看是当今中国现代化途中的"自然异象"，其实更是"灵魂事件"。"沙化"后面潜藏的，是一个"无神的村庄"的精神困

境，甚至是精神苦难。郭严隶经由长篇《锁沙》①，构筑了一个"人性"、"神性"和"诗性"的当代神话，试图在想象之域开出一条精神突围之路。

我以为，《锁沙》重构了我们这个时代的重大题材②，触及了草原沙化、生态治理、人性荒芜、存在遗忘等重要问题，内在地和我们的现实处境、生命体验和灵魂关切勾连起来，内在地触动着我们这个时代最为敏感的神经，内在地切中了我们人类最为紧迫、最为致命的要害：今天，谁来保障我们生存家园的安全，留住我们人类最后的根脉？小说中的"沙"，不仅是人类生存环境恶化的现实写照，更是人类无止境向大地母亲索取、掠夺，满足无尽贪欲，而精神不断矮化、异化和沙漠化的象征。小说迫使我们对近百年，尤其是近几十年来中国现代化运动进行深刻反思，并提出这样一个不容回避的问题：我们正在面临和遭遇的生存家园和精神家园的双重失落，是否使我们加入"锁沙"的行动显得如此迫在眉睫？最终能"锁住"这场人类浩劫之沙的，是人心还是灵魂？

《锁沙》讲述了内蒙古乌兰布通大草原治沙锁沙、重建家园；走向富裕的故事。主人公、大学毕业生郑舜成回到家乡曼陀北村，发现原来这个触目皆绿、花香四溢、如诗如画的地方，正在迅速沙化。绿草退去、河流干涸、黄沙飞扬、顽石裸露、人民赤贫。传说中80年复活一次的孽龙——沙龙，即将席卷全村，吞噬一切生命。全村上下，人心惶惶，人心思走，一盘散沙。村支书陆显堂，正在组织、动员村民火烧老榆树，毁掉果树园，消灭最后一点绿色，迎接沙尘暴到来，积极创造条件，争取上级认可，提前实现生态移民，举村搬迁到山清水秀、适宜人居的地方。郑舜成被家乡如此的变化深深触动。良心和责任的驱使，父老乡亲们的感召，镇党委书记刘逊的劝说，在他心底掀起巨大的波澜。经过一番内心的搏斗、灵魂的挣扎，他最终抛弃优厚的工作待遇，放弃进入大城市——深圳发展的机会，以及与女友白诗洛比翼双飞的职业设计和人生理想，留下来带领大伙，展开了防沙治沙、植树种草、重建家园的艰苦卓绝的伟大斗争。在人与自然、人与社会、人与人的激烈冲突中，郑舜成凭借理想的魔力、开阔的胸襟、坚韧的意志，在刘逊等上级的支持下，依靠乌仁其其格

---

① 郭严隶，出生年月不详，中国当代作家，著有《浮途》（上、下卷）、《十步莲花》、《锁沙》等。

② 长篇小说《锁沙》，四川民族出版社2010年版。

老人、巴特尔、斯琴娅娃等中坚力量，战胜以陆显堂、何安为代表的地方邪恶势力，识破其一系列的阴谋诡计，取得一个又一个胜利，最后成功锁住沙龙，建成绿色立体经济。大地复活，草原重现生机，天蓝水白、草绿风清、月浅星繁、牛羊成群，恍若童话。曼陀村的生态建设蜚声全镇、全市、全旗，乃至世界。小说由此谱写了一曲草原人民防沙治沙的英雄颂歌，描绘了一幅人与自然博弈、文明与愚昧较量的壮丽历史画卷，塑造了一个改天换地、乐园复得的当代神话，完成了天地人神和谐共处、充满罗曼蒂克的理想建构，具有震撼人心的艺术力量。

（一）

《锁沙》打动人心的力量，首先来源于对人性复杂幽微的洞察与展示。这种洞察和展示，是在多重矛盾的交织、冲突中得以完成的。换言之，小说中人物的人性光辉，是在剧烈的矛盾冲突中迸发出来的。

小说开篇，几乎所有人都卷入一个无法回避的现实问题："走"，还是"留"。沙尘暴逼近，孽龙即将复活，曼陀北村人生存的空间越来越逼仄，越来越恶化，昔日大草原的美好已经不复存在，是继续留在这块祖祖辈辈繁衍生息的土地上，与大自然搏斗，重建家园；还是跟随支书陆显堂远走他乡，进行生态移民。即便留下来，出路又在哪里？曼陀北村的沙化，就像草原别的地方一样，并非自古有之，它只是近十几年，甚至近几年不断现代化的后果。在某种意义上是我们"发展"所带来的后果，如此后果的解决，岂是轻而易举的事情？更何况，往昔静谧、安宁、富饶的大草原背后，是一颗静谧、安宁、富饶的人心。如今，在市场经济刺激下，这颗心不仅躁动起来，而且早已躁动不安，日益膨胀的贪欲列车与主流意识形态合谋，犹如快马加鞭、一日千里，谁能阻挡？又如何阻挡？草原沙化，在归根到底的意义上，是符合时代潮流、具有"政治正确"的人欲泛滥后向大地母亲无尽索取、过度放牧的结果，是过度发展对人的存在的遗忘。隐藏其后的是人心的沙化、人性的沙化。如此人性的和存在的问题，岂是"留"下来就能解决？又岂是"走"开就能解脱？怀揣这样的人心、人性，即便生态移民，就算到了一个眼下山清水秀、适宜人居的地方，置于未有变局的现实处境，谁又能保证几年、十几年以后这个地方不面临新的"沙化"？不再度上演乌兰布通曼陀北村的悲剧？到那时，又往哪里走？"走"与"留"于是陷入似乎无法求解的、巨大的悖论当中。

正是这种悖论，使主人公、大学毕业生郑舜成的"去"与"留"的选择，甚至比曼陀北村人变得更加艰难。也正是这种艰难的选择，以及日后为这种选择所付出的巨大代价、所赢得的非凡成功，才使他的人性在一次次困境和突围中，迸发出夺目的光辉，也才使他成其当今之"舜"，成为一个不可多得的大学生村官形象。

郑舜成与别的大学生村官不同，他不是自愿基础上受上级的派遣，一开始就具有合法性和某种"天然"的权威；也不是将此当作自己的理想和"奔前程"的起点，在尚方的关注和照料下成长；更没有别的"派遣村官"所获得的鲜花和掌声。确切地说，他既不是现行体制和意识形态生产的青年偶像、政治符号、文化符号和精神符号，也不是消费政治的产物。这就意味着，他因"先天不足"而将举步维艰，而将面临比"派遣村官"们更为崎岖、更为坎坷的人生道路；也意味着，郑舜成这个形象在当下具有更加非同寻常、更加不可替代的意义。

读书考试，走出家乡，寻求别样的人生，是自古至今，好多农村穷孩子改变命运的重要方式，在今天几乎更是成了唯一的方式。郑舜成考上大学，差点无法成行，因为没有路费和学费。到了毕业，不仅因欠学费拿不到毕业证书，而且一身债务。贫穷给他留下的，岂止是关于故乡的苦涩的记忆？读完大学，远离故土，谋求发展，偿还债务，追求富裕，医治贫穷创伤，当然成了他的第一选择，只有伪善者才会对此加以指责，或说三道四。何况，这是一个自我独尊、欲望横流的时代。"国内业界举足轻重的地位和其他单位无可比拟的高额薪金"，使他已经与深圳巨星电子集团有限公司签约。加上"同窗美女"、公司董事长女儿白诗洛早已对他倾心。事业与爱情如此美满地摆在那里，唾手可得，这对于一个农村穷孩子来说，其所具有的魅力无以复加。他此番回乡，原想看过父母即刻南下，开启新的人生里程。哪知家乡的巨变深深地刺痛了他的灵魂，也让他作出了常人所难以理解的选择。因此，郑舜成的留下，完全出自知识分子的良知、道义和责任，出自对历史使命和现实苦难的自觉担当。他违背常情、常理的"逆向"选择本身，就是用具体实在的行为，对美好人性的复归发出振聋发聩的深情呼唤。他放弃个人的私欲、私念，而这私欲私念正是人心沙化的根源，将个人的前途和命运，与父老乡亲们的前途和命运捆绑在一起，自觉背负苦难、艰难前行，向着光明的地方走去，这正是中国知识分子济世救民的优秀品质在当代的振兴和弘扬。

这样的传统已经久违了。这就注定要与现存秩序发生尖锐矛盾。不是你想承担就能承担，不是你想背负就能背负，现实并未给郑舜成留下现存的施展空间。每一丝缝隙，都要用自己的生命去撞击，才能打开。他挤进基层政权，成为曼陀北村的支部书记、领头雁，如果没有镇党委书记刘逊的帮助根本不可能。民主选举还未开场，老支书陆显堂，石料厂厂长李占山，两股势力早已摆开争夺阵势，箭在弦上，一触即发。众所周知，选举背后是利益的争夺和重新分配。甚至是腐败的掩饰、阴谋的继续。郑舜成竞选的风声刚一传出，他家的大黑狗就被毒死。行贿拉票，排挤郑舜成的行动，已由陆显堂悄然布置，在曼陀村的夜幕下秘密进行。巴特尔的当众揭露，使郑舜成看到了正义的力量和依靠的对象。当上村支书，异象接踵而至。撤除食堂，抵制干部吃喝，小试锋芒，却被陆显堂和镇派联村干部林青田当头棒喝，最后险些落入对方陷阱，反倒背上吃喝黑锅。上山植树挖坑，最初只有自己年老的父母和乌仁老人等几人响应。诡计多端的会计何安、蛮勇凶残的陆二愣、赵钢柱、赵铁柱等，作为陆显堂的亲信和枪子，随时受其唆使，不断从中作梗，一次在大坝上搞鬼，百年不遇的大洪水袭来，差点就要了整个南嘎查村民的性命。刘逊送一台电脑给他，却被恶人反咬，村委会被封，他本人受到上级审计、纪律和检察院等部门轮番审查。25年前酒醉后失手，杀了跟村里光棍汉偷情的老婆，被判死刑的刑满释放犯温洪彬，知道不能生态移民后，受人支使，死活要郑舜成给他分配土地。郑舜成只好将自家的好田好土无偿给他。建设生态农业，要关掉李占山的石料厂。李占山在对郑舜成死磨硬缠，要尽各种手段不奏效后，又设美人计。好容易从厕所窗户溜掉，又巧遇仓皇逃跑中不幸发生车祸的李占山。半夜三更，四遭无人，三轮车夫担心惹火烧身，再加上路途又远，不愿救人。面对头脸是血、一息尚存的"仇人"，郑舜成没有丝毫犹豫，拖着一条伤腿，冒着落下终生残疾的危险，一瘸一拐，一步一踉跄，终于将这个死沉沉如一座大山的李占山，在子夜时分背到了镇卫生院门口，直到最后昏迷过去。那在黑夜中一瘸一拐、一步一踉跄，如背负大山一样艰难前行的伟岸身影，正是郑舜成现实命运、崇高人格和坚强人性的形象写照。

故乡沉重的苦难，唤醒了知识分子的良知、道义和责任；知识分子的良知、道义和责任，使郑舜成在重重的矛盾和困境中迸发出人性的光辉和巨大的人格力量。而又正是这种人性光辉和人格力量的感召，使整个乌兰布通大草原、整个曼陀北村找回了自己的精气魂魄，焕发出壮丽的青春和非凡的活力，从而为治沙锁沙、重建美好家园提供了强大的精神动力。草原人民的善良，虽然一度被漫天的黄沙遮蔽，有过迷失，却深深植根于民间，就像曼陀北村口那棵拔地参天、千年不衰、生机盎然的老榆树，战火硝烟、风雨雷电、刀劈斧削，都不能撼动其根基。乌仁老人就是老一代善良人性的代表。当乌仁老人紧紧握住郑舜成的手，含着眼泪说："孩子，你是老天派下来拯救咱乌兰布通草原的。挑起这副担子吧，奶奶代表曼陀北村所有不愿搬迁的乡亲求你了"①的时候；熹微晨光中，当郑舜成背着行囊走出院门，看见"坚硬的土地上，默默跪着乌仁老人，和几十位满面沧桑的乡亲"②，又一次求他留下的时候，善良人性的根脉，已经为郑舜成治沙锁沙事业的成功夯实了坚实的基础。巴特尔、斯琴娅娃等则是年轻一代的代表。他们簇拥在郑舜成身边，坚定地支持着他的事业，最后都在这场人与自然的英勇搏斗中，献出了年轻的生命。他们都以自己的生命换回了别人的生命。他们舍生忘死的英雄行为，把人性演绎得异常得绚丽壮观。正是在人性光芒的相互辉映下，知识与正义的力量越发不可阻挡。于是人们纷纷开始上山植树锁沙。"双臂皆失，只能靠两个胳肢窝夹着铁锹挖土，每挖一锹，身子艰难地一晃"的残疾人张金余来了；"只有一臂，便用一只手和另一个胳肢窝持锹取土"的残疾人李金铎来了；弯腰驼背，耳聋，腿残，已过花甲，一人承担五个人任务的老人赵文来了；③还有抡着比自己轻不了多少的铁镐，挥汗如雨干着的，年仅十二岁的没有名字的瘦弱女孩来了④……就连林青田、温洪彬们也受到感化，发生了转变，投身到这场声势浩大的行动。不仅此也，人们开始禁牧舍饲、迁移祖坟；开始饲养优质牲畜；开始修建神珠水库；开始招商引资；开始绿色旅游。国内外的企业在这里落户、漂泊海外的华侨来此投资、京城的大学生到此学习，联合国的官员也来考察取经。人性的伟大力量，让大地还魂、草原复活，恢复了往日的生机，焕发出更加蓬勃旺盛的生命力。

---

① 郭严隶：《锁沙》，四川民族出版社2010年版，第49页。
② 同上书，第97页。
③ 同上书，第378页。
④ 同上书，第379页。

（二）

　　《锁沙》激动人心的力量不仅源于人性的光辉，还在于神性的书写。在某种意义上可以说，《锁沙》是一部充满信心和信念的写作。这种信心和信念，给小说中坚硬如水、复杂尖锐的现实以滋润、温暖和希望的星光，也给读者的心灵以慰藉和某种诗意的栖居，同时，也使小说的意蕴得到深化，为小说的阐释开出了更加广阔深邃的空间。

　　传说中曼陀北村的来历，洋溢着神秘的宗教色彩。还是唐太宗时候，玄奘的弟子身背行囊，从长安云游至此，见岩石壮丽，景色幽邃，决意在此修行。于是用自己的积蓄，从内地请来石匠，就石崖开凿一座洞窟。利用横在洞窟里的一块巨石雕成卧佛。多年以后，多情的僧人占古巴拉循着神的指引，从岭南到塞北，遥遥迢迢，寻寻觅觅，来到此地，见洞窟上方的风摇石突放异彩，知道神让他寻找的地方已经到达，不由长跪在地，热泪长流。他打坐修行至天明，得到乌兰布通王爷的允诺，修建昭慈寺。并在这个叫船山的地方种满从南方带来的曼陀罗花。曼陀北村由此有了这个颇富神性的花儿的名字。这个名字"犹如把伟大的佛教像阳光一样播撒于塞外草原"[①]，种下了全真、全善、全美和爱的根苗。

　　作为乌兰布通草原唯有的存在，神奇的老榆树便是自然神性的象征。她像一位饱经沧桑的母亲，伫立在历史与现实的风雨之中，以博大无私的爱，庇佑着多灾多难的草原儿女。她牵引着游子不绝如缕的目光和割舍不断的情思。陶可及陶可的祖母，她们的心魂都在老榆树所在的方向，不管时空如何变化。胡文焉因不忍一棵树的命运，逃离家乡，却无法拒绝老榆树的召唤，又行色匆匆地走在返乡的路上。而小说开头，郑舜成与陆二愣们展开的那场惊心动魄的"保卫"与"火烧"老榆树的战斗，实质上是保卫草原母亲，保卫绿色之神的战斗。老榆树是曼陀北村的人心所聚、精神所在、魂魄所系。只要老榆树不倒，草原的精魂就不散。老榆树是曼陀北村人的信仰和宗教。

　　小说如此叙述曼陀北村的历史和老榆树的真正用心，并非装神弄鬼，故弄玄虚，而是要赋予人的现实行为以神性的光辉，赋予小说的故事以超越性的审美。在曼陀北村人的眼中，郑舜成和刘逊，就是佛祖派来救苦救

[①] 郭严隶：《锁沙》，四川民族出版社2010年版，第15页。

难、普渡众生的，他们就是今天的占古巴拉，就是今天人们心中的老榆树。在治沙锁沙取得成效，重修昭慈寺后，胡文焉与占古巴拉儿子的弟子，"爱坐在老榆树下冥思苦想"的慧鉴法师，有过一番关于文学与宗教的对话。这番对话可谓道破玄机。在慧鉴法师看来，"宗教的神力"与"人类心灵的力量"是一回事，"宗教的河流从历史深处滔滔而来，传达的全是杰出生命灿烂的心念"。[①] 你、我，还有郑舜成、刘逊，相对老榆树而言，不过是行走的树，"用行走完成修炼，就像老榆树用坚定穿越时空。迎风屹立，坚如磐石"一样。文学和宗教都是"人类精神瑰丽的花朵"，都对于人心具有熏染和导引的作用。在此意义上，文学与宗教本质相同。慧鉴法师告诉胡文焉，他正在酝酿创作一部佛学作品，就像《金刚般若波罗蜜经》讲述释迦牟尼的故事一样，他要讲述曼陀山的故事，讲述占古巴拉、郑舜成等人物的故事。他认为："郑舜成的伟大，从某种意义上，不逊色于历史上任何一位大善知识，他的从最实际处改善民生，是一种最辉煌的苦海慈航。"[②] 他的著作将从修建神珠水库写起，因为那是他初见郑舜成的地方。显然，小说是要通过神性来赞美心灵的力量和凡人的伟大。郑舜成便是小说中沟通此岸和彼岸，打通人性和神性，联结僧俗两界的桥梁。这桥梁的核心是"境界"，是郑舜成所代表的精神境界。诚如慧鉴法师所言："境界，应该成为宗教的代用词。成为宗教相对于人的终极目标。"[③]

的确，神性的光辉照彻小说的每个角落，犹如皎洁的月光和满天星斗频繁地出现在曼陀北村和乌兰布通草原的上空。那么，这神性的光辉来源于何处？在我看来，来源于伟大的爱，以及对这爱的信心和守望。

郑舜成不是草原的"血脉"，也不是严格意义上曼陀北村的后代，所有的人都应该留下，唯有他可以离开。他是两个北京知青特殊年代的"私生子"。但是，他又是至真、至纯、无私的爱的结晶。他的生父母白照群和上官婕，从京城一踏入这塞漠深处的大草原，就被当年占古巴拉种下的曼陀罗花深深吸引，浑身洋溢着梦想和浪漫情调的年轻生命，沉醉在这漫山遍野的烂漫山花之间，顷刻化为一片爱的氤氲。那爱是如此的炽热，以至于他们不仅同时被爱神的神箭射中，而且同时刻骨铭心地爱上了这片绿

---

① 郭严隶：《锁沙》，四川民族出版社2010年版，第322页。
② 同上书，第322—323页。
③ 同上书，第323页。

色的土地。他们为了使这里能够"山水相依",让乌兰布通大草原变得更加美丽,决心修建曼陀山水库。最后,在残酷的政治迫害下,他们与"像基督一样受难"的水利专家宋一维教授,还有工程师曹文修一起,献出了宝贵的生命。郑舜成既是他们爱情的结晶,也是他们热爱大草原的见证,同时也似乎如"天命"降临,他无条件地承接起上一代人未能实现的夙愿,担当起他们还没有来得及完成的历史使命,将生父母对于草原的大爱继承下来,进一步地延展开去。陆显堂虽然是郑舜成亲生父母政治灾难和生命悲剧的直接制造者,但他因为爱上官婕而爱郑舜成。当上官婕难产而死后,他为了能永远有爱护这孩子的可能,把郑舜成送给了自己不生育的妹妹夫妇,让他做了自己的外甥。并一路看护着他成长,直到为他能上大学四处筹款借债。郑舜成的养父母郑文秀夫妇,在他的身上更是倾注了全部的爱。是爱铸就了郑舜成的生命,成就了他的一切。在这个意义上,乌兰布通大草原、曼陀北村以及这里的一花一木对他是有恩的,这里才是他真正的故乡,是他的根脉所在。也正是出于对这个家的无限的爱和依恋,郑舜成身上作为知识分子的良知、道义和责任感,才在这个家深陷苦难的时候,被最大限度地唤醒,才使这个血缘上的"外乡人",比谁都更为坚定地留了下来,勇敢地率领父老兄弟投入挽救家乡的、伟大的"爱"的事业中去。

爱的力量是无限的,它穿越时空,甚至泯灭仇怨和各种在世俗世界里无法跨越的界限,将游子漂泊的心魂和渴望的脚步,引向乌兰布通大草原。陶可,这个中央美院国画系的研究生,从美国到中国求学,又从北京来到曼陀北村,是专门来圆祖母的梦的。刚刚五岁,祖母就告离了人世。但祖母对大草原的那份永远无法释怀的爱,却铭刻在她幼小的心里。她在台湾降落人世那年,93岁高龄的祖母,用尽所有的办法,让她记住的第一个词组,就是乌兰布通。让她知道这是一座草原的名字,在遥远的中国北方,是世界上最美丽的草原。祖母还把乌兰布通草原画成一幅画,挂在房间,每日抱着她稚嫩的身躯去看,不停地絮叨草原上每一个她能记起的物事。那里有山川、湖泊、河流,以及神秘的古岩画。祖母絮絮讲述的大草原,随着岁月的奔流、时光的淘洗,在陶可心里结成一串闪亮的珍珠,似一种巨大的诱惑和深情的呼唤,使她奔赴草原的脚步显得如此的迫不及待。而正是这种承载着几代人的"爱"的奔赴,让郑舜成如何心安?祖母和陶可记忆中的大草原,已经不复存在,而今有的是漫天的风沙,裸露的岩石，恶劣的生态环境。

也许是年轻的僧人占古巴拉和阿兰美妮的爱情，为乌兰布通大草原播下了永恒的爱情的种子。"草原"与"爱情"似乎结下了不解之缘。谁爱草原，谁就会获得爱情，就像白照群和上官婕一样。巴特尔以其热爱草原的英雄行为赢得了银凤至死不渝的爱，这种爱超越了门第、贫穷和传统的习俗。郑舜成因为爱草原，几乎得到了身边所有年轻女性的青睐，最后，就连远在深圳的前女友白诗洛，也追随他的脚步，来到了乌兰布通大草原。

究其根源，这一切的爱都来源于作家对苦难的体认、面对和勇敢担当。据说，小说原名即为《爱在原处》。从小说的《后记》得知，作家郭严隶曾是内蒙古某报记者，她不仅对美丽草原的沙化、沙尘暴以及因此而使这片土地上人民生活日益贫困的现实感同身受，而且亲眼目睹了他们锁沙治沙、战天斗地的动人场景，以及迸发出来的顽强斗志和伟大的精神力量，甚至每每感动得泪湿衣衫。正是基于对那片土地、那里人民的深沉的爱，才使现居成都的郭严隶，以自己为模特，以自己的心路历程为道路，塑造了小说的叙述者胡文焉，并在她多元视角和时空交错的叙述中，讲述了《锁沙》的故事，用诚挚的心灵，在故事中浓墨重彩地写下了："故乡，你永远与心脏是同一个地方。"前述皎洁的月光，满天的星斗之所以如此频繁地出现在小说的上空，出现在乌兰布通大草原的上空，是因为她们是爱的象征，是作家不断仰望星空的结果。

总之，是伟大的爱，是历史与现实交织的爱，是文学与宗教相同的爱，是苦难、良知、道义和责任凝聚的爱，成就了《锁沙》显明的神性。

（三）

《锁沙》感人至深的力量，还在于它的诗性特质。小说充满了理想的激情和浪漫的气质。不少语言涌动着美妙的诗意、内在的旋律，洋溢着浓郁的抒情，但又不乏简洁明快，甚至是粗粝的文字。"行走"般的视觉转换和多元叙事，使小说颇具现场感和亲历历史的意味，像一部仿真的采访实录。不同的叙述声音交替出现，又似一曲多声部的合唱，多少透露出雄浑的气象。历史、现实与理想的浑融，使小说呈现出难得的艺术张力。

理想激情和浪漫气质，是《锁沙》的诗性源泉。《锁沙》显然是一个理想构制。小说是按作家认为理所应当的方式展开，并走向它的结局。在某种意义上，乌兰布通大草原"复乐园"的景观，仅是作家多年的梦想和美好的憧憬，它只是一幅挂在作家心中的未来的图画。这幅图画之所以如此灿烂壮观，如此生机勃勃，主要得力于作家对故乡的一往情深和难以遏止的爱的滋润，得力于作家丰富的想象和描写的能力。在这个意义上，小说远不是充分的现实主义的。《锁沙》中最为真实的，是草原沙漠化以及越来越紧迫的现状；是草原底层民众治沙锁沙的英雄壮举、坚韧意志，以及战天斗地、永不放弃、永不妥协的精神；是大学生村官身上所表现出来的知识分子的良知、道义和责任，以及知识和正义的力量；是草原人民在这场人与自然的伟大斗争中所迸出的人性和神性的光辉。至于小说中治沙锁沙所取得的巨大成就，无论是从小说给出的叙述时间，还是从郑舜成当村官的全部历史来看，在现实中都是不可能达成的，绝大多数是作家一厢情愿的虚构和良好的愿望。也正是从这样的善良愿望出发，作家甚至不愿意让小说中的矛盾继续留下来，一个一个都得到了圆满的解决。坏人陆显堂、何安受到法律的惩罚；温洪彬、林青田发生了转变；其他的冲突，或者因为同学关系，或者因为各种"巧合"，都得到了化解或和解。小说最后迎来了它的大团圆。作家当然有权利这样来写。这样写也自有他感人的力量，也应当受到充分的尊重。但是，也不排除这样写会使小说损失掉一些应有的深度或其他艺术魅力的可能。尤其是有可能对这场治沙锁沙斗争的艰巨性、复杂性、长期性和全局性重视不够。再加上作家过多的感情投入，也会使小说太过"爱憎分明"，而让一些人物被锚定在"好人"或"坏人"身上，缺乏进一步的性格发展，或者发展不充分，从而影响到形象的尽可能丰盈。这样说，近乎吹毛求疵了。

诗意化的语言，浓郁的抒情，是《锁沙》诗性特质的突出表现。小说中的不少语言，具有诗一样的语汇，诗一样的韵律，诗一样的节奏，诗一样的抒情，诗一样的意境，甚至诗一样的朦胧和诗一样的有意含混、多义。比如："老榆树在村子的西边，就像佛祖在世界的西边。她朝着那里走去，披一身花朵似的月光。只有天边的村庄才会有这样的月光。只有这样的月光才叫月光。村庄中充满人尘的香气，炊烟、老牛、幼童、男人和女人相视一笑的眼风，它们在月光的背景中化为意象，而月光因为它们成为物质和永恒。"[①] 又如："村庄在犬吠中静着，仿佛一个透彻的生命优美

[①] 郭严隶：《锁沙》，四川民族出版社 2010 年版，第 175 页。

地化人禅定。村庄如文章里通常所形容的,俨然一幅水墨画了,微浅的墨痕,空灵的用笔。在那画幅的边缘,稍稍远的,祝福一样呼应着的,就是老榆树。她望见它时,她早已在它的视线中。她从来就没有走出过它心灵的眼睛。"① 有的如果按照诗歌的格式排列,本身就是一首诗。比如:"如果我能爱你,能在清晨与你并肩站在银杏树下,沐浴鸟儿的鸣啼;能在黄昏与你手臂相挽,走过花气氤氲的长堤。/能够在孤独中,轻轻呼唤你的名字,/在回忆里,久久沉醉你的声音。/如果我能够,俯在你耳畔,轻轻,轻轻地,/说出心中真实的情意……"② 像这样的例子,还可举出许多。

"行走叙事"是《锁沙》在叙述上的诗学特色。也表现出作者在长篇小说艺术追求上的独具匠心。小说的叙述者胡文焉,曾经是乌兰布通某报的记者,她有着和作者相似的心路历程。她逃离故乡,是因为一棵树,返回故乡也因为一棵树——老榆树。只不过她对老榆树的思念,包含极其复杂的情感。这其中,有对故乡的愧疚、爱恋、反省、眷念、艳羡,甚至不乏宗教情怀。怀着如此复杂的心情,她回到乌兰布通大草原,对进入视野的每一件物事,都充满了好奇,都试图追问,并进行思考。她走一路,看一路,问一路,想一路,记一路。路途中不同的应答者,发出的不同声音,描述出郑舜成治沙锁沙,以及乌兰布通大草原变化的不同侧面,合起来却构成了小说叙述的多声部、多视角,从而全面描绘了这场伟大斗争的壮丽画卷。不仅陶可、银凤、乌力吉、张枝、林青田、李占山、慧鉴法师等都作为讲述者出现,而且老榆树也耐不住寂寞开口说话。叙述者,同时也是小说中的被叙述者,小说就在这叙述与被叙述的纠缠、绞合中逶迤展开,变化丰富而不紊乱,表现出繁复雄浑的气象。难能可贵的是,作者注意到了不同叙述者身份差别所带来的叙述口吻、叙述方式和叙述语调等细微差异,又使小说在雄浑中具有了某些细部的精致。由于小说的叙述者胡文焉总是透过别的讲述者来展开故事,这样被讲述的故事本身就离真实的事件至少隔了两层,也涂上了更多的主观色彩,在事实上形成叙述的真实与客观的真实之间的多重文本。这不仅使所有的叙述都带有回忆的性质,打开了审美应有的距离,给读者提供了更为广阔的想象空间,同时这种叙

---

① 郭严隶:《锁沙》,四川民族出版社2010年版,第175页。
② 同上书,第108页。

述也有利于作者自由灵活的时空调度,以及对叙述节奏的有效把握,显示出特有的叙述优越性。

读完全篇,《锁沙》叙述的终结点,最终锚定在:能够锁住这场人类浩劫之沙的岂止人心,更是灵魂。先锁住人的灵魂,才能锁住席卷而来的漫漫黄沙。这才是这部长篇给我们的最大启示。

四 从延河到施洗的河:《青春之歌》与《施洗的河》对读

《青春之歌》、①《施洗的河》显示了20世纪50年代、90年代汉语言文学想象灵魂得救的不同方式。前者置于现代民族国家创建之初,面对建构历史理性神话和精神清洗的双重压力,从国家意识形态和个人生活政治出发,将灵魂得救之途锁定在社会科学理性上。后者遭遇准后现代社会,形而上学的普适性、普世性被动摇,科学理性在解构化思潮中受到普遍质疑,俗世的神话破灭,人的无根性表现得触目惊心,于是,小说又将灵魂得救之途指向马太福音书。形而上学的上帝和圣经的上帝相继现身,反映了此间知识分子的精神变动和中国的文化政治困境。

摆在我面前的是20世纪的两部长篇小说:一部是50年代的《青春之歌》,一部是90年代的《施洗的河》。②它们的写作、出版相距近半个世纪,其叙事的方式、结构和风格也迥然有别,以至于将它们放在一起的时候,我不得不惊叹于历史/文学、文学/历史之间的变动是如此的迅捷,甚至于荒谬。但同时,它们又至少有两个东西是共同的:一是,它们都是各自时代产生过重要影响的作品,或者是在阅读的效应上,或者是在精神"深度空间的争取上"。③前者被浙江在线网认为是"感动过共和国"的重要作品之一,被文学史以"优秀作品"反复阐释;后者的出现也被"看作一个文学事件"。④二是,它们讲述的又都是关于知识分子"灵魂得救"的故事。换言之,它们都是以想象知识分子灵魂得救的方式,赢得了各自时代的尊重和某种文学的权力。于是,一些很有意思的问题就产生了:关于知识分子的灵魂得救,它们是怎样想象的?何以这样想象?想象的差异

---

① 长篇小说《青春之歌》,由当代作家杨沫(1914—1995)创作,作家出版社1958年版。
② 长篇小说《施洗的河》,由当代作家北村创作,花城出版社1993年版。
③ 谢有顺:《话语的德性》,海南出版社2002年版,第88页。
④ 南帆:《沉入语词——南帆书话》,浙江人民出版社1997年版,第60页。

缘何而生？这种差异反映了中国知识分子怎样的精神变动？又书写了20世纪50年代、90年代中国怎样的文化政治困境？

（一）

在杨沫谱写《青春之歌》的时候，另一位中国诗人正在写作这样的诗句："枣园的灯光照人心，/延河滚滚喊'前进'！/赤卫队……青年团……红领巾，/走着咱英雄几辈辈人……/社会主义路上大踏步，/光荣的延河还要在前头！"① 这是一首不太短的诗歌，不过前面冗长的歌唱，关键的是为了落脚到这最后的几句诗上。很显然，那是一个人们不断想象奔向延河，而又总是不能到达延河的时代：你夸父逐日般的追逐，但"光荣的延河还要在前头"。而在这之前的一二十年间，延河的所在地延安就已经被命名为"圣地"了。在此语境下的延河就被赋予了某种神性，奔赴延河的姿态和行动，就具有了朝圣的意味。

《青春之歌》没有直接写到延安，更没有写到延河。小说的叙事时间在红军到达延安不久便戛然而止了。但是，很显然延河是矗立在小说叙事后面的庞大的背景。延河使作家获得了清晰的叙事立场、叙事的方向及路径；获得了想象的动力、羽翼和飞翔的姿势；获得了燃烧的激情和语言的纯净。更有兴味的是，红军到达延河与林道静成为成熟的革命者几乎同时。红军穿越二万五千里与林道静历经灵魂的煎熬，最终抵达"革命圣地"，又达成一种同构，无论真实乎？想象乎？虚构乎？象征乎？都大有深意在焉。

毫无疑问，《青春之歌》是关于知识分子林道静（尽管林道静的知识分子身份在今天看来是如此的可疑）成长的"成长小说"，而她的成长的过程实质上就是灵魂得救的过程。"灵魂"一词在小说中至少出现了20次，"拯救""援救"等词汇更是播撒在字里行间，串联起来，构成小说重要的精神向度。其实，这部小说之所以产生，本身就导源于作者灵魂得救的感恩。作者在小说的《初版后记》中曾经说：

> 在那暗无天日的日子中，正当我走投无路的时候，幸而遇见了党。是党拯救了我，使我在绝望中看见了光明，看见了人类的美丽的

---

① 贺敬之：《贺敬之诗选》，山东人民出版社1979年版。

远景；是党给了我一个真正的生命，使我有勇气和力量度过了长期的残酷的战争岁月，而终于成为革命队伍中的一员……这感激，这刻骨的感念，就成为这部小说的原始的基础。①

由于对党的拯救的感念、感恩是小说的创作动因和创作归宿，又由于小说叙事的某种众所周知的自叙传性质，就使这部小说事实上叙述了一个知识分子灵魂得救的故事。

阅读小说的经验告诉我们：拯救林道静灵魂的不是基督，也不是什么神仙皇帝，而是马克思列宁主义的暴力革命、阶级斗争学说，科学社会主义理论，是创建独立自由的现代民族国家政治。一句话是社会科学理性。林道静灵魂得救的过程，就是其不断滤尽思想、情感的杂质，趋赴社会科学理性的过程，也是其被建立在此种科学理性之上的党派所不断认可、接纳的过程。

站在这种科学理性的立场，林道静是有原罪的。原罪来源于她永远无法选择的出身，就像今天的人类面对祖先在伊甸园里犯下的罪过一样。这正如她后来对江华的告白："我是地主的女儿，也是佃农的女儿，所以我身上有白骨头也有黑骨头。"② 按照俄罗斯的民间传说，白骨头代表贵族，黑骨头代表奴隶和劳动人民。林道静的原罪就在这白骨头上，她的灵魂获救的关键就在于如何使白骨头变黑，并得到所属党派的承认。好在她身上有一半是黑骨头，这就使她的获救具备了某种可能性。

既然有原罪，就需要赎罪。小说专门写到了赎罪。在小说的第二部第十章，林道静受组织指派，化名张秀兰，以家庭教师的身份，隐蔽在地主老财家里，准备配合地下党，发动农民，进行"秋收起义"。在地主家里，她千方百计接近长工，可是屡次遭到冷遇。后来，她和另一位地下工作者，也是长工，以前也对她冷眼以待的许满屯"接上了头"，许一语道出了其中的奥妙和她走向工农的途径："你还是想法子替你那父母赎点罪吧！"

对于不具备阶级意识的知识分子来说，为自己的出身赎罪是不可思议的：

---

① 杨沫：《青春之歌》，中国青年出版社2000年版，第637页。
② 同上书，第257页。

"赎罪？……"道静听到这句话是这样不舒服，甚至刺耳。她面红耳赤地问满屯，"我不明白我有什么罪……"过去，她也曾说自己是喝农民的血长大的，可是，现在听到别人这样说自己时，她却受不住了。①

许满屯一番简陋甚至粗鲁的话，使林道静一下领悟了自己和黑骨头出身之间的差距："这长工立场多么坚定，见解又是多么尖锐。"② 从理性上说，"她向这些人学到许多她以前从没有体会过的东西，她觉得高兴"。但在感情上，在灵魂深处，她却忍受着痛苦的煎熬，和这些人来往，又使她觉得不大自在，使身上隐隐发痛：

> 仿佛自己身上有许多丑陋的疮疤被人揭开了，她从内心里感到不好意思、丢人。赎罪？……她要赎罪？一想到这两个字，她毛骨悚然，心里一阵阵地疼痛。③

尽管林道静对自己要不要赎罪还有所怀疑，但是赎罪却是她通往信仰的必经之途，赎罪也从此潜入其意识深处。由于她有了赎罪意识，当她再次推开长工郑德富的牲口般的房门时，"尽管又是一阵恶臭熏鼻"，却"不再觉得恶心了"。精神的力量改变了生理的功能。同时，当郑德富对她的热情，依然抱着仇视、冷淡和轻蔑时，"忽然'赎罪'两个字又清晰地浮上了脑际"，她又获得了"团结"对方的力量。④

以林道静信奉的社会科学理性来审视，她的罪性还很大，那是一个原罪所不能涵盖的。她赎罪的路还很长。她首先要告别自己的名字所代表的生存方式，这种寄寓了佛教宁静致远、淡泊明志的人生态度，只能将她的灵魂带到离她所追随的那个彼岸世界更远的地方。她得学会仇恨、暴力、革命和斗争，得淘洗掉身上的柔情、温情，甚至得重新打造自己的性别特征，寻找自己灵、魂、肉的归宿。在当时的历史语境中，她既要和民族的敌人、卖国的政府战斗，又要和所属的阶级决裂，还要与自己的灵魂搏

---

① 杨沫：《青春之歌》，中国青年出版社 2000 年版，第 329 页。
② 同上书，第 330 页。
③ 同上书，第 331 页。
④ 同上。

斗。总之,她必须经历地狱、炼狱的考验,来一次"脱胎换骨"的蜕变,她才能抵达信仰的天堂。

在林道静灵魂获救、抵达信仰的途中,有几个人扮演了"魔鬼"或"牧师"的重要角色。

余永泽看似以"情魔"的身份出现,实际上是另一种社会科学理性的象征性符号,后来林道静对他的离开,隐喻着对一种社会科学理性的唾弃。因此,这个爱情事件是一个关于信仰的事件,是林道静确立信仰、走向信仰的起点。余永泽是林道静遭遇的第一个"理想中的英雄人物"。海边的英雄救美,共同的文学志趣和浪漫情怀,使林道静绝处逢生的心里,充满了"青春的喜悦",她带着"感恩、知己的激情"[1] 自然地走向了余永泽。那时的余永泽在林道静眼中是"多情的骑士,有才学的青年"。[2] 林道静之所以与余永泽决裂,不仅在于"他那骑士兼诗人的超人的风度"的虚假性(即"他原来是个自私的、平庸的、只注重琐碎生活的男子")[3],更在于他的真实性。余永泽是个自由主义的知识分子,他信奉另一套社会科学理性:多研究些问题、少谈些主义。他不愿意参加激进的学生运动,认为那种"赤手空拳"的革命不如"埋头读点书"好。这样,就如保尔·柯察金与冬妮娅分道扬镳一样,林道静离开余永泽就成了必然的选择。

卢嘉川与江华是"革命的使者",是林道静灵魂得救的真正"牧师"。如果说余永泽拯救了林道静的"身",那么卢、江则拯救了林道静的"心"。在这两者中,卢嘉川更具有"精神导师"的意味。他有一切伟大的牧师的人格魅力。他不仅有余永泽所不具备的挺拔的身材、聪明英俊的大眼睛、浓密的黑发、和善端庄的面孔,更有对信仰的执着和献身的行动。他是另一种基督形象的转喻:既传播着十字架上的真理,又被钉死在十字架上。他不仅给了林道静最初的信仰,同时发现林道静是富有"神性",可被驯导的"羔羊"。他以布道的方式,给林道静讲红军、讲毛泽东、讲马克思主义、讲中国革命、讲民族战争;他还给林道静带了革命的圣经:《怎样研究新兴社会科学》、《国家与革命》、《反杜林论》、《哲学

---

[1] 杨沫:《青春之歌》,中国青年出版社 2000 年版,第 44 页。
[2] 同上书,第 48 页。
[3] 同上书,第 99 页。

之贫困》①……这使林道静"似乎黯淡下去的青春的生命复活了"②：

> 自从看了你们给我的那些革命的书，明白了真理，我就决心为真理去死。③

而卢嘉川为真理而死的英雄壮举，一个受难基督的形象，更加坚定了她的确信："为共产主义事业、为祖国和人类的和平幸福去死，这是我最光荣的一天。"小说中，林道静对卢嘉川柏拉图式的、至死不渝的精神恋爱，实质上是对卢嘉川所代表的信仰的执念。江华最后完成了对林道静灵魂的救赎。他有比卢嘉川更为纯正的血统，有着领导阶级——工人的出身。他以丰富的斗争经验、具体延伸着林道静脚下的、由卢嘉川等人开辟的信仰之路。

对于信仰，尤其是对于社会科学理性的信仰，单靠"牧师"的引导是不够，更需要亲身的践行、血与火的"洗礼"。对此有两位女性对林道静起了至关重要的作用，一位是姑母，一位是林红。姑母是个神奇的人物，她直接指导了林道静的农村革命斗争。林红可以说是又一位为信仰受难的基督形象，她是林道静被捕入狱后遭遇的一个"老布尔塞维克"。林红狱中对信仰/真理/生命关系的宣讲，使林道静又一次"发现自己的灵魂深处还有这么多不健康、这么多脆弱的地方"。林红说：

> 一个人要是有了共产主义的信仰，要是愿意为真理、为大多数人的幸福去斗争，甚至不怕牺牲自己生命的时候，那么，他一人的生命立刻就会变成几十个、几百个、甚至全体人类的生命那样巨大……这样巨大的生命是不会死的，永远不死。④

林红视死如归的、为信仰承担苦难的献身精神，直接促成了林道静最后的绝食斗争。

监狱里敌人惨无人道的刑罚，验证了林道静的信仰，同时又象征性地

---

① 杨沫：《青春之歌》，中国青年出版社2000年版，第118—119页。
② 同上书，第120页。
③ 同上书，第123页。
④ 同上书，第402页。

将她身上与生俱来的"白骨头"击得粉碎。这样,她就彻底地脱胎换骨、洗心革面,学会了仇恨、暴力、革命与斗争,从而完成了灵魂得救的艰难历程。组织上根据她在"监狱里的表现",同意吸收她入党。①

在林道静通往信仰的漫漫征程中,前面提及的三位男性和两位女性,分别有着不同的象征意义。林道静与三位男性的情感与信仰的纠缠,表现了爱情、婚姻的归宿与信仰归宿的一致性。如果说卢嘉川对于林道静还有着真诚的男女情感蕴藏其中的话,那么,林道静最后对江华的选择,纯粹是出于信仰的原因:"像江华这样的布尔什维克同志是值得她深爱的,她有什么理由拒绝这个早已深爱自己的同志呢?"② 是的,从信仰的角度来说她是没有拒绝的理由的。在这里,与其说她爱的是"人"的江华,不如说爱的是"同志"的江华。而林道静与余永泽的分离更是由于信仰的分歧。有了小说这样的叙事,林道静就不仅将灵魂而且也将情感、身体交给了信仰。两位女性对于林道静正如俞淑秀对林红的告白:"你教给我认识——认识了真正的生活。"③ 寓意是:一个有信仰的女性应该像一个有信仰的男性一样生活。具体地说,应该像林红所引以为豪的丈夫一样为信仰而死;应该像姑母,为了信仰可以一无所有,哪怕是丈夫、儿子,"变成个彻底的无产阶级",成为一个名誉上的女性,而实质上的"孤母"。小说如此这般的叙事,又暗示着林道静不仅将灵魂、情感、身体交给了信仰,还要将性别也交给信仰。这样,在林道静入党的时候,她的那番饱含泪水的话,就不得不使人信以为真:

从今天起,我将把整个的生命无条件地交给党,交给世界上最伟大崇高的事业。④

饶有兴味的是,林道静入党的时候,红军正在奔赴陕北的途中。几个月后,当林道静成为一个成熟的革命者的时候,红军已经到达延安。此后,像丁玲、艾青等无数优秀的中国知识分子纷纷奔向延安,接受延河的洗礼。这场洗礼旷日持久,一直延续到写作《青春之歌》的20世纪50年

---

① 杨沫:《青春之歌》,中国青年出版社2000年版,第452页。
② 同上书,第581页。
③ 同上书,第407页。
④ 同上书,第454页。

代,甚至更久。

延河成为一种信仰的标志。

(二)

在林道静完成信仰仪式,走向社会科学理性的10年以后,另一个人则从医科大学毕业,开始了沉沦与救赎的路,他就是《施洗的河》的主人公刘浪。不过,这次他的目标不是社会科学理性,而是马太福音书,是耶稣基督。当然,小说的写作时间一晃也到了20世纪90年代的第三个年头,一段临近世纪末的日子。

《施洗的河》是一部典型的宗教小说,背后隐藏着一个自莎士比亚到列夫·托尔斯泰就有的、长久以来贯穿西方文学的精神图式:罪恶与拯救。它完整地演绎了《圣经》的要义:"人有两种能力——为善和作恶——而且必须在善和恶、祈祷和詈骂、生死之间作出选择,即使上帝也不干涉他的选择。"小说或者以流浪者向传道者忏悔的方式回述,或者以上帝悲悯的眼光凝视,或者以基督信徒虔诚的口吻告白。总之,叙述者似乎站在超验的立场,以神性的尺度在测绘和言说一个属于人的俗世。在这个世界上,罪恶无处不在、无时不有。罪恶是此世的本色。

无论谁都深陷罪恶的渊薮,这是《施洗的河》首先向我们证明的。刘浪的父亲是罪恶的化身,丑陋的躯壳负载着一颗肮脏的灵魂,他涉足的世界,成了他施罪和肆虐的对象。刘浪是他在菜地里强奸佃家的女儿种下的恶果,道德、伦理犹如一张在他手里可以随意撕碎的纸片。他可以公开在儿子的面前手淫;可以在儿子开裂的额上再擂上一拳,让鲜血飞溅;可以开枪打掉儿子的耳垂,若无其事。他冰冷的血液中容不下任何亲情、温情,儿子在他眼中不过"一把芥末、一只虫和一块土坷垃"。这个牙齿发黑、鼻孔长满了肮脏的黑毛,有着一张说尽脏话的臭嘴的男人,还有一套罪恶的生存哲学。在刘浪就要离开霍童,去樟坂继承他的产业的时候,这个父亲指着金条和枪说:"小子,做人要做头人,做事要占人先,啥时你玩人像玩鸡巴一样了,你就算是人了,因为他们都是鸡巴,你才是人。你不要相信任何人,只能相信金条和枪,对你来说,这两样东西是爹。"[①]与刘浪的父亲同属草莽英雄的马大,是刘家父子两代的对手和仇人,不仅

---

① 北村:《施洗的河》,花城出版社1996年版,第32页。

作恶的本事登峰造极，而且对此有着直言不讳的坦率，一副泼皮无赖的嘴脸："我是杜村的乡巴佬，我不识字，我只对女人感兴趣，对于我来说，樟坂就是一个女人，十足的贱货。"① 刘浪父子的管家董云，是条隐藏在樟坂的毒蛇，他玩弄法术、兴风作浪，以阴险狡诈的方式导演了一幕幕的罪恶。

刘浪就沉浮于这个罪恶的世界中。由于罪恶唤醒着罪恶，罪恶滋生着罪恶，罪恶推动着罪恶，刘浪成了樟坂罪恶的主角。刘浪的父亲、马大、董云顶多是民间草莽、江湖术士，其作恶多端，情有可原。可是，对于刘浪，这个毕业于医科大学的优等生，竟然在他身上除了罪恶，连一点现代知识分子应有的正义、良知和理性的气息都没有，着实让人匪夷所思。罪恶仿佛原罪在他的生命中一次持久不衰的喷发。这个"沉默寡言的孩子"，一踏上樟坂的土地，就从一只羔羊变成了凶猛的狼，现代的知识和智慧使他作恶的手段较之其父有过之而无不及。他不仅以狐狸般的狡猾和算计与马大互相残杀，疯狂地实施对樟坂的征服，而且变态地虐杀女性和亲人。徐丽丝、如玉，甚至自己的同胞兄弟、亲生的儿子，都被他先后送进了阎王殿。他比他的父亲更加的无情和残忍，"那些有生命的东西一跟他接触就要死去"，"他跟一切好的事物无关，跟阳光无关"。

在此，《施洗的河》仿佛在向我们证明：对于刘浪，就像对于马大、董云，乃至他的父亲一样，作恶不需要理由。罪性源于人性本身，或者说人性就等于罪性。性之所到，罪之所到；性之所兴，恶之所生。任何一个时空的偶然，都是作恶的必然。刘浪怪戾的德行，使他的作恶行动神秘莫测、阴晴不定。他陡然间容不下一对鹦鹉，将其摔得血肉模糊；他突然间看不惯狼犬的兴高采烈，一枪将其毙命；他面对满园的鲜花，顷刻间恶性大发，他辞退花工，直至花园遍地枯萎。马大也是如此，罪恶得逞时他会高唱山歌，失意时他会鞭打自己的老婆取乐，仇恨时他会出人意外地杀人放火。

然而，作恶就是作践自己，从肉体到精神；作恶就是不断抽空自己存在的根据，让生命的意义变得荒芜。刘浪在作恶的过程中，一切属于人的东西，属于美好的东西，都向他远离。他渐渐失去了性功能，失去了作为男人最主要的性征。他还几乎丧失了言说和行动的能力。他变得怕光，甚

---

① 北村：《施洗的河》，花城出版社1996年版，第46页。

至过早地修好坟墓,开始过一种穴居的生活,"黑暗、阴郁、潮湿、寂静和死亡"如影随形。再后来,他出现了幻听、幻视,死亡和巨大的恐怖像梦魇一样追逐着他。最后,他似乎病入膏肓,身体像秋风中飘零的落叶一样无可挽回地衰败,玉食珍馐、世间各种神奇的药膳,甚至女人的胎盘,都无济于事。这个昔日作霸一方的恶魔英雄,一如他晚年"像一只弓一样绷在床上"的父亲,变得"干瘪、坚硬、起皱,像一个核桃,眼神空洞,莫衷一是"。[1] 随着肉体的衰败,刘浪的精神也踏上了毁灭的征途。命运和死亡的焦虑,生命的孤独感、荒诞感、绝望感潮水般地向他涌来,吞噬着他的灵魂。无边无际的痛苦和恐怖,将他生存下去的一切吸干,撕碎。

《施洗的河》通过如此的言述,又向我们证明:罪与罚同行。一切生命的路已经阻塞,对于刘浪,除了等待死亡,就只有自己对自己的救赎,在绝望中希望奇迹的降临了。刘浪最初想从书本中,想从过往的文化中寻求心灵的归所。他突然恢复了读书的兴趣,《论语》《荀子》《逍遥游》《黄帝内经》《红楼》《三国》等古籍使他"茶饭不思",但一本莫明其妙的《水经注》耗尽了他最后的元气。他从现实世界逃离,遁入与世隔绝的墓穴,但精神的焦虑使他的魂灵依然无法安顿,后来,他又通过回乡赈灾、奔丧,寄托于良心的发现和温情的回忆,但这一切的一切都归于失败,现实向他关上了一扇又一扇拯救的大门。无可奈何地从现实的途中折回,刘浪又沉醉于神秘文化,企图在其中觅得精神的皈依。从某一天起刘浪迷上了法术,而对刘浪充满仇视的马大也在某个黄昏,走进刘浪的住地云骧阁,共同陶醉于占卜斗法之中,两个宿敌幻想通过法术,战胜共同的敌人董云,挽回他们快要丧失殆尽的信心和滑向深渊的精神。然而,等待他的仍旧是永劫不复的沉沦。他的所有的行为,与其说是拯救,不如说是向黑暗世界的进一步堕落。

"刘浪陷入了彻底的黑暗"[2],救赎的路,究竟在哪里?

> 这时,刘浪听到了一个声音。他听随着声音的召唤和引领,划着一条小船顺流而下。他心头的石头撞破了船底,沉入了施洗的河。这个遭遇灭顶之灾的男人,"在溺死之前吸足最后一口气":

---

[1] 北村:《施洗的河》,花城出版社1996年版,第208页。
[2] 同上书,第219页。

他抓到一根水草，接着一根水草，然后他看见了岸。岸上站着一个表情温和的人。他伸出手，说，抓住我的手，再用点力。①

刘浪上了岸，他获救了，是上帝拯救了他。他期望的人间奇迹没有出现，而来自天国的神迹出现了，上帝降临了，为他分担苦弱。

刘浪从此获得了新生，他认识了神，找到了十字架上的真理，变成了一只"温顺的羔羊"。从此阳光照临到他的身上，"一切都是和谐的"。②

叙事至此，《施洗的河》终其全篇向我们证明：人无法自救，一切俗世的教育、道德、宗教，乃至行善的行为，都不能使人脱离罪性，"灵里的问题只有神能解决"。③

（三）

从延河到施洗的河，从社会科学理性到基督神性，《青春之歌》和《施洗的河》反映了20世纪50年代、90年代文学想象知识分子灵魂得救的不同方式。有趣的是：50年代、90年代的文学，关于知识分子灵魂得救的想象为何是这样？何以如此的不同？

20世纪50年代，有两首歌开始在中国大地唱红，几乎响彻每一次官方组织的会议。这一做法一直延续了以后的几十年。一首歌唱道："从来就没有什么救世主"，而另一首歌又唱道："他是人民大救星。"似乎从来就没有人听出过其中的不和谐音，或者暧昧、吊诡、滑稽与相互颠覆之处。因为，那是一个灭神与造神的年代，对此人们或已心领神会，或已习以为常，或者心照不宣。灭神，就是要赶走"救世主"，就是要诛灭封建迷信、封建权威和其他被指认为唯心主义的东西，为新权威和无神论的大行其道扫清道路。在当时，宗教信仰自由被写进了新中国的第一部宪法，具有文本式的合法性，出入于官方话语。但在真正的公共空间，甚至私人空间，在大多数的情况下则是另一回事。作为基督教的实际情况，一方面可能被作为无神论的靶子被批判，一方面又可能被视为帝国主义文化、殖民主义文化被拒绝，再则还可能与资产阶级意识形态挂上钩而被斗争。如此这般的复杂情境，使耶稣基督、上帝难以在"六亿神州尽舜尧"的中

---

① 北村：《施洗的河》，花城出版社1996年版，第238页。
② 同上书，第253页。
③ 同上书，第236页。

国大地安顿。基督教在当时的尴尬境地，在《青春之歌》中以转喻的方式，被无意间透露出些许消息：他们或者利用"圣经会的传道会"，"做起共产主义、红军的胜利和抗日救国的演讲来"，以代替牧师"喃喃祈祷上帝"的声音；或者在危急的时候，"穿上事先准备好的牧师的衣服"，掩盖自己的真实身份；[①] 或者利用基督教徒对政治的冷漠、迟钝，隐蔽地从事革命工作。

超验的神一旦远离俗世，俗世的神便接踵而至。"救世主"隐匿，"大救星"就开始显身。这里的"大救星"，不仅仅指称后来才被人们熟知并流于口头指责的个人崇拜，更是指对某种世俗的权威、世俗的运动、世俗的作为、世俗的某段特定的历史，尤其是某种社会科学理性的神圣化。人的话被作为神的话、理性被当作信仰而受到顶礼膜拜。于是，20世纪50年代又成了一个按照主流意识形态，大量生产社会科学理性神话的时代。在此生产领域，文学首当其冲，扮演了相当重要的角色。一时间，包括《青春之歌》在内的、后来被命名为"革命历史小说"的一批作品问世。黄子平在分析这批作品时说：

> 这些作品在既定意识形态的规限内讲述既定的历史题材，以达成既定意识形态的目的：它们承担了将刚刚过去的"革命历史"经典化的功能，讲述革命的起源神话、英雄传奇和终极承诺，以此维系当代国人的大希望与大恐惧，证明当代现实的合理性，通过全国范围内的讲述与阅读实践，建构国人在这革命所建立的新秩序中的主体意识。[②]

进而言之，这种主体意识的建构，在这批作品中，是以富有想象力和感染力的文学语言理性，去神化和确认某种历史理性、社会科学理性而得以完成的。与此建构同时并举的是清洗。清洗掉思想、精神、情感的杂质，本身也是建构唯一的科学理性神话，巩固新生政权文化根基的一种方式、一种必需。于是，20世纪50年代又是一个精神清洗、灵魂漂白的时代。从50年代初的《武训传》批判运动、文艺界的整风学习，到中期的

[①] 杨沫：《青春之歌》，中国青年出版社2000年版，第190页。
[②] 黄子平：《"灰阑"中的叙述》，上海文艺出版社2001年版，第2页。

《红楼梦》研究批判运动、胡适文学思想的批判运动,胡风文艺思想的批判运动,再到双百方针以后紧随而来的反右派运动,仅六七年间,思想界、文艺界可谓忙得不可开交,一个个异端分子,连同被认为是异端的思想意识被清除出革命队伍或者从灵魂深处清洗掉。而这六七年间,恰恰是《青春之歌》"断续经过六年"的写作时间。在这样的清洗运动中,曾经是革命者,又是知识分子的作家杨沫,她还能怎样想象?还能怎样写作呢?对此,洪子诚的有关分析是颇为精辟的:

> 在当代,作家选择什么题材、在作品中表现哪些方面的生活内容,写作哪一类型的人物,被认为是体现世界观、政治立场和艺术思想的重要问题。①

由此可以断言,一方面面对建构科学社会理性神话的时代要求,另一方面面对精神清洗的巨大压力,再加上作家与党员的双重身份,杨沫写作《青春之歌》就绝不会是一个简单的文学事件,而更是一个切己的政治事件,尤其是生活政治事件。"艺术作品所由的社会语境是萨特所说的境遇:困境、矛盾、难题,而艺术作品就是对这种境遇的想象性解决。"②在这个意义上,《青春之歌》与其说是一部小说,不如说是作家自己向党的一份忏悔录、告白书,向党交心、掏心、表忠诚的思想汇报。林道静走向信仰的过程,既是建构社会科学理性神话的过程,同时也是作者再一次向党陈述自己对信仰的认识过程,以此获得在清洗运动中"过关"的通行证。我们没有半点怀疑杨沫对信仰的真诚,倒是当时的一些激进主义者对这种真诚表示了基本的否定。③

较之20世纪50年代,90年代的情形似乎更加复杂,也更加简单。这已经是一个不谈信仰,或者谈信仰显得不合时宜的时代。90年代的中国,开始进入了消费主义社会。这个社会初期的征象在《施洗的河》中借助对40年代中后期樟坂社会的镜像性描绘得到了某种曲折的展现,对物质、资本、权力、地位的崇拜代替了对正义、良心的祈求而成为社会的集体性

---

① 洪子诚:《当代文学概说》,广西教育出版社2000年版,第121页。
② 陈永国:《文化的政治阐释学》,中国社会科学出版社2000年版,第238页。
③ 郭开:《略谈对林道静的描写中的缺点——评杨沫的小说〈青春之歌〉》,《中国青年》1959年第2期。

想象，个体的欲望被无限制地放大。尤其是随着跨国资本的侵入，90年代中国还在资本主义生产方式形成之初，就事实上开始被晚期资本主义收编，而被抛入一个后工业社会的生活空间。关于这个生活空间的文化征象和文化逻辑，詹姆逊曾在一系列的文章里有过这样的描述：

> 扩张的媒体导致阶级结构的隐匿，主体的破碎化，日常生活和经验与资本主义制度全球扩张的脱节，日益严重的社会现象的形象化以及由此而导致的生产踪迹的涂抹，最后是形而上学的衰落和解体。①

这些文化症候，在20世纪90年代中国都有不同程度的表现。可以这样说，如果50年代的中国是要着力建构一个现代性的民族国家的话，那么，90年代则事实上步入了后现代社会。这个社会在文化上的最大特征，是中心化社会价值体系的崩溃，后现代思潮的蜂拥席卷。"上帝死了"（尼采语）、"人死了"（福柯语）、"作者死了"（罗兰·巴特语）在知识界在在流传；形而上学的普适性、普世性被动摇；社会科学理性更是在解构化思潮中受到普遍质疑；由当下而展开的乌托邦的社会前景，也被一个日益腐败堕落而开始与民众对立的特殊阶层击毁。延河因环境的破坏与污染显得暗淡无光，施洗的河早已被堵塞。对此岸和彼岸世界信心的丧失，使人们在物质名利的疯狂追逐中精神被掏空殆尽，人的无根基性任何时候也没有像90年代那样被表现得如此触目惊心。对此，《施洗的河》的作者，兼有基督教徒和作家身份的北村说："人类从来没有像今天这样绝望。"②

在20世纪90年代，人的存在的深渊已然显现，面对这样的遭遇，文学又应怎样想象性地解决呢？北村说：

> 我所期待的拯救者只有一位就是主耶稣。③

在北村看来："当下的生存境遇中的人性的困难，这是自人文主义以

---

① 陈永国：《文化的政治阐释学》，中国社会科学出版社2000年版，第225页。
② 林舟：《生命的摆渡》，海天出版社1998年版，第147页。
③ 同上书，第146页。

来一直到克尔凯郭尔直至后现代社会人的理性崩溃之后的现实。"① 面对这样的现实"人的生存必须有一个引导，否则人类将面临它的后果"。② 以此出发，北村不仅自己在1992年的某一个晚上，"蒙神的带领，进入厦门一个破旧的小阁楼"，"在听了不到二十分钟福音后就归入主耶稣基督"③，而且开始以写作的方式疏通、清理曾被堵塞的施洗的河。这样，当刘浪"失败的人性"被演绎到淋漓尽致以后，就自然被带到了上帝的面前。当一切俗世的神话轰毁后，基督又临场了。历史仿佛一个大的转盘。

但事实或许远没有这么简单，还有许多问题值得思考。譬如，到底是社会科学理性能够拯救人类，还是耶稣基督？杨沫显然是确信前者。可是任何社会科学理性都是人的话语表述而不是神的言说，而人的话都是在特定的语境中产生的，背后都隐藏着这样那样的权力运作，而且还可以随时随地修改，这样的真理、这样的信仰真的靠得住吗？它作为人的终极信仰的合法性依据在哪里？比如，20世纪50—70年代说：有组织按比例发展的计划经济，是社会主义的本质特征，80年代以后又说：资本主义有计划，社会主义有市场，这两种说法哪一种代表了关于社会主义的真理性认识？有些政治经济学者，既论证过前者的必然性、规律性，又同样论证过后者的必然性、规律性，世间有关于一个问题的两种真理吗？再比如，《青春之歌》出版之初，虽然有人指责，但肯定的声音是主流，因为它"通过一个知识分子的成长道路"证明了"只有共产党才是青年的唯一领路人和保护者"。④ 可是，"它成了'文化大革命'中受批判最重的'大毒草'之一"⑤，现在又成了"百年百种优秀中国图书"之一，将来还会怎样？

北村确信后者却以否定前者为出发点。刘浪是医科大学毕业的优等生，是现代科学理性哺育起来的一代青年，但是在北村的想象中，科学理性给予刘浪的不是正义、良知，而是为其作恶如虎添翼。《施洗的河》中的另一个知识分子、生化教授唐松，是与刘浪对照出现的又一个人物。他

---

① 林舟：《生命的摆渡》，海天出版社1998年版，第146页。
② 同上书，第147页。
③ 北村：《我与文学的冲突》，《当代作家评论》1995年第4期。
④ 刘导生：《党使我们的青春发出光辉》，《文艺报》1958年第12期。
⑤ 杨沫：《青春之歌》，中国青年出版社2000年版，第645页。

是刘浪的同学，是一个安分守己、诚实勤奋的科学家。可是他的科学成果被制作成了毒气弹残害人类。从此"他突然变得无所事事"，感觉生命失去意义，很快从精神到肉体和刘浪一样堕落，最后迷醉气功，死于烟霞癖。唐松和刘浪都是医生，有科学理性的支撑，可是，都医不好自己的病，解决不了自己"灵"的问题。因此，北村写道："教育不能叫人脱离罪，道德不能叫人脱离罪"，"你的灵里的问题只有神能解决"。[①]

《青春之歌》和《施洗的河》摆出了两个如此截然不同的上帝形象：一个是形而上学的上帝，一个是圣经中的上帝。究竟信仰哪个上帝？舍斯托夫的论断也许会有启发意义：

> 信仰不是对我们所闻、所见、所学的东西的信赖。信仰是思辨哲学无从知晓也无法具有的思维之新的一维，它敞开了通向拥有尘世间存在的一切的创世主的道路，敞开了通向一切可能性之本源的道路，敞开了那个对他来说在可能和不可能之间不存在界限之人的道路。[②]

其实，关于信仰，人永远在路上。对它所下的任何结论，不是为时太早，就是为时已迟。

[①] 北村：《施洗的河》，花城出版社1996年版，第236页。
[②] 刘小枫：《走向十字架的真》，上海三联书店1995年版，第35页。

第四章

作为现代汉语作家的或一限度：以郁达夫为例

即便略去大半个世纪，检视现代汉语作家的精神生活，也让人触目惊心。"文化大革命"结束后的伤痕、反思文学思潮中，对历次政治运动审理的结果，是一些作家的"娘打儿子论"[①]：历史不必追责，反思何需深入，历次政治运动中的无辜受难者无须较真：只不过是"娘"错打了"儿子"或"孩子"几下，有什么可以"抱怨"的？可以理解，更应当谅解。如此这般，反思的正当性反而变得可疑。于是，"恶"和"罪"就堂

[①] 王任重、刘绍棠等人都持此说。第一则史料：1981年1月28日，王任重在讲话中说："《骗子》（即《假如我是真的》）、《在社会档案里》已在台湾开拍，这说明什么问题？过去进步作家就因为一篇文章，被国民党抓起来坐牢、杀头，为什么现在有些人写的作品受国民党赞扬？这究竟是什么性质的问题？""文艺作品中反映反右派、反右倾搞错了、反映冤假错案的内容，前一段写一些是可以理解的，有的也是好的；但今后不宜写得太多。……党是妈妈，不能因为妈妈错打了一巴掌就怨恨党。"引自徐庆全《陈荒煤和林默涵的一场"官司"》，《文史精华》2006年第4期。同时参见陈为人《无言的地坛——唐达成先生十周年祭》，《随笔》2009年第6期。第二则史料：刘孝存在《我认识的第一位作家—浩然》中写道："1979年3月的一天，我到光明胡同拜访刘绍棠。当时他家已经坐着两位客人。经介绍，一位是文学评论家蓝翎，一位是丛药汀……正在这时，浩然来了。绍棠又是一番介绍。我说起了当年在崇文区图书馆开《艳阳天》座谈会的事情和写信的事情，浩然想了想，说：'哦，对对，想起来了。'不知道蓝翎以前和浩然见过面否，但他不客气地说起了对浩然小说的看法。他说《艳阳天》好，把看家的本领全拿出来了。但《金光大道》没金光，写一部就算了；《西沙儿女》散文不像散文，小说不像小说，人物是京郊的农民。浩然听了脸有些发红，但也只是听着，没有说什么反驳或者辩解的话。……聊天之中，浩然说，在外人眼里，好像我一帆风顺，其实不然。在《河北日报》的时候，就因写小说而挨批。绍棠说：'浩然是个好人。如果换个人，处在他的地位，会比他做得好？我看未必。浩然没往上爬，不当官，没打小报告，没写效忠信。'浩然很感动地说：'绍棠，我很感激你。我倒霉的时候，你带着老母鸡和老林（林斤澜）一道去看我；你倒霉的时候，我却没想着你。'绍棠说：'浩然，我们俩都是党的孩子，只不过呢，你是听话的孩子，我是调皮的孩子，结果是咱们俩都挨了打。娘打孩子，孩子也就不去计较了。'"见《光明日报》2008年3月28日。还有著名作家声情并茂的讲述，限于篇幅，不再摘引。

而皇之并合法化地从历史的审判席上溜掉，正义、公义弥而不彰。多年以后，不仅少有人真诚忏悔，就是个别声称忏悔的"红卫兵"，也多被戳穿：假惺惺演戏！当然，当年即有作家公开忏悔。可是，是在向谁忏悔？又忏悔了什么？是向暧昧不清真相不明的历史—理性，还是那些本来就在历史沉浮中随波逐流而不幸坠入地狱的人们？以西方启蒙理性、人文精神为要义的现代性运动，究竟给现代汉语作家和现代汉语文学带来了什么，才产生了如此这般的文化后果：伤口尚未愈合，血还在往下淌着，苦痛远未结束，面对"罪"却如此"善良"？本书带着这个问题，以郁达夫为观察对象①，试图返回那场人文运动的现场和作家挣扎的内心，一探现代汉语思想和精神的根处。为什么恰恰是郁达夫？这与他深受中西文化影响，既具人文精神，又有宗教情愫，还不乏士大夫趣味等颇具代表性的文化身份有关：他真是打通了中西古今，却无法安顿自己的灵魂。何矣？这里是否有现代汉语思想自身的缺失？

一　卢梭：精神父亲与人文导师

人文精神，显然是作为现代汉语作家的郁达夫的首要特征。其主要精神资源，无疑来自卢梭。历史文化语境的相似，情感、心理、性格和生命形态的相近，以及现实的期待，为郁达夫与卢梭进行心灵对话提供了依据。人性善的观念，内在宇宙的敞开，文学的主情倾向以及回归自然说，构成了卢梭对郁达夫人文精神塑造的主要内容。受到"先见"和"此在"因素的影响，卢梭思想进入郁达夫文化心理结构时既"同化"又"异化"，其间是"和而不同"的关系。但"和"是主要的，"不同"是次要的。卢梭的人文精神通过郁达夫等人的薪火相传，已成为中国现代人文精神传统的内在组成部分。在这个意义上说，卢梭不仅是郁达夫，也是现代汉语作家的精神父亲和人文导师。

（一）

正如玛利安·高利克所言，卢梭是世界文学和哲学领域郁达夫最推崇

---

① 郁达夫（1896—1945），中国现代作家，著有《沉沦》《南迁》《银灰色的死》等。

的杰出人物。① 仅1928年内，郁达夫就连续发表了《卢骚传》《卢骚的思想和他的创作》《关于卢骚》等三篇论文，洋洋数万言，以"郁式"的情感体验、精神解读和话语方式对卢梭的生命历程、创作生涯、思想和精神特质等进行了沉浸、描述和创造性的阐发。1930年起，他又陆续翻译了卢梭《忏悔录》的续篇——晚年的重要著作《一个孤独漫步者的沉思》。日记中也散见有关卢梭的记载。其实，这些显在的历史事实，只是对郁达夫文学创作中早已呈现出的卢梭精神潜在影响的滞后性说明。不过，视"非我所爱读的东西不译"为首要标准的郁达夫，什么样的对象进入他的接受视阈和翻译视界，皆是其理智和情感的择取："想翻译的作品不但是要自己理解的，而且是要自己喜欢的"，"自己没有感动过的东西"根本就没有动笔的兴致。从理解到喜欢再到感动最后抵达动笔，显示着他者文化进入郁达夫接受视野并产生译介行为须经历的三个阶段，即：感性的认同、理性的认知和审美的过滤。对卢梭而言也不例外，是其在《新哀洛伊丝》、《爱弥儿》、《忏悔录》和《社会契约论》、《论人类不平等的起源和基础》等著述中，所建构的诗学宇宙、理性世界，所显示的情感力量、审美力量和思辨力量，深深地征服和打动了郁达夫，才激发了他翻译的兴趣的。尤其是其中深邃的人文思想震撼着他的心灵，使他掩饰不住对卢梭的爱戴和崇仰。他尊卢梭为反抗的诗人、自由平等的拥护者、大自然的骄子、真理的战士，将其作品誉为"庄严远大的金字塔"，并认为其精神不朽，要到世界末日才能放尽光辉。② 显然，郁达夫是把卢梭视为精神偶像和人文导师的。

问题是：一个多世纪以前的法兰西诗人哲学家，为何扣开了郁达夫这个现代中国知识分子的心扉并影响其精神流变的呢？换言之，卢梭成为郁达夫人文精神导师的历史和逻辑的原因可在？仔细研究我发现，这首先是历史文化语境的相似和现实的迫切期待。看看卢梭在系列著述中，对18世纪君主专制政体下法国社会黑暗现实的揭露，对"凭借父权公开地侮辱人道的种种情况"的鞭挞，对挣扎于封建婚姻制度下青年命运的同情，就会明白这与郁达夫所处的20世纪初叶的中国社会是何其相似：这是呈现于两个不同历史时空中，人类渴望挣脱专制镣铐走向自由途中的共同情

---

① ［斯洛伐克］玛利安·高利克：《中国现代文学发生史》，陈圣生等译，社会科学文献出版社1997年版，第121页。

② 《郁达夫文论集》，浙江文艺出版社1985年版，第359页。

景。因此，卢梭对专制制度的愤怒批判也是郁达夫那代知识分子内心的呐喊。郁达夫《沉沦》坠地时引发的轩然大波，与卢梭《爱弥儿》出版时整个欧洲"狼来了"的仓皇回应，是人文主义者在相似的历史语境下的共同遭遇。这种外在历史境遇的相似，所带来的是不同时代文化精神的内在相通。这是"五四"时期启蒙主义思潮中，包括郁达夫在内的中国现代知识分子吸纳卢梭人文思想的普泛性原因。日尔蒙斯基就认为："历史类型的类似和文学的相互影响是辩证的相互联系的"①，文学的影响是如此，精神的影响也是如此。至于到20世纪二三十年代之交，郁达夫译介卢梭时的现实情形已经发生变化：大革命失败，民主政治的乌托邦破灭，中国社会经历着思想革命向政治革命的转换，启蒙话语让位于政治话语和阶级话语，曾经居于启蒙运动中心的人文主义，受到以太阳社为发端的主流话语的挤压而退居边缘，鲁迅、郁达夫等新文化先驱被视为"封建余孽"、时代的"落伍者"横遭攻讦。但问题是中国的思想启蒙远没有完成，人文主义虽然不再主要以文学创作的形式呈现，却仍然在文学译介领域以潜流的形式奔突。在此出现了启蒙沉潜期特异的历史现象，大量的西方文化、文学名著被译介过来。卢梭是其中一朵绚丽的浪花，单是《忏悔录》在两年之内就有张竞生和张独的两个译本问世。郁达夫对卢梭的译介，正是因应这一现实文化语境的产物。另一方面，此时历经了"广州事情"、创造社分裂、太阳社批判和文学革命向革命文学转换途中横遭放逐等伤痕累累的郁达夫，也已从时代的弄潮儿，退缩到大风圈外，也需要从卢梭那里寻求精神支援，并印证和捍卫自己早期追随西方人文主义的合法性。这样，现实与个人的期待，都不得不驱使郁达夫再回首卢梭那份深厚的人文情怀。

除此，恐怕更为深沉的原因还在于郁达夫对卢梭情感、心理乃至生命形态的认同。这种认同又首先建筑在他们性格的许多相近性上。他们都怀有一颗高洁而又温柔的心灵，都具有一种优柔胆怯而又无拘无束的性格。多愁善感的诗人气质是其共有的特征。郭沫若说郁达夫的神经太纤细了，为此常感孤独与忧伤。② 休谟说卢梭终其一生"只是有所感觉"，其见所

---

① 《比较文学研究资料》，北京师范大学出版社1986年版，第106页。
② 郭沫若：《论郁达夫》，见王自立、陈子善编《郁达夫研究资料》上卷，天津人民出版社1982年版，第93页。

未见的敏感性给予了他"痛苦甚于快乐的尖锐的感觉"。① 其实，他们都生性腼腆而怯懦，常怀自卑和忧郁，性情高傲又孤独，都有眷恋和回归自然的浓厚兴趣，都对异性早熟、敏感、羞涩、泛爱，甚至有着超乎寻常的情欲、性欲等等。而这些经过郁达夫情感的浸润和包裹后，又在更深层次上实现了认同：在他的笔下，卢梭几乎成了他生命的投影。将他的自传和他的《卢骚传》对读，就会发现，卢梭似乎是其另一情景下的化身：他谈论卢梭好像就在谈论自己。他说卢梭的自卑狂里包含着自大狂的倾向，既是实情，又是夫子自道。这种性格上的认同，带来的是情感上的共鸣和心理上的体认。卢梭的《忏悔录》使郁达夫如痴如醉，"共感悲欢"；《一个孤独漫步者的沉思》又使其倾听到"一个受了伤的灵魂"最深切最哀婉的"叫喊"，总是禁不住为"孤独"的卢梭，也为同病相怜的自己潸然泪下。② 卢梭坎坷曲折的一生，令郁达夫仿佛穿越时光的隧道，在文化的异乡邂逅一位生命的知音，同是沦落天涯、相见恨晚的悲怆涌溢而出。卢梭因叛逆而漂泊，因漂泊而孤苦的生命形态，在郁达夫眼里就是其"感伤的行旅"的先在写照，他零余者般的现世，恍若卢梭生命的一次轮回。有了如此巨大的性格、情感和心理的亲和，郁达夫总能把握住卢梭人文精神的精髓，他对卢梭思想的诠释，文学作品的解读，是全面而准确的，在今天看来也不乏深刻之处。而且，由于高度的认同感和主客体的胶着状态，还显示出情感的某些偏至，有些阐释话语甚至模糊了"他者"与"自我"的边界。

显然，郁达夫和卢梭作为接受主客体的双方，由于历史文化语境的相似，现实的迫切期待，性格特征的相近，精神情感的相通及其生命形态的认同，为其提供了在更深层次上进行心灵对话的可能。事实上，卢梭激进的启蒙思想，不仅如郁达夫所言，使法国民众开了眼③，而且也像一道犀利的闪电，照亮了他自己寻求人生真谛的眼睛，塑造着他的人文精神。有了这样一个事实起点，进一步的问题是：卢梭究竟在哪些层面上导引着郁达夫人文精神的形成？

---

① ［英］罗素：《西方哲学史》下册，马元德译，商务印书馆1982年版，第232页。
② 《郁达夫文论集》，浙江文艺出版社1985年版，第392页。
③ 同上书，第384页。

（二）

卢梭至少在三个方面影响和规约着郁达夫的人文精神建构。

首先，卢梭"人性善"的观念使郁达夫找到了人文主义坚实的哲学根柢。尽管卢梭的思想是一个涵盖哲学、政治、宗教、道德、教育等多方面复杂而庞大的体系，但这个体系是建筑在"人性善"的基石上的。他的天赋人权说，他的人是生而自由的著名观点，他的回归自然的主张，他平等的儿童教育观和近乎"女权主义"的妇女观，他对人类不平等的起源和基础的论述，他在《忏悔录》中对自我灵魂的大胆裸露，都是基于对"自然人"的肯定和立于这样的理念上：人的本性是善的，人类走向邪恶是社会引入歧途的缘故，人的本性中包括了人的一切自然要求，如对自由的向往，对异性的追求，对精美物品的爱好，等等。卢梭这一以贯之的哲学思想呼唤着郁达夫人的意识的觉醒，并潜移默化地导引着他在否定人的自然欲求为特征的"抑性文化"的国度里，直面人的感性生命，释放人的生命欲求，并逐渐形成"泛爱主义"的伦理观。郁达夫自叙传色彩极浓的文学世界，几乎就是一个泛爱主义者灵魂奥秘连续独白的话语体系。无论是落魄异乡的弱国子民、沦落风尘的青楼女子、萍水相逢的烟厂女工、贫困潦倒的人力车夫，还是人老珠黄的迟暮美人、飘然出世的闲云野鹤，经常被郁达夫涂上一层泛爱的柔光，或是为其掬一把悲悯的泪水。郁达夫本人就是一个泛爱主义者。生活中，他是一个容易"披肝沥胆的真情男子"。[①] 他表面的"稳健和平"[②]，内心的"纯洁与直率"[③]，"对人之真诚无伪"、天真潇洒[④]，根源于他那颗"糯米做的心"[⑤]，根源于"人性善"支配下的泛爱意识。而郁达夫的悲剧，在某种意义上就是泛爱主义者的悲剧。正如其挚友胡愈之所言："他爱祖国，爱同胞，但也爱人类。他

[①] 王任叔：《记郁达夫》，见王自立、陈子善编《郁达夫研究资料》上卷，天津人民出版社1982年版，第117页。

[②] 鲁迅：《三闲集·怎么写——夜记之一》，见王自立、陈子善编《郁达夫研究资料》下卷，天津人民出版社1982年版，第302页。

[③] 匡亚明：《郁达夫印象记》，见王自立、陈子善编《郁达夫研究资料》上卷，天津人民出版社1982年版，第657页。

[④] 陈翔鹤：《郁达夫回忆琐记》，见王自立、陈子善编《郁达夫研究资料》上卷，天津人民出版社1982年版，第102页。

[⑤] 王任叔：《记郁达夫》，见王自立、陈子善编《郁达夫研究资料》上卷，天津人民出版社1982年版，第148页。

相信人类是善的，他可以说是为了这信仰而牺牲的。"当泛爱置换到感情层面上，郁达夫对朋友、对同胞，有时对敌人都怀着一颗基督般慈爱的心，尤其是"他像耶稣一样地爱敌人，原谅敌人"，终遭敌人毒手。① 王任叔也说他"有强烈的人道主义和人类爱，爱到不分侵略民族与被压迫民族的关系，而贸然仅凭一个人的个别行动论列事理"。② 可见，"人性善"的理念是深植于郁达夫的精神世界的。

其次是人的内在宇宙的敞开和文学的主情倾向。人性善在形而下的层面上，表现为对人的内在情感和欲望的肯定与坚守。既然人性本善，人的内在宇宙的敞开，就是向自然人性的回归，也是对善良美好人性的追求。卢梭因此成为解放被理性囚禁的内心情感的先驱，成为人的内在宇宙深隐之维的洞察者、勘探者。以《忏悔录》为代表的小说，是揭去一切面纱后内心世界的全景式的展现，其自我暴露之大胆，惊世骇俗："不论善和恶，我都同样坦率地写了出来"，"我内心完全暴露出来了"③，包括偷窃的习惯、手淫的恶习、肉欲的冲动、与女人间的暧昧关系，乃至卑鄙龌龊的念头，皆一一晾晒到澄明的太阳底下。而且卢梭这种"完全"的暴露，常常是伴随着强烈的"忏悔式"的情感宣泄完成的，这又使其成为"一个最伟大的抒情诗人"，开启了西方浪漫主义的诗学传统。这样，卢梭的此类小说，就不完全是他生活的历史，"而主要是他的精神和情感的历史"，不仅是"心理分析的杰作"，"同时也是一首抒情的诗歌，一首世界文学史中最美的诗"。从"人性善"衍生出来的对内在宇宙的彻底敞开，自我暴露和主情倾向，构成了卢梭诗学宇宙之魂。并且，由于对自我情感和欲求的深入发掘和赤裸展示，使"他在'个人'身上发现了无限的精神财富；他向世人揭示了内心生活的宝藏和存在于人本身中的一切潜在力量"，因而他的创作"使文学真正走向解放，成为自觉的'人学'"。④ 正是在这个意义上，康德把卢梭比作另一个牛顿，他说："牛顿完成了外界自然的科学，卢梭完成了人的内在宇宙的科学，正如牛顿揭示了外在世界

---

① 胡愈之：《郁达夫的流亡和失踪》，见王自立、陈子善编《郁达夫研究资料》上卷，天津人民出版社1982年版，第89页。

② 王任叔：《记郁达夫》，见王自立、陈子善编《郁达夫研究资料》上卷，天津人民出版社1982年版，第137页。

③ ［法］卢梭：《忏悔录》第1部，黎星译，人民文学出版社1950年版，第2页。

④ ［法］卢梭：《论人类不平等的起源和基础》，李常山译，商务印书馆1996年版，第1—23页。

的秩序与规律一样，卢梭则发现了人的内在本性。"① 如果说，卢梭"人性善"对郁达夫的影响还主要表现在形而上的层面的话，那么，他在文学创作上的自我暴露、主情倾向和对"人的内在本性的发现"，对郁达夫人文精神的形成则具体而深刻得多。郁达夫认为文学作品都是作家的自叙传，视表现自我和生命的内部冲动为艺术的本质和创作动因；将艺术的理想和价值取向定格在"赤裸裸的天真"上。② 这里的"真"，当然不是认识论之所谓"真理"，而是对人的内部要求、内在本性表现的真切，"是内部的真情直接的流露"。③ 在郁达夫看来，一部作品"把内部的要求表现得最完全最真切的时刻价值为最高"④，只有"真"的作品才具有"美"的品格，只要具备了"真"和"美"，也就必然具有了"善"，"它的社会价值，也一定是高的"。⑤ 显然，郁达夫的整个诗学体系都是建立在"真"，即对人的内在宇宙的真实呈现上。为此，心灵的自我写真和大胆暴露，就成为郁达夫文学叙述的主要方式。同样，主情倾向也是郁达夫文学风格的重要特征。比如，在情感与话语之间，他更偏向于情感："艺术家呀，要紧的是情意，并不是言语"⑥；具体到文体上，他又以为"诗的实质，全在感情"⑦，"小说的表现，重在感情"⑧；落实到创作上，其强烈的抒情倾向为学界所公认，他也因此开创了中国现代小说"抒情"的一脉。有关论述颇多，在此不赘。有趣的是，就其"忏悔式"的抒情方式及所抒情感之质地、力度和色调，都与卢梭有异曲同工之妙。

最后是回归自然。对大自然的迷恋可以说是郁达夫和卢梭共有的"天性"。卢梭的自然观对郁达夫的影响也是显而易见的，而且又是相当深刻和复杂的。卢梭的自然观是一个意蕴繁复、彼此勾连的复杂体系。在卢梭那里，自然是一个带有本体性的哲学概念。自然哲学是其全部思辨的出发点和归宿，贯穿于宗教、政治、教育、伦理、美学等各个领域。据查尔顿分析，卢梭的自然观至少包括以下层次：对城市文明社会的批评；对儿童

---

① 徐葆耕：《西方文学：心灵的历史》，清华大学出版社1990年版，第179—180页。
② 《郁达夫文论集》，浙江文艺出版社1985年版，第56页。
③ 同上书，第152页。
④ 同上书，第226页。
⑤ 同上书，第119页。
⑥ 同上书，第15页。
⑦ 同上书，第158页。
⑧ 同上书，第228页。

教育的提倡；对女子教育的重视；为野蛮人的人性辩护；对大自然的礼赞；自然崇拜与宗教的结合。①从这里我们可以触摸到潜隐在卢梭自然观底层的思维结构和思想实质，即：个人/社会、原始文明/城市文明、野蛮人/现代人、自然/社会的对立……而在这些对立中，又明确将价值指向个人，指向野蛮人，指向原始文明，指向自然，指向无知无欲、纯然透明的人类童年。"回归自然"成为卢梭最为重要的价值取向。郁达夫对此是心领神会的，他认为卢梭留给后世文学的最大影响"就是在这自然发现的一点上"。他不仅称其作品是"极端的原始状态的赞美辞，和一个渴慕自然者灵魂的喊声"，还借用卢梭的话反问："人类谁没有想念原始时代的单纯性的冲动？看了那自然所装饰着的美丽的岸边，谁没有抛离社会，投弃自然之心？"②显然，卢梭自然观对郁达夫人文精神结构的塑造突出体现在对传统社会和文明的疏远和叛逆上。按照郁达夫的说法是："因为对现实感到不满，才想逃回到大自然的怀中。"③郁达夫眼里的自然就像在卢梭那里一样，是与传统社会文明对立的一个富有灵性的世界，一片具有神话色彩的乐土，是现代人的诗意栖居地和精神避难所。亲和自然，可以使"人性发现""人格净化"。④因此，郁达夫本人和作品的多数主人公都迷醉于自然。《沉沦》里的孤独者就是"大自然的宠儿"，成天手捧诗集，陶醉于山腰水畔，饱享天然野趣，在大自然朋友、情人和慈母般的抚慰中，竟不思与世间轻薄男女共处，梦想终老乡间。《唇楼》主人公的爱恨情愁，被清新的田园美景涤荡尽净，如人菩提妙境。《东梓关》里的文朴，面对蓝天碧水青山红树，心生双羽，挣脱尘躯，扑入大自然的怀里。而郁达夫写下的两本游记：《屐痕处处》《达夫游记》，以及大量的旧体诗，更是其践行回归自然的真实写照，吴越山水、南亚风光、青岛海景、故都秋色、闽中山月，荡尽其人世烦恼和心灵痛楚。

卢梭的自然观带有整体性否定既有文明的倾向，这同样影响着郁达夫。诚然，人类无法挣脱文明的悖论：人创造了文明，但文明又反过来奴役人自身。恩格斯指出，文明社会制定了各种各样的强制性规范，人由此

---

① 黎活仁：《郁达夫与私小说》，《中国现代文学研究丛刊》1990年第3期。
② 《郁达夫文论集》，浙江文艺出版社1985年版，第378页。
③ 同上书，第465页。
④ 同上书，第685页。

失去了自由，失去了人的本质。① 一位俄罗斯哲学家也说："人受文明的奴役是人受社会奴役的一个方面。"② 但是，用回归自然这一乌托邦式的方式去抗击文明，就难免落入既合理又不合理的怪圈，致使郁达夫和卢梭的性格里都"充满着矛盾的两极端"，而"一生就不得不为这矛盾所苦忧"。③ 或许，别尔嘉耶夫的观点具有启发意义："文明存在于自然王国与自由王国之间，它是中间王国。这里需要的不是返回自然，而是从文明进到自由。"④

人性善的观念，对人的内在宇宙的敞开和文学的主情倾向，以及回归自然说，构成了卢梭对郁达夫人文精神塑造的主要内容。人性善的确认，奠定其人文主义的基础，形成其泛爱主义的伦理观，但又使其在政治上倾向于无政府主义，并偏离阶级论，定位在人文主义的轨道上。对人的内在宇宙的敞开与文学的主情倾向，规约其文学的叙述策略、方式、结构、风格和话语形态。回归自然就要复杂得多，既是其叛逆的某种姿态、文学的一道风景，又影响其人生观，关涉其创作方法。事实上，卢梭对郁达夫的影响还远不止这些。他对自由的追寻；他一遇矛盾即返回内心的逃避方式，他对外部世界的绝望与内心世界的坚守；他对孤独的偏爱，甚至他孤独散步者式的致思方式，都给郁达夫留下了或深或浅的印迹。

（三）

从接受学的角度看，卢梭塑造着郁达夫的人文精神结构，反过来，郁达夫又重塑着卢梭的思想。换言之，受到"先见"和"此在"因素的影响，卢梭思想在进入郁达夫文化心理结构时既"同化"又"异化"，它们之间是"和而不同"的关系。

先说"同"。"同"也就是郁达夫对卢梭人文精神的准确把握和认同。以他与梁实秋的卢梭之争为例。梁实秋是美国新人文主义思想领袖白璧德的入室弟子。白璧德以其新人文主义，反对西方近代以来卢梭为代表的资产阶级人文主义，并将卢梭视为其学说的中心敌人和"罪魁祸首"，集中

---

① 徐葆耕：《西方文学：心灵的历史》，清华大学出版社1990年版，第183页。
② ［俄］尼古拉·别尔嘉耶夫：《人的奴役与自由》，徐黎明译，贵州人民出版社1994年版，第100页。
③ 浙江文艺出版社编：《郁达夫文论集》，浙江文艺出版社1985年版，第376页。
④ ［俄］尼古拉·别尔嘉耶夫：《人的奴役与自由》，徐黎明译，贵州人民出版社1994年版，第99页。

火力猛攻。以善恶二元的人性论攻击卢梭的人性本善的一元论；用以理制欲否定卢梭的畅情达性；以古典艺术的理性原则挞伐卢梭式的浪漫激情和想象；以虚幻的艺术普遍性取消卢梭式的鲜活个性，企图复活一种和谐、均衡的古典审美理想，重建"人的法则"来挽救人欲横流、道德沦丧的现代社会危机。① 此种思潮暗合了儒家文化"中和""中庸"的观念，顺应了其中天理/人欲的价值取向，在启蒙落潮的一个短暂时期，受到一部分人的重视。梁实秋是其中的重要代表。他继承其"先生"的衣钵，实现了倒转式的转换，从早期极端的浪漫主义转到了古典主义的立场，以新人文主义为武器，从攻击卢梭在中国的传播，到对整个"五四"新文学进行清算和否定，认为那是一场"浪漫的混乱"，处处扩张的自由扑倒了监视着情感的理性，并明言"吾人反对人道主义"。② 郁达夫当初译介卢梭，有意无意地介入了对新人文主义思潮的反击。据郁达夫讲，他之所以写《卢骚传》，是因为"一位教授在讲台上说卢骚'一无足取'"。这位教授是梁实秋还是其师，此处无据可稽。但梁实秋在看了郁达夫的文章后，当即在《时事新报·书报春秋》连载文章抨击郁达夫对卢梭的"颂扬"。其立论基础与其恩师白璧德如出一辙。郁达夫作《翻译说明就算答辩》予以反驳，又引出梁实秋的《关于卢梭·答郁达夫先生》，声言他不仅反对卢梭的思想，还反对其行为和道德。郁达夫又写《关于卢骚》《文人手淫》进行反击。至此论争渐趋平息。从这场短促的笔墨交锋中，可以看出郁达夫对卢梭人文思想实质的准确把握和高度认同。他是站在捍卫现代人文精神的立场与梁实秋论战的。他不在乎对方的人身攻击、嘲讽和挖苦，他在乎梁实秋"竭力攻击"卢梭的"缺德"及其思想"一无是处"的价值判断。他引用美国学者辛克莱的话对卢梭进行了正面肯定，尖锐地指出梁实秋攻击卢梭的实质，是要人们对卢梭"所引起的个人主义运动的全体怀疑，将我们带到子女服从父母，奴隶服从主人，妻子服从丈夫，臣民服从教皇和皇帝"的"古代"去，企图"证明人类的精神应该永久不解放"。③ 这就触及了新人文主义反人道的实质。

次说"异"。"异"就是在"和"的前提下，郁达夫对卢梭人文思想的某些"改造"和重塑。从解释学和接受理论的角度看，郁达夫对卢梭

---

① 罗钢：《梁实秋与新人文主义》，《文学评论》1988年第2期。
② 徐静波编：《梁实秋批评文集》，珠海出版社1998年版，第42页。
③ 《郁达夫文论集》，浙江文艺出版社1985年版，第401—402页。

思想的"接受"过程,是一个"理解"的活动。而任何理解都具有主体性和历史性。以海德格尔之见,理解总是从人的既有之"此",即人生存的时间性和历史性处境出发的。这既有之"此",就是理解的"先行结构"或"先入之见"。伽达默尔进一步认为,这种"先行结构"是理解得以可能的首要条件,是理解者进入理解之先的特殊视阈或眼界,离此,理解的对象就无法显现。理解实质上就是理解者的先在视阈与被理解者暗含的一种视阈的融合。在此"视阈融合"的过程中,理解双方互为主体,平等对话,被理解一方因此而发生改变。姚斯还以为,这种理解或接受的先行结构,还会导致接受的"期待视阈",使接受主体在无意识中,对接受客体产生定向期待和主观选择,而使之发生变化。事实正是这样,郁达夫在接受卢梭回归自然的观念时,就因其先在视阈的作用,使其发生变异。众所周知,郁达夫是在受到传统文化的深度浸润后,才以东亚文化为中介接触西方文化,接受卢梭影响的。中国传统文化中的自然观,作为"先行结构"潜在地对卢梭的自然观进行改造,沿着郁达夫期待视阈的方向演进。

一方面,中国传统文化中的自然观带有浓厚的隐逸倾向。"天人合一"是传统中国儒道释文化的核心观念。"天"在儒家那里虽代表着最高的伦理原则,却在一定程度上具备了外在的客观自然性;"天"在道家那里,则是"道"及"无"的象征性符码,而山水自然又是"道"及"无"的一种体现;佛教禅宗又认为禅无处不在,显现于自然的山水草木和沙粒露珠。[①]"天人合一"这种浓重的归隐自然的倾向,使郁达夫具备了一种隐逸的心理预设和期待视野,在理解和接受卢梭自然观时,将其回归自然所固有的与社会对立的孤独感、崇高感和悲剧感,转化为事业、人生遭挫时,隐含着某种退守和逃避的亲和、愉悦及超脱的感觉,为其涂上一层中国式的隐逸色彩,并影响其人生态度。他在忘情山水的履痕处处中,更多的是"聊以寄啸傲于虚空"[②],深味的是"寂灭、皈依、出世"的滋味[③],追慕的是中国传统文人超尘出世、回归自然的心态。

另一方面,中国传统文化中的"自然之道",又是一种至高的人格境界,是挣脱政统与俗念的束缚,守望人格独立与精神自由的象征。它所体

[①] 徐清泉:《论隐逸文化在中国传统文学艺术发展中的意义》,《文学评论》2000年第4期。
[②] 《郁达夫散文全编》,浙江文艺出版社1990年版,第186页。
[③] 同上书,第446页。

现的是士人阶层社会现实关怀无法实现时，个人的自我超越关怀；是士人借此实现自我解构或自我建构，以消解政治焦虑、人生焦虑的主要方式；也是士人心灵最后的栖息安泊之处。这里的自然与人格相融，具有"神"或某种宗教崇拜的意味。这恰好与卢梭自然观中自然与宗教融合、自然与神合一的精神旨趣相通。西方主"人格神"，中国主"自然神"。郁达夫对卢梭自然观的接受，在某种意义上，是西方的"人格神"与中国的"自然神"在其心灵世界中一次亲切的握手和拥抱。卢梭虽然也是自然神论者，但他与自然融合时，深切地体认到的是"个人的自我"，听到和感受到的是"上帝之存在的内在的声音"；感觉到的是神祇与人们的交谈。卢梭是要以自然彰显自我、凸显上帝、会晤神祇，是"返回内在的生存，返回主体性、返回个体人格、返回自由，返回精神"的一种救赎之道。①郁达夫的回归自然，在早期的创作中，在他立于时代大潮浪尖上的时候，有与卢梭一致的一面。《沉沦》里清和澄明的自然，唤回的是主人公"自然本性"的苏醒。可是，当郁达夫屡经挫折，迁居杭州以后，他的回归自然尽管也有卢梭式的对当下社会及文明的疏远和叛逆，但更多地表现出传统士人那种将自我消融于自然之中，以实现人格的某种解构和建构，是以部分消解和放弃"先我"为代价，去获得某种境界的超越、人格的独立与精神的自由的。在这时，恰如尔嘉耶夫所言："愈返回自然，则愈远离自己内在的生命。"② 其超越之术不过是佛道的"比于赤子"和复归于婴儿的重演，看似与卢梭的回归自然异曲同工，实则异质同构。因此，郁达夫对卢梭自然观的接受过程，可以说是用中国的自然神对西方人格神的某种重塑。

再有，郁达夫对待自然上，比起卢梭更多一层审美和鉴赏的悠然意绪，这也内在地契合了中国传统文化对待自然的态度。本质上，卢梭对自然的回归，是建立在人与自然不同、人与自然相互对立的基础上，而郁达夫则更趋近于自然就内在于人的存在，人也内在于自然的存在这一传统的中国哲学理念。新儒家学派的成中英据此将中西方人文主义分为"内在的"和"外在的"两种，仅在郁达夫对卢梭自然观的转换性接受这一层

---

① ［俄］尼古拉·别尔嘉耶夫：《人的奴役与自由》，徐黎明译，贵州人民出版社1994年版，第78页。
② 同上书，第76页。

面上，是具有启发意义的。① 当然，无论在卢梭还是在郁达夫，自然都是人类心化的幻影，并反转来成为人类的馨香顶礼之物和心灵驻足之所，都是人类难以企及的、建筑在彼岸世界的乌托邦和神话世界。过分的膜拜，会使人类在摆脱了一种奴役以后又进入另一种奴役。

还可联系孟子等人的人性善观点和"人之初，性本善"的中国文化传统，联系明末清初公安派的性灵说等，去具体辨析郁达夫接受卢梭性善论和主情倾向时，在文化心理结构中所产生的适应、同化和异化运动，也是颇有意思的。尽管郁达夫的人文主义与卢梭的"和而不同"，但"和"是主要的，"不同"是次要的。卢梭的人文精神通过郁达夫等人的薪火相传，已成为中国现代人文精神传统的内在组成部分。

二 黑色的光辉：欲望、沉沦与救赎

问题是，郁达夫被抛入的是多元文化共在的文化场域，单纯的卢梭式的人文精神，无法平衡多种文化争夺的内心，其伦理心态异常复杂。跨文化伦理观念的冲突导致郁达夫感性生命敞开与囚禁的紧张；价值择取的失范和对当下生存的超越性关切使其深陷沉沦与忏悔的困境；对文明的绝望感和隐在的宗教情怀，又使其散发着"黑色光辉"的作品透溢出救赎的渴望与期待，从而达成某种有信的写作与文学样态，似乎是在一个价值失据的时代，吁求一种审美与伦理统一的文学在场。

（一）

郁达夫复杂的伦理心态，在我看来，首先表现在感性生命的敞开与囚禁的冲突上，即情感与理智的矛盾，"个人的灵魂与肉体的斗争"。② 这种冲突，实际上是他面对本土与异质文化伦理观念所产生的价值选择的困惑在心态上的投射，也是人类共有的存在与文明的两难困境在个人身上的体现。

郁达夫处于半封建半殖民地时代，生活在本土文化与殖民主义文化杂糅并存的文化生态中；生活在西方已将中国文化纳入文化全球化轨道的当

---

① 黄万盛：《危机与选择：当代西方文化名著十评》，上海文艺出版社1988年版，第315页。

② 《郁达夫文论集》，浙江文艺出版社1985年版，第202页。

口。这时的中国是启蒙的中国,需要以西方的科学、民主、自由的思想,来照亮被封建专制文化愚昧的心灵;这时的中国又是救亡的中国,需要以民族文化、民族精神来鼓舞国民,抵御西方列强。反抗殖民文化,也是反帝意识的体现。这样,中国本土文化与西方文化就共处于既被否定又被坚守的尴尬境地,对于它们所负载的伦理价值观念的择取就是一个问题。

就郁达夫那样的现代知识分子而言,对西方文化的信赖胜于中国本土文化。一方面是历史的经验,前者为现代西方世界带来了繁荣的物质文明,而与后者相伴随的则是一个积贫积弱的近代国家;另一方面,是对知识进化论或者说文化进化论的确信,现代西方文化是工业社会的产物,而中国本土文化是前工业社会的遗产,所以西方文化优于中国本土文化。我不想去说这样的观念对不对,我想说的是,正是这样的观点使郁达夫在价值取向上倾向于西方。

然而,"信赖"是一回事,生活的践行又是另一回事。行为总是滞后于思想,顽固坚韧的力量往往来源于传统。尤其像郁达夫那样饱读唐诗宋词,痴迷竹林七贤,深谙士大夫生活方式的作家,常会出现行为方式与思想信仰的错位:在思想上仰慕西方伦理,而行为方式仍惯行在古代士大夫的生活轨道上。别的不说,身为北大文科学长的陈独秀,不是一面在倡导科学民主,一面不也有来往于秦楼楚馆的风流韵事吗?[①]

因此,价值取向的迷茫,思想的守望与行为方式的背离,是郁达夫那个时代的共相。表现在伦理心态上,感性生命的敞开与囚禁的冲突则是最为内在而深刻的。

具体到郁达夫,他在16岁以前,系统地接受了中国本土文化的教育,而以后的十年,又以逐步西化的日本为中介,大量地接触西方文化。两种异质文化承载的伦理观念,先后契入他的文化心理结构,其中对立的部分,是其感性生命敞开与囚禁相颉颃的重要文化根源。

中国本土文化的伦理原则最早化入郁达夫的理性生命。他是沿袭士大夫的正规渠道,从书塾开始传统文化的发蒙的。他进入书塾的方式是带有严格的宗教仪式的意味的。多年以后,他在回忆当时的情景时,这样写道:

> 我的初上书塾去念书的年龄,却说不清楚了,大约总在七八岁的

[①] [美]唐德刚:《胡适杂忆》,华文出版社1990年版,第33页。

样子……忽而门外来了一位提着灯笼的老先生，说是来替我开笔的。我跟着他上了香，对孔子的神位行了三跪九叩之礼；立起来就在香案前面的一张桌子上写了一张"上大人"的红字，念了四句"人之初，性本善"的《三字经》。第二年的春天，我就夹着绿布书包，拖着红丝小辫，摇摆着身体，成了那册英文读本里的小学生的样子了。①

"灯笼""老先生""神位""香案""《三字经》"都是深具中国本土文化精魂的意象。提着灯笼的老先生引领郁达夫进入本土文化的腹地，就像牧师为初生的羔羊洗礼一样。"灯笼"在老先生手里，犹如"光"在上帝那里。宗教仪式般的肃穆、虔诚、神圣给予幼年郁达夫的，是对以儒家文化为主流的中国本土文化的敬畏感和神秘感，他就在这样的感觉中去亲近和拥有了自己的文化血脉。另一方面也说明，他从一开始就被纳入了传统士大夫的培养轨道。

至于"那册英文书"，指的是郁达夫初学英语时用的教科书，是英国人编给印度人读的，里面讲到了中国人读书的奇习，说他们无论读书背书，总要把身体东摇西扫，摇动得像一个自鸣钟的摆。这是西方人眼中的中国读书人形象，其实也是古代士大夫的画像。进入书塾后的郁达夫，也成了自鸣钟的摆，而且一摆就是五六年。这样长的时间，对于敏慧的他领悟本民族文化精神已经足够了。何况，在书塾改为学堂后的二三年内，在他留学东洋前，虽也学过一些洋文，譬如英语，但不过是用它在《十三经注疏》《御批通鉴辑览》等泛黄的封面上，写一些"你是一只狗"，"我是你的父亲"之类的玩意儿罢了。② 这说明，他们当时的主攻方向仍然是本土文化。

富阳是迷漫着浓厚的古文化气息的，富春江、严子陵钓台都流传着许多动听而诡秘的文化神话故事。李清照南渡后的流风遗韵，还不时被那斜倚在江边乌桕树下的老人提起。富阳是能显现中国文化精髓的吴越文化的重要部分，这已是众所周知的事实。郁达夫就生于斯长于斯，又接受着正统的教育。按照文化人类学家的说法，这一文化生态环境中的单词、概念、思想、信仰、风俗、习惯等文化的各种符号含义，就会自动生成其心灵和自我的组成部分，内化为相对稳定的理性原则与规范，沉积于他的文

---

① 《郁达夫散文全编》，浙江文艺出版社1990年版，第622页。
② 同上书，第627页。

化心理结构，规约其伦理价值取向和生存方式。

中国本土文化的伦理内涵是丰富而繁杂的，其中有一点是重要的，也与郁达夫的伦理心态密切相关，就是它抑情、非性的特征。有的学者甚至将中国文化称为非性文化。① 极端一点说，这是有道理的。尤其到了宋明理学，"存天理，灭人欲"被奉为圭臬，"诲淫"往往与"诲盗"并提。这种非性文化的实质，是以僵死的理性教条，去闭抑或扼杀人的感性生命。郁达夫后来对此是有自觉的，他说：中国文化中"纲常名教的那一层硬壳，是决不容许你个人的个性，有略一抬头的机会的"。② 不过，那已是他熟知西方文化多年以后的事了。

但是，中国本土文化还有另一面，它的抑情非性往往更多地停留于主流文化、书面文化。在生活方式上，无论在民间抑或官方，一夫多妻，纳妾狎妓，不仅是允许的，而且几乎是一个男人社会地位的象征。无论是处江湖之远，还是居庙堂之高的墨客骚人，大都往来于青楼行院，沉湎于酒色，一部中国文学史被抒写此类的华章，挤得满而又满。在传统中国，人的情欲在一个层面被压抑，而在另一个层面又被过度释放，这造成古代士大夫知、行的分离，情与理的背道而驰，塑造了中国传统文化的另一脉。

中国本土文化伦理的这两个层面，都对郁达夫产生了深刻的影响。但以理性生命囚禁感性生命的一面是主要的，它具有文化的合法性。

如果，郁达夫对文化的触摸就此为止，他就不会有以后如此巨大而深刻的伦理冲突。问题是16岁以后，他整整10年受到了近、现代西方文化的浸润。而他所接触的那部分西方文化，又恰恰是以敞开人的感性生命为特征，直接与传统中国的主流伦理文化相对抗的。

众所周知，西方近现代的文化巨人卢梭、施蒂纳、尼采、柏格森、弗洛伊德等都对郁达夫产生过不同程度的影响。这些人在伦理价值取向上有一个共同点：对人的感性生命的珍视、强调和张扬。自然人性、对人的内在宇宙的发现和敞开，是卢梭对伦理学和人类文化史的重大贡献。康德因此把卢梭比作另一个牛顿，说他"完成了人的内在宇宙的科学"，"发现了人的内在本性"。③ 一卷《忏悔录》即是他的感性生命与理性生命搏斗的记录。施蒂纳是极端的个人主义者，在他那里，人的感性生命超越了上

---

① 曹顺庆等：《非性文化的奇花异果》，巴蜀书社1995年版，第1页。
② 《郁达夫文论集》，浙江文艺出版社1985年版，第656页。
③ 徐葆耕：《西方文学：心灵的历史》，清华大学出版社1990年版，第179—180页。

帝、国家、自然、神权等身外之物。尼采所推崇的酒神精神，其实是人的感性生命的狂欢。柏格森创构了生命伦理学，尽管他坚持道德的双重起源论，即道德既起源于内在的生命自我所产生的"爱的冲动"，又起源于外在的生命自我所产生的"社会压力"，但是，他认为"爱的冲动"源自生命内部，它比"社会压力"更具有决定性意义，一如内在的生命自我比外在的生命自我更为根本。① 因此，他仍然倚重于人的感性生命的伦理价值。而弗洛伊德本身就是人的感性世界的探幽者，他揭示着性与爱这些感性生命中的关键因素，对人的理性生命的支配作用。

郁达夫所接触的西方诗人、哲学家们，大都有着对人的感性生命关注的共同特点，是不足为奇的，它是近现代西方人本主义大潮开出的花、结出的果。同样有意味的是，郁达夫留日期间，正是日本"要使人性的自然本质在社会中得到充分伸张"的时期，是一个强调人的感性生命敞开的时代。② 那时的日本已步入西化的漫漫征程。据郁达夫回忆，当此之时"欧洲的自由主义思潮，以及十九世纪文化的结晶，自然主义中的最坚实的作品，车载斗量地在那里被介绍"。③ 而"两性解放的新时代，早就在东京的上流社会——尤其是智识阶级，学生群众——里到来了"。④

身临此种西方或亚西方文化语境，郁达夫逐渐形成了侧重于关注人的感性生命为核心的人文主义思想。我以为，这与鲁迅的侧重于关注人的理性生命为特征的人文主义思想，构成了现代中国人文传统的两脉，而合起来又几乎是全部。这不是本书要论述的重点。这里要说的是：郁达夫这种萌生于西方文化的，强调人的感性生命敞开的伦理价值取向，必然与早年就进入其文化心理结构的，以抑情非性、囚禁人的感性生命为指归的中国本土伦理文化相抵触，相矛盾，相搏杀。在我看来，这就是导致郁达夫内心冲突和复杂的伦理心态的文化根源。

（二）

强调感性生命的西方文化，颠覆着传统的中国伦理文化，将郁达夫的内部生命点燃，而西方文学又使其火焰更加炽热火爆。据说，他读过近千

---

① 万俊人：《现代西方伦理学史》，北京大学出版社1990年版，第203页。
② ［日］今井清一：《日本近代史》，邹有恒等译，商务印书馆1983年版，第62页。
③ 《郁达夫文论集》，浙江文艺出版社1985年版，第814页。
④ 《郁达夫散文全编》，浙江文艺出版社1990年版，第657页。

部英德法俄小说,其中最让他感动的,是那些忠实地记录了人的感性生命的作品和那些放纵感性生命的作家。众所周知,英国《黄面志》作家道生的文学成就并不高,但郁达夫在言说他将"柔弱的身体天天放弃在酒精和女色中间"的生活方式时,却津津有味。①"酒""色"是郁达夫伦理词典中两个关键的词汇。

郁达夫有着纤弱自卑的内在气质,但又有着敢于践行信仰的生活勇气。他实践着敞开感性生命的伦理原则,放纵着自己的情感。可是,他在实践方式上出了问题:当他大胆追求婚恋自由,与王映霞结合的时候,他是按照现代知识分子的生活方式在进行,体现的是启蒙者对封建婚姻制度的叛逆精神;当他行走于青楼酒肆,买醉买笑,沉溺酒色的时候,他又运行在古代士大夫的人生轨道上,表现出浓厚的封建颓废和没落气息。负载着两种不同伦理观念的新旧生活方式,就这样在郁达夫身上奇迹般地统一着、矛盾着。而这两种生活方式,都让他产生深深的负罪感。对于前者,是人道主义思想内部的交锋所致:他尊重自我,追求自由的婚恋生活无可厚非,但又伤害着另一个无辜的生命——原配夫人,使她不仅是封建婚姻的牺牲品,同时又是自由婚姻的牺牲品,承受着双重的损害。这使一个真正的人文主义者很难在个人感性生命的欢悦中心安理得的。对于后者,尤其是狎妓行为,在新伦理的视野中,他满足自己感性生命的方式,是以摧残践踏别人的同时也摧残和践踏自己的感性生命为代价的,实在是在沉沦和"犯罪"。

回到社会层面,当时多种社会力量和文化形态并存。从封建礼教的角度看,郁达夫叛逆传统伦理规范的行为,是不道德的,因为"每一种新的进步都必然表现为对某一种神圣事物的亵渎,表现为对陈旧的、逐渐衰亡的、但为习惯所崇奉的秩序的叛逆"。②而在新知识阶层的视境里,郁达夫颓唐的士大夫气息,是应受谴责的。这样,他张扬自我感性生命的方式,就不得不遭至社会新旧两个阵营的夹击,而将他置于四面楚歌的境地。这无疑又从外在加剧了他道德的犯罪感和沉沦感。

于是,沉沦、犯罪就成为缠绕郁达夫良知的心魔。他一方面在行为上阻止自己的堕落,不断在日记里警醒自己,甚至立壮志表决心:

---

① 《郁达夫文论集》,浙江文艺出版社1985年版,第85页。
② 《马克思恩格斯选集》,人民出版社1975年版,第233页。

今晚上打算再出去大醉一场，就从此断绝了烟，断绝了酒，断绝了如蛇如蝎的妇人们。①

　　另一方面他又进行着无边无际的忏悔。

　　忏悔不等于后悔。一个人要忏悔是不容易的。想想在郁达夫时代，在新文化先驱中，就现有的史料来看，道德观念虽新，而行为方式依旧的人，是不能用屈指可数来表述的。但真正能忏悔的，除郁达夫而外，又有几人？没有对现世生活、当下生存有超越性追求的人，没有对崇高的存在价值和圆满人格有所期待的人，没有自我道德批判意识和向善的焦灼的人，连自恋和享乐都来不及，又岂能忏悔呢？陈独秀说，伦理的觉悟是"吾人最后觉悟之最后觉悟"②，但又有几人能抵达这"最后觉悟之最后觉悟"呢？

　　由于复杂的文化形态和多元伦理观念的介入，郁达夫的忏悔内涵丰富繁杂的文化伦理意味。

　　忏悔，是一个西方基督教的概念。郁达夫是在上千部西方小说的滋润下成长起来的现代作家，而西方文学后面矗立着的是庞大的基督教文化背景。T. S. 艾略特就曾说过，西方的艺术都是"形成于和发展于基督教中"，植根于基督教里，"只有基督教文化，才能造就伏尔泰和尼采"。③所以从莎士比亚至列夫·扎尔斯泰的巨著中隐含的——沉沦、忏悔与救赎——的情节模式与基督教精神，都会化为丝丝细雨飘洒在郁达夫的心里。此外，郁达夫在十七八岁这一重要的人生关口，曾两度进入美国教会学校，过着"叩头虫似"的生活，《圣经》、礼拜、祷告是"必修重要课目"。"这一种信神的强迫"④，也使他受到了基督教文化的直接影响，并使之成为以后从事文学活动的重要的文化资源。沉沦、迷羊、天国、耶稣、末日审判等基督教词汇，较多地进入他的文学话语，基督教的教义、意象与情节，也散布在他的作品中。有时，他还以耶稣基督受难与救世形象自况：

----

① 《郁达夫文集》第9卷，花城出版社1983年版，第71页。
② 陈独秀：《吾人最后之觉悟》，《新青年》1917年第3期。
③ [英] T. S. 艾略特：《基督教与文化》，杨民生等译，四川人民出版社1989年版，第205页。
④ 《郁达夫散文全编》，浙江文艺出版社1990年版，第643页。

啊！农夫呀农夫，愿你与你的女人和好终身，愿你的小孩聪明强健，愿你的田谷丰多，愿你幸福！你们的灾殃，你们的不幸，全交给了我，凡地上一切的苦恼，悲哀，患难，索性由我一人负担了去吧！①

这样，郁达夫的忏悔就具有了浓重的宗教意绪，含了些宗教伦理的意味。基督教不仅有亚当夏娃偷吃禁果的"原罪"说，也有抑情非性的一面。《圣经·加拉太书》第六章写道："顺着情欲撒种的，必从情欲收败坏；顺着圣灵撒种的，必从圣灵收永生。"② 即是说人的欲望常引诱人走向堕落和罪恶，人要获得永生必须脱离肉身和尘世。当然，郁达夫的忏悔，不具有完全的宗教意义，他不是要获取通往天国获得永生的凭证，而是要在对自己人性缺陷的忏悔中，追求道德人格的完善与内心的安妥。

同时，郁达夫的忏悔还含有民族文化中内省的基因。子曰："内省不疚"③；"吾日三省吾身"④，内省是士人进行心态调节，实现道德完善和人格理想的重要途径。内省不是忏悔，但忏悔是其中的内容。郁达夫是深具士大夫气息的，他的忏悔是内省式的忏悔。他用以忏悔或内省的价值尺度，有时也是中国传统伦理的，或是父系文化的。前面说到过他对英国《黄面志》作家沉湎酒色的钟情，但同时他又说，这是在"作慢性的自杀"。⑤ 这样的指摘，有时也是他自己内省的内心话语，其中明显包含着浓厚的封建观念和男权意识。他将酒色并提，视女性为物，视女色为消解男性生命的可怕因素。至于前面，他说妇人们"如蛇如蝎"，就更是将女性妖魔化。

郁达夫的忏悔，还承传了西方人文精神的一脉，即启蒙知识分子的"内心反省原则"：灵魂解剖、道德批判和良心谴责。苏联美学家格·尼·波斯彼洛夫在谈到这种"内心反省原则"时曾说，在那些已经建立了启蒙哲学的先进国家里，"社会上有教养的人们（在不同的国家里是不一样的）开始在自己的意识里发展了一种感情上的反省原则，即观察和分

---

① 《郁达夫散文全编》，浙江文艺出版社1990年版，第18页。
② 《加拉太书》6：8。
③ 《十三经注疏》下卷，上海古籍出版社1997年版，第2503页。
④ 同上书，第2457页。
⑤ 《郁达夫文论集》，浙江文艺出版社1985年版，第85页。

析自己本人的'内心世界'、精神状态和感受之流的能力"。① 对郁达夫不同程度地产生过影响的作家，诸如卢梭、托尔斯泰、陀思妥耶夫斯基，都曾是他们那个时代，奉行和发展了"内心反省原则"的优秀知识分子，《忏悔录》《复活》《罪与罚》是其文学上的代表。

忏悔一词复杂的文化内涵，在深层次上反映出的，是郁达夫伦理价值择取的失范或失据。这是历史转型期，旧的伦理文化开始崩溃，新的伦理规范尚未建立，多元文化并存时共有的历史景观。这与今天的社会现实"不谋而合"。

（三）

伦理价值的失范或失据，会给人以自由、以解脱，同时又使人的行为方式产生紊乱。郁达夫因为沉沦而忏悔，又因忏悔缺失确信的价值支撑，显得混乱、空洞，无目标感，在规范他的现实行为时苍白无力。另一方面，他的忏悔又总是在言语中进行。正如海德格尔的高足瓦尔特·比梅尔所言："在人们的言语与行动之间存在着某种辩证法，在这种辩证法中，人们的言语在行动时就转变为它的反面。"② 这说得有些绝对，但郁达夫在忏悔时，的确仍在沉沦中挣扎。

于是，沉沦与忏悔，似乎成了郁达夫伦理心态中永远的矛盾。

忏悔仍在进行。只不过当忏悔不能战胜沉沦时，当忏悔找不到确切的价值依归，而感性生命又火爆火炽，渴望满足时，郁达夫甚至像卢梭、施蒂纳一样，开始怀疑和否定人类既有的文明。在《艺术与国家》里，国家、法律等一切体制与规范都成了他诅咒的对象③，仿佛卢梭的一声叹息：人，生而自由，却无往不在枷锁之中。

郁达夫对既有文明与其说是否定，不如说是绝望。但绝望与虚妄相同，他为此常常独自喟叹：人生终究是悲哀苦痛，"让我们携着手一同到空虚的路上去罢！"④ 绝望、空虚，并不能说服内在的本真生命，并不能拯救郁达夫，相反，使其更加痛苦。那么，救赎之路在何方？

---

① [苏] 格·尼·波斯彼洛夫：《论美和艺术》，刘宾雁译，上海译文出版社1981年版，第293页。
② [德] 瓦尔特·比梅尔：《当代艺术的哲学分析》，孙周兴等译，商务印书馆1999年版，第29页。
③ 《郁达夫文论集》，浙江文艺出版社1985年版，第55页。
④ 同上书，第69页。

在写作。

写作仍在言说，但对于作家而言，它已经是一种现实行为，是其存在方式了。一谈到写作，人们立即就会想到弗洛伊德陈旧得发霉的"宣泄说"。宣泄使力必多得到转移，使郁积的情欲得到释放，使痛苦在言说中随词汇飘逝。以宣泄说解释郁达夫的写作动机并没有什么错。他自己在谈到《沉沦》的写作方式时，就用了"悲鸣"的词汇，而且是"同初丧了夫主的少妇一般，毫无气力，毫无勇毅，哀哀切切"地"悲鸣"出来的。① 悲鸣就是痛苦的宣泄。在这样的视镜里，郁达夫的写作尤其是小说的意义，就常常被确信不疑地归结为"哭穷"和"哭性"，或是"性的苦闷"、"人生的苦闷"与"社会的苦闷"的反映。②

郁达夫还说过，他的写作是因"恶人"、"伟人"、"富者"和"女郎"结成同盟，塞尽了他的去路，而"不得不在空想的楼阁里"寄托"残生"。③ 宣泄也好，寄托、逃避也罢，都是为了通过写作得到拯救。其实，无论是与现实世界保持距离，不同流合污，还是对性禁忌"暴风雨式"的闪击，对底层苦难的触摸与揭示，甚或是对个体感性生命的张扬，郁达夫的写作，在那个启蒙时代都具有重要的意义，正如几代学者早已指出的那样。

可是，我感兴趣的问题是，郁达夫为何总是冒着"不道德"的风险，把自己的沉沦与忏悔的伦理心态，真率并不无夸张地展示出来？除了作为最初的市民知识分子和"贩卖知识的商人"，"为饥寒所驱使"④，也为了增加"卖点"，像他自嘲的那样"写点无聊的文字来权当薇蕨"外⑤，难道他的作品仅仅是"呈现"和"描述"？这背后还有没有别的什么？我能否从别的角度突入它的内部？

前一个问题最有力的证词似乎是郁达夫的美学追求。他信奉法朗士的文学的"自叙传说"，偏嗜日本的"私小说"，恪守柏格森的"内部冲动"。但这并不能说明什么。在我看来，不是美学决定存在，而是存在决定美学。文学既是美学的，更是存在的。处于技术层面的美学，只有与作

---

① 《郁达夫文论集》，浙江文艺出版社1985年版，第466页。
② 郭志刚等：《中国现代文学史》上册，高等教育出版社1993年版，第189页。
③ 《郁达夫文论集》，浙江文艺出版社1985年版，第68页。
④ 同上书，第326页。
⑤ 同上书，第441页。

家的灵魂需要相遇时，才会受到青睐。当然，我并不否定，当一种美学原则已经化为作家的创作模式以后，作家作为人的本质将会受到美学的某种挟持。不过，这已是作家之大不幸了。

引领我思考后面的问题的是：郁达夫写作中出示的"性"与"穷"，在今日之主流社会或文化中，不再如20世纪二三十年代那么严重了，按理其作品的历史价值也会相应褪色。但事实是，它们仍然给青年读者以新奇和震撼。一位大学生在读书笔记中写道，郁达夫的小说使他泪流满面。这显然不主要是其作品的社会学和历史文化学价值在发挥作用，是否是隐藏其后的伦理学价值在繁衍增殖呢？同时，郁达夫的追问也老是牵动着我的思绪：

> 我的哀愁，我的悲叹，比自称道德家的人，还要沉痛数倍。我岂是甘心堕落者？我岂是无灵魂的人？[①]

还有，学界关于张资平性爱小说与郁达夫写作意义的比较与价值评判，虽振振有词，却难以让青年学俊折服，但它们的确有低俗高雅之分，边界是明显的。原因究竟何在？

思索是困难且迷茫的。这时，易丹先生对圣·金斯伯格《嚎叫》的创造性解读，让我感动，并给我启迪。他在"意象和情绪的污秽下流"与"形式和意图的崇高神圣"的张力中，触摸到了《嚎叫》最后的精神图式，认为它"是一条流淌着时代污水和垃圾的施洗之河，圣·金斯伯格赤身裸体，浸泡其间，伴着河水汩汩，高声吟诵灵魂得救的诗篇"，隐匿在诗篇色情、下流等反叛性的意象和情绪之中的，是更加强烈的救赎欲望和期待。同样，让-保罗·萨特在热奈那些用古典手法展现偷窃、卖淫和监狱的诗句中，看到了充满赞美、拯救和宗教仪式的"黑色光辉"的非凡智慧，也似一把利斧劈开我多年思维的魔障，让我豁然开朗。我发现，郁达夫也像金斯伯格、热奈一样，是"把自己的行为变成壮举的唯美主义者，把否定变成圆满的肯定的圣人者"，"他为证实事物难以把握的反面而毁了自己"。他的生活与作品同样"具有一种牺牲自己为社会涤罪的可

[①]《郁达夫文论集》，浙江文艺出版社1985年版，第68页。

能性"。这个为道德家所不齿的"黄色大师",在本质上是真正的圣人。①诚如李初梨所言:"达夫是模拟的颓唐派,本质的清教徒。"②

同样,郁达夫的作品也散发着"黑色光辉"。欲望化的写作,在沉沦边缘的挣扎,是其作品的基本景象。可是,当我们穿越同性恋、自虐狂、酒精、女色、性欲等这些表面的黑色尤物,穿越感官的痛苦与发泄,倾听到的是作家灵魂深处渴望救赎的声音。他的第一部小说集以"沉沦"命名,是富有象征意义的。即他所展示的是沉沦、污秽的现世,所期待的却是崇高神圣的救赎。这与张资平沉溺于肉体的游戏与狂欢,缺乏超越性的追求是判然两途的。郁达夫在另一部小说集《迷羊》的后叙中,谈到了"祈祷"和"忏悔",他说:

> 我们的愁思,可以全部说出来,交给一个比我们更伟大的牧人的,因为我们都是迷了路的羊,在迷路上有危险,有恐惧,是免不了的。只有赤裸裸地把我们所负担不了的危险恐惧告诉给这一个牧人,使他为我们负担了去,我们才能安身立命。③

因而,郁达夫的作品往往是忏悔录,其意义不在忏悔录所呈现的事物本身,而在对灵魂拯救的向往。

事实一再说明,郁达夫是具有宗教情怀的作家。他对上帝并不确信。他用以救赎的并非神祇,而是那个模糊却永恒的、绝对的善——完满的道德境界。此一境界究竟如何呈现,如何抵达,对他而言,是朦胧甚至是混沌的。因而,在他作品所表现的性与孤独、性与贫困、性与空虚、性与性的升华、性与革命等系列母题的缠绕中,他并未实在地抓住那根救赎的稻草。其拯救的声音,似一抹淡淡的青烟,显得微弱、空洞而缥缈。

尽管如此,郁达夫的写作依然是一种有信的写作。所信之物在那个价值失据的时代虽缺乏坚实的质地,但仍给读者以圣洁的光和超越的渴望。当下文坛,正在价值失范中沉浮。欲望化写作、躯体写作的泛滥,孤独、空虚、荒谬、死亡、暴力主题的在在渲染,平面化、日常化生活的喋喋不休,都是作家失信的表征。如此的精神家园,何以让漂泊、孤寂和痛苦的

---

① 易丹:《〈嚎叫〉或圣·金斯伯格的庄严弥撒》,《读书》2001 年第 5 期。
② 郭沫若:《论郁达夫》,《人物杂志》1946 年第 3 期。
③ 《郁达夫小说集》下卷,浙江人民出版社 1982 年版,第 498 页。

现代人栖居？何以引领他们走向和平、幸福、温馨和梦想？所以，我们有理由吁求一种有信的写作，有理由渴盼席勒和维特根斯坦所期望的那种审美与伦理相统一的文学的在场。

三 超越性亏空：汉语思想的现代性缺损

有信写作，在郁达夫那里并不结实，散发出的只是一抹黑色的微光。欲望、沉沦后面的救赎苍白而乏力，更多淹没在一种逍遥的出世心态当中。审理他的全部文字会发现，归隐意绪、逃禅意向和自然意趣是郁达夫出世心态的现象学呈现；所反映的是郁达夫文化心理结构中，儒、道、释文化和西方启蒙理性在关注个体感性生命上形成的共谋；而此种共谋背后所隐含的是上述文化的某种超越性亏空，亦即于人的本然生命和世俗经验以上去寻求价值的在体性欠然。这种亏空，既是郁达夫出世心态的文化根源，也是整个汉语思想界的现代性缺损，它由此带来了今天现代化过程中的诸多问题。尤其关涉中国现代文化的价值构成、个人的价值生活与灵魂安顿，也关涉中国文化现代性的价值根基问题。

（一）

郁达夫的出世心态，主要是以文本的象征性符码表现出来的，大致呈现为三种形态。

1. 归隐意绪。学者宗聚轩指出，早在日本留学时期，郁达夫就产生了遁世归隐的念头。[①] 在名古屋读书期间，郁达夫就已"看破世界"，萌生弃世之想，以为沧海桑田，"百物皆虚"，唯有"荒野寒林，犹堪友吾"。[②] 因此，"觉为人无趣味之可言，每有弃此红尘，逃归山谷，作一野人想"。[③] 甚至还想"学鲁滨逊"独居荒岛，"不与世人往来"。[④] 在同时期的诗歌里，郁达夫反复吟唱："飘零湖海元龙志，只合青门学种田"[⑤]，"亦知金屋谋非易，拟向渔樵托此生"。[⑥] 归国后，郁达夫为了生存和精神

[①] 宗聚轩：《论郁达夫创作中的消极思想》，《新文学论丛》1982年第3期。
[②] 《郁达夫文集》第9卷，花城出版社1984年版，第313页。
[③] 同上书，第316页。
[④] 同上书，第312—313页。
[⑤] 《郁达夫诗全编》，浙江文艺出版社1990年版，第31页。
[⑥] 同上书，第62页。

的栖居，北上南下，常年漂泊，归隐之心，渐趋强烈，返归故里"去作隐士"成为其挥之不去的梦魇："我怎么也要设法回浙江去实行我的乡居的宿愿。"①"广州事情"发生后，郁达夫心情恶劣，入世进一步受阻后的内心伤痕，把他的"弃世之心练得坚实了"。② 与王映霞结婚后，隐居生活是其理想的生活形态；出世归隐，与世无争，安闲自适是其向往的人生境界。他在赠给王映霞的诗中写道："朝来风色暗高楼，偕隐名山誓白头，好事只愁天妒我，为君先买五湖舟"③；"一带溪山曲又弯，秦亭回望更清闲，沿途都是灵官殿，合共君来隐此间"。④ 正如著名学者夏自清指出的那样，与王映霞结婚以后的郁达夫，隐居生活"占着主要地位"。⑤ 20 世纪 30 年代初期，他举家迁居杭州，修筑"风雨茅庐"似是此段生活的象征。此后的一度时间，他或者游山玩水，"履痕处处"，或者醉心于"闲书"，"既像是一个飘逸的隐者，又像是一个懒散的名士"。⑥ 直到抗战爆发，郁达夫这一带有隐居意味的生活才得以改观。

细察郁达夫的归隐意绪，竹林七贤、陶渊明、严子陵和范蠡等是他仰慕和效法的隐士。他为没能生逢魏晋，不能倾听阮籍的哭声，"没有资格加入竹林七贤"⑦ 而深为遗憾。他也常以五柳先生自况："纷纷人世，我爱陶潜天下士；旧梦如烟，潦倒西湖一钓船。"⑧ 但最为他倾慕的还是同处吴越文化中的隐士严子陵和范蠡。严子陵名严光，东汉高士，相传年轻时与刘秀同窗共读，后协助刘秀中兴东汉。刘秀即位，聘他为官，他婉言谢绝，独自来到富春江畔，筑庐而居，垂钓耕种，过起隐居生活。严子陵功成身退、淡泊功名、归隐出世的人生态度和生活方式，令郁达夫钦佩有加，大有追随其遗风之志："我欲乘风归去也，严滩重理钓鱼竿。"⑨ "曾与严光留密约，鱼多应共醉花阴。"⑩ 有趣的是，还在留日期间，郁达夫就以"春江钓徒"为笔名发表旧体诗，20 世纪 30 年代初期，又亲去严子

---

① 《郁达夫散文全编》，浙江文艺出版社 1990 年版，第 80 页。
② 《郁达夫文集》第 9 卷，花城出版社 1984 年版，第 119 页。
③ 同上书，第 92 页。
④ 同上书，第 201 页。
⑤ 陈子善等编：《郁达夫研究资料》下卷，花城出版社 1985 年版，第 555 页。
⑥ 曾华鹏等：《郁达夫评传》，百花文艺出版社 1983 年版，第 188 页。
⑦ 《郁达夫散文全编》，浙江文艺出版社 1990 年版，第 105 页。
⑧ 《郁达夫诗全编》，浙江文艺出版社 1990 年版，第 279 页。
⑨ 同上书，第 32 页。
⑩ 同上书，第 178 页。

陵钓台凭吊，写下了那篇著名的散文——《钓台的春昼》，以了却"二十年来"心里的挂欠。范蠡乃春秋末期越国大夫，辅助越王勾践灭吴复国后，也弃官远走，改名易姓，泛舟五湖，隐居山水。对此，郁达夫也倾慕不已："何当放棹江湖去，芦荻花间结净庵。"①

2. 逃禅意向。青年学者哈迎飞说："纵观郁达夫的一生，其逃禅意向不仅由来已久，而且经久不衰"②，是为的论。郁达夫自谓"荫生"，实为"隐僧"也。他的近禅、逃禅与祖母的念经吃素和他留日期间系统阅读佛家经典分不开。早在1916年，他就"颇愿牺牲一生，为宗教立一线功"。他"以普渡众生为中心"，有暇辄埋首经卷，连暑期也不回家，意"欲参禅"，以便"将来斋戒忏悔，披袈裟，读佛经，医贫人耳"。③品味他写下的那些圆润通脱、才气逼人的旧体诗，更能感受其逃禅意向的浓烈与执着："拈花欲把禅心定，敢再轻狂学少年"④；"明朝欲待游仙去，自草蕉书约老僧"⑤；"明朝欲向空山遁，为恐东皇笑我痴"⑥。当然，他也觉悟到"逃禅易"与"弃世难"的矛盾："地来上谷逃禅易，人近中年弃世难。"⑦因而"逃禅"对于他始终是一种"意向"。只是到了20世纪30年代中期，他与林语堂等人，应东南五省交通周览会之请，遍游浙西、皖东名胜，纵情山水时，才"聊以寄啸傲于虚空"⑧，拜谒禅寺，叩问法师，委实体会了一番参禅拜佛的滋味。他在钟鼓梵唱中，不时产生"一种畏怖、寂灭、皈依、出世的感觉"⑨，有时俨然遁入幻境："飘飘然遗世而独立，羽化而登仙"，竟至"绝尘超世、缥缈凌云"的地步。⑩真正逃禅成功的，是郁达夫20世纪30年代小说中的人物——"瓢儿和尚"，他原在军队，官至旅长，大约因为情殇，看破红尘，来到荒山古寺，出家静修。弗洛伊德说，文学是作家的白日梦；萨特说，文学是作家现实境遇的象征性解决；郁达夫沿用法朗士的话说，文学都是作家的自叙传。如果这些说

---

① 《郁达夫诗全编》，浙江文艺出版社1990年版，第129页。
② 哈迎飞：《"五四"作家与佛教文化》，上海三联书店2002年版，第191页。
③ 《郁达夫文集》第9卷，花城出版社1984年版，第315—316页。
④ 《郁达夫诗全编》，浙江文艺出版社1990年版，第33页。
⑤ 同上书，第34页。
⑥ 同上书，第72页。
⑦ 同上书，第106页。
⑧ 《郁达夫散文全编》，浙江文艺出版社1990年版，第186页。
⑨ 同上书，第446页。
⑩ 同上书，第576页。

法成立的话，那么，说"瓢儿和尚"的"逃禅"事件就是郁达夫自己逃禅意向的象征性写照，也不是不可以。

3. 自然意趣。郁达夫终生眷恋自然，是一个不争的事实。他把这归结于与生俱来的"天性"。但是，郁达夫眼中的自然，不是普通意义上的自然，而是与喧嚣的尘世对立，可以安顿人的灵魂的所在。在他看来，自然可以"使人性发现，使名利心减淡，使人格净化"。[①] 因此，郁达夫的自然意趣，其实就是出世心态的一种表征。他把这表述为："因为对现实感到了不满，才想逃回到大自然的怀中。"[②] 这一点，在他的小说叙事中表现得相当充分。其小说中的自然往往是主人公的慈母、情人、挚友，是涤荡尘世烦恼，解除心灵痛苦的精神避难所，是其主人公梦绕魂牵，不断归趋的地方。《沉沦》里的"他"，是"大自然的宠儿"，成天陶醉于山腰水畔，一刻也离不开天然野趣，以此逃避世上那些轻薄男女。《唇楼》中的陈逸群，一投入大自然"无私的怀抱"，其为爱欲情愁搅乱的心灵，"自然而然地化入了本来无物的菩提妙境"。《东梓关》里的文朴，面对蓝天碧水、青山红树、暖日和风，顿觉自己犹如"一只在山野里飞游惯了的鸟，又从狭窄的笼里飞出，飞回到大自然的怀抱里了"，一种类似陶渊明"久在樊笼中，复得返自然"一般的欣喜与庆幸，从文本中涌溢而出。类似的例子还有不少，它们都以转喻的方式，在在显示了郁达夫内心的自然意趣。

（二）

归隐意绪、逃禅意向、自然意趣是郁达夫出世心态的"事实性"表现，但同时，它又是一种文化表达，是隐藏其后的多种文化，在郁达夫个人灵魂安顿上综合作用后的"现象学"呈现。

那么，这隐藏其后的文化都由哪些构成？它们又是如何协调一致，共同作用于郁达夫的文化心态，而导致他产生如此的出世之想的呢？

首先来看第一个问题。归隐意绪、自然意趣，反映的是儒、道文化的基本精神。更为确切地说，郁达夫的归隐意绪和自然意趣，是儒、道文化自发导引的结果。我曾在另一处证成：郁达夫"一开始就被纳入了传统士

[①] 《郁达夫文论集》，杭州文艺出版社1985年版，第685页。
[②] 同上书，第465页。

大夫的培养轨道",以儒家文化为主流的本土文化最先契入其文化心理结构。[①] 儒家文化本质上是一种道德形而上学,是典型的伦理型文化:它既是政治伦理,又是生活伦理;既关心王道历史,又关注君子人格。由于其思辨方式的中庸之道,生成其思想体系的内部裂痕,为个体的价值生活,提供了多方面的甚至是彼此对立的正当性根据。积极入世,修身齐家治国平天下,"知其不可而为之"是具有优先正当性的。但"以道事君,不可则止"[②],"邦无道"卷而怀之[③],也是具有正当性的。而且,原儒还为个体提供了在"有道"与"无道"、"穷"与"达"之时,在"见"与"隐"、"独善"与"兼善"之间自由选择的义理依据,即所谓"天下有道则见,无道则隐"[④],"穷则独善其身,达则兼善天下"[⑤]。"道见"当然是好事,但"道隐"也并非不合法,有时可能更有价值,因为"隐居以求其真志"。[⑥] 这样,儒家就为个体建构起一套狡黠、自私的生存哲学和价值伦理:以自我为中心来判断个人的穷达、天下的有道无道,然后来决定见与隐,入世与出世。

如果说,儒家言说的主体是达成积极入世的合法性,出世不过是其入世受阻后设计的一条解脱之路的话,那么道家则继续推进后者,为出世提供了似乎坚不可摧的合法性依据。这或许是儒道互补的最大秘密。换言之,如果说,儒家为个体更多的是提供一套入世、治世之术的话,那么,道家则为个体提供了一套出世、解脱,即人的安心置身之道。这样,人生就有了看似截然不同,实则相互补充的两条价值实现之路。由于,道家更切近个体心性和灵魂安泊问题,也就更加切近个体的生活现实和生存状态,从而对中国人的生命态度影响至大。因此,鲁迅不止在一处说过:"中国根柢全在道教……以此读史,有多种问题可以迎刃而解。"[⑦] "人们往往憎和尚,憎尼姑,憎回教徒,憎耶教徒,而不憎道士。""懂此理者

[①] 唐小林:《欲望、沉沦与救赎:郁达夫伦理心态研究之一》,《天津师范大学学报》2002年第5期。
[②] 《十三经注疏》下卷,上海古籍出版社1997年版,第2500页。
[③] 同上书,第2517页。
[④] 同上书,第2487页。
[⑤] 同上书,第2765页。
[⑥] 同上书,第2522页。
[⑦] 《鲁迅全集》第11卷,人民文学出版社1981年版,第353页。

懂得中国大半。"①

　　儒道互补提供的此种价值依据，使首先被传统文化塑造成形的郁达夫，有可能在不同的人生境况下，将入世与出世作为实现自己人生价值的不同方式；有可能为他在入世受阻时转而产生出世之想找到正当性的文化心理依据。事实正是这样，综观郁达夫的一生，入世是其生命的主流。际遇辛亥革命，他为自己"呆立大风圈外"，空滴哑泪，未能冲锋陷阵、为众舍身而痛悔不已。②他的出国求学，看似偶然，但据其自述：即使无此偶然，"他也得自己上道，到外边来寻找出路"③，多少带有鲁迅式的走异路、逃异地，"别求新声于异邦"的志向与宏愿。在日本留学期间，他还于1919年9月回国参加外交官与高等文官考试，试图通过学而优则仕的途径施展入世抱负。后来又联合朋辈，缔造文学社团，高张启蒙理性，提倡阶级斗争学说，还南下广州，意欲投身"革命"，直到最后在民族战争中为国捐躯，"舍身成仁"。但这一切并不能消除其在入世受阻时萌生上述的出世心态。当然，只要做不成真正的隐士、名士，出世就只能是一种心理体验结构，即表现为一种"意绪""意向""意趣"，即使"隐"，也是"心隐"而已。那么，如何"隐"？这就涉及郁达夫的自然意趣与逃禅意向了。

　　道家更多地谈到隐的方式。原道的无欲、无为、无仁的逍遥游是隐；齐万物、齐是非、齐物我，破除思想、情感之执，消弭物我之痕是隐；离形去知，心斋坐忘是隐。嵇康的越名任心，修性保神、泊然无感是隐；恬然鼓腹、从欲为欢也是隐。陶潜的"采菊东篱下，悠然见南山"是隐。但无论如何个隐法，都要保真悟道，而"道法自然"。隐的最终落脚点在复归自然上。这里的"自然"意指什么？刘小枫说："归隐的生命感觉有两个返回的对象：一是自然宇宙（山丘、园田、虚室），一是人的'性本'。这两个生命感觉对象系统统称为自然。"所谓返回"自然"，关键是返回"性本"，只有当内在自然的"性本"确立之后，外在自然的意义才会显现出来。④郁达夫的自然意趣，可以说很得道家自然的"真义"。他认为文人的游历山水、吟赏烟霞，不是简单的亲和自然，而是要体悟自然

---

① 《鲁迅全集》第3卷，人民文学出版社1981年版，第532页。
② 《郁达夫散文全编》，浙江文艺出版社1990年版，第649页。
③ 同上书，第650页。
④ 刘小枫：《拯救与逍遥》，上海三联书店2001年版，第176—177页。

之道："欣赏自然，欣赏山水，就是人与万物调和，人与宇宙合一"①，是人的生命本然和自然宇宙的双重回返，最终要进入"大自然就是我，我就是大自然，物我相化，四大皆空"的境界。②当然，郁达夫的自然意趣，还含有西方启蒙时代"回归自然"的文化因子，但我在另一个地方已经指出，它更多地"涂上了一层中国式的隐逸色彩"。③

其实，郁达夫的逃禅意向也是隐的一种方式。它虽然是佛教文化影响的产物，但具有自身的特殊性。佛教人生皆苦、世事无常的苦空观，无疑为郁达夫的出世心态进一步提供了价值支撑。人生苦的呻吟，响彻郁达夫的文学世界，构成其早期小说、散文的主色调。《南迁》《银灰色的死》《沉沦》《归航》《还乡记》《还乡后记》中的"苦味"，浓得化不开、抛不弃，直让人向悲苦的深渊坠落。这种人生苦的生命体验，滋生了郁达夫万事皆空的念头，觉得"人生的一切都是虚幻"。④回顾人生，"吃尽了千辛万苦"，自以为有些物事把握住了，但放开紧紧握住的拳头一看，却"只有一溜青烟"，到头来只有一个结果，那就是"空、空、空，人生万事，终究是一个空！"⑤如此，灵魂何以安顿？郁达夫想到了自杀。自杀是他抹不去的"情结"。可是，他终于没有自杀。他转而希望有一种像船一样的东西，把他的身体"搬到世界的尽处去，搬入虚无之境去，一生一世，不要停止，尽是行行，行到世界万物都化作青烟，你我的存在都变作乌有的时候"。⑥这个东西就是"禅"。显然，郁达夫所接受的佛教文化是从自身之需出发，不是"原佛"即印度佛教，而是已经被儒道思想尤其是道家思想改造过的禅宗。其信奉的不是大乘佛教所谓的救渡众生到真如之境，以圆成实性之空，而是禅宗的识心见性，自成佛道，以求自我解脱。看似"无我"，实为处处"有我"也。

可见，归隐意绪、逃禅意向、自然意趣所反映的郁达夫的出世心态后面，是由儒、道、释三家文化构成的文化心理结构，其中，道家文化占支配地位。在郁达夫那里，即是儒，也是道儒，即是佛，也是道佛。

如果，分析到此为止，其结论是大为可疑的。因为郁达夫还受过西方

---

① 《郁达夫文论集》，杭州文艺出版社1985年版，第682页。
② 同上书，第153页。
③ 唐小林：《论卢梭对郁达夫人文精神的塑造》，《天津师范大学学报》2001年第4期。
④ 《郁达夫散文全编》，浙江文艺出版社1990年版，第77页。
⑤ 《郁达夫小说集》下卷，浙江人民出版社1982年版，第595页。
⑥ 《郁达夫散文全编》，浙江文艺出版社1990年版，第15页。

文化的影响，他是现代知识分子，是新文化先驱之一，曾经对中国文化的现代化起过推动作用。因此，还必须说明：郁达夫所接受的西方文化，是怎样与上述的儒、道、释文化，特别是占支配地位的道家文化契合，共同促成"这样"的出世心态的产生的？

那么，首先得要厘清：郁达夫接受的是怎样的西方文化？一言以蔽之：启蒙理性。不过这样说显然大而不当。从康德到黑格尔、霍克海默、哈贝马斯、阿多诺，中间还经过尼采和马克斯·韦伯，关于启蒙、启蒙理性是什么，一直是一个谈论不休的话题。有的认为它是关涉"解放"与"真理"的叙事，有的认为它是有关人的欲望觉醒、理性诉求、意志自由、自我创造，乃至人的解放的一套思想体系。即使有一个关于启蒙理性的确定内涵，不同的文化接受主体也会因为各自的原因，有着各自不同的取舍。那么，郁达夫从启蒙理性中"拿来"了什么呢？我在一篇文章中，在分析了西方近现代文化巨人卢梭、施蒂纳、尼采、柏格森、弗洛伊德等对郁达夫所产生的不同程度的影响后，在分析了郁达夫留日期间的文化语境后，认为西方启蒙理性，主要使郁达夫"形成了侧重于关注人的感性生命为核心的人文主义思想"。还说，"这与鲁迅的侧重于关注人的理性生命的人文主义思想"不同，它更加强调个体感生命的珍贵和释放。[①]而正是在关注"个体感性生命"这一关节点上，郁达夫所接受的西方文化，与上述的儒、道、释特别是道家文化，在郁达夫文化心理结构中达成共契，在促成其出世心态上形成共谋。

何谓"个体的感性生命"？个体的感性生命，就是人的本然生命，或者说自然生命。儒家的有道见无道隐，兼善与独善，名义上是求其真志，实质上是以自我为中心，"保全性命于乱世"。道家之隐，更是为了养真保全，养生延年，竟至炼丹吃药，入道成仙。而被儒道思想改造后的禅宗，个体的本然生命甚至成了超越之途的最后根据。正是在对个体感性生命的共同珍视上面，中西文化才在郁达夫那里达成某种"默契"，共同规约其产生如上所述的出世心态。

（三）

郁达夫的"出世"问题，本质上是一个灵魂安顿的问题。换句话说，

[①] 唐小林：《欲望、沉沦与救赎：郁达夫伦理心态研究之一》，《天津师范大学学报》2002年第5期。

郁达夫通过出世意向来安心置身，逃避现世这个涕泣之谷。有趣的是：为什么偏偏是出世来安顿郁达夫的灵魂？换一种问法：何以不能在现世承担中来安顿灵魂？

要回答这个问题，首先要清理：在上述郁达夫的文化心理结构中欠缺什么，而使他在心理意向上抛弃现世？我认为是欠缺苦难承担意识。认识到现世人生的苦难性，为了个体感性生命而意欲逃避苦难，而上述的文化恰恰为他提供了逃避的正当性和逃避之法，于是产生出世心态就在所难免。

这样说似乎有些不太公平，郁达夫在其文学叙事中曾经流露过苦难承担意识，有时还显得较为强烈：

> 啊！农夫呀农夫，愿你与你的女人和好终生，愿你的小孩聪明强健，愿你的田谷丰多，愿你幸福！你们的灾殃，你们的不幸，全交给了我，凡地上一切的苦恼，悲哀，患难，索性由我一人负担了去吧。①

这是以道成肉身、降临现世、受苦受难的救世基督自况。郁达夫曾一度具有浓厚的基督教意绪。在十七八岁这一重要的人生关口，他曾两次进入教会学校，过着"叩头虫似"的生活，《圣经》、礼拜、祷告是"必修重要课目"，"这一种信神的强迫"，使他受到了基督教文化的直接影响②，再加上诸如列夫·托尔斯泰、陀思妥耶夫斯基等拥有基督教情怀的作家作品的长期浸润，郁达夫表现出一定的苦难承担意识是可以理解的。但是，由于儒、道、释文化强大的同化力，基督教没有成为郁达夫的信靠，更没有成为其灵魂的安泊之所，当然，也就不会是其生命价值的意义之源。

为何欠缺苦难承担意识呢？是因为郁达夫在西方启蒙理性的规约下，所接受的儒、道、释文化没有给个体承担苦难以意义（而给定的恰恰是放弃苦难的意义）。这是儒、道、释文化本身的欠缺吗？不敢这样说。但至少可以从郁达夫接受儒、道、释文化的"有限性"得到说明。郁达夫曾经公开否定过中国传统文化：

---

① 《郁达夫散文全编》，浙江文艺出版社1990年版，第18页。
② 同上书，第643页。

> 从前的人，是为君而存在，为道而存在，为父母而存在的，现在的人才晓得为自我而存在了。我若无何有乎君，道之不适于我者还算什么道，父母是我的父母，若没有我，则社会，国家，宗族等哪里会有？①

显然，郁达夫反对的是中国文化中对"自我"、对"个人"的取消，但是他并没有否定传统文化中珍视个体生命的那部分。懂得这点，就可以理解为什么在私人生活空间，郁达夫身上还保留着古代士大夫的某些生活习性。

结合上面的论述，可以说：构成郁达夫文化心理结构的那些文化要素，都是在个体的本然生命内部去寻找存在的意义。道见道隐是如此，隐居求志、全道避祸、去危图安是如此，识心见性、自成佛道是如此，个人至上的西方人文也是如此。问题是：在人的本然生命内部去寻找意义会产生怎样的情形呢？可想而知，当个体的生命成为宇宙间的唯一的意义之源的时候，所有的意义都只能来自生命本身。生命成了意义的最可靠，也是最高、最后的依据。一切有损生命的苦难都丧失了意义之基。悖论的是：一旦人的自然生命进入历史时间，就必然会面临苦难。而苦难又没有给定意义，在这时，一种意义的虚无感就会蓦然而生，放弃苦难，逍遥出世之想如何避免？继续的悖论是：为了本然生命，放弃苦难，最终往往是存在意义的损耗、欠缺与亏空，而不是意义的获得。

根本的症结在哪里？在于：当人们把本然生命作为宇宙间的意义之源的时候，最高的意义就莫过于生命本身了。在此情形下，人们就不可能在生命之外，或者说超越生命去寻求意义。其实，郁达夫出世心态的终极原因，就是由此而产生的这种超越性亏空。

---

① 曾华鹏等著：《郁达夫评传》，百花文艺出版社1983年版，第95页。

第五章

现代汉语诗学的现代性与可能性

元叙事、世俗性、超越性和反思性是构成现代汉语诗学现代性的关键因素,而这些因素都与基督宗教有着或多或少的关联。可以说,基督教文化参与了现代汉语诗学的价值奠基与价值建构,进入了现代汉语诗学的价值核心。多种宗教文化的介入,既是现代汉语文学的重要事实,又为现代汉语诗学提供了新的可能性。21世纪出现的"灵性文学",似乎为新一轮现代汉语文学启蒙敞开了新的空间。

一 现代汉语诗学的现代性与基督教

现代汉语诗学的现代性与基督教绝非简单的问题,可以多方面谈论。这里只从现代汉语诗学的元叙事、世俗性、超越性、反思性与基督教文化的关系等几个角度作简略论述。

(一)

"首先使后现代性概念变得如此著名"的法国哲学家利奥塔认为,[①]元叙事是现代性的标志。[②]

所谓元叙事,"确切地说是指具有合法化功能的叙事"。[③] 合法化涉及

[①] [英]安东尼·吉登斯:《现代性的后果》,田禾译,译林出版社1999年版,第2页。
[②] Jean-Francois Lyotard, *The Postmodern Condition: A Report on Knowledge*, Minneapolis: University of Minnesota, 1984.
[③] [法]利奥塔编:《后现代性与公正游戏——利奥塔访谈录》,谈瀛洲译,上海人民出版社1997年版,第169页。

合法性问题，即构成社会典章制度之根据的正当性问题。元叙事也就是使社会典章制度具有正当性的叙事。元叙事之所以能够提供这种正当性，或者具有合法性功能，乃是蕴含其中的形而上学理念。这种理念使其他小叙事得以摆脱合法性丧失的危机，而具有至高无上的威权。

元叙事之所以是现代性的标志，是因为它提供了这样一套元话语，诸如自由、启蒙、人类解放等，它们关涉人类未来的目的，被看作放之四海而皆准的真理，被用来引导人类的现代性事业，并赋予现代性的思想、制度与行为以合法性。"它们赋予了现代性特有的形式：从事于某项理念所导引的事业。因此现代表现为这么一些目标追求：追求理性与自由的进一步解放；在资本主义的背景下通过技术科学的进步来实现整个人类的富有；并且如果把基督教也包括在现代性之中的话，还有通过让灵魂皈依爱，以使人们得救的基督教叙事，等等。"①

那么，使现代汉语诗学具有合法性的元叙事，亦即使汉语诗学具有现代性的元话语是什么呢？我以为，是科学、民主与自由。也就是"赛先生"、"德先生"和"爱先生"。自由在这里不是指政治意义上的自由，而是伦理意义上的意志自由。换言之，是科学、民主与自由使汉语诗学的现代性得以可能，它们是汉语诗学现代性的标志。只要这种诗学反映了或者引向了科学的、民主的、自由的理念，或者具备了其中的任一属性，它便是现代性的，相反，则可能不是。陈独秀宣称"德先生"、"赛先生""可以救治中国政治上道德上学术上思想上一切的黑暗"②，以及伦理觉悟是吾人最后觉悟之最后觉悟③，乃是这种元叙事最具代表性的表达语式。

具体到现代汉语诗学，科学理念如何体现？或者问，科学在现代汉语诗学中具体呈现为何物？质言之，进化论，以及由此建立起来的进化的文学观。易言之，现代汉语诗学的科学观表现为进化的文学观；进化论使现代汉语诗学叙事具有了合法性，同时也具有了现代性。

进化论是新文学之"新"，亦即现代汉语文学之"现代"的正当性根据。"历史的文学进化观念"是当年胡适从事"文学革命的基本理论"，他不仅以此推论出白话文取代文言文的历史必然性，而且建立起"一时代

---

① 陈嘉明等：《现代性与后现代性》，人民出版社2001年版，第15、339页。
② 陈独秀：《本志罪案之答辩书》，《新青年》第6卷第1号。
③ 陈独秀：《吾人最后之觉悟》，《新青年》第1卷第6期。

有一时代之文学"的文学史观。① 进化论也是陈独秀"文学革命"的主要理论武器,与"社会文明进化无丝毫关系"成为他革古典文学之命的根本理由。② 进化论还是周作人构建起"人的文学"的重要理论依据,"人是从动物进化而来的"是其"人说"的基本理论支撑。笃信"进化如飞矢,非堕落不止,非著物不止"的鲁迅③,则从"世界万事万物,都是进化的,断没有永久不变的"信念中得出"象形文字不适用了,改为拼音文字"的结论。④ 茅盾进一步认为,"新文学就是进化的文学","我们该拿'进化'二字来注释'新'字,不该拿时代来注释"。⑤ 朱希祖也强调,"真正的文学家,必须明进化的理"。⑥ 郑振铎也认为,进化的观念"已成为文学研究者所必须具有的观念了"。⑦ 如此例证,不胜枚举。总之,对于为现代汉语诗学立法的那代学人,正如陈独秀所言,进化论乃是其"宇宙之根本大法"⑧,是现代汉语诗学立基的正当性依据。

有趣的是,这一源自西方的科学进化论却是从基督教文化中衍生而来的。一方面,科学体系得以建立的三个前提条件,或者说三个必备的信念,即:确信终极实在的存在;确信宇宙的秩序性;确信人类具有征服自然的神圣权力,均源自基督教。关于前者,西方现代基督教神学家约翰·希克认为,当宇宙被解释成某个存在者的创造,而这个存在者仅仅是存在,是终极的无限的永恒的实在的时候,"它为其他事物的存在提供了最后的解释"。⑨ 这个终极实在就是上帝。说到底,"自然科学依赖于对自然

---

① 参见胡适《文学改良刍议》,《新青年》第 2 卷第 5 号。这一文学史观影响了一代又一代的现代汉语学人,成为 20 世纪文学史的主流叙事。比如谭正璧的《中国文学进化史》(上海光明书局 1929 年版)、顾实的《中国文学史大纲》(上海商务印书馆 1929 年版)、胡云翼的《中国词史大纲》(北新书店 1933 年版)乃至新中国成立后至 90 年代前的绝大部分文学史都持进化文学史观。区别仅在于进化的方向有所不同。谭正璧在《中国文学进化史》中的如下表述颇具代表性:"文学在不绝的进化中,含有新陈代谢的作用,来本已进化的文学,可以被更进化的取而代之。""文学史有两种:一是叙述过去文学进化的结果,所以退化的文学应当排斥于文学史之外的;一是指示未来文学进化的趋势,当然在希望现在的文学家走上进化的正轨。"
② 陈独秀:《文学革命论》,《新青年》第 2 卷第 6 号。
③ 鲁迅:《破恶声论》,见《鲁迅全集》第 8 卷,人民文学出版社 1989 年版,第 23 页。
④ 唐俟、钱玄同:《渡河与引路》,《新青年》第 5 卷第 5 号。
⑤ 冰:《新旧文学平议之评议》,《小说月报》第 11 卷第 1 号。
⑥ 朱希祖:《非"折中派的文学"》,《新青年》第 6 卷第 4 号。
⑦ 郑振铎:《研究中国文学的新途径》,见《郑振铎文集》第 6 卷,人民文学出版社 1988 年版,第 280 页。
⑧ 陈独秀:《敬告青年》,《青年杂志》第 1 卷第 1 号。
⑨ [英]约翰·希克:《宗教之解释》,王志成译,四川人民出版社 1998 年版,第 95 页。

所作的预设，而这些预设反过来又依赖于关于上帝的学说"。①

关于宇宙秩序，怀特海说过："我们如果没有一种本能的信念，相信事物之中存在着一定的秩序，尤其是相信自然界中存在着秩序，那么，现代科学就不可能存在。"② 而这种对于宇宙秩序的本能信念，又是来源于上帝为创造和管理于天地万物的主的基督宗教教义。

人类征服自然的神圣权力，是基督教的《圣经》以上帝神圣启示的形式，授予人类的权柄③，但后来因人类的堕落失去了它，但恰如培根所言："人类在一堕落时就同时失去他们的天真状态和对自然万物的统治权。但是这两宗损失就是在此生中也是能够得到部分补救的：前者要靠宗教和信仰，后者则靠技术和科学。"④

另一方面，西方科学进化论的三个重要理据也出自基督教信理。一是，事物总是向着终极目的进化的理论，是这样一种基督教之直线发展的时间观、历史观的反映：世界历史的演进，始终是一个从创世到末日审判、千禧年，再到神的救赎完成的、进步的、合目的性的单向进程。二是，"自然选择"的理论，不仅在自然界的范围内散发着上帝的灵异色彩，当这一理论引入人类社会后，更是充满了上帝择定最终得救的"选民"的意味。三是，推动事物有序进化的"终极原因"的设定，也得力于神学目的论的支撑。⑤

到此可以说，进化论以科学的名义，使现代汉语诗学叙事具有合法性，而进化论的合法性则与基督教信理密切相关。

次说民主。民主的概念主要在政治的意义上运用，它在现代汉语诗学中如何呈现就是一个相当复杂的问题。但有一点可以确定，政治上的民主首先仰赖"人权"的获得。所以陈独秀在另一处将"人权"和"科学"归结为西方现代文明的两大基石。⑥ 而人权的获得又依赖于个体意识的觉醒，依赖于思想启蒙。因此，民主话语在现代汉语诗学中具体体现为启蒙话语。

中国的思想启蒙面临的对象，承担的任务都与西方不同，因而也就具

---

① 罗秉祥等主编：《基督教与近代中西文化》，北京大学出版社 2000 年版，第 37 页。
② [英] 怀特海：《科学与近代世界》，何钦译，商务印书馆 1997 年版，第 4 页。
③ 《创世纪》1：26—1：28。
④ [英] 培根：《新工具》第 2 卷第 52 节，许宝骙译，商务印书馆 1997 年版。
⑤ 参见喻天舒《五四文学思想主流与基督教文化》，昆仑出版社 2003 年版，第 56—109 页。
⑥ 陈独秀：《敬告青年》，《青年杂志》第 1 卷第 1 号。

有了不同于西方的特征。这个特征就是：在封建专制下而非神权统治下将"人"解放出来。其中，人道主义的诉求不仅成为当此之时启蒙运动的重要内容①，而且也成为现代汉语诗学的元叙事。而这一元叙事的思想资源依然离不开基督教文化。周作人早期的普世诗学就与基督教文化有着深刻的关联，基督教的博爱不仅是周作人"人的文学"的价值论基础，也是其人道主义的基本蕴含，周作人明确指出："现代文学上的人道主义思想，差不多也都从基督教精神出来。"这恰是对西方人道主义者的应和："耶稣的声音一次又一次地代表了广阔的人道主义理想，诸如社会平等，发展利他主义，人人皆兄弟，以及世界和平。"② 事实上，周作人关于人道主义思想来源的这一论断，在许地山、冰心等人的爱的哲学里、在巴金、郁达夫的人道主义中，在张晓风、北村等人的宗教情怀里都得到了证实。

再说自由。自由，在这里是作为伦理话语来运用，意指人的意志的自由，是人的主体性的表征。基督教以伦理话语进入现代汉语诗学的时候，现代汉语作家正是在上帝的神格中获取人格典范，在上帝的创世中获得创造精神，在上帝的受难中分得承担意识。而人格尊严、创造精神和承担意识，既是现代作家主体性确立的标识，更是意志自由的表现。因为，自由是"主体方面所能掌握的最高的内容的简称"，"自由是心灵的最高定在"。③ 而"善"就是"被实现了自由"，就是"世界的绝对最终目的"。④ 那些被作为现代汉语作家人格建构的、源自上帝的神格、创世与救世精神的还不是"善"？

这样，作为现代汉语诗学建构的元话语的科学、民主、自由都从基督教那里汲取了思想资源，并反过来使现代汉语诗学叙述具有了合法性、现代性。

---

① 即便是当时的文化社团所倡导的人道主义也充满了基督教精神，譬如，新潮社提出"注重人道主义"，并"以平等博爱诸道德实行之"；少年中国学会则要求"必须本着人道主义精神，宣传互助博爱的思想，以改造现代中国堕落的人心"。

② [美]科利斯·拉蒙特：《人道主义哲学》，贾高建等译，华夏出版社1990年版，第48页。

③ [德]黑格尔：《美学》第1卷，朱光潜译，商务印书馆1979年版，第124页。

④ [德]黑格尔：《法哲学原理》，范扬等译，商务印书馆1961年版，第132页。

（二）

马克斯·韦伯认为，现代性的过程就是世俗化的过程，就是世界的"祛魅"过程。

>我们这个时代，因为它所独有的理性化和理智化，最主要的是因为世界已被祛魅，它的命运便是，那些终极的、最高贵的价值，已从公共生活中销声匿迹，它们或者遁入神秘生活的超验领域，或者走进了个人之间直接的私人交往的友爱之中。①

终极价值在公共领域的销声匿迹，世俗化运动的出现，是现代性的基本特征和命运。因此，世俗性是现代性的构成要素。

所谓世俗性，相对超越性而言，便是将世界的价值和意义立足于此岸世界的一种特性。表现为人以及人的一切处于宇宙的中心，人的爱情和幸福、人的欲望和追求成为诉求的对象。

西方诗学中，世俗性是在反对教会神权统治中获得。在中土，则是借助西方的各种思想资源拆解儒家伦理而实现。至宋以来，礼教下延，形成中国文化抑情非性特征。②人的世俗欲望的或一方面在主流诗学中被删除。因此，汉语诗学的现代性过程依然是一个"祛魅"的过程，只不过"祛魅"的对象不是某种宗教，而是被整全意识形态化的儒学。

现代汉语诗学的世俗性，表现为立基于"人道主义"元叙事的一套话语体系。即相对于个体而言的个性主义，相对于群体的平民主义，相对于个体与群体关系而论的博爱情怀。而个人主义、平民主义和博爱情怀之现代汉语诗学观的建构与基督宗教之间有着深刻的精神关联，对此杨剑龙先生有过精辟的论述。③

个人主义是汉语诗学现代性的集体想象。周作人之普世文学观乃是建立在个人主义基础上的。茅盾干脆说："人的发现，即发展个性，即个人

---

① ［德］马克斯·韦伯：《学术与政治》，冯克利译，生活·读书·新知三联书店1998年版，第48页。
② 参见曹顺庆等《非性文化的奇花异果》，巴蜀书社1995年版。
③ 下面有关论述，参见杨剑龙《论"五四"小说中的基督精神》，《文学评论》1992年第5期。

主义，成为'五四'时期新文学运动的主要目标。"① 问题是：个人主义的思想资源从何而来？梁漱溟说中西文化的分水岭在于"以非宗教的周孔教化作中心"的"伦理本位"、家族本位与"以伟大宗教若基督教者为中心"的"大集团生活"和个人本位的区别。② 他沿用中国法制史学者和民族性研究专家的话指出，"从来中国社会组织，轻个人而重家族，先家族而后国家。轻个人，故西欧之自由主义遂莫能彰"；"西方论个人与社会为两大对立之本体，而中国则以家族为社会生活的重心，消纳了这两方对立的形势"。③ 类似的话，新文化先驱陈独秀、鲁迅都说过，在当时几乎是共识。西人黑格尔也认为："中国纯粹建筑在这一种道德的结合上，国家的特性便是客观的'家庭孝敬'。中国人把自己看作属于他们家庭的，而同时又是国家的女儿。"④ 中西学者的相同论断至少说明：中国的传统文化不能为现代汉语诗学中的个人主义提供核心的思想资源。相反，现代性价值观念，尤其是人的主体性观念的形成，西方宗教改革具有奠基性的作用。即便是非基督教的费尔巴哈也承认，基督教抛开类不管，"只着眼于个体"，基督徒"为了个体而牺牲类"。⑤ 由此，杨剑龙的如下判断是站得住脚的："正是基督教文化孕育了西方近现代的个性解放、个性自由的个体意识。"而又正是这些意识，建构起现代汉语诗学的个人主义观念。

以"仁爱"为价值取向的儒学，绝对不乏"亲民""爱民""恤民"之类的平民意识，问题是，在以颠覆儒学为快事的现代性运动中，它有多少资源真正进入了现代汉语诗学内部值得细究。而且，即便儒学中有这种资源，它也是建筑在等级森严的、不平等的伦理秩序的基础之上的。⑥ 这与现代汉语诗学中后来渐具民粹化倾向的平民主义是大相径庭的。在青年

---

① 茅盾：《关于"创作"》，见《茅盾全集》第19卷，人民文学出版社1991年版，第266页。
② 梁漱溟：《中国文化要义》，商务印书馆1988年版，第53页。
③ 同上书，第13页。
④ ［德］黑格尔：《历史哲学》，转引自杨剑龙《论"五四"小说中的基督精神》，《文学评论》1992年第5期。
⑤ 参见［德］费尔巴哈《基督教的本质》第17章，荣震华译，商务印书馆1997年版，第205—215页。
⑥ "五四"新文化运动即便不反对甚至是赞成这种平民意识，也要摧毁那个伦理秩序。也许这才应该是汉语文化现代化的真正主题。我一直以为，儒学的一些根本性理念恐怕与现代性价值诉求之间并没有根本性冲突。根本性的问题在于，这些理念在历史演变中越来越被实际的社会体制、文化机制与实践行为抽空，而成为空洞的能指，或者是能指与所指的分裂，甚至对抗，以致留下"虚伪"的骂名而遭唾弃。

毛泽东看来，平民主义是"各种对抗强权的根本主义"，"一切反动强权，都要借平民主义的高呼，将他打倒"。① 具体到诗学，李大钊认为："无论是文学，是戏曲，是诗歌，是标语，若不导以平民主义的旗帜，他们决不能传播现在的社会，决不能得到群众的讴歌。"②

这种平民主义的思想资源在社会革命家那里，更多的可能是马克思主义学说，但在诗人、文学家那里却离不开基督教的影响。冰心的小说《最后的安息》、王统照的《十五年后》、郁达夫的《薄奠》，还有许地山的系列作品中的平民意识，流露的大都是一种基督宗教情怀，因为它们往往超越了民族的、国家的、阶级的、等级的界限，这其中有一部分为马克思列宁主义所特别强调，而有些又是儒学中必不可少的，但只有在基督教文化里才能得到最恰当的阐释。上帝面前人人平等。如果在基督教那里也有等级，那也只有人与上帝之间的等级，人与人之间是没有等级、贵贱、智愚、贫富之分的。因此，美国人道主义者科利斯·拉蒙特认为《圣经》具有较强的平民意识：

> 它们中间贯穿着一种激进的民主精神，一种深重的平等主义情感，而正是这些东西激励着无数为了让这个尘世间的人类过得更幸福一些而努力工作的人们。③

美学家朱光潜也认为："基督教的创始人（传说是耶稣）宣扬在终会到来的天国里，人们一律平等和互助友爱，反对家庭制度，私产制度和世俗政权，本来带有反抗罗马帝国的意味。这是一种穷苦人的宗教，代表当时被压迫被奴役的人民的希望。"④ 事实早已证明，不管是《圣经》，还是基督教文化，对现代作家的影响是广泛而深远的。正是这种影响，使现代汉语诗学有了不同于传统的平民意识。

现代汉语诗学中的博爱情怀更是基督宗教的。为什么主要不是儒家的

---

① 毛泽东：《创刊宣言》，《湘江评论》创刊号，转引自杨剑龙《论"五四"小说中的基督精神》，《文学评论》1992年第5期。

② 李大钊：《平民主义》，转引自杨剑龙《论"五四"小说中的基督精神》，《文学评论》1992年第5期。

③ ［美］科利斯·拉蒙特：《人道主义哲学》，贾高建等译，华夏出版社1990年版，第48页。

④ 朱光潜：《西方美学史》上册，人民文学出版社1982年版，第123页。

"仁者爱人"？尽管儒学理念的"仁"意涵丰赡，至少也有人性之仁、德性之仁和爱人之仁三层含义，作为爱的仁更"是核心中的核心，灵魂中的灵魂"。① 而且在儒学中，仁关涉"天理""心理""伦理"等多个层次②，涵盖宇宙观、伦理观、生活观，为何它就不是现代汉语诗学中的博爱？情形与平民意识一样，它本身与汉语诗学的现代性并没有什么冲突，区别只在它是建立在不平等的伦理秩序之上，即所谓有差等的爱，入则孝，出则悌，谨而信，泛爱众，而亲仁。它设置了严密的界线。这与现代汉语诗学中的博爱不是阶级爱的理由相当。

"仁者爱人"，以"亲亲"为依据，最终使爱的情流被拘限于家庭和国家。从"仁者爱人"始，以冷漠无情终，恰是中国历史社会的现实。③

也许正是在这个意义上，鲁迅先生才痛心疾首地指出："我们民族最缺乏的东西是诚和爱。"就在这同一篇文章中提倡爱、呼吁爱的鲁迅，为何对儒家的仁爱视而不见？是因为他，而且不仅他，是大多数新文化先驱所提倡的爱不是这种爱，而是一种超越了民族、国家、阶级、伦理的爱，带有基督宗教意义的博爱："我们现在所要求的，是个解放自由的我，和一个人人相爱的世界，介在我与世界中间的家园、阶级、族界都是进化的阻碍，生活的烦累，应该逐渐的废除。"④ "我们应该承认爱人的运动比爱国的运动更重要。"⑤ 这还是后来成为马克思主义者的声音。另一位后来有着同样身份的青年在当时也认为："道德上之大动力有三，一曰信，二曰爱，三曰智（基督教之谓信爱望之三者，然望包在信内）。"⑥

正是这样一种无差等，超越一切人为区隔的爱，才使我们真正有可能理解那些在"五四"时期体现了"爱的哲学"的作品，诸如庐隐的《余泪》，石评梅的《祷告》，冰心的《烦闷》，叶圣陶的《伊和他》《潜隐的爱》，王统照的《醉后》，等等。甚至，基督教的挚爱 Agape 直接转化为

---

① 姚新中：《儒教与基督教》，中国社会科学出版社2002年版，第94页。
② 同上书，第100页。
③ 刘小枫：《拯救与逍遥》，上海人民出版社1988年版，第316页。
④ 李大钊：《我与世界》，《每周评论》第29号。
⑤ 李大钊：《"少年中国"的"少年运动"》，《少年中国》第1卷第3期。
⑥ 恽代英：《论信仰》，《新青年》第3卷第5期。

现代汉语作家笔下的世俗之爱 Eros，直接转化为冰心之母爱，徐志摩之情爱，张资平、郁达夫之"性爱"，许地山的宽恕之爱，巴金的人道之爱，曹禺的悲悯之爱，老舍、艾青的民族之爱。于是巴金通过他笔下的人物想象着、规划着一个现代的、世俗化的生活世界："我们现在正应该叫人们彼此相爱，不论什么人都应该像父子、兄弟、家人似的相爱"；"我们应该用我们的爱来圣化他们，洗净他们的罪过。……要这样才能建立起爱的人间来；要这样真正自由平等的美满社会才能够实现在世界上；要这样世间的罪恶才能消灭，而幸福的太阳才能以它的光明普照世界"。①

现代汉语诗学的个人主义、平民主义和博爱情怀在后来的发展运演中其内涵是变化的、多元的，但这并不能否认，在汉语诗学现代性的建构之初，基督教作为重要的思想资源所起的作用。这是基督宗教伦理与汉语诗学革命之间、与华夏帝国语义结构之间的一次深度碰撞和意义重生，是宗教伦理向世俗伦理的转换。

（三）

寻找替代宗教，追求超越性，不仅是西方，也是中国思想文化、诗学文学之现代化方案和现代性进程中的一个重要课题。超越性成为现代汉语诗学的构成之维。

作为宗教概念的超越，不同的宗教有不同的内涵，有不同的超越方式。笼而统之谈超越：

> 它可以是一种品质（如智能、爱）、一种关系（如和谐、统一）、一种特殊的自然实体（如太阳、大地、天、河流、动物等等）、一个特殊的人类个体或群体（如某个国王、死去的人们）、作为一个整体的自然（即大自然）、一种纯粹的形式或者纯形式领域（如善、真、全部理念）、纯存在（如一、存在自身、存在基础），或者超越的活性人格神（如安拉、耶和华、上帝）。②

有人把宗教分为三类，一类是"以神为中心的宗教"，犹太教、基督

---

① 《巴金全集》第 4 卷，人民文学出版社 1989 年版，第 151 页。
② 转引自姚新中《儒教与基督教》，中国社会科学出版社 2002 年版，第 9 页。

教是也；一类是"人本主义的宗教"，中国的儒家，尤其以宋明理学和心学为标志的儒教是也；再一类是"自然主义的宗教"，华夏的道教，特别是早期的或者古典的道家是也。这三类迥然有别的宗教，有着三种截然相异的超越意涵。以神为中心的宗教，神性存在是人类达到超越的唯一启蒙者和推动者；人是从神性存在及其创造中获得其在宇宙中的地位和价值；人类达到超越的希望，只有通过占据人们心灵的神性存在才能实现。

人本主义的宗教则认为，人类能够并将通过在其本性与心灵中圆满实现人性的方式而达到超越。在此，超越被内化为人的本性，被看作人的自我完善；人性的完满实现，既被视为达到超越的标志，又被视为人类发现生命之终极意义的标志。自然主义的宗教，顾名思义，是把超越看成自然的一部分或者自然过程的产物。只有跟随自然的脚步，人类才能抵达超越。[①]

当然这三类宗教也有彼此重叠、相互交叉的地方。此外，学界还习惯于根据不同的宗教，将超越分为外在超越和内在超越两种。前者如基督教，后者如儒教。但无论是哪种宗教的哪种超越，都是人类文明的伟大传统，无所谓高低优劣之分。[②]

那么，我所说的超越和超越性又是哪一类呢？主要是以神为中心的宗教性超越，是外在超越。相应地，所谓超越性，相对世俗性而论，便是将世界的价值和意义立足于彼岸世界的一种特性。表现为人站出自身之外，立于全知全能全善全美的高度，反观人、要求人、引领人、提升人的愿望和价值诉求。是人性对神性的一种仰望和追随。

何以要这样定义超越？何以是这种超越？原因主要是汉语诗学现代性超越之维的建构，得力于作为外在超越的基督教，而非汉语传统的儒教。儒教并不是不可以，而是历史没有提供这样的机遇。周作人"灵与肉"的诗学命题中的"灵"，从价值论基础来看，就带有基督教之超越意味。冰心爱的诗学的动机结构，便是渴求以一种基督教式的外在超越，来抵抗世俗世界中蔓延的虚无主义，解决人无法逃避的生死问题，反抗人间的普遍不幸。而在海子、余虹、北村、史铁生、于坚等人那里，基督神性不仅成为诗学超越的尺度，也是诗学达到真正超越的标杆。

[①] 参见姚新中《儒教与基督教》，中国社会科学出版社2002年版，第13—20页。
[②] 尽管有的学者不这样看，比如，梁漱溟从信仰动机将中西宗教分为低等宗教和高等宗教。

海子的"大诗"实质是充满神性的"圣诗"。①张清华对海子诗学阐释提出的三个命题,即神启、大地和死亡,也是以神为中心的。神启就不用说了,大地是神的寓所,是通过诗与神对话、交流的具体语境。死亡也非通常意义上的死亡,而是诗人走向其神话世界的必经之路与终极形式。②朱大可经由海子诗的解读,高度赞赏和疾声呼求一种诗的弥赛亚精神,一种诗的先知运动,以及以这种精神和运动"对于群众的内在拯救"。他认为,真正的诗人应是这样的话语英雄,"凭借人的内在智慧光线、神谕的启示和说出真理的非凡勇气",宣布对世界之夜的激烈批判。亦即借助宗教精神对世俗世界的根本性超越。③余虹更是以有无神来判断有无神性、有无神话、有无语、有无诗、有无思、有无居。在他看来,汉语世界只是一个天、地、人的三维世界,在此没有神的容身之地,也就没有了上述的一切。因此,现代汉诗作为人类的神圣行为,它的使命就在于以独特的方式进入神话,在默默聆听祈祷吟诵中应和神的话语,为神的出场准备场所,为人走向神铺平道路。④于坚则认为,作为文学的写作就是回到真理的斗争。这个真理,是存在的真理,是期待神的临场的真理。诗人是人群中唯一可以称为神祇的一群,他是神的一支笔。⑤

北村和史铁生,最终把这种对诗的超越性追求推进到基督宗教诗学。作为作家基督徒的北村,他把对基督的信仰、信念、信心当作写作的根据、出发点和归宿。诗就如人一样,它之有无意义就在于有无神。人类理性神话的破产,人的失语,归根到底在于人类的失信。因此,他呼吁一个良心的立场,呼唤一种良知的写作,亦即是充满神性之爱的写作:"恢复起初的爱,再启动这支笔。"⑥不仅如此,文格要以神格的实现,即终极价值的获得为最高境界。理想的诗学应该是神格、终极价值和终极操作抑

---

① 参见海子《诗学:一份提纲》,见崔卫平编《不死的海子》,中国文联出版社 1999 年出版。
② 参见张清华《"在幻像和流放中创造了伟大的诗歌"》,见崔卫平编《不死的海子》,中国文联出版社 1999 年版。
③ 参见朱大可《先知之门:海子与骆一禾论纲》,见崔卫平编《不死的海子》,中国文联出版社 1999 年版。
④ 参见余虹《神·语·诗……——读海子及其他》,见崔卫平编《不死的海子》,中国文联出版社 1999 年版。
⑤ 参见于坚《棕皮手记·活页夹》,花城出版社 2001 年版。
⑥ 参见北村《神圣启示与良知的写作》,《钟山》1995 年第 4 期。

或是终极形式的统一。① 他在此诗学理念规约下的小说写作，大都内含一种罪恶与拯救的神性图式。史铁生则是从自身的残疾见出了人的有限性，由人的有限性思入人的存在；再从寻思人的存在的意义中走向了与上帝相遇的途中；在此途中，他实现了从残疾的、有限的现实世界的不可能，向圆满的、无限的可能世界的飞跃，建构起了只能以史铁生命名的可能性诗学，从而为现代汉语文学的写作敞开了无限的时空。最后，他以"文学就是宗教精神的文字体现"为基督宗教诗学命名，并以此宣告这种诗学走向成熟。②

（四）

在齐格蒙·鲍曼那里，现代性就是一个反思的事件，是一桩思的事情，是意识到自身的实践活动。现代性的基本特征便是反思性。其反思的对象关涉世界的秩序、人类生存环境的秩序、人类自身的秩序，以及这三方面关联之秩序。现代性之所以是反思性事件，是因为现代性的历史就是社会存在与其文化之间紧张的历史，它迫使其文化站到自己的对立面，在不和谐中求和谐、求发展。③

亨利·列菲伏尔也认为，现代性可以理解为一个反思过程的开始，一个对批判和自我批判某种程度先进的尝试，一种对知识的渴求。④ 即便是在现代性的哲学奠基者笛卡尔、康德、黑格尔那里，批判的权利与反思的能力都是现代性的基本特征。真正的反思性，应该是理性把握自身的一种特性。

汉语诗学的现代性建构过程，乃是一个反思性的过程。不必说王国维、蔡元培、胡适、冯友兰、张东荪、梁漱溟、贺麟、吴宓、雷海宗、张君劢、宗白华、李泽厚、金耀基、刘小枫等人对现代汉语思想、文化的反思深具西方宗教、基督教文化背景，单是陈独秀、鲁迅、周作人、冰心、海子、北村、史铁生、于坚、余虹等人，对汉语诗学的反思也都与基督教文化紧密相关。

陈独秀在比较中西文化的差异时，持的是基督教文化立场，指出支配

---

① 参见北村《神格的获得与终极价值》，《文学自由谈》1990年第2期。
② 史铁生：《自言自语》，见《写作之夜》，人民文学出版社2000年版，第174页。
③ Zygmunt Bauman, *Modernity and Ambivalence*, Cambridge: Polity, 1991, pp. 5, 10.
④ Henry Lefebvre, *Introduction to Modernity*, London: Verso, 1995, pp. 1–2.

中国人心的最高文化是唐虞三代以来伦理的意义，支配西洋人心的最高文化是希腊以来美的情感和基督教信与爱的情感。这使得中国文化的源泉里缺少了西方式的美的、宗教的纯情感。具体到以表现情感为主的文学上，则只剩下离开了情感的虚伪的伦理，他认为，"这正是中国人堕落的根由"。而要补救这个缺点，只好拿来西方的美和宗教，"要把耶稣崇高的、伟大的人格和热烈的、深厚的情感培养在我们的血液里，将我们从堕落在冷酷、黑暗、污浊坑中救起"，铸造我们崇高的牺牲精神、伟大的宽恕精神，以及平等的博爱精神。[①]

鲁迅从对西方启蒙建制以后的科技文明、物质文明、政治文明的反思中，反观了中国资产阶级洋务派、改良派的现代性方案，并以此出发深入人的个体信仰，认为是众数政治和拜物教的意识形态遮蔽了个人，遮蔽了人的个性与自由、精神与灵魂。流蔽所至，性灵失光，社会憔悴，进步以停，并"将使文化之纯粹者，精神益趋于固陋"。[②] 核心在于人的"本根剥丧"，以至于"神气旁皇"。人类需要启蒙以后的再度救赎。何以救赎？立人。人何以立？关键在于立心。而人心之立，离不开信仰。在此鲁迅提出了一个重要的命题："人心必有所冯依，非信无以立。"于是，凭信以立人成为鲁迅诗学的根本要点。面对当时以科学反对所谓迷信的汹汹声浪，鲁迅疾呼："伪士当去，迷信可存，今之急之。"由此展开了对包括基督教在内的宗教价值的正面诉求。[③] 鲁迅的反思既是对现代性的反思，又在其反思中实现了对汉语诗学的现代性建构。而其中的确不乏基督教思想资源。

周作人与冰心对汉语诗学的反思有一个共同的关切点，那就是立足于基督教的博爱和人类大同的思想，强调诗学破除各种人为的壁障而具普世性品质。周作人的"人的文学"和"平民文学"，其实质都是人类的文学。[④] 它是建立在古代文学是"种族国家文学"，而这种文学必然随着文学历史而消亡这一反思性结论的基础上。到了现代，觉醒的人们发现，"人类原是利害相共的，并不限定一族一国，而且利己利人，原只是一件

---

① 陈独秀：《基督教与中国人》，《新青年》第7卷第3号。
② 鲁迅：《文化偏至论》，见《鲁迅全集》第1卷，人民文学出版社1989年版。
③ 鲁迅：《破恶声论》，见《鲁迅全集》第8卷，人民文学出版社1989年版。
④ 唐小林：《普世诗学：周作人早期文论的基本质态》，《四川师范大学学报》2005年第4期。

事情"，正是这种普世伦理可能将导致种族国家文学的瓦解，而代之以现代的人类文学。① 这种立基于人道主义的现代人类文学，是"用艺术的方法表现个人的感情，代表人类的意志，有影响于人间生活幸福的文学"②；"是人类的，也是个人的，却不是种族的，国家的，乡土的及家族的"文学。③

冰心的"爱的诗学"，则用背靠上帝之爱的"母爱"来沟通阶级、民族、国家、敌友，实现了周作人的普世诗学理想。她把世俗之母爱上升为人类宇宙的普遍信念："世界上的母亲和母亲都是好朋友，世界上的儿子和儿子也都是好朋友，都是互相牵连，不是互相遗弃的"④，那么，"人类呵！/相爱罢，/我们都是长行的旅客，/向着同一的归宿"。⑤ 正是在这样的理念引导下，《最后的安息》中两个有着贫富、阶级、地位悬殊的孩子才共处"一个爱和神妙的世界"；《一个军官的笔记》中才有了对所有战争之正义性的置疑；《国旗》中也才有了对民族国家的建构和划分的否定，并幻想将所有国旗并在一处，组成"新的和平的标帜"，建设一个全世界多民族和平共处的大同的世界。

周作人、冰心对汉语诗学的这种反思，使现代汉语诗学具有了包容天下的开放气度和世界性眼光，其贡献是巨大而独特的。当然，这样的声音在史铁生那里也能听到。

海子、北村、于坚、史铁生、余虹等人对现代汉语诗学的反思，也是背靠基督教神学背景进行的。他们的反思沿袭并推进了鲁迅对现代性本身予以反思的路径和进程。不过这时的反思语境与鲁迅所处的时代迥然不同，人类信仰与理性的神话已经破产，一个以解构现代性为能事的后现代思潮甚嚣尘上，并赢得话语威权。他们的反思与后现代思潮不同的不是他们不解构，而是他们为了建构而解构，而且建构的方向也与后学家们不尽一致，甚至背道而驰。如果说，鲁迅、周作人们汲取基督教思想资源，是为汉语诗学之现代性价值奠基的话，那么，他们则是在对汉语诗学之现代性进行反思与解构的过程中，实现对现代汉语诗学的价值重构。

---

① 周作人：《新文学的要求》，见杨扬编《周作人批评文集》，珠海出版社1998年版，第45页。
② 同上书，第46页。
③ 同上书，第43页。
④ 冰心：《超人》，见《冰心文集》第1卷，上海文艺出版社1982年版，第83页。
⑤ 冰心：《繁星·十二》，见《冰心文集》第2卷，上海文艺出版社1983年版，第8页。

他们对现代汉语诗学反思了什么？归结起来四个问题：主体性、历史理性、语言理性，以及由此相关的意识形态。

主体性问题，是现代性的根本问题。北村和史铁生对现代汉语诗学的主体性的反思，是从两个完全相反的向度上展开的，而后却殊途同归。北村的问题是中国文学主体性的丧失。他发现1985年之前的文学"几乎不关注与人存在有关的任何问题"，之后的文学虽触及过一些人类的原命题，却又更多地陷入工具理性之中，文学散发出"相当浓厚的技术性色彩"。在这种情形下，文学只是"完成了人性的一次必要的宣泄"。究其原因，是作家"无主的精神世界的混乱"，是对"终极命题"的漠视。而归根到底是信仰和信心的丧失而导致的意志的消沉、生命力的枯竭和委顿，以及人与文学的失语。当然这些与启蒙运动以后人类理性神话的破产，非理性领域的探索陷入荒谬境遇，人性又在奥斯维辛惨遭杀害，以致人文主义的信仰受到彻底怀疑这样一个人类无路可走、无家可归的茫然处境有关。[1] 在北村看来，文学和作家主体性的获得，唯有与神建立信靠关系，因为，只有神、只有耶稣基督才"是宇宙间唯一真活的神，他就是道路、真理和生命"。[2]

从20世纪初周作人的"人的文学"，到这个世纪中叶钱谷融的"文学是人学"，再到20世纪七八十年代相交朦胧诗学的"诗是自我的表现"，"人"在现代汉语文学与诗学的主体性地位是如此的深入人心，以至于不可动摇。但是，史铁生却从一己的残疾中发现了人的有限性，发现了人在根本上就是残疾的这个致命性缺陷。人不仅面对海德格尔的世界黑夜，而且面对自身心魂的黑夜。正因为如此，人的思想、人的理性是有限的。但并非每个人对此都明白，而更多的是对思想、理性的盲目自信、沾沾自喜，或者表现为真理在握、自以为是的虚妄、狂妄，或者表现为对自然、对社会的疯狂占有与掠夺，或者表现为理性破产后的虚无和绝望。这就是人的主体性极端膨胀的后果。在史铁生看来，唯当人深刻地意识到自己的局限，意识到苦难是人的在体性处境，才能真正探入艺术的根基，寻找生命的意义，也才能从中长出真正的文学来。唯当人从自以为是的"知"终于走向"知不知"的谦恭与敬畏，人也才能真正找到生命的归

---

[1] 北村：《神格的获得与终极价值》，《文学自由谈》1990年第2期。
[2] 北村：《我与文学的冲突》，《当代作家评论》1995年第4期。

宿。而就在这时，人不可避免地要与"神"照面。因为人的这样一个过程，"乃是有限此岸向无限彼岸的眺望，乃是相对价值向着绝对之善的投奔，乃孤苦的个人对广博之爱的渴盼与祈祷"。文学也由此"回到写作的零度，神说既从那儿发出，也只能从那儿听到"。

历史理性、语言理性一度成为现代汉语诗学信仰。余虹曾将它们作为现代性话语实践的两大价值支柱。所谓历史理性信仰，即是"相信历史是一种有本质的、有目的的、被决定的时间序列"；语言理性信仰则是"相信语言能客观地再现这一历史"。它们共同建构起"意识形态化的历史大叙事"。[①] 史铁生、于坚由于有了神性的背景，就有了超越这种诗学信仰的可能。

史铁生的可能性诗学就是其代表。它突破了现实反映论的文学观，扭断了那些所谓的历史与现实的必然性链条，按照可能世界的要求来建构现世生活的文学图景；它扬弃了现实反映论的真实观，坚信文学的真实不源于被意识形态塑造过的"现实"，而源于人的心魂的真实；因此他放弃了历史理性的真实观："一切所谓的历史都不过是现在对过去（后人对前人）的猜度"，恰如克罗齐之"一切历史都是当代史"。对于历史的叙述，也亦如福柯所言，关键不在于话语讲述的年代，而在于讲述话语的年代。诗人于坚更是深信，正是历史理性、语言理性信仰下生成的意识形态遮蔽了诗。诗不仅被意识形态异化，被虚假的乌托邦掩饰，而且被降低到知识水平。诗的澄明，仰赖于存在真相的去蔽，仰赖于神性的临在。"诗的言说或许就是存在指向上帝的路径。"

综上所述，元叙事、世俗性、超越性和反思性搭建起现代汉语诗学的现代性，而关于这些诗学观念的生产，都与基督宗教有着这样那样的关联。到此可以结论：基督教参与了现代汉语诗学的价值奠基与价值重构，进入了现代汉语诗学的价值核心。

二 建立现代汉语宗教诗学导论

现代汉语宗教诗学不仅有自己特定的考察对象，而且有坚实的事实依

[①] 余虹：《革命·审美·解构——20世纪中国文学理论的现代性与后现代性》，广西师范大学出版社2001年版，第1页。

据和学理依据。应该说建立这样一门诗学的条件已经成熟。当然,建立现代汉语宗教诗学不可能一蹴而就,需要长期的探索和反复的论证,这里只是引出论题本身。

(一)

宗教诗学出现在学术视阈中,还是一个陌生的概念。它喻示了一个诡秘而颇富想象力的学术空间。

诗学,是一个古老而充满活力的术语,其内涵既难以把握,但又有相对的确定性。古代华夏诗学,是经学的一支,指《诗经》之学。直到《宋史》中所列范处义的《诗学》和《毛郑诗学》,仍取其义。其间,晚唐裴庭裕称李商隐"诗学宏博"[1],诗人郑谷《中年》诗称自己"衰迟自喜添诗学,更把前题改数联"中的"诗学",虽已不同前义,但亦不具今日"诗学"之意涵。前者是说义山很会作诗,诗作宏富;后者尽管作为完整的"诗学"概念在汉语文学中第一次出现,依然与文论层面的"诗学"相去甚远,意指学习作诗。直到明人遁园居士的《伤逝记》[2]和叶秉敬的《敬君诗话》[3]中,作为艺术门类和诗话专章的"诗学",才大致有了今日诗学之内涵。[4]

在西学中,诗学(Poetics)一词,源于希腊的 Poiētikēs,是 Poiētike tekhnē 的略写形式,后者意指作诗的技艺,旨在经典文本中,抽取规则,以为后世作诗的规范和评诗的标准。亚里士多德的《诗学》是其奠基之作,虽然论述的对象是诗,尤其是悲剧与史诗,但就其实质而言,乃是指文学理论与艺术理论两维。此后,贺拉斯的诗体书简《诗艺》、布瓦洛的诗体论著《诗的艺术》中的诗学,就更加专注于文学理论。19 世纪以来,雪莱的《诗辩》、艾伦·坡的《诗的原理》,更是收缩野线,诗学成了诗歌理论。于是,关于诗学,就有了文学和艺术理论、文学理论、诗歌理论的含义。

---

[1] 裴庭裕:《东观奏记》3 卷卷下,见《四库全书》史部·杂史类。
[2] 遁园居士:《伤逝记》,见《说郛三种》46 卷本第 9 册,上海古籍出版社 1988 年版,第 1056 页。
[3] 叶秉敬:《敬君诗话》,见《说郛三种》46 卷本第 10 册,上海古籍出版社 1988 年版,第 1594 页。
[4] 参见杨乃乔《悖立与整合——东方儒道诗学与西方诗学的本体论、语言论比较》前言,文化艺术出版社 1998 年版,第 12 页。

进入 20 世纪，有两位学者关于诗学的界定值得重视。一位是法国的瓦莱里，他在教学计划书中这样写道："从词源学的角度看，即把诗学看成是与作品创造和撰写有关的、而语言在其中既充当工具且还是内容的一切事物之名，而非狭隘地看成是仅与诗歌有关的一些审美规则或要求的汇编。"他指出："诗学指文学的整个内部原理（toute théorie interne de la littérature）。"① 另一位是美国著名比较文学学者厄尔·迈纳，他在《比较诗学》中认为，"'诗学'可以定义为关于文学的概念、原理或系统"。②

关于诗学的言路，古代中国往往从具体的诗歌文本出发，通过直观、感悟、体验的方式，言说诗性智慧或诗歌技艺。这与 20 世纪 60 年代以后，西方诗学复兴后的言路有一致之处，即诗学力求逼近个体阅读中的审美经验。托·斯·艾略特的几篇极富洞见的诗学论文，就是作家评论。巴赫金的《陀思妥耶夫斯基的诗学问题》，是从解读陀氏的几部重要作品得出诗学结论，并进而提出对话诗学的。他的狂欢理论，也是在解析法国作家拉伯雷的长篇小说《巨人传》中的"民俗化的笑"时，升华出来的。当然，这之前海德格尔的《荷尔德林和诗的本质》就走的是此一路向。

统观古今中外，诗学的言路大致有三条：一是，提出某个诗学命题，结合创作实践，进行逻辑推演，创构诗学体系。如亚里士多德的《诗学》。二是，对既有文论予以梳理、研析、归类，揭示某些诗学规律，以图抵达文学本质。如曹顺庆的《中西比较诗学》。三是，解读大量的文学作品及其经典文本，总结诗学原理，建构原创诗学。比如巴赫金"复调理论"、"狂欢诗学"。换言之，诗学可以是文学理论研究，也可以是文论话语分析，还可以是文学作品的理论阐释。我认为，最好的诗学言路，应是这三者的有机统一，即诗学理论与诗学阐释的统一。由此，在研究具体文本和既有文论中，抽象出原创性文学命题，建立起与之相匹配的文论体系，就谓之诗学。简而言之，诗学是关于文学的学问。

要对宗教进行界定，是一件困难的事情。从不同的视角观照宗教，会有不尽相同的定义。麦克斯·缪勒从宗教信仰的层面认为，所谓宗教就是

---

① ［法］达维德·方丹：《诗学——文学形式通论》，陈静译，天津人民出版社 2003 年版，第 2 页。
② ［美］厄尔·迈纳：《比较诗学》，王宇根等译，中央编译出版社 2004 年版，第 3 页。

对某种无限者的信仰。① 威廉·詹姆士从信仰主体个人的宗教体验出发，指出宗教是个人在孤单的时候，与神圣对象保持关系所发生的感情、行为和经验。② 密尔顿·英格从社会功能的角度，把宗教描述为"人们借以和生活中的终极问题进行斗争的信仰和行动体系"。③ 保罗·蒂利希则认为，宗教"是一种终极的关切"，"是人类精神生活所有机能的基础，它居于人类精神整体中的深层"。④ 他从宗教与文化的关系入手，决然地说："宗教是文化的实质，文化是宗教的形式。"⑤ 按照《辞海》的说法，宗教是"社会意识形态之一。相信并崇拜超自然的神灵，是支配着人们日常生活的自然力量和社会力量在人们头脑中的歪曲、虚幻的反映"。⑥ 这些关于宗教的不同定义，可以帮助我们从不同的侧面加深对宗教的理解。

现代汉语宗教诗学拟采用汤因比的宗教定义。在他看来，所谓宗教，"就是指这样一种人生态度：能在某些大问题上，像宇宙的神秘性、人在宇宙中的作用等，令人的精神得到满意的答案，并为人的生存提供切实的训诲，从而使人们能克服人之为人所面临的诸多困难"。⑦ 从这一概念出发，现代汉语宗教诗学言说的宗教，既包括佛教、基督教、伊斯兰教这样的三大世界性宗教，又包括曾经取代这些神圣宗教，而实际上成为人们的信仰，主宰人们的思想、意志和行为的某种"学说"、"主义"等世俗宗教。有趣的是，在现代汉语文化语境中，后者较之前者更位居于文化的中心，并且成为特定历史时期，整个文化精神的底色。这两类宗教，看似相去甚远，但它们都有一些共通点，比如：形而上学性、超越性和神圣性等。

宗教诗学的概念，在类型上与宗教人类学、宗教社会学、宗教心理

---

① ［英］麦克斯·缪勒：《宗教学导论》，陈观胜等译，上海人民出版社1989年版，第11—12页。

② William James, *The Varieties of Religious Experience*, New York. N. Y. : Macmillan Publishing Co., Inc., 1961, p. 40.

③ ［美］密尔顿·英格：《宗教的科学研究》，转引自吕大吉《宗教是什么——宗教的本质、基本要素及其逻辑结构》，《世界宗教研究》1998年第2期。

④ ［美］保罗·蒂利希：《文化神学》，陈新权等译，见何光沪选编《蒂利希选集》上卷，上海三联书店1999年版，第382页。

⑤ 同上书，第142页。

⑥ 《辞海》缩印版，上海辞书出版社1989年版，第1137页。

⑦ ［英］汤因比：《一个历史学家的宗教观》，晏可佳等译，四川人民出版社1990年版，第16页。

学、宗教语言学、宗教文化学大体相当，不妨也可以说成是宗教文学学。但也有截然不同的地方，后者属于宗教学的分支，而前者属于诗学的一部分，它的出发点和归宿，不在宗教而在诗学。宗教诗学主要研究宗教与诗学的关系，宗教对诗学的影响，宗教在现代诗学建构中的功能和作用，等等。

现代汉语宗教诗学中的现代汉语，为这门学科划定了范围。现代汉语的第一层含义是，它只把现代汉语文学与文论中的宗教因素作为考察对象。我认为现代汉语文学自1917年的文学革命始，至今仍在延续，它大致包括了今天所谓的现代文学和当代文学。不涉及文言写作的部分。这是从时间上看。从空间上看，现代汉语文学涵盖了大陆、台湾、港澳和其他国家及地区的汉语写作的文学。不涉及同一历史时期，其他民族语言写作的文学。现代汉语的第二层意思是，只考量汉传宗教、汉传学说和主义与现代汉语诗学的关系。就佛教而言，从语系划分，除了汉传佛教，还有藏传佛教。基督教的《圣经》元典，长时期以来都是希腊语写成，后来又有拉丁语等各种版本，现在世界最为通行的是英语本。但我认为，对现代汉语文学发生实际影响的是现代汉语本，因此它是这门学科研究的重点。伊斯兰教和其他学说或主义的情况亦作如是观。

归结起来，现代汉语宗教诗学，就是在现代汉语的范围内，研究佛教、基督教、伊斯兰教这三大神圣宗教和信仰性质的主义、学说等世俗宗教与诗学关系的学科。

（二）

现代汉语宗教诗学，是建立在坚实的历史基础之上的。

从佛教、基督教和伊斯兰教这三大宗教来看，尽管在现代汉语文化中居于边缘地位，但承接晚清佛学复兴的余波和基督教、伊斯兰教在现代社会中的曲折发展，一大批现代汉语作家，还是不同程度地受到了这些宗教文化的影响，出现了一批与此相关的宗教题材，或表现宗教生活、宗教情绪的作品，以及有关的文论。它们构成了现代汉语诗学的事实依据。

从现代汉语作家来看，受佛教文化影响的有：梁启超、夏曾佑、陈独秀、胡适、鲁迅、周作人、郁达夫、许地山、俞平伯、宗白华、废名、瞿秋白、丰子恺、徐志摩、夏丏尊、老舍、高长虹、施蛰存、沈从文、无名氏、徐訏、高行健、贾平凹、汪曾祺、马丽华、虹影、阿来等。受基督教影响的有：胡适、鲁迅、郭沫若、茅盾、林语堂、苏雪林、赵紫辰、田汉、曹禺、废名、巴金、艾青、钱锺书、张资平、林语堂、陈梦家、冰心、许地山、赛珍珠、庐隐、闻一多、老舍、陆志韦、郁达夫、徐志摩、周作人、赵景深、萧乾、施蛰存、熊佛西、余上沅、胡也频、穆旦、朱维之、王蒙、礼平、舒婷、顾城、张洁、张抗抗、竹林、陈映真、王鼎钧、张晓风、蓉子、刘小枫、史铁生、余秋雨、王小波、海子、北村、于坚、施玮、夏宇、斯人、余杰、摩罗、江维藩、程乃珊、丹羽、黄礼孩、鲁西西、苇岸、海啸、齐宏伟等。受伊斯兰教影响的有：翦伯赞、少陆墟、霍达、马瑞芳、张承志、王延辉、郝斯力汗、艾克拜尔·米吉提等。现代汉语的主要作家，都包含在这一长串的名单里了。一些作家，同时受到了两种，甚至多种宗教的影响。比如许地山，除佛教、基督教外，道教的浸染也不可谓不深。

从现代汉语作品而言，与佛教有关的有：鲁迅的《野草》，周作人的《山中杂信》，陈独秀的《〈绛纱记〉序》，郑振铎的《云冈》，俞平伯的《鬼劫》、《忆》、《独语》、《无题》、《古槐梦遇》、《桨声灯影里的秦淮河》，丰子恺的《缘缘堂随笔》、《天童寺忆雪舟》、《不肯住观音院》、《佛无灵》、《渐》，陶晶孙的《尼庵》，叶圣陶的《两法师》，王统照的《印空》，巴金的《鬼》，沈从文的《月下小景》、《被刖刑者的爱》，唐弢的《摩罗小品》，废名的《五祖寺》，方令儒的《琅琊山游记》，许地山的《空山灵雨》、《命命鸟》、《落花生》、《女儿的心》、《鬼赞》、《香》、《愿》、《七宝池上底乡思》，施蛰存的《鸠摩罗什》、《黄心大师》、《塔的灵应》、《宏智法师的出家》，徐志摩的《天目山中笔记》、《常州天宁寺闻礼忏声》，倪贻德的《佛国巡礼》，无名氏的《海艳》，老舍的《正红旗下》，杜运燮的《寒山寺》，扎西达娃的《西藏，系在皮绳扣上的魂》，央珍的《无性别的神》，北岛的《菩萨》，贾平凹的《白夜》、《仙游寺》，汪曾祺的《受戒》、《幽冥钟》，马原的《冈底斯的诱惑》、《叠纸鹞的三种方法》，马建的《亮出你的舌苔或空空荡荡》，马丽华的《走遍西藏》，熊尚志的《人与佛》，方杞的《人生禅》，李英棣的《风》，黄靖雅的《花》，王静蓉的《雪》，林新居的《月》、《满溪流水香》，等等。

与基督教文化有关的有：胡适的《耶稣诞节歌》，鲁迅的《复仇（其二）》，周作人的《歧路》，许地山的《缀网劳蛛》、《商人妇》、《玉官》、《神佑中华歌》，冰心的《晚祷》、《使者》、《傍晚》、《天婴》、《我的学生》、《孩子》、《沉寂》、《最后的安息》、《相片》，郑伯奇的《圣处女的出路》，徐玉诺的《哀求》、《与现代的基督徒》、《我的神》，朱自清的《自从》、《睡罢，小小的人》、《旅路》，郁达夫的《南迁》、《迷羊》、《风铃》，张资平的《约檀河之水》、《爱的焦点》、《脱了轨迹的星球》、《上帝的女儿们》、《我并不悲观》，郭沫若的《落叶》、《圣者》、《双簧》，田汉的《午饭之前》，穆木天的《复活》、《我并不悲观》，王独清的《圣母像前》，茅盾的《耶稣之死》、《参孙的复仇》，庐隐的《余泪》，陆志韦的《黑影儿》、《向晚》，方玮德的《晚祷》，向培良的《暗嫩》，汪静之的《灰色马》，冯至的《禅与晚祷》、《礼拜堂》，陈翔鹤的《大姐和大姐圣经的故事》，白采的《被摒弃者》，徐志摩的《人种由来》、《白旗》、《悲观》、《在哀克刹脱（Excter）教堂前》、《又一次试验》、《卡尔弗里》，滕固的《石像的复活》，叶灵凤的《拿撒勒人》，李金发的《诗人凝视……》、《无依灵魂》、《生之疲乏》、《恸哭》、《丑行》、《给圣经伯》、《上帝》、《无题》，蒋光慈的《耶稣颂》、《复活节》，冯文炳的《亚当》，陈梦家的《叮当歌》、《致一伤感者》、《昧爽》、《圣诞歌》、《我是谁》、《古先耶稣告诉人》，邵洵美的《花一般的罪恶》，刘延陵的《悲哀》，沈从文的《冬的空》，胡也频的《圣徒》、《假使有个上帝》、《求恕》、《死之坚决》，殷夫的《东方的玛利亚——献母亲》，冯乃超的《岁暮的Andante》，梁宗岱的《晚祷》，戴望舒的《乐园鸟》，闻一多的《志愿》、《南海之神·中山先生颂·祈祷》，徐雉的《上帝》、《送给上帝的礼物》，臧克家的《罪恶的黑手》，巴金的《新生》、《电》、《田惠世》，老舍的《老张的哲学》、《赵子曰》、《二马》、《猫城记》、《黑白李》、《柳屯的》、《四世同堂》，曹禺的《雷雨》、《日出》，艾青的《一个拿撒勒人的死》、《马槽》，萧乾的《蚕》、《皈依》、《鹏程》、《昙》、《参商》，靳以的《校长》，方玮德的《祷告》，穆时英的《圣处女的感情》，李健吾的《使命》，李劼人的《死水微澜》，于赓虞的《晚祷》，欧阳山的《谁救他们》，章依萍的《深誓》，胡思永的《祷告》，冯至的《艰难的工作》，徐訏的《精神病患者的悲歌》、《晚祷》，阿垅的《无题》、《犹大》，罗洪的《祈祷》，朱雯的《逾越节》，石评梅的《祷告》、《忏悔》、《我愿你》、《为什么》、《春之波》、《模糊的心影》、《微细的回音》、《罪恶之迹》、《我已认识了自己》，蒲风的《牧师的祷告》，绿原的《信仰》、《重读〈圣经〉》，贺敬之的《在教堂里》，陈荒煤的《在教堂里歌唱的人》、《罪

第五章　现代汉语诗学的现代性与可能性　　229

人》,汤雪华的《南丁格兰的像前》,程育真的《圣歌》,邢禾丽的《上帝的信徒》,刘宇的《西乃山》,何葭水的《没有结尾的故事》,陈汝惠的《女难》,张行健的《田野上的教堂》,礼平的《晚霞消失的时候》,张晓风的《常常,我想起那座山》,史铁生的《务虚笔记》、北村的《施洗的河》、《公路上的灵魂》,施玮的《放逐伊甸》、《红墙白玉兰》,阿成的《上帝之手》,余杰的《香草山》,齐宏伟的《彼岸的跫音》,等等。

　　与伊斯兰教文化有关的有:张承志的《心灵史》、《西省暗杀考》,霍达的《穆斯林的葬礼》,马瑞芳的《祖父》,郝斯力汗的《起点》,艾克拜尔·米吉提的《迁墓人》,等等。

　　现代汉语文论与宗教有关的也不少。① 与佛教有关的:胡适的《中国文学过去与来路》,陈独秀的《答李大槐》、《恶俗篇》、《亡国篇》、《虚无主义》,鲁迅的《三闲集·叶永蓁作〈小小十年〉小引》、《庆祝沪宁克复的那一边》、《且介亭杂文集·题"未定"草》、《华盖集·补白》,周作人的《立春以前·十堂笔谈·佛经》、《〈从小乘戒到大乘戒〉译者附记》、《略谈中西文学》、《志摩的纪念》、《看云集·草木虫鱼小引》、《苦口甘口·我的杂学》、《过去的工作·凡人的信仰》、《秉烛谈·〈朴丽子〉》、《桑下谈·序》、《记太炎先生学梵文事》,许地山的《创作的三宝与鉴赏的四依》、《中国美术家的责任》、《叙〈野鸽的话〉》,宗白华的《我和诗》、《中国艺术意境之诞生》、《青年苦闷的解救法》,丰子恺的《谈自己的画》、《学画回忆》、《画鬼》,闻一多的《〈冬夜〉评论》,瞿秋白的《社会科学概论》,郭沫若的《致郁达夫》、《创造十年续篇》、《王阳明礼赞》、《论中德文化书》、《三叶集·致宗白华》、《孤鸿》,沈从文的《论落花生》,废名的《中国文章》、《读〈论语〉》、《我怎样读〈论语〉》、《说梦》,朱光潜的《丰子恺先生的人品与画品》、《以出世的精神,做入世的事业》,俞平伯的《重刊〈浮生六记〉序》,朱自清的《文艺之力》,徐志摩的《眉轩琐语》,林清玄的《随喜菩提·自序》,林新居的《〈风〉、〈花〉、〈雪〉、〈月〉·总序》、《满溪流水香·自序》,方杞的《人生禅·自序》,赵毅衡的《建立一种现代禅剧》,等等。

　　与基督教文化有关的文论:章太炎的《在东京留学生欢迎会上演说

---

① 这还不包括近现代作家写作的文言论文,诸如梁启超的《论佛教与群治之关系》,章太炎的《建立宗教论》、《论佛法与宗教、哲学以及现实之关系》、《人无我论》、《答铁铮》、《四惑论》,陈独秀的《再论孔教问题》,鲁迅的《科学史教篇》、《破恶声论》等。

辞》，陈独秀的《基督教与中国人》、《答刘竟夫》、《我们对于西洋文明的态度》，周作人的《雨天的书·托尔斯泰的事》、《谈虎集·乡村与道教思想》、《谈虎集·求雨》、《太戈尔与耶稣》、《谈虎集·重来》、《妇女问题与东方文明等》、《知堂文集·序》、《苦茶随笔·重刊〈袁中郎集〉序》、《雨天的书·生活之艺术》、《谈虎集·清浦子爵之特殊理解》、《看云集·麻醉礼赞》，庐隐的《或人的悲哀》，朱维之的《基督教与文学》，刘小枫的《拯救与逍遥》、《沉重的肉身》，刘铁的《忏悔是一种贞操》，杨戈的《救赎之路》，鲁西西的《你是我的诗歌》，北村的《我与文学的冲突》、《神格的获得与终极价值》、《神圣启示与良知的写作》，史铁生的《病隙碎笔》、《写作之夜》，施玮的《灵性文学丛书总序》，杜商的《更高意义的表达》，齐宏伟的《牛虻与蜜蜂：知识分子使命再思》，杨剑龙主编的《灵魂拯救与灵性文学》，等等。

  还有一批研究《圣经》，考察基督教文化与西方文学关系的成果和刊物，也为现代汉语宗教诗学的建构提供了史实支撑。梁工主编的《圣经与欧美作家作品》、《基督教文学》[1]，卜昭慈的《天路·天路：英国近代文学与基督教思想》[2]，王汉川、谭好哲主编的《基督教文化视野中的欧美文学》[3]，刘建军的《基督教文化与西方文学传统》[4]，梁工、程小娟编著的《圣经与文学》[5]，莫运平的《基督教文化与西方文学》[6]，陈召荣、李春霞编著的《基督与西方文学》[7]，廖廉斌主编的《西方文学中的圣经故事》[8]，齐宏伟编的《目击道存：欧美文学与基督教文化》[9]，张欣的《耶稣作为明镜：20 世纪欧美耶稣小说》[10]，夏茵英的《基督教与西方文

---

[1] 宗教文化出版社 2000 年版。
[2] 四川大学出版社 2001 年版。
[3] 中国盲文出版社 2004 年版。
[4] 北京大学出版社 2005 年版。
[5] 时代文艺出版社 2006 年版。
[6] 中央编译出版社 2007 年版。
[7] 甘肃人民出版社 2007 年版。
[8] 农村读物出版社 2008 年版。
[9] 辽宁教育出版社 2009 年版。
[10] 宗教文化出版社 2010 年版。

学》①，肖四新的《欧洲文学与基督教》②，等等。③

这一长串名单，绝对挂一漏万，甚至不到冰山一角。至于受到某种主义、学说影响，而具有世俗宗教性质的作家、作品、文论就更多了，兹不一一列举。

上述丰富的文学史实，为现代汉语文学与宗教关系的研究，提供了强大的动力和广阔的学术想象空间。而一批学者，在20世纪80年代以来，在此一领域的辛勤耕耘，又为现代汉语宗教诗学的建立，筑就了较为厚实的学术基础。

建立现代汉语宗教诗学，首要的学术基础是，对现代汉语文学与宗教的关系进行历史还原和梳理；对现代汉语文学作品和文论中的宗教因素进行诗学阐释；对现代汉语作家的宗教精神进行深入发掘。只有在这些学术准备大体上完成以后，关于现代汉语宗教诗学的理论建构才有可能有效进行。可喜的是，在这方面，尤其是关于三大宗教与现代汉语文学关系的研究方面，已出现了不少学术成果，有的已达到相当高的水准。④ 比如，Lewis Stewart Robinson, *Double - edged Sword*: *Christianity and 20th Century Chinese Fiction*, Hong Kong: Tao Fong Shan Ecumenical Center, 1986⑤，马佳的《十字架下的徘徊：基督教宗教文化和中国现代文学》⑥，刘勇的《中国现代作家的宗教文化情结》⑦，杨剑龙的《旷野的呼声：中国现代作家与基督教文化》⑧、《基督教文化与中国现代知识分子：对"五四"时期

---

① 中山大学出版社2012年版。
② 暨南大学出版社2013年版。
③ 感谢杨剑龙先生的梳理，参见杨剑龙《基督教文化与中国文学的研究和史料问题》，《文艺研究》2014年第7期。
④ 还不包括研究晚清文学与宗教关系的，比如：宋莉华的《传教士汉文小说研究》（上海古籍出版社2010年版）、黎子鹏选编的《晚清基督教叙事文学选粹》（香港橄榄出版有限公司2012年版）等。也不包括未出版的一批硕士和博士学位论文。譬如博士学位论文就有：姜贞爱的《曹禺早期戏剧与基督教精神研究》（博士学位论文，苏州大学，2000年），吴允淑的《中国现代文学中的基督教话语》（博士学位论文，北京大学，2002年），陈伟华的《基督教文化与中国小说叙事新质》（博士学位论文，中山大学，2005年），杨世海的《"撒种在荆棘"：中国现代文学与基督教文化关系研究》（博士学位论文，湖南师范大学，2013年），孟令花的《中国现代文学与耶稣话语》（博士学位论文，河南大学，2013年）等。
⑤ 汉译本为［美］路易斯·罗宾逊《两刃之剑：基督教与二十世纪中国小说》，傅光明等译，台湾业强出版社1992年版。
⑥ 学林出版社1995年版。
⑦ 北京师范大学出版社1998年版。
⑧ 上海教育出版社1998年版。

一个角度的回溯与思考》[①]、《"五四"新文化运动与基督教文化思潮》[②]、《文学的绿洲：中国现代文学与基督教文化》[③]，王列耀的《基督教与中国现代文学》[④]、《基督教文化与中国现代戏剧的悲剧意识》[⑤]、《宗教情结与华人文学》[⑥]，胡绍华的《中国现代文学与宗教文化》[⑦]，王本朝的《20世纪中国文学与基督教文化》[⑧]，宋剑华的《基督精神与曹禺戏剧》[⑨]，喻天舒的《五四文学思想主流与基督教文化》[⑩]，许正林的《中国现代文学与基督教》[⑪]，唐小林的《看不见的签名：现代汉语诗与基督教》[⑫]，谭桂林的《20世纪中国文学与佛学》[⑬]，谭桂林、龚敏律的《中国当代文学与宗教文化》[⑭]，马丽蓉的《20世纪中国文学与伊斯兰文化》[⑮]，哈迎飞的《"五四"作家与佛教文化》[⑯]，丛新强的《基督教文化与中国当代文学》[⑰]，斯洛伐克汉学家马利安·高利克的《影响、翻译与平行——〈圣经〉在中国》[⑱]，刘丽霞的《中国基督教文学的历史存在》[⑲]，齐宏伟的《文学·苦难·精神资源：百年中国文学与基督教生存观》[⑳]，季玢的《野地里的百合花：论新时期以来的中国基督教文学》[㉑]，陈奇佳、宋晖的《被围观的十字架：基督教文化与中国当代大众文学》[㉒]，区应毓、权陈、

[①] 香港中文大学出版社2004年版。
[②] 上海人民出版社2012年版。
[③] 学生福音团契出版社2006年版。
[④] 暨南大学出版社1998年版。
[⑤] 上海三联书店2002年版。
[⑥] 文化艺术出版社2005年版。
[⑦] 华东师范大学出版社1999年版。
[⑧] 安徽教育出版社2000年版。
[⑨] 湖南师范大学出版社2000年版。
[⑩] 昆仑出版社2003年版。
[⑪] 上海大学出版社2003年版。
[⑫] 中国社会科学出版社2004年版。
[⑬] 湖南师范大学出版社1999年版。
[⑭] 岳麓书社2006年版。
[⑮] 安徽教育出版社2000年版。
[⑯] 上海三联书店2002年版。
[⑰] 山东文艺出版社2009年版。
[⑱] Marian Galik, Influence, *Translation and Parallels*: *Selected Studies on the Bible in China*, Sankt Augustin, Germany, 2004.
[⑲] 社会科学文献出版社2006年版。
[⑳] 江西人民出版社2008年版。
[㉑] 中国社会科学出版社2010年版。
[㉒] 中国社会科学出版社2010年版。

蒋有亮、董元静的《中国文学名家与基督教》①、郭晓霞的《五四女作家和圣经》等。② 此外，还有一批相关的学术论文。这些学术专著和论文，在此一学术领域的筚路蓝缕之功，是不可小视的。特别值得一提的是，谭桂林先生的《百年文学与宗教》一书③，从宗教价值理念与中国现代文学传统建构的角度，论述了基督教、佛教、伊斯兰教和其他区域宗教的价值理念，对于构建中国现代文学传统的意义，已经具有了宗教诗学的意味。当然，如何在明确的宗教诗学观念的引领下，从现代汉语文学的整体视角，穿越事实描述或诗学阐释的层面，并将受到某种主义、学说影响而具有世俗宗教因素的文学现象，也纳入考察范围，建立系统的现代汉语诗学，还是一项长期的任务。

（三）

建立现代汉语宗教诗学，具有充分的学理依据。

从宗教与文化的关系来看，宗教是文化的核心。何谓文化，泰勒认为："文化或文明是一个复杂的整体，它包括知识、信仰、艺术、道德、法律、风俗以及作为社会成员的人所具有的其他一切能力与习惯。"④ 而在更为广泛的意义上，人们认为，文化是人类物质文明和精神文明的总和，它包括物质文化、制度文化和精神文化三个层面。说宗教是文化的核心，一方面是说，在人类文化史上，宗教在特定的历史时期，就是整个文化系统，比如人类的原始社会和西方的中世纪。另一方面，在宗教世俗化以后的历史阶段，宗教作为一种特殊的文化形式，渗透到了文化的方方面面，涵盖了社会心理、意识形态、行为方式、生活习俗，乃至单个的器物和整个的社会制度。正是在这个意义上，"宗教与文化的问题是一个错综复杂而涉及范围很广的关系网，它把社会生活方式同被社会接受为生活的最高法则和个人与社会行为的最高准则的精神信仰和价值统一了起来"⑤，

---

① 九州出版社2011年版。
② 中国社会科学出版社2013年版。
③ 湖南教育出版社2002年版。
④ ［英］泰勒：《原始文化》，蔡江浓编译，浙江人民出版社1988年版，第1页。
⑤ ［英］道森：《宗教与西方文化的兴起》，长川某译，四川人民出版社1989年版，第2页。

宗教是历史的钥匙①，更是文化的钥匙。

按理说，欧洲的文艺复兴和人文主义，是一场较为彻底的反宗教运动，是把人从神的统治下解放出来，以其世俗主义和自然主义为其主要特点，宗教应该被放逐到文化的边缘。但据当代著名的宗教哲学家道森研究，宗教仍然居于这个时代文化的核心地位，其突出的表现在于，宗教是人文主义兴起的基本文化动因。道森发现，在人类历史的长河中，"宗教并非一种抽象的意识形态，也不仅是一种古老的精神资源，而且是一种绵延历史的文化传统和潜移默化的文化习俗"。② 也许，我们在业已创造或力图创造的外在秩序中无法一目了然地找到宗教了，但是，在西方人变化了的心灵世界中，我们却可以察觉到它的存在。这种存在是如此的顽固，以致永远也不可能消除，除非全盘否定或彻底毁灭西方人本身。③ 马克斯·韦伯关于新教伦理与资本主义精神问题研究，也证实了道森的结论。资本主义精神的特征是"理性化"，而理性化是一种科学精神，与被视为"神秘主义"的宗教精神是背道而驰的。但是，马克斯·韦伯通过其卓越的研究发现："近代资本主义精神的一个基本要素，或者说，不仅是指近代资本主义精神而且包括整个近代文化精神的一个基本要素——以职业观为基础的理性行为，就是从基督教的禁俗主义精神中产生出来的。"④

汤因比认为："一种文明形态就是其宗教的表达方式。"⑤ 也就是说，宗教是文化的核心还表现在，人类各大文化系统、文明形态，不仅有其深厚的宗教背景，而且是以宗教为特征彰显出来的。汤因比自己就把现存人类的文明社会形态划分为：西方基督教社会、东正教社会、伊斯兰教社会、印度小乘教社会和远东大乘教社会。⑥ 美国当代著名的社会学家塞缪尔·亨廷顿，在他引起广泛关注和争议的著作——《文明的冲突与世界秩

---

① 劳德·阿克顿（Lord Acton）语，转引自［英］道森《宗教与西方文化的兴起》，长川某译，四川人民出版社1989年版，第5页。
② 张志刚：《宗教学是什么》，北京大学出版社2002年版，第121页。
③ 参见［英］道森《宗教与西方文化的兴起》，长川某译，四川人民出版社1989年版，第261页。
④ ［德］马克斯·韦伯：《新教伦理与资本主义精神》，转引自张志刚《宗教学是什么》，北京大学出版社2002年版，第55页。
⑤ ［英］汤因比、［日］池田大作：《选择人生》，转引自张志刚《宗教学是什么》，北京大学出版社2002年版，第127页。
⑥ ［英］汤因比：《历史研究》，转引自张志刚《宗教学是什么》，北京大学出版社2002年版，第125页。

序的重建》中,也认为"宗教是界定文明的一个主要特征",并引述道森的话说,伟大的宗教是伟大的文明赖以建立的基础。① 因此,基督教文明、儒教文明、伊斯兰教文明等概念,构成了这本书作基本的文化视阈和阐释意域。

上述韦伯关于新教伦理与资本主义精神的研究,还启示我们,宗教之所以是文化的核心,还有一个重要的原因,那就是宗教为人类社会提供了基本的信仰体系、价值规范、行为准则和组织体制。人是人类社会的中心。人既是物质性的,更是精神性的。精神活动是人的主要活动。而精神活动,正如汤因比曾经论述的那样,是以价值体系为标志,价值体系又是以宗教信仰为根基的。这样,以宗教信仰为根基的价值体系,就不但制约着精神活动,而且从根本上决定着一个文明社会的经济、政治乃至全部活动。②

也许正是立足于宗教是文化的核心这一基本命题,曾经作为基督教徒的马克思,才在《黑格尔法哲学批判导言》中深刻地指出:"对宗教的批判是其他一切批判的前提……宗教是这个世界的总理论,是它的包罗万象的纲领,它的具有通俗形式的逻辑,它的唯灵论的荣誉问题(point d'honneur),它的狂热,它的道德约束,它的庄严补充,它借以求得慰藉和辩护的总根据。"③ 马克思是把宗教作为这个世界的"总理论""总纲领""总根据"进行批判的。

宗教是文化的核心,文学是文化的重要构件,文学与宗教的关系就不可谓不紧密。历史的事实已经证明了这一点。那么从学理的角度,宗教又是怎样和文学发生关系的呢?

我们得首先深入宗教结构的内部。吕大吉先生关于宗教基本要素的学说认为,宗教作为一种社会化的客观存在,具有一些基本要素。他把这些要素分为两类:"一类是宗教的内在因素;一类是宗教的外在因素。宗教的内在因素有两部分:1. 宗教的观念或思想;2. 宗教的感情或体验。宗教的外在因素也有两部分:1. 宗教的行为或活动;2. 宗教的组织和制

---

① [美]塞缪尔·亨廷顿:《文明的冲突与世界秩序的重建》,周琪等译,新华出版社1999年版,第32页。
② 张志刚:《宗教学是什么》,北京大学出版社2002年版,第126—127页。
③ 马克思:《黑格尔法哲学批判导言》,见《马克思恩格斯列宁斯大林论宗教和无神论》,人民出版社1999年版,第1页。

度。"① 概括起来，就是宗教的观念、情感、行为和制度。宗教结构的这四个要素都可能对文学构成影响。处于这四个逻辑层次最核心、最基础层的宗教观念，是解决人的信仰问题，它以宗教特有的方式告诉人们世界的真理，回答人是什么，从哪里来，到哪里去这样一些终极问题，并由此建立起善与美的标准，建立起人与绝对神圣、人与世界、人与人的关系，以及人的精神信念和价值体系。因而，宗教观念极有可能通过作家的世界观、人生观、价值观，而影响到文学的本体观和作家的伦理观。宗教情感、宗教体验往往与民族习俗、民族生活、民族感情、民族文化交织在一起，而影响作家的创作心态、创作方法，左右文学的风格。宗教行为和宗教制度，在构成人类的生存状态、文学的生存空间同时，也成为文学的书写对象，而且还有可能波及文学的组织和制度。宗教对文学的这些影响，往往具体地表现在作家的创作和理论言述中，而最终落脚在诗学形态上面。

宗教的活动方式，暗合了文学把握世界的方式。无论何种宗教，都与神有关，神圣的神或世俗的神。宗教活动的目的，是人与神的沟通。而神是一种超人间的力量，人要走近神，需要中介，这就是宗教仪式。宗教仪式大致可分三类：一类是以物祭形式为特征的物象礼仪；一类是以身体动作为特征的示象礼仪；再一类是以心祭形式为特征的意象礼仪。这三类宗教仪式都有一个共同的特征：以符号的形式与神明沟通。前者是物象符号；中者是动作符号（它是物象符号的特殊形式）；后者是意象符号（它是宗教进入更高层次的一种表现）。其实质都是以象征符号的方式来把握宗教的真理。这与文学用语言符号象征性把握世界的特征，如出一辙。

由于宗教活动的存在，宗教的世界事实上被划分为"世俗的"和"神圣的"两部分。宗教徒是通过世俗世界，比如象征性的、实体化的宗教器物——教堂、寺庙、十字架、舍利子等等，来无限地体验和靠近神圣的世界。这种体验和靠近，在某种意义上，是一种解读方式，一种阐释方式。而这种阐释方式与文学的阅读方式、接受方式，也有异曲同工之妙。它在诗学的意义上，可以影响文学阐释与文学批评。当然，诗学的发展史已经证明，这种影响更为直接的是各种宗教元典的解读。中国儒教经典和基督教《圣经》的解经方式和解经传统，都整个地影响了中国传统诗学

---

① 吕大吉：《宗教学通论新编》，中国社会科学出版社 1998 年版，第 76 页。

和西方诗学的建构。

正因为宗教与诗学有如此众多的联系，建立宗教诗学的学理依据是充足的。但是，建立现代汉语宗教诗学的学理依据，又是否充足呢？这又是我们必须审理的问题。

首先要考量的是宗教是文化的核心这一命题，在现代汉语文化中是否成立。显然，在古代汉语文化中是成立的。尽管在儒家文化神圣化之前，还有极为丰富的汉语文化，但就整体而言，儒教无疑是古代中国文化的核心。即便在这之前，民间宗教、巫术文化也相当发达。就现代汉语文化主体的大陆而论，到了近代以后，随着西方文化先后从物质文化、制度文化，再到精神文化层面的大规模进入，倒孔的声浪日高，儒教开始土崩瓦解，其文化的核心地位不再。与之相伴随的道教文化、佛教文化也受到很大的冲击，而进一步边缘化。晚清的佛学复兴，20世纪初叶的基督教传教高潮，以及伊斯兰教的发展，的确给现代汉语文化以一定的影响，但是没有哪一支宗教进入中国现代汉语文化中心。这是否意味着宗教是文化的核心这一命题，不适应于现代汉语文化界？

答案显然是否定的。这时，我们就要来到前述宗教论域的第二个层面——世俗宗教。汤因比在《选择人生》一书里，把科学主义、国家主义和共产主义称为现代西方社会的三大信仰[1]，对我们是有启迪意义的。1915年新文化运动以后，这三大信仰，尤其是后者，很快占据现代汉语文化的统治地位，而成为核心。文学在经历20世纪20年代早期的革命文学、后期的无产阶级文学、30年代的左翼文学、40年代的工农兵文学、50年代的社会主义文学以后，越来越深入地贯彻了这一信仰的意志，到"文化大革命"文学达到极致。与此同时，也建立起了相应的文论话语体系。这一体系只是到了后新时期才开始松动。

（四）

基于以上的事实依据和学理依据，建立现代汉语诗学的条件是基本具备的。接下来的问题是：如何建立现代汉语宗教诗学？

现代汉语宗教诗学，是一门交叉性、综合性的学问。它当然可以借鉴宗教社会学、宗教文化学、宗教语言学、宗教心理学等宗教学的研究方

---

[1] 参见张志刚《宗教学是什么》，北京大学出版社2002年版，第128页。

法，同时还可以借鉴比较文学、比较诗学、比较宗教学等学科的学科理论。这些借鉴，不仅十分重要，而且也是非常必要的。但是在我看来，它们都还主要属于研究方法技术层面的东西，更为重要的是，在建立一种认识或理解的范式之前，应有一个基本的方法论立意，也就是此种方法论的出发点。对于建立现代汉语宗教诗学而言，我以为这个出发点就是强烈的问题意识。有否强烈的问题意识，是衡量人文研究学科水准和学术水平的关键。诚然，光有强烈的问题意识还不够，还必须将此贯穿到具体的研究方法之中。建立现代汉语宗教诗学，从问题意识入手，将遵循以下的方法论要点。

一是带着终极问题进入具体问题。所谓终极问题，就是人们所终极关切或终极关怀的问题。不同的人文学科对此有着不同的解释。在最一般的意义上，它是指人们对生活的最高价值、人生的最高境界、生命的终极意义和世界的终极真理等的渴望和探寻。终极问题，既是宗教的本源性问题，又是任何一种诗学力求抵达的终点。带着此一问题，进入现代汉语宗教诗学这个具体问题的时候，宗教与诗学就有了一个可以全面展开、深入对话的学术平台、一个共通性的话题。而在另外一个意义上，终极问题给现代汉语宗教诗学的研究以宏阔的观照视野和阐释意域，但是它不能取代，而是必须深入具体的文本解读、文论话语的剖析当中，并最后落实在诗学问题上。

二是带着当下问题进入历史问题。现代汉语宗教诗学，就其考察的对象而言，还是一个没有终结、正在展开的历史过程。但悖论的是，只有那些已经相对静止、相对稳定，也就是在相对的意义上成为历史的东西，才能被我们捕捉，进入我们的学术视阈。就此而论，现代汉语宗教诗学依然是一个历史问题。而当下就是这段历史的汇集点。当下问题，在某种意义上，就是这段历史自然演变的结果之一。这似乎是早已遭后现代主义思潮，尤其是新历史主义所唾弃的历史决定论。但后现代主义真正解构的是叙述的历史，一种与主流意识形态、一种与政治无意识、一种与权力意志共谋的叙述的历史、书写的历史。对于建立一部客观的历史，在是否可能上，后现代主义者虽然持怀疑态度，但并不反对这种努力。即使"后学者"，也不能否定当下问题与历史有关，不然福柯就不会去研究疯癫史与当下文明的关系。带着当下问题进入历史问题，具体地说，带着当下的文学和诗学问题，去考察现代文化史上的宗教与诗学的关系，就可能使我们从发生学的意义上，深入诗学结构的内部，找到当下问题的真正症结所在。那么，当下诗学有什么症结？可能不同的学者有不同的看法，不同的视角有不同的结论。但1993—1995年，在中国文学界爆发的那场"人文精神"的大讨论，可以给我们一个重要的提示。在那场大讨论中，不少著名的学者共同关心的一个问题是：现代汉语文学进入世纪之交，人文精神失落了，终极关怀没有了。[①] 质言之，现代汉语文学发展到今天，它的价值根基松动了，它的价值体系遭到前所未有的质疑。或者它从来就没有过真正属己的价值系统？如果说，现代性不是完全意义上的西方话语的内涵，而是在人类社会，比如中国社会进入现代以后，在历史的演变过程中逐渐获得、逐渐积淀、逐渐形成的某种特性、某些特征的集合的话；如果现代汉语诗学的现代性也作如此理解的话，那么我可以说，这就是现代汉语诗学的现代性缺损。肯定还有其他的问题，但在我看来，这无疑是现代汉语诗学领域较为重要的当下问题。带着当下问题进入历史问题再返回当下问题，这其实是自马克斯·韦伯、涂尔干以来，西方人文学界的一个学术传统，即始终关注现代性与传统的关系。

三是带着自我问题进入他者问题。现代汉语宗教诗学，无疑是中国文化中一个本土性的问题。但是，它所关涉的宗教，比如佛教、基督教、伊斯兰教，即便是科学主义、国家主义、共产主义等等，并非汉文化土产，而是大都源于国外，来源于他者。在经过本土化以后，形成第三种文化。也就是说，它们既不是原初意义上的外国文化，亦不是本原意义上的汉语文化。因此，在研究现代汉语宗教诗学时，对待这些文化他者，必须要有特殊的文化视阈，既要力求探索这些文化在他者语境中的真谛，更要立足其本土化后的变异和质态，而出发点和归宿还必须是现代汉语诗学的。这是带着自我问题进入他者问题的一个方面的意思。另一个方面的意思是指，他者有他者的宗教问题、诗学问题；他者有他者关于宗教与文学、宗教与文论的若干命题，当我们进入这些问题或命题的时候，其立足点是解决现代汉语诗学问题，建构现代汉语的宗教诗学体系。

三　新启蒙视野下的现代汉语灵性文学

进入21世纪，新的历史语境使现代汉语文学不得不面对拿什么来启

[①]　参见王晓明编《人文精神寻思录》，文汇出版社1996年版。

蒙的问题。"五四"和"四五"以来的"启蒙—理性人道主义"已经无力全部担当新一轮的启蒙。这时，现代汉语灵性文学的倡导与实践，不仅使作为现代汉语文学传统一脉的灵性文学具有了知识性、合法性，而且更具现实性和新启蒙的功能，其意义不可小视。不过，现代汉语灵性文学面临的问题不少，值得长期探寻。

我在 2006 年召开的中国当代文学研究会第十四届学术年会上曾经提出这样一个问题：新世纪，文学拿什么来启蒙？[①] 多年过去了，这个问题的解决并未有实质性的推进。现代汉语灵性文学的倡导与实践，为这一问题的思考提供了一个观测点，一种有效的角度和解决的方案。

（一）

在我看来，文学启蒙是现代汉语文学的高贵传统，其精神贯穿 19 世纪中叶迄今的汉语文学。但启蒙从来不是空洞的，而是基于某种思想资源的、有着具体的历史的内容的。现代汉语文学史上至少有两次大的启蒙，一次是"五四"启蒙；一次是"四五"以来的启蒙。[②] 这两次启蒙的情形就是如此。

"五四"启蒙的资源主要是西方的。原因是，中国面对与西方大致相同的历史境遇：将人从某种专制下解放出来，或者神权的，或者封建专制的，总之将人从神权专制、封建专制下解放出来。

"四五"以来的新时期启蒙的思想资源主要还是"五四"的。它依然是将人从特定的神权和封建专制或者说是极权政制下解放出来。

这两次启蒙所依据的西方文艺复兴至启蒙运动以来的思想资源，主要是建立在西方 18 世纪经验理性基础上的科学理性，以及建基于西方 14 世纪开始的文艺复兴运动的人文主义，或者说人道主义。其目的，是实现人的世俗世界的彻底解放，使人成为宇宙的中心。

这两次启蒙都取得了巨大的历史成就：通过新的历史主体的建构，实现了历史的转型。经由"五四"启蒙，中国由"传统"进入"现代"；经

[①] 请参见《从新时期文学到新世纪文学——中国当代文学研究会第十四届学术年会》，《文艺报》2006 年 12 月 26 日；《文学的新世纪命名与底层关注——中国当代文学研究会第十四届学术年会综述》，《社会科学研究》2007 年第 1 期；《当代文学的新发展：从新时期文学到新世纪文学》，《四川师范大学学报》2007 年第 2 期。

[②] "四五"指 1976 年 4 月 5 日发生的天安门诗歌运动。

由"四五"以来的启蒙,中国由"文化大革命"进入"新时期"。

渐入市场经济和消费社会以后,我们不仅没有完全摆脱旧的积弊,而且遭遇了新的问题,同时我们也在发动着新的启蒙。20世纪90年代初的"人文精神大讨论",汉语思想界、知识界就试图掀起一轮新的启蒙。这轮启蒙意义巨大,可惜成效甚微,说极端一点,只是在知识精英圈子冒了几个泡泡,并未成为波及整个民族国家的文化事件,更未向市民社会、草根阶层大规模下延。根本而言,这是一次并不成功的启蒙。为什么会这样?在我看来,原因在于,我们用以启蒙的手段和内容,在新的历史语境面前已经不堪重负,已经无力承担起新的启蒙的历史重任。

何以这样说?原因在于我们面对的启蒙的历史处境、启蒙的对象、启蒙的任务,以及启蒙的目标已经发生变化,情况也更为复杂,再以原有的具有特定的历史内容的那种手段、那种内容去启蒙,当然无法达成初衷。

那么今天,也就是21世纪文学启蒙的历史处境、启蒙的对象、启蒙的任务以及启蒙的目标有什么不同呢?首先,我们面对的不仅是"五四"和"四五"启蒙未竟的事业——并未从根本上动摇某种世俗神权专制、极权主义,而且更要面对市场经济、消费社会带来的各种新的专制——资本专制、商品专制、欲望专制等等;其次,我们面对的启蒙对象也更加复杂,一方面是并未完全获得人的尊严、人的权利的人,另一方面又是人性过度释放、世俗欲望极度泛滥、个性肆意张扬、个人至上的人。这就决定了,我们启蒙的任务不仅有着"五四"和"四五"的历史内容,更承担着如何将人引回到各种关怀,诸如道德关怀、终极关怀,使人在人性、欲望和物质的奴役下挣脱出来。最后达成这样一种启蒙的目标,重新塑造一种新人,一种不为物役、不为欲累、不为己牵,具有各种关怀,过着意义生活的人。

如何才能实现和完成这一新的启蒙的历史任务呢?也就是问:21世纪文学拿什么来启蒙呢?我认为,建立在西方启蒙运动的经验理性、科学理性的方式已经部分失效。在新世纪,它虽然也是启蒙的手段,但同时它本身也是启蒙的对象,本身也是新一轮启蒙要唤醒人去正视的问题。换一种说法,科学理性已经成为科学主义,已经成为科学神权,已经成为科学蒙昧(新的蒙昧主义),成为笼罩在人性身上的一个牢笼,成为高悬在人们上方的一把利剑。其次,建立在西方文艺复兴运动基础上的人文主义、人道主义同样不能成为21世纪文学启蒙的全部内容。在今天,世俗人性已经极度张扬,已经为人类带来灾难,已经显现为人类的一种深渊景象。也许人道主义的所有任务并没有全部解决,尤其是那些隶属于政治启蒙、民主启蒙的内容,但是有些建立在抽象学理之上,以在一个历史时期"矫枉过正"的任务是否需要全部达成,或者如何达成本身还需要研究。总之,我们今天的启蒙,也就是21世纪的启蒙,是在世俗神权政制并未彻底清除,而世俗人性又被过度强调、过度释放之后的启蒙。世俗人性的泛滥使人性本身成为人的锁链。在这时,再用单纯的人文主义、人道主义已经很难解决人的启蒙的问题。统而言之,在21世纪,我们的文学既继续肩负着与西方启蒙时期相似的历史任务,同时又肩负着解决启蒙建制后新的蒙昧主义的迫切的现实任务。

面对如此沉重的双重任务,21世纪文学究竟拿什么来启蒙呢?我想不仅应该是科学、民主、自由,而且还应该是一种能够超越科学主义、人文主义的东西。一种能够引领人站出自身,反观自身的东西。一种能够使人立足此岸世界,又能义无反顾地奔赴彼岸世界的东西。

诚如阿伦·布洛克所说,启蒙运动"没有最后一幕:如果人类的思想要解放的话,这是一场世世代代都要重新开始的战斗"。[①] 新世纪文学面临的正是这样一场正在或必将重新开始的战斗。

(二)

上面的说法尚嫌笼统。一个首先需要厘清的问题是:为何"五四"和"四五"以来的那种文学启蒙已经无力担负起21世纪启蒙的重任?或者说这种性质的启蒙在今天这个世纪业已部分失效?

首要的问题是,"五四"和"四五"以来的文学启蒙是什么样的启蒙?它依据的思想资源和理论资源是什么?只要熟悉中国现当代思想史和文学史的人都会承认,其思想资源和理论资源如前所述,主要来自西方的文艺复兴和启蒙运动,目标是"立人",内容是"人道主义"。读读"五四"鲁迅、胡适、周作人、茅盾等人的一批文论,再读读"四五"以来钱谷融、李泽厚、刘再复等人的文字,就无须我再在这里展开论证了。

关键是,这是什么样的"人道主义"?雷永生先生在弗兰克系统梳理

[①] [英]阿伦·布洛克:《西方人文主义传统》,董乐山译,生活·读书·新知三联书店1997年版,第127页。

西方人道主义思想的理论成果的基础上，将西方人道主义思想划分为四种形态我以为是颇有道理的。一种形态是古希腊、古罗马的人道主义；一种是基督教的福音的人道主义；一种是启蒙—理性的人道主义；一种是19世纪末20世纪初俄国出现的"新精神哲学"的人道主义。① 应该说，这四种形态的人道主义对现代汉语文学都有程度不同的影响②，都参与了20世纪汉语文学的启蒙。尤其是20世纪二三十年代和八九十年代，基督教的福音的人道主义和俄国的"新精神哲学"的人道主义，还产生过相当的影响，并成为现代汉语文学启蒙传统的一脉。③ 但真正成为主流的，是启蒙—理性的人道主义。

启蒙—理性人道主义是以反对宗教的形式出现的，与科学的兴起和影响有关，它"反对信仰而弘扬理性，高举'自由、平等、博爱'的旗帜，为人类提供了一个理想的社会蓝图"。虽然，它也倡导平等和博爱，但其基础是建立在"理性"而非"信仰"上。它的最高成就体现为康德的那句名言"人是目的，而绝不能是手段"④，即如别尔嘉耶夫所说的"它的最高成就就是人的崇拜"。⑤ 可以说，启蒙—理性人道主义构成了现代汉语文学启蒙的基本内容。篇幅所限，不在此举例。

问题在于，启蒙—理性人道主义正如弗兰克指出的那样，在逻辑上包含着深刻的、自身完全无法克服的矛盾。这种矛盾产生于对人的绝对崇拜和对自然主义信念的坚守上。换言之，启蒙—理性人道主义，一方面"把人的一切都看成是绝对的、神圣的、甚至把人看作神，看作世界的主人，当然也是自然的主人"。但另一方面，"它又与自然主义相结合，把人看作是自然界长期发展的产物"。⑥ 这必然导致逻辑上的矛盾，自然的人如

---

① 不包括20世纪出现的多元的人道主义，譬如，存在主义的人道主义、实用主义的人道主义、西方马克思主义的人道主义、现代基督教的人道主义，以及反人道主义等等。请参见雷永生《东西文化碰撞中的人：东正教与俄罗斯人道主义》，华夏出版社2007年版，第5页。

② 雷永生：《东西文化碰撞中的人：东正教与俄罗斯人道主义》，华夏出版社2007年版，第3—5页。

③ 20世纪20年代对周作人、冰心等人的影响，20世纪80年代以后对史铁生等人的影响。

④ 雷永生：《东西文化碰撞中的人：东正教与俄罗斯人道主义》，华夏出版社2007年版，第4页。

⑤ [俄]别尔嘉耶夫：《俄罗斯思想》，雷永生等译，生活·读书·新知三联书店2004年版，第90页。

⑥ 雷永生：《东西文化碰撞中的人：东正教与俄罗斯人道主义》，华夏出版社2007年版，第4页。

何与主宰、统治自然的人共洽？具体地说"如果人是世界的统治者，他就不可能为自然界的盲目力量所左右；如果他是自然界的产物，他也就不可能成为世界的统治者"①。雷永生先生分析说："正是启蒙—理性人道主义（世俗人道主义）在逻辑上所包含的这种无法无服的矛盾，导致它在实践上必然走向自己的反面。不论是把人当作善和理性的唯一化身，不论是把人看作自然本原的合理体现，最后都没有什么好结果：或者走向个人崇拜，或者走向自然主义、物质崇拜、物欲横流。19世纪末至20世纪出现的极权政治和个人崇拜，与这种人道主义是有内在联系的。"② 结局是从人道主义走向反人道主义。联系20世纪下半叶出现的一些畸形的政治现象、文学现象，尤其是"文化大革命"、"文化大革命"文学，以及90年代迄今的欲望化写作、文学的商业化、资本化运作等等，不能不说这种分析是符合历史事实的。单就今天人的欲望在写作中的极度泛滥来说，在某种意义上就与汉语思想界近百年来所持的启蒙—理性人道主义有关，"正因为这种人道主义认为人是自然界的产物，所以它甚至把满足人的自然需求作为它的第一要义，认为人的自然需求是天然合理的"，这就把人的自然需求神圣化了，其结果，使人们把追求物质利益、满足个人欲望当作人生的最大需要而不择手段，"毁掉了人的灵魂之善的根源，从而导致了恶在世上的猖獗"。③

为何启蒙—理性人道主义在实践上必然会走向反人道主义的道路？除了学理上的推论，伟大的文学前辈，毕生致力于"为人辩护，为人的个性辩护"，被别尔嘉耶夫称为"人的自由的最热情而激烈的保卫者"，对人寄予了很高理想的陀思妥耶夫斯基④，通过终生的探索和卓越的创作，在文学实践上回答了这一问题。他在著名长篇《卡拉马佐夫兄弟》中的宗教大法官的故事中，传达了一个非常明确的思想："自由本是人与生俱来的天性与权利，尊重人的自由是人道主义的应有之义。但是，不应将个人的自由绝对化；如果将之绝对化，脱离了上帝的约束，脱离了'爱上帝，爱邻人'的戒律，便会走向反面：每个人都要自己的绝对自由、'任性'，

---

① 雷永生：《东西文化碰撞中的人：东正教与俄罗斯人道主义》，华夏出版社2007年版，第344—345页。
② 同上书，第4页。
③ 同上书，第345页。
④ [俄]别尔嘉耶夫：《俄罗斯思想》，雷永生等译，华夏出版社2007年版，第90页。

就必然会争斗不已，一片混乱，最后只得把自己的自由交给统治者，以便维持自己的生存。于是，原先的上帝崇拜变成了统治者崇拜，丧失了自由的人们只得服从统治者的高压和专制统治，甚至连房事和生不生小孩都要听从统治者的命令。这样，每个人的自由的丧失成就了统治者个人自由的膨胀，个人绝对自由的丧失完成了统治者个人自由的绝对化，于是人道主义就走向了反人道主义。"① 这样，别尔嘉耶夫说，陀思妥耶夫斯基就以自己的作品郑重宣告了启蒙—理性人道主义王国的终结②，这是"人类自我肯定、不信宗教和空泛的自由之命中注定的结果。在陀思妥耶夫斯基那里，当人走向人的崇拜，走向自我崇拜时，同情心和人性就转化为残忍性和非人性"。③

"四五"以来的新一轮启蒙，汉语思想界的目标就是消灭个人崇拜、极权政治、文化蒙昧等等，悖论的是，所持守的仍然是启蒙—理性人道主义的立场和武器。启蒙的任务尚未完成，20世纪90年代接踵而至。进入21世纪，又遭遇了自然主义、物质崇拜、物欲横流的历史语境，难道文学启蒙还要或者还可能全部依恃启蒙—理性人道主义吗？

在此，必须明确，启蒙本身并不就是公共理性、普世价值，并不构成价值判断。不是说，只要是启蒙就标志着进步，就一定是合法的，就一定是有效的。启蒙是具有特定的历史性的，关键是拿什么来启蒙，解决什么样的本土的、历史的和现实的问题。

看来，21世纪，面对新的历史境遇，只能按照阿伦·布洛克的说法，进入一场"重新开始的战斗"。

（三）

当汉语思想界不可避免地进入这场文学启蒙的新的战斗的时候，"现代汉语灵性文学"的出现，既是对现代汉语文学启蒙传统重要一脉在21世纪的继承和拓展，更是具有紧迫的现实意义。

现代汉语灵性文学，即是用现代汉语写作的灵性文学。灵性文学，则

---

① 雷永生：《东西文化碰撞中的人：东正教与俄罗斯人道主义》，华夏出版社2007年版，第109页。
② 同上。
③ ［俄］别尔嘉耶夫：《俄罗斯思想》，雷永生等译，生活·读书·新知三联书店2004年版，第90页。

如施玮所言①，其特质之一是有"灵鉴洞照"的文学。②简言之，是有"灵"的文学。灵性文学之所以重要，恰恰在于今天的文学经由"启蒙—理性人道主义"之后，"灵"正在丧失，或者"灵"开始出门远行。而现代汉语灵性文学正是站在这少"灵"和无"灵"的旷野，呼喊灵兮归来。

难道文学不可以缺"灵"？是的。因为，即便从"文学是人学"这一建基于"启蒙—理性人道主义"的文学观而言，缺"灵"的文学也不是真正的人学，当然也至少不是优秀的文学。因为，"灵"是人的组成部分，缺"灵"的人是残缺的人，是不健全的人。人应该是三维的人，人是"精神—灵魂—肉体的有机体"③，灵、魂、肉三个维度，是人必备的维度。由此，在我看来，真正优秀的文学就应该具备相应的三个维度。一是神性的维度；二是人性的维度；三是诗性（审美）的维度。神性的维度对应人的灵，人性的维度对应人的魂，诗性的维度对应人的肉，言成肉身，正如道成肉身，是文学最基本的要求。

诗性的维度，这既是文学之为文学至关重要的维度，也是一个最低的、最起码的维度。这里的诗性不是维柯意义上的"诗性智慧"，而是亚里士多德"诗学"意义上的文学性。文学首先是一个技术活儿，是一门艺术，这技术，这艺术是通向审美，通向诗性的。不是信笔涂鸦，随便写上几个文字，抒点情、发点感慨就可以成为文学的，就像不是随意画上几根线条、抹上几块颜料、写上几个音符，就能成为音乐、美术一样。诗性需要长期的文学艺术的熏陶，它是在文学经典的长河中不断习得的。没有技术和艺术的文字不是文学，不具有诗性的文字不是文学。

人性是文学的另一个重要维度，似已不言自明，整个的20世纪，或者说现代汉语文学的整个现代性运动都在致力于对这一命题的论证。尽管这人性的内容，还有必要进一步勘定，但此处不赘。

神性是文学的必要维度，则不一定被所有的汉语学人和汉语文学创作者共认。其实，在某种意义上，我们是一个似乎是不乏"神性"的国度。只不过，其供奉的大都是万物神、世俗神、人神。或者那些神大都被世俗

---

① 施玮，20世纪60年代出生，当代美籍华人作家、诗人，著有《大地上雪浴的女人》《柔若无骨》《柔情无限》《放逐伊甸》《红墙白玉兰》《歌中雅歌》等。

② 施玮：《灵性文学丛书总序》，中国广播电视出版社2008年版。

③ ［俄］别尔嘉耶夫：《自由精神哲学》，转引自［俄］弗兰克《俄国知识人与精神偶像》中译本前言，徐凤林译，学林出版社1999年版，第6—7页。

化，或者是一些人的被神化。因此，即便我们的有些文学似乎具有了神性，其神性的可靠性是可疑的。我们的文学理论也不乏对"终极关怀"或"神性"、"超越性"的吁求，但不是其能指本身的不及物，不是其能指和所指的游离，就是其所指本身的可疑，或者与真正的神性无关。我固执地认为，现代汉语文学思想界没有出现伟大的思想家与神性的缺失有关。据索洛维约夫说："一切大思想家无不是真正的虔诚的教徒。实证科学之父培根的话是众所周知的，他说：小智而哲学修养不高者远离上帝，大智而哲学修养更高的人又会走向上帝。"[①] 我还固执地认为，现代汉语文学没有出现堪与列夫·托尔斯泰、陀思妥耶夫斯基和卡夫卡这样伟大的作家，也与神性的缺失有关。也许西蒙娜·薇依是偏执的，但她的说法对我们不无启示："所有第一流的艺术作品都得到上帝的启迪，即使所有这些作品的主题是世俗的"，"第一流的艺术在本质上是宗教的"。[②] 或许已逝的现代汉语文学理论家余虹是天真的，可他却坚信："艺术的本质在其本质深处是一种神圣'使命'，它是由人生存的基本要求所派定的，这种要求是：人必得生存于真之无蔽和神圣关怀之中以区别于非人之在。"[③]

总之，在我看来，一切优秀的文学作品，应是神性、人性与诗性的浑然天成。

当然，也应该看到，现代汉语文学也确实有着一个关乎神性的文学传统，有一个实质上的灵性文学的传统。这个传统是由许地山、冰心、庐隐、老舍、北村、张晓风，甚至是谢有顺、余杰，还有海子、史铁生等人组成。这个传统参与了整个现代汉语文学现代性和现代汉语文学意义的建构，甚至它的有些部分进入和推动了现代汉语思想"终极实体"及其转换。[④] 这个传统，或者这部分历史已经和正在被一部分学人诸如马佳、杨剑龙、王本朝、许正林等人发现和阐释。这种发现和阐释改变和重构了中国现代汉语文学史的地图，为重写文学史作出了实质性的贡献。

但是，另一方面，现代汉语灵性文学传统的根基并不牢固。它在历史的烟尘中不断地沉浮，始终不够稳定，没有形成一条明确的现代汉语文学

---

① 徐凤林：《索洛维约夫》，台湾东大图书公司1995年版，第18页。
② ［法］西蒙娜·薇依：《重负与神恩》，顾嘉琛等译，中国人民大学出版社2005年版，第105、155页。
③ 余虹：《中国文论与西方诗学》，生活·读书·新知三联书店1999年版，第259页。
④ 唐小林：《看不见的签名：现代汉语诗学与基督教》，中国社会科学出版社2004年版，第425—426页。

的思想路线，没有成为作家、文论家自觉的思想行为。由施玮等人倡导和实践的"现代汉语灵性文学"在这时出现，在这时成为一个自觉的文学行动，其意义之重要就不言而喻了。具体说来，有这样几个方面。

1. 知识性。现代汉语灵性文学的提出，使曾经的现代汉语文学的灵性文学传统一脉得以命名，得以从纷繁复杂的历史现象和文学现象中呈现出来，独立出来，成为一个文学史概念和文学史知识，进入一代又一代现代汉语文学习得者的知识腹地，迁衍不息，具有长久不衰的生命力。

2. 合法性。通过现代汉语灵性文学这个概念和知识的建构，使灵性文学经由文学史和文学传统所特有的话语权力而获得其在现代汉语文学中的合法地位，从而具有合法性。

3. 现实性。现代汉语灵性文学在今天的正式命名和提出，由于有历史传统，有日益丰富的文学创作实践，有文学理论界可能的坚实支撑，有望在21世纪的最近一二十年成为一个自觉的文学行动，一个意义非凡的文学思潮，从而弘扬和推动灵性文学的创作，改良今天的文学生态，丰富今天的文学版图。

4. 启蒙性。当前此成为事实，即当现代汉语灵性文学的知识性、合法性和现实性达成以后，现代汉语灵性文学在21世纪就有可能肩负起现代汉语思想界新的文学启蒙，一种在商业社会、消费时代，一种在科学崇拜、技术蒙昧时代，一种在世俗神权政制下所急迫需要的新的启蒙——一种仅仅通过"启蒙—理性人道主义"所无法担当的启蒙。如是，功德无量。

从施玮所阐发的灵性文学的特征来看，相信它是能够有此担当，而且在此担当中发挥应有作用的。施玮说："自省与忏悔表现了灵性文学，不是在一己（人）的视角与层面，而具有天、人的对应、对照、对话层面，从'人本写作'转向'神本写作'"，这是对现代汉语文学突破人自身的束缚和神性到场的呼唤。灵性文学写作者，"是以活过来的'灵'，认识体悟天地万物和自我；以灵与灵交谈，以心与心对话；以心灵的诚实敬拜赐人灵性、赐人'天赋聪明才智'者的普通人"，给予阅读者一双灵性的眼睛，"让人看见烦琐平淡生活中的美善之光，让人从自己扭曲、污损的生命中看见人里面'神'的形象，看见人原初当有的尊严与荣美"。这既是对现代汉语文学真实人性和诗性的追求，又已经内在地蕴含了所肩负的启蒙的使命。而这神性、这人性、这诗性、这启蒙是关联现实，通往未来，关注此岸却又奔赴彼岸的。因为灵性文学"它不是出'世'的文字，而是在'世'的文字；但它是不受'世'所缚的文字，是可以成为'世'之翅的文字"。① 第一批的四卷灵性文学作品《新城路100号》、《放逐伊甸》、《琴与炉》和《此岸彼岸》已经正在兑现着这样的承诺，显示出部分的实绩。

当然，现代汉语灵性文学还面对着深一步的问题。譬如，我们需要怎样的灵性文学？也即是问：谁的灵性？如何文学？

谁的灵性？不可不回答，但又很难回答。在现代汉语文学传统里，成为"灵"的东西不少。有神成灵的，有人成灵的，有社会科学理性成灵的，有商品有资本有欲望成灵的，有万物成灵的，如此等等，难以细分，尤难细说。众物成灵，结果是真灵隐匿，无灵在场。

施玮一派的灵性文学的独特贡献在于，为现代汉语灵性文学提供了一种真灵的文学的尝试，提示了灵性文学的一种可能，也在一些没有灵的幽暗的文学场域，点燃了灵性文学独特的亮光。

灵性如何文学？则是一个需要长期探索，值得不懈努力去解决的问题。它的实质是，文学如何对一个超验的世界说话？

我们尽管有一个现代汉语灵性文学的传统，但是统观这些文学作品，虽然不乏优秀的，却很少有称得起伟大的作品，或者具有像陀思妥耶夫斯基那样的伟大的作品。不仅此也，不少作品还存在概念化、模式化的问题。这说明，汉语文学100年的现代性运动过去了，我们的文学还没有很好地学会对一个超验的世界说话。这里有历史文化语境的问题，有文学公共性空间缺失的问题，总之有各种各样的问题。有些我们现在还不可能改变。但有一点我们是可以做到的，那就是可以不断去探寻道成言、言成肉身的一系列文学问题，诚如施玮所正在倡导和实践的灵性文学一样。

---

① 施玮：《灵性文学丛书总序》，中国广播电视出版社2008年版。

参考文献

一、中文文献

《巴金全集》第 4 卷，人民文学出版社 1987 年版。
《巴金全集》第 7 卷，人民文学出版社 1988 年版。
《比较文学研究资料》，北京师范大学出版社 1986 年版。
《冰心近作选》，作家出版社 1991 年版。
《冰心全集》第 1 卷，海峡文艺出版社 1994 年版。
《冰心文集》第 2 卷，上海文艺出版社 1983 年版。
《曹禺论戏剧》，四川文艺出版社 1985 年版。
《曹禺戏剧集》，四川人民出版社 1984 年版。
《独秀文存》，安徽人民出版社 1987 年版。
《郭沫若全集》文学编，人民文学出版社 1992 年版。
《郭沫若全集》第 15 卷，人民文学出版社 1990 年版。
《胡适留学日记》，海南出版社 1994 年版。
《加谬文集》，译林出版社 1999 年版。
《老舍文集》第 14 卷，人民文学出版社 1993 年版。
《林语堂自传》，河北人民出版社 1991 年版。
《庐隐散文全集》，中原农民出版社 1996 年版。
《鲁迅全集》第 1、8 卷，人民文学出版社 1989 年版。
《马克思恩格斯列宁斯大林论宗教和无神论》，人民出版社 1999 年版。
《马克思恩格斯选集》第 1—4 卷，人民出版社 1975 年版。
《茅盾全集》第 19 卷，人民文学出版社 1991 年版。
《十三经注疏》下卷，上海古籍出版社 1997 年版。

《舒婷的诗》，人民文学出版社 1994 年版。
《舒婷文集》第 1 卷，江苏文艺出版社 1997 年版。
《中华散文珍藏本·史铁生卷》，人民文学出版社 2000 年版。
《徐志摩文集》诗集卷，香港商务印书馆 1983 年版。
《郁达夫散文全编》，浙江文艺出版社 1990 年版。
《郁达夫诗全编》，浙江文艺出版社 1990 年版。
《郁达夫文集》第 9 卷，花城出版社 1983 年版。
《郁达夫文论集》，浙江文艺出版社 1985 年版。
《郁达夫小说集》下卷，浙江人民出版社 1982 年版。
《郑振铎文集》第 6 卷，人民文学出版社 1988 年版。
《中国新文学大系（1927—1937）》第 16 集，上海文艺出版社 1985 年版。
《中国新文学大系》第 10 卷，上海良友图书印刷公司 1936 年版。
《周作人书信》，河北教育出版社 2002 年版。
《周作人文选》，群众出版社 1999 年版。
于坚：《棕皮手记·活页夹》，花城出版社 2001 年版。
［英］T. S. 艾略特：《基督教与文化》，四川人民出版社 1989 年版。
［英］阿伦·布洛克：《西方人文主义传统》，生活·读书·新知三联书店 1997 年版。
艾青：《诗论》，人民文学出版社 1956 年版。
《巴赫金全集》，小说理论卷，河北教育出版社 1998 年版。
北村：《施洗的河》，花城出版社 1996 年版。
［俄］别尔嘉耶夫：《俄罗斯思想》，生活·读书·新知三联书店 1995 年版。
冰心女士：《繁星　春水》，人民文学出版社 1998 年版。
卞昭慈：《天路·人路：英国近代文学与基督教思想》，四川大学出版社 2003 年版。
曹顺庆等：《非性文化的奇花异果》，巴蜀书社 1995 年版。
曹禺：《雷雨》，人民文学出版社 2000 年版。
陈嘉明等：《现代性与后现代性》，人民出版社 2001 年版。
陈林舟：《生命的摆渡》，海天出版社 1998 年版。
陈奇佳等：《被围观的十字架：基督教文化与中国当代大众文学》，

中国社会科学出版社2010年版。

陈伟华：《基督教文化与中国小说叙事新质》，博士学位论文，中山大学，2005年。

陈永国：《文化的政治阐释学》，中国社会科学出版社2000年版。

陈召荣等编：《基督教与西方文学》，甘肃人民出版社2007年版。

陈子善等编：《郁达夫研究资料》下卷，花城出版社1985年版。

丛新强：《基督教文化与中国当代文学》，山东文艺出版社2009年版。

崔卫平编：《不死的海子》，中国文联出版社1999年版。

［法］达维德·方丹：《诗学——文学形式通论》，天津人民出版社2003年版。

［英］道森：《宗教与西方文化的兴起》，四川人民出版社1989年版。

邓晓芒：《灵魂之旅——九十年代文学的生存境界》，湖北人民出版社1998年版。

杜书瀛等主编：《中国20世纪文艺学学术史》第2部下卷，上海文艺出版社2001年版。

遁园居士：《伤逝记》，见《说郛三种》46卷本第9册，上海古籍出版社1988年版。

［美］厄尔·迈纳：《比较诗学》，中央编译出版社2004年版。

［德］费尔巴哈：《费尔巴哈哲学著作选集》上卷，生活·读书·新知三联书店1959年版。

［德］费尔巴哈：《基督教的本质》，商务印书馆1997年版。

［俄］弗兰克：《俄国知识人与精神偶像》，学林出版社1999年版。

高力克：《五四的思想世界》，学林出版社2003年版。

［苏］格·尼·波斯彼洛夫：《论美和艺术》，上海译文出版社1981年版。

顾城等：《英儿》，华艺出版社1993年版。

顾实：《中国文学史大纲》，上海商务印书馆1929年版。

郭晓霞：《五四女作家和圣经》，中国社会科学出版社2013年版。

郭严隶：《锁沙》，四川民族出版社2010年版。

郭志刚等：《中国现代文学史》上册，高等教育出版社1993年版。

哈迎飞：《"五四"作家与佛教文化》，上海三联书店2002年版。

［瑞士］海因利希·奥特：《上帝》，辽宁教育出版社1997年版。

何光沪选编：《蒂利希选集》上册，上海三联书店1999年版。

贺敬之：《贺敬之诗选》，山东人民出版社1979年版。

［德］黑格尔：《法哲学原理》，商务印书馆1961年版。

［德］黑格尔：《美学》第1卷，商务印书馆1979年版。

洪子诚：《当代文学概说》，广西教育出版社2000年版。

胡绍华：《中国现代文学与宗教文化》，华东师范大学出版社1999年版。

胡适：《中国新文学大系》建设理论集，良友图书印刷公司1935年版。

胡云翼：《中国词史大纲》，北新书店1933年版。

［英］怀特海：《科学与近代世界》，商务印书馆1997年版。

黄万盛：《危机与选择：当代西方文化名著十评》，上海文艺出版社1988年版。

黄子平：《"灰阑"中的叙述》，上海文艺出版社2001年版。

黄子平主编：《中国小说与宗教》，香港中华书局1998年版。

［英］吉登斯：《现代性的后果》，译林出版社1999年版。

季玠：《野地里的百合花：论新时期以来的中国基督教文学》，中国社会科学出版社2010年版。

姜贞爱：《曹禺早期戏剧与基督教精神研究》，博士学位论文，苏州大学，2000年。

［日］今井清一：《日本近代史》，商务印书馆1983年版。

［德］卡尔·白舍客：《基督宗教伦理学》第1卷，上海三联书店2002年版。

［美］科利斯·拉蒙特：《人道主义哲学》，华夏出版社1990年版。

雷永生：《东西文化碰撞中的人：东正教与俄罗斯人道主义》，华夏出版社2007年版。

黎子鹏选编：《晚清基督教叙事文学选粹》，香港橄榄出版有限公司2012年版。

礼平：《晚霞消失的时候》，时代文艺出版社1986年版。

［法］利奥塔编：《后现代性与公正游戏——利奥塔访谈录》，上海人民出版社1997年版。

梁工等编：《圣经与文学》，时代文艺出版社2006年版。

梁工主编：《基督教文学》，宗教文化出版社2000年版。

梁工主编：《圣经与欧美作家作品》，宗教文化出版社2000年版。

梁漱溟：《中国文化要义》，商务印书馆1988年版。

廖廉斌主编：《西方文学中的圣经故事》，农村读物出版社2008年版。

［俄］列夫·舍斯托夫：《在约伯的天平上》，生活·读书·新知三联书店1989年版。

林舟：《生命的摆渡——中国当代作家访谈录》，海天出版社1998年版。

刘建军：《基督教文化与西方文学传统》，北京大学出版社2005年版。

刘丽霞：《中国基督教文学的历史存在》，社会科学文献出版社2006年版。

刘小枫：《现代性社会理论绪论》，上海三联书店1998年版。

刘小枫：《拯救与逍遥》，上海三联书店2001年版。

刘小枫：《走向十字架上的真》，上海三联书店1995年版。

刘小枫选编：《舍勒选集》下卷，上海三联书店1999年版。

刘小枫主编：《20世纪西方宗教哲学文选》中卷，上海三联书店1996年版。

刘勇：《中国现代作家的宗教文化情结》，北京师范大学出版社1998年版。

［法］卢梭：《忏悔录》第1部，人民文学出版社1950年版。

［法］卢梭：《论人类不平等的起源和基础》，商务印书馆1996年版。

吕大吉：《宗教学通论新编》，中国社会科学出版社1998年版。

绿原等编：《白色花·二十人集》，人民文学出版社2000年版。

罗秉祥等主编：《基督教与近代中西文化》，北京大学出版社2000年版。

［英］罗素：《西方哲学史》下册，商务印书馆1982年版。

马佳：《十字架下的徘徊：基督教宗教文化和中国现代文学》，学林出版社1995年版。

［德］马克斯·韦伯：《学术与政治》，生活·读书·新知三联书店1998年版。

[斯洛伐克]玛利安·高利克：《中国现代文学发生史》，社会科学文献出版社1997年版。

马丽蓉：《20世纪中国文学与伊斯兰文化》，安徽教育出版社2000年版。

[英]麦克斯·缪勒：《宗教学导论》，上海人民出版社1989年版。

孟繁华主编：《九十年代文存》，中国社会科学出版社2001年版。

孟令花：《中国现代文学与耶稣话语》，博士学位论文，河南大学，2013年。

莫运平：《基督教文化与西方文学》，中央编译出版社2007年版。

南帆：《沉入语词——南帆书话》，浙江人民出版社1997年版。

[俄]尼古拉·别尔嘉耶夫：《人的奴役与自由》，贵州人民出版社1994年版。

[法]帕斯卡尔：《思想录》，商务印书馆1997年版。

[英]培根：《新工具》第2卷，商务印书馆1997年版。

裴庭裕：《东观奏记》三卷卷下，见《四库全书》，史部·杂史类。

齐宏伟：《文学·苦难·精神资源：百年中国文学与基督教生存观》，江西人民出版社2008年版。

齐宏伟编：《目击道存：欧美文学与基督教文化》，辽宁教育出版社2009年版。

钱理群等：《中国现代文学三十年》，北京大学出版社1998年版。

区应毓等：《中国文学名家与基督教》，九州出版社2011年版。

[美]塞缪尔·亨廷顿：《文明的冲突与世界秩序的重建》，新华出版社1999年版。

施玮：《灵性文学丛书总序》，中国广播电视出版社2008年版。

史铁生：《病隙碎笔》，陕西师范大学出版社2003年版。

史铁生：《务虚笔记》，上海文艺出版社1996年版。

史铁生：《写作之夜》，春风文艺出版社2002年版。

司马长风：《中国新文学史》中卷，昭明出版社有限公司1978年版。

宋剑华：《基督精神与曹禺戏剧》，湖南师范大学出版社2000年版。

宋莉华：《传教士汉文小说研究》，上海古籍出版社2010年版。

孙周兴选编：《海德格尔选集》上卷，上海三联书店1996年版。

[英]泰勒：《原始文化》，浙江人民出版社1988年版。

谭桂林：《百年文学与宗教》，湖南教育出版社2002年版。

谭桂林：《20世纪中国文学与佛学》，湖南师范大学出版社1999年版。

谭桂林等：《中国当代文学与宗教文化》，岳麓书社2006年版。

谭正璧：《中国文学进化史》，上海光明书局1929年版。

[英]汤因比：《一个历史学家的宗教观》，四川人民出版社1990年版。

[美]唐德刚：《胡适杂忆》，华文出版社1990年版。

唐小林：《看不见的签名：现代汉语诗与基督教》，中国社会科学出版社2004年版。

田本相：《曹禺文集》，中国戏剧出版社1990年版。

田本相等：《曹禺年谱》，南京大学出版社1985年版。

[德]瓦尔特·比梅尔：《当代艺术的哲学分析》，商务印书馆1999年版。

王本朝：《20世纪中国文学与基督教文化》，安徽教育出版社2000年版。

王海明：《伦理学原理》，北京大学出版社2001年版。

王汉川等编：《基督教文化视野中的欧美文学》，中国盲文出版社2004年版。

王列耀：《基督教文化与中国现代戏剧的悲剧意识》，上海三联书店2002年版。

王列耀：《基督教与中国现代文学》，暨南大学出版社1998年版。

王列耀：《宗教情结与华人文学》，文化艺术出版社2005年版。

王蒙：《青春万岁》，人民文学出版社1979年版。

王晓明：《人文精神寻思录》，文汇出版社1996年版。

王自立等编：《郁达夫研究资料》上卷，天津人民出版社1982年版。

吴兴明：《中国传统文论的知识谱系》，巴蜀书社2001年版。

吴允淑：《中国现代文学中的基督教话语》，博士学位论文，北京大学，2002年。

西川编：《海子诗全编》，上海三联书店1997年版。

[法]西蒙娜·薇依：《重负与神恩》，中国人民大学出版社2005年版。

[美]西摩·查特曼：《故事与话语——小说和电影的叙事结构》，中

国人民大学出版社 2013 年版。

夏茵英：《基督教与西方文学》，中山大学出版社 2012 年版。

肖四新：《欧洲文学与基督教》，暨南大学出版社 2013 年版。

谢有顺：《话语的德性》，海南出版社 2002 年版。

徐葆耕：《西方文学：心灵的历史》，清华大学出版社 1990 年版。

徐凤林：《索洛维约夫》，台湾东大图书公司 1995 年版。

徐静波编：《梁实秋批评文集》，珠海出版社 1998 年版。

许正林：《中国现代文学与基督教》，上海大学出版社 2003 年版。

许子东：《郁达夫新论》，浙江文艺出版社 1984 年版。

杨剑龙：《"五四"新文化运动与基督教文化思潮》，上海人民出版社 2012 年版。

杨剑龙：《基督教文化与中国现代知识分子：对"五四"时期一个角度的回溯与思考》，香港中文大学出版社 2004 年版。

杨剑龙：《旷野的呼声：中国现代作家与基督教文化》，上海教育出版社 1998 年版。

杨剑龙：《中国现代作家与基督教文化》，上海教育出版社 1998 年版。

杨剑龙编：《文学的绿洲：中国现代文学与基督教文化》，学生福音团契出版社 2006 年版。

杨沫：《青春之歌》，中国青年出版社 2000 年版。

杨乃乔：《悖立与整合——东方儒道诗学与西方诗学的本体论、语言论比较》，文化艺术出版社 1998 年版。

杨世海：《"撒种在荆棘"：中国现代文学与基督教文化关系研究》，博士学位论文，湖南师范大学，2013 年。

杨扬编：《周作人批评文集》，珠海出版社 1998 年版。

姚新中：《儒教与基督教》，中国社会科学出版社 2002 年版。

叶秉敬：《苟文君诗话》，见《说郛三种》46 卷本第 10 册，上海古籍出版社 1988 年版。

余虹：《革命·审美·解构——20 世纪中国文学理论的现代性与后现代性》，广西师范大学出版社 2001 年版。

余虹：《中国文论与西方诗学》，生活·读书·新知三联书店 1999 年版。

喻天舒：《五四文学思想主流与基督教文化》，昆仑出版社 2003 年版。

［英］约翰·希克：《宗教之解释》，四川人民出版社1998年版。

曾华鹏等：《郁达夫评传》，百花文艺出版社1983年版。

［美］詹明信：《晚期资本主义的文化逻辑》，生活·读书·新知三联书店1997年版。

［英］詹姆士·里德：《基督的人生观》，生活·读书·新知三联书店1989年版。

［美］詹姆斯·C.利文斯顿：《现代基督教思想》下卷，四川人民出版社1999年版。

张若英：《中国新文学运动史料》，上海书店出版社1982年版。

张欣：《耶稣作为明镜：20世纪欧美耶稣小说》，宗教文化出版社2010年版。

张志刚：《宗教学是什么》，北京大学出版社2002年版。

赵毅衡：《建立一种现代禅剧：高行健与中国实验戏剧》，尔雅出版有限公司1999年版。

周俟松：《许地山研究集》，南京大学出版社1989年版。

朱光潜：《西方美学史》上册，人民文学出版社1982年版。

朱立元主编：《当代西方文艺理论》，华东师范大学出版社1997年版。

朱学勤：《道德理想国的覆灭》，上海三联书店2003年版。

宗白华：《美学散步》，上海人民出版社1981年版。

宗白华：《艺境》，北京大学出版社1987年版。

二、西文文献

Jean-Francois Lyotard, *The Postmodern Condition: A Report on Knowledge*, Minneapolis: University of Minnesota, 1984.

Lewis Stewart Robinson, *Double-edged Sword: Christianity and 20th Century Chinese Fiction*, Tao Fong Shan Ecumenical Center, Hong Kong, 1986.

Marian Galik, *Influence, Translation and Parallels: Selected Studies on the Bible in China*, Sankt Augustin, Germany, 2004.

William James, *The Varieties of Religious Experience*, New York. N. Y.: Macmillan Publishing Co., Inc., 1961.

后　　记

整理完这本小书，已经是2015年元旦节后。本想赶在年前完成，但事与愿违，紧赶慢赶，还是跳不出生活的常态。

这本小册子中的绝大部分文字，曾经作为论文发表。没有发表的，也在国际国内学术会上宣读。离最早发表的文章，如今整整过去了23年。我也从20岁出头的小伙子，步入"知天命"之年。窗外的鞭炮一声一声逼近年关，关于往事，我无心回忆。

这些文章分别以《一部充实而空灵的宇宙诗——〈流云〉意境探微》、《论卢梭对郁达夫人文精神的塑造》、《文学的人性与先锋以后——对〈阿难〉及其阅读的阅读》、《欲望、沉沦与救赎——郁达夫伦理心态研究之一》、《超越性亏空：郁达夫出世心态的文化审理》、《从延河到施洗的河——50、90年代：想象知识分子灵魂得救的不同方式》、《极限情景：史铁生存在诗学的逻辑起点》、《普世诗学：周作人早期文论的基本质态》、《最民间的，恰恰是最宗教的——于坚民间诗学的基督教文化背景》、《论北村的基督教诗学》、《政治话语：基督教文化在新中国文学30年中的基本质态》、《伦理话语：基督教文化在中国现代文学30年中的基本质态》、《人性、诗性、神性构筑的英雄颂歌——评郭严隶长篇小说〈锁沙〉》、《叙述的力量：〈锁沙〉的艺术魅力》、《现代汉语诗学的现代性建构与基督教》、《21世纪文学启蒙视野下的现代汉语灵性文学》为题，发表在《中国现代文学研究丛刊》、《天津师范大学学报》、《百花洲》、《社会科学研究》、《人文杂志》、《文学评论》、《四川师范大学学报》、《海南师范学院学报》、《甘肃社会科学》、《光明日报》、《文学自由谈》、《当代文坛》等报刊，以及卢龙光和王立新主编的《〈圣经〉文学与文化》、杨剑龙主编的《灵魂拯救与灵性文学》等论文集上。其中一部分《新华文摘》、人大复印资料《中国现代、当代文学研究》、《中外郁达夫研究文选》等摘转和收录。在此，我向这些报刊和论文集的编者们致敬！

为使本书完整，虽作修订，其中的部分文字与拙作《看不见的签名：现代汉语诗学与基督教》仍有重合，这是需要特别说明的。

2010年，在我45岁的时候，我回到了母校四川大学，回到了我的两位导师——曹顺庆先生和赵毅衡先生身边工作，这是我一生中不可多得的荣耀。两位老师一如既往地关心着我这位老学生的成长，在学术上不断指点我、激励我、鞭策我，这本小册子中的文字，无法回报他们的恩情。

四川大学文学与新闻学院崇尚学术的氛围，为我提供了良好的思考和写作的环境，而且还为本书的出版提供资助。谢谢学院领导和身边的每一位师长和同仁！

多年来，我除了读书、教学、写作、吃饭、喝茶、睡觉，偶尔旅游，几乎一无所事，爱人韦华梅分担了本属于我的那部分家务事。我的爸爸妈妈，四位慈祥的老人，一位九十有三，三位年近九十，他们都总是表现出悠然自得、生活幸福的样子，其实常常是三病两痛，有时甚至病情危重，但为了不让我分心和挂念，从不主动说起。我此时的心情与平常一样：既内疚又感激。这本小册子中的每一粒文字，都是爱的结晶。

感谢本书编辑的辛勤劳动与精心校对，减少了本书的错讹。

2015年1月4日夜于蓉城之东